축복

II

축복 II

황성혁 장편소설

인고의 계절

작가의 말

 나는 삼부작(三部作)으로 이 책을 쓴다. 제1권은 우리가 가진 것에 대한 이야기였다. 오늘 우리가 누리는 삶에 관한 이야기이다. 지금 나가는 제2권은 어제의 이야기가 된다. 여기서는 우리의 참담했던 지난 이야기를 듣게 된다. 오늘의 삶의 바탕에 관한 이야기이다. 우리의 오늘은 어디서 출발했는가? 오늘 우리가 가진 것은 무엇으로 이루어졌는가를 이야기하고자 한다. 일본 군국주의의 지배, 육이오 남침으로 인한 전쟁의 참혹함, 그를 따라 오는 처절한 궁핍, 그리고 가족의 이산, 삶 같지 않았던 피란 시절의 생활이 이야기된다. 손에 쥔 것이 없으면서도 가난이 무엇인지 몰랐던 날들이다. 수탈당하면서 당연한 것으로 여겼던, 동족끼리 살상을 하면서도 그 비극의 깊이를 가늠할 수 없었던 우리의 어제를 이야기하고자 한다. 그 시절 기댈 곳 없던 젊은이들의 절망과 방황을 이야기한다. 참담한 대학 생활이 소개된다. 역경과 절망이 극복되는 이야기가 전개된다. 그리고 산업혁명이 시작된다. 극단적 폐허에서 불사조처럼 솟아오르는 민족의 새로운 탄생을 보게 된다. 우리 동포의 뼈를 깎는 노력과 빛나는 현재를 탄생시키는 화해를 이야기한다.
제3권에서 비로서 내일을 설계하려고 한다.

반만년의 역사를 지닌 민족이 자신의 정체성에 의문을 갖는다는 것은 참담한 일이다. 여기서 인숙의 꿈이 지평선 위로 떠오른다. 조국의 역사를 제대로 짚어 보고 민족의 정체성을 찾아보려는 그녀의 꿈이다. 그것의 필요성을 절실하게 자각하면서도 구체화하지 못했던 선배들이 그녀를 돕기 위해 나선다. 후배들의 열정적 호응으로 그것은 손에 잡히는 우리의 미래가 되어 간다. 왜곡된 역사를 바로잡고, 우리가 만들어 낸 우리 손에 쥐고 있는 것의 실체를 밝히는 우리의 올곧은 역사를 만들고자 한다. 그리고 미래를 그려 나가려 한다. 그 미래를 우리의 후배들에게 확실히 물려줄 수 있는 방법을 찾으려 한다.

다시 한번 밝히거니와 이 이야기는 허구이다. 그러나 우리의 손으로 이루어 내어야 할, 현실보다 간절한 꿈이다. 꼭 이루어져야 할 꿈이다.

차 례

작가의 말　　　　　　　　　　　　　　　　　　004

제15장 ◆ 폭탄 돌리기　　　　　　　　　　　　　008
제16장 ◆ 홍콩 – 중국 – 모래톱 조선소　　　　　　025
제17장 ◆ 인숙의 꿈　　　　　　　　　　　　　　060
제18장 ◆ 작은 모임　　　　　　　　　　　　　　087
제19장 ◆ 포세도니아(Posedonia)　　　　　　　　104
제20장 ◆ 재단법인 '역사 연구회'　　　　　　　　157
제21장 ◆ 붕괴의 시작　　　　　　　　　　　　　185
제22장 ◆ 노조(勞組)의 그림자　　　　　　　　　215
제23장 ◆ 울산에서 뿜어내는 매연으로 한반도 하늘을
　　　　　새카맣게 뒤덮어 놓겠다　　　　　　　241
제24장 ◆ 사그라드는 일본 – 욘사마　　　　　　　280
제25장 ◆ 그 풍진 세상 – 성장기　　　　　　　　309
제26장 ◆ 가정교사, 아, 가정교사　　　　　　　　340
제27장 ◆ 지나간 물은 물레방아를 멋지게 돌렸다　373

제15장

폭탄 돌리기

1.

2004년 2월 3일, 포근하고 화창한 날씨였다. 명명식을 끝낸 손님들은 각자의 일정에 따라 움직였다. 네댓 손님들은 서울에 며칠 더 머무는 일정으로 울산을 일찍 떠났다. 또 서너 사람들은 조선소에 일이 있어서 울산에 더 머물기로 했고 대부분의 사람들은 오후 국내선 비행기로 울산을 떠나 인천공항에서 그날 밤 출국했다. 클렌시는 아침 일찍부터 시간에 맞춰 호텔 로비에 내려와 떠나는 사람들과 일일이 작별 인사를 나눴다. 평소 그답지 않은 행동이었다. 그는 결코 사람들 드나드는 것에 신경 쓰지 않았다. 그러나 그날 그는 명명식에서 받은 감동과 거기 참여한 모든 손님들에 대한 고마움을 온몸으로 드러내고 있었다.

클렌시는 카이로스와 점심을 같이한 뒤 오후 일찍 조선소를 떠났다. 울산 공항에서 비행기를 타고 김포공항으로, 거기서 버스로 인천공항으로 향했다. 저녁 늦게 출국하기로 되어 있었다. 재현과 그의 아내는 클렌시가 울산을 출발해서 출국 수속장으로 나갈 때까지 함께하였다. 인천공항에 도착한 뒤 출국할 때까지 두어 시간 여유가 있었다. 클렌시는 그 시간까지 아꼈다. 공항에 도착하는 대로 귀빈실을 빌려 재현 부부와 편안히 앉았다. 명명식의 감동을 되새기고 앞으로의 계획을 짜는 시간이었다. 숨 막히는 닷새였다. 브뤼셀에서의 업무 때문에 일정을 느긋하게 잡을 수가 없다고 하지만 너무나 빠듯한 닷새였다.

자리를 잡고 나서 클렌시가 새삼스럽게 재현의 손을 잡았다.
"참 의미 있는 명명식이었지?"
재현이 그의 손에 힘을 주었다.
"톰, 정말 꿈같은 행사였어. 나는 이번 명명식과 배의 인도 과정에서 모든 순간순간을 즐겼어. 사실 모든 순간이 긴장의 연속이었지만 한편으로 감동이었어."
"제리, '톰스 가든'은 정말 고마웠어. 그것으로 나와 조선소는 한동안 서로 깊고 따뜻한 친구 관계를 유지하겠지?"
"한동안이 뭐야. 최 사장이 이야기한 것처럼 오래오래 굳센 우정이 계속되어야지."
"고마워. 어떻게 그런 생각까지 할 수 있었어?"
"톰, 당신의 따뜻한 베풂이 그런 감동적인 행사를 이끌어 낸 거야."
한동안 대화가 끊어졌다. 갑자기 클렌시가 재현의 어깨를 쳤다.

"그런데 그 자정의 환송식은 또 뭐야? 나도 그동안 제법 많은 배를 지어왔지만 그런 감동은 처음이었어. 그 달빛 속의 출항과 환송이라니. 어떻게 그런 생각을 할 수가 있느냐 말이야?"

재현도 생각에 잠겼다. 바로 전날 밤 일이지만 오래전에 일어났던 일 같았다.

"조선소에서 첫 배를 지을 때였어. VLCC(초대형 유조선) 첫 배였지. 나는 그때 영업 담당 과장이었어. 그 배를 성공적으로 인도하는 것이 나의 책임이었어. 쉽게 생각했지. 배를 짓고 기계를 설치하고 시운전하면 배는 떠나는 것이다 그렇게 간단히 생각했던 거야. 모든 공정은 예정대로 진행되었지만 배는 완성되기를 완강하게 거부했어. 배의 건조가 끝난 뒤 반년 동안 모든 정성을 기울여 시운전을 반복했지. 그러나 배는 바다에만 나가면 고장이 나거나 사고가 나는 거야. 고압 증기 파이프가 새는가 하면 엔진에 문제가 생기고 보일러에 압력이 오르지 않았어."

조선소의 모든 임직원은 절망했다. 문제가 계속되고 배를 연말까지 인도하지 못하면 그 소중한 배와 함께 모두 동해의 깊은 물에 빠져 죽자고까지 했다. 용선(傭船)이 확정되었던 선주는 조선소 간부들보다 더 조바심을 내었고 조선소를 들볶았다. 조선소도 절박했다. 그 배가 인도되어 선박 대금이 들어와야 회사의 연말 운영자금이 확보되는 것이다. 우여곡절 끝에 1974년 11월 말에 배는 시운전을 마쳤다. 배가 완성되자마자 쫓기듯 명명식과 인도식을 마치고 조선소의 첫 번째 VLCC는 출항했다.

"나는 배를 그냥 보낼 수가 없었어. 배에 올라 배가 자신의 프로펠러를 돌려서 항해를 시작하는 것을 내 눈으로 보아야 했어. 배는 자정에 출항하기로 되어 있었어. 자정이 가까웠을 때 선주의 감독 대표와 함께 요트를 타고 배로 향했다. 천천히 움직이기 시작한 배에 올라 선원들과 작별하고 배를 떠나보냈지. 어제처럼 휘영청 보름달이 바다에 가득 펼쳐진 밤이었어. 나는 선원들 한 사람 한 사람의 손을 쥐며 기원했다. 그 배로 선주가 돈을 많이 벌기를 바란다거나 선원들이 건강하게 선상 생활을 하게 해 달라거나 하는 그런 상투적인 기원은 뒷전이었어. 솔직히 말해서 배가 항해하는 단 한 달 만이라도, 첫 항차(航次)만이라도 배에서 문제가 발생하지 않도록 보살펴 주기를 하느님께 빌고 있었어."

바다 위에 퍼진 달빛을 가르며 유연하게 움직이는 배와 작별하고 집에 돌아오니 새벽 네 시였다. 사장, 부사장과 여러 간부들에게 배가 잘 떠났다는 보고를 했다. 아무도 잠을 깨웠다고 투정하지 않았다.

"그때 그들의 반응이 어땠는지 알아? '아, 이제 그 지긋지긋한 스트레스로부터 벗어났구나' 하는 어조였어. 모두들 한결같이 '수고했어, 수고했어. 어서 가서 자'라고 했지. 아무도 마지막 분할금이 입금되었느냐고 묻는 사람이 없었어. 한 푼이 아쉬웠던 그때 말이야."

재현은 그날의 감격을 클렌시와 나누고 싶었다. 그래서 조선소와 의논해서 자정에 요트를 띄웠다. 그때는 고난의 날이었지만 이번에는 환희와 만족의 날이었다. 클렌시가 다시 한 번 재현을 잡은 손에 힘을 주었다.

"제리 고마워. 평생 잊지 못할 날이었어."

클렌시가 화제를 바꾸었다.
"첫 단추는 제대로 낀 셈이지? 이제 거의 삼 개월 간격으로 인도 일정이 잡혀 있으니 브뤼셀도 완전히 전쟁 체제로 들어가야 돼. 준비하느라 나도 한동안 한국에 나오지 못할 것 같아."

재현은 조심스러웠다.
"톱니바퀴처럼 맞물려 돌아가는 시스템, 그것이 이번 프로젝트의 요체야. 용선 문제와 금융 업무는 잘 진행되고 있지? 당신이 하는 일이니 빈틈이 없겠지. 하지만 걱정을 하지 않을 수 없어. 워낙 큰 돈이 짧은 시간에 여러 번 준비되어야 하니 말이야. 이쪽에서 배 짓는 것은 전혀 걱정할 것 없어."
"첫 배의 용선료는 생각했던 것보다 잘 받았어. 그리고 나머지 배에 대한 용선료도 빠르게 오르고 있어서 이제 화주 잡느라 서두를 필요가 없어졌지. 그들이 배를 빌려 달라고 나를 따라다니고 있어. 은행에서는 우리가 요청하기 전에 오히려 그들이 일정을 짜서 돈을 준비하는 형편이야. 선박 금융이야말로 은행에게는 가장 안전하고 묵직한 돈벌이 수단이거든."

2.

재현이 조심스럽게 이야기의 방향을 바꾸었다.
"그런데 톰, 마음이 마냥 편안하지만은 않아. 잔치가 끝나가고 있다는 불안이 신경을 건드리고 있어. 이제는 마음을 가라앉히고 세상

돌아가는 것을 냉정하게 지켜볼 때가 되었어. 톰, 당신의 행복한 마음에 차가운 물을 끼얹을 생각은 없어. 그러나 나는 조마조마한 마음을 가눌 수 없어."

클렌시는 시무룩해졌다.

"무엇이 제리의 마음을 그토록 무겁게 하나? 이 좋은 시절에."

"폭탄 돌리기 게임이 시작되었다는 생각이 드는 거야. 사람들이 도화선에 불을 붙인 채 폭탄을 돌리기 시작한 거야. 자기 손만 떠나면 된다는 생각으로 옆 사람에게 돌리는 거야. 어디선가 터진다는 것을 알면서도 '내 손에서만 터지지 않으면 그만이다' 하고 재빨리 옆 사람에게 돌리는 거지."

클렌시가 농담처럼 말을 받았다.

"왜 그렇게 비관적으로 변해버렸지. 세상에 둘도 없던 낙관적인 사람이."

"이 시장이 너무 활발하고 너무 낙관적이어서 그래. 이럴 수가 없어. 톰, 당신이 더 잘 알고 있는 일이지만 시장은 보통 육 개월 내지 일 년쯤 반짝 호황을 누리다가 이삼 년 불황의 늪으로 빠지는 사이클을 유지해 왔잖아? 그런데 2002년부터 시작된 이 시장의 열기는 식을 줄 모르고 점점 더 뜨거워지고 있어. 끝없이 지속될 것처럼 과열 되었어. 너무 뜨거워. 그래서 두려운 거야. 호황이 길고 강렬할수록 그를 뒤따라오는 불황의 늪은 깊고 암담할 거야."

"나도 너무 뜨겁다는 점에 동감을 하고 있어. 조선 시장이 미쳤어. 해운 시장의 호황은 중국으로 향하는 물동량이 늘어나서 그렇다고 이해될 수 있지만 조선 시장은 너무 급히 팽창하고 있어. 해운 시장의 수요와 비교되지 않을 정도의 폭발적인 팽창이야. 곧 공급 과잉의 회오리에 휩쓸릴 가능성이 있어. 그런데 제리, VLCC 선가는 어떻게 전망하고 있나?"

"VLCC는 에너지 수송의 핵심이야. 선가의 부침(浮沈)은 있었지만 늘 시장의 한가운데에 자리 잡았지. 70년대 초 3,000만 불대로 계약된 적이 있었어. 값이 오르락내리락하며 80년대 초 8,000만 불 벽을 넘기기도 했지. 해운 시장이 최악이었던 80년대 중반 다시 4,500만 불대까지 떨어졌어. 그러다가 시장이 호황으로 바뀌어 1992년 1억 불 꼭지점을 찍었지. 그 뒤 90년대 내내 8,500만 불 선을 유지했어. 21세기가 시작되면서 7,000만 불로 떨어졌던 선가는 2002년 6,500만 불선까지 내렸어."

조선 시장이 밑바닥일 때 클렌시가 6,000만 불에 계약하였다. 최저 계약 가격이었다. 그 계약을 기점으로 선박의 가격은 서서히 상승 곡선을 그리기 시작했다. 이년 뒤 첫 배의 인도 시점에서 1억 불의 VLCC 가격 딱지가 눈앞에서 대롱거리고 있었다. 곧 1억5,000만 불 시대가 올 것이라고도 하고 그 이상 오를 것이라고 전망하는 사람도 많았다. 세계 곳곳에서 새 조선소가 생기고 기존 조선소는 생산시설을 확장하고 있었다. 과잉 공급은 불을 보듯 확실했다. 투자도 미친 듯이 확대되고 있었다. 특히, 투기 자본들의 무분별한 진입으로 많은 돈이 VLCC 시장에 집중되었다. 그들은 클렌시처럼 선박을 수명이 다할 때까지 운영해서 거기서 벌어들이는 운임으로 착실하게 이익을 창출하는 전통적 해운업자가 아니고, 쌀 때 배를 지어서 조금만 값이 오르면 팔아 차익을 챙기겠다는 투기 자본들이었다.

"투기 자본이 진짜 폭탄이야. 새로 건설되는 조선소가 폭탄이고 조선소의 확장이 폭탄이야. 지금 폭탄을 다른 사람의 손으로 넘기는 속도가 느슨하지만 점점 그 속도가 눈에 띄게 빨라질 거야. 폭탄이 터지면 투기자본만 망할까? 아니야. 은행이 넘어지고, 조선소가 넘어지고, 궁극적으로 정상적인 해운회사까지 넘어지게 되는 거야. 해운 조선산업 전체에 공황이 오고 그것은 세계 모든 산업의 붕괴로 확대될 수도 있어."

"제리답지 않은 비관론이구먼. 해운은 그렇게 허술하게 넘어질 산업이 아니야. 특히 우리처럼 장기 용선을 확보해 놓고 거기에 맞춰 배를 짓는 사람들은 시장의 흐름에 쉽게 흔들리지 않아."

"이론적으로는 맞는 이야기야. 그러나 시장이 붕괴되면 용선주들이 어려워지지 않아? 우리가 70년대 말에 경험했듯이 용선주가 약속한 용선료를 물지 못하는 경우가 생기는 거야. 방정맞은 소리 같지만 용선주가 운임을 물지 못하는데 계약이 온전할 수 없지."

재현은 잠깐 뜸을 들인 뒤 계속했다.

"더욱이 조선소의 선박 원가 구조에서 불확실한 요소들이 점점 늘어나고 있어. 특히 철판 값이 문제야. 90년대까지 안정적으로 톤당 300불대를 유지하던 철판 값이 21세기 들어서면서 폭등하고 있어. 중국의 건설 붐을 타고 2003년 들어서며 450불로 뛰더니 계속 오르고 있어. 곧 1,000불까지 오를 것이라고 예측하는 사람들도 있어. 철판 값이 전체 원가의 30퍼센트를 차지하는 VLCC의 경우 선가 폭등은 불을 보듯 명확하지. 업계에서는 누구도 승자가 될 수 없어. 선가가 오른다고 하지만 조선소도 큰 이익을 보기가 어려워. 모두 원가 폭등의 해일에 휩쓸릴 수밖에 없어."

클렌시가 한숨을 쉬었다.

"그래, 불확실한 요소들이 지배하는 세상이야. 어떤 일이 벌어지더라도 우리는 승자로 남을 거야. 타이밍을 잡는 지혜를 우리 팀은 갖고 있으니까."

클렌시는 팀이라고 말하며 재현의 가슴과 그의 것을 손가락으로 찍었다.

"그래 미친 시장에 부화뇌동하지 말고 사소한 움직임에도 신경을 쓰자고. 그래야만 타이밍을 제대로 잡을 수 있지."

재현은 다시 본래의 화제로 돌아갔다.

"이제 선박을 판다면 언제 팔 것인가를 생각해 보자고. 내 생각으론 VLCC 선가가 1억 불 넘어설 때가 타이밍이 아닌가 생각해."

"아니 모든 사람들이 배를 못 사서 아우성인데, 선박을 팔 생각만 하고 있어? 참으로 배부른 브로커로구먼."

"물론 지금은 아니야. 그때쯤 되어 다시 이야기하자고. 그때까지 내 이야기를 잘 기억해 둬."

"그래그래. 모든 가능성을 열어 놓고 미래를 설계해야지."

클렌시는 어조를 바꾸었다.

"나는 전혀 선박을 팔 생각은 없어. 선박마다 아주 좋은 용선 계약이 확실하게 약속되어 있기 때문에 더더욱 팔 생각을 못 해. 매달 용선료가 꼬박꼬박 들어오고 큰 이익을 남길 것인데 팔 이유가 없잖아. 그러나 제리가 보기에 판다면 언제쯤이 적당한 시기가 될까?"

"글쎄. 날짜를 잡기는 어렵지만 마지막 배가 인도 될 때, 2005년쯤 선가는 1억 불을 훌쩍 넘을 것 같아. 2007년 2008년쯤 1억5천만 불도 넘어설 것이라고 장담하는 사람도 있어. 물론 그때까지 이 호황이 계속될 것인가 하는 것은 별도 문제이지만 말이야."

"선가의 움직임을 보자고. 선가 오르는 것을 보고 결심을 해도 늦지 않을 거야."

"판다면 용선 계약을 붙여서 팔아야지. 그러면 더 좋은 값을 받을 거 아냐? 그리고 현금을 확보한 뒤 기다리는 거야. 폭탄이 터지고 나면 모든 사람들이 한 십 년은 그 처참한 붕괴의 구렁텅이에서 벗어나기 어려울 거야. 그때를 대비하는 거야."

"VLCC의 다음 세대는 무엇으로 봐?"

"그야 톰이 나보다 훨씬 더 잘 아는 일이지. 내 생각으로는 벌커(Bulker, 살물선) 쪽은 너무 불확실 요소들이 많아."

"나도 벌커에는 전혀 관심이 없어."

"에너지 수송으로 보면 당연히 가스 시장이지. 대기 오염에 대한 걱정이 점점 높아지고 있는데, 앞으로 맞닥뜨리게 될 세계적인 환경 규제로부터 벗어나려면 에너지 시장은 석유로부터 액화 천연가스(LNG)로 전환하는 수밖에 없어. 이제는 LNG 시장이야. 오일 메이저들도 석유 채굴보다 천연가스 생산에 주력하고 있잖아. 그러나 VLCC는 어느 때에도 에너지 수송의 핵심에 자리 잡고 있을 거야. VLCC를 무시해서는 안돼."

"제리 이번 여행은 정말 기억해야 할 많은 일로 가득한 날들이었어. 이 마지막 순간까지도. 함께 기억하자고. 그리고 시장을 면밀하게 지켜보자고."

클렌시가 일어섰다.

"가까운 시일 안에 유럽 나올 계획이 있어?"

"유월에 아테네에 가야지. 포세도니아(Posedonia) 박람회에 가 봐야 할 것 아냐? 톰, 그때 나올 거지?"

"꼭 가보고 싶은데 아직 결정할 수 없어. 브뤼셀에서의 일이 하도 만만치 않아서 말이야."

"삼월에는 중국을 다녀오려고 해. 상하이 남쪽 조선소들을 둘러볼까 하지. 거기 너무 많은 조선소들이 생기고 너무 많은 일들이 벌어지고 있어. 내 눈으로 확인해야 할 일들이 하나둘이 아니야."

"갔다 와서 그쪽 이야기 좀 해 줘. 그 동네는 너무 극성스럽게 움직여서 도무지 따라잡을 수가 있어야지."

"그래, 보고를 할게. 제법 재미있는 보고가 될 거야. 그리고 가는 길에 홍콩을 들러 프랭크 량을 만나볼까 해."

"아, 그 사람은 요즈음은 어떤가? 식물인간이 되어 있다고 하더니."

"북경 대학의 한약 의료진이 생명을 유지시키고 있어. 이번에 홍콩 가면 그쪽 해운 시장의 움직임도 볼 수 있을 것 같아."

떠날 때가 되었다. 몇 달 같은 닷새였다. 출구로 나가기 전 클렌시는 재현의 아내를 꼭 껴안았다. 그녀는 그들이 열띤 대화를 나누는 동안 그림자처럼 재현의 곁에 앉아 있었다.

클렌시가 출국 문으로 들어간 뒤 재현과 아내만 남았다.

"정말 수고 많았어. 무척 힘들었지? 이번 행사는 많은 사람들에게 오래 기억될 거야. 특히 우아한 대모가 가장 돋보였어."

아내의 어조도 가벼웠다. 큰 짐을 내려놓았다는 표정이었다.

"나야 뭐. 여보가 정말 수고 많았지. 맨날 그 고단한 짓을 되풀이하고 있으니 얼마나 고달프겠어. 그런데 여보, 클렌시 회장이 준 보석 내가 가져도 되는 거야?"

"그럼 우아한 대모가 누릴 수 있는 특권이지. 못난 남편이 평생 가도 사줄 수 없는 고귀한 기념품이지."

"다 시집 잘 간 덕이지 뭐."

그녀가 핼끔 웃음 지었다. 재현은 그녀를 꼭 껴안았다. 물결처럼 지나가는 주변의 인파에 신경 쓰지 않고 그녀의 이마에 입술을 댄 채 오래오래 서 있었다. 큰일을 잘 치러낸 뒤 푸근한 안도와 고마움, 그리고 서로에 대한 신뢰와 사랑으로 그들은 그렇게 한동안 서 있었다.

3.

다음 날 김선호 상무의 전화가 있었다.

"고단하셨죠? 사모님은 어떠세요?"

재현의 어조는 가벼웠다.

"고단했냐구? 오히려 그동안 쌓였던 피로가 이번 사흘 동안의 멋진 행사 때문에 모두 풀렸고 스트레스도 싹 날아갔어요. 모두 김상무의 빈틈없는 보살핌 때문이었어. 정말 고마웠어요."

"고맙긴요. 제가 고맙죠. 너무 즐겁고 보람 있는 사흘이었어요."

"정말 고맙고 고마웠어. 우리 집사람 어깨도 쭉 펴졌어."

"참 좋네요. 그런데 이번 명명식 말이죠, 이건 선박 영업 교재로

썼으면 딱 맞겠어요. 선주 측 손님들의 공항 맞이에서부터, 기차여행, 경주 관광, 조개구이 저녁, 명명식, 오찬, 톰즈 가든, 선박인도서류 서명, 선주 주최 만찬, 그리고 달빛 속으로 떠나는 배에 대한 환송, 얼마나 잘 갖추어진 시나리오예요. 이건 전범(典範)으로 사용할 만한 내용이예요."

"이게 전부 김상무의 치밀한 각본, 연출, 주연 작품이었잖아."

선호가 펄쩍 뛰었다.

"이게 어디 제 작품이예요. 다 사장님 솜씨였죠."

"김 상무가 없었다면 엄두도 낼 수 없는 일이었어."

둘이 공유할 수 있는 행복한 무용담이었다.

업무 이야기로 돌아갔다. 선호가 꼼꼼하게 따지기 시작했다.

"이제 일호선 인도로 첫 고비는 잘 넘겼습니다. 금년에만 세 척이 더 인도되고 진수식 네 번, 용골 거치식 세 번, 철판 절단식 세 번이 남았어요. 선가의 분할금 지급과 관련되는 사건들이 모두 열세 번이 남았고 그때마다 1,200만 불씩 들어 와야지요. 1억5,000만 불 정도의 돈이 시간에 맞게 지불되어야 해요. 지금까지는 전혀 문제가 없었는데 새로운 문제가 발생할 가능성은 없겠죠?"

"처음에는 나도 조마조마했지. 크지 않은 규모의 해운회사가 삼년 동안에 3억6,000만 불의 돈을 서른 번의 공정에 맞춰 지불해야 하는데 걱정이 되지 않을 수 없었어. 그러나 이제 걱정하지 않아. 이제는 톰의 회사가 관리하는 것이 아니고 전체 시스템, 선주, 조선소, 용선주, 은행이 한 줄에 엮여서 자동적으로 움직이게 되었어. 이건 천재지변이 일어나지 않는 한 누구도 멈출 수 없는 시스템의 움직임이야. 어느 누구도 이 움직임을 늦추거나 멈출 수 없어. 나는 이제 더 이상 걱정하지 않아."

"저도 그렇게 생각해요. 하지만 워낙 중요한 프로젝트라 때로는 밤에 깜짝깜짝 잠을 깨곤 하거든요."

"신경 써서 지켜보자고."

이야기의 열기가 식을 때쯤 해서 재현이 물었다.

"김 상무, 혹시 우리나라 식용 메뚜기 가공공장이 있다는 얘기 들어 보았어요?"

"아니 갑자기 메뚜기는 왜요?"

"응 카타르 국영해운 사장이 선박 건조 이야기 끝에 한국 메뚜기가 맛이 있다는 이야기를 들었다며 좀 보내 달라는 거야."

카타르의 국영 해운 사장과 재현은 삼십 년 넘게 친교를 맺고 있었다.

신비로운 세상이다. 사막이 특히 그렇다. 태양의 뜨거운 햇살이 지배하는 불모의 땅 사막이 일 년에 한 번씩 초원으로 변한다. 아라비아반도의 해변, 카타르, 사우디, 쿠웨이트 등의 사막에 봄이면 비가 한번 쏟아진다. 비가 그친 뒤 사막은 꿈처럼 초원으로 변한다. 뜨거운 모래 속에서 일 년을 숨죽이며 기다리던 씨앗들이 비를 맞는 순간 순식간에 기지개를 켠다. 순식간이다. 사막이 풀밭으로 변하고 곧 노란 꽃이 땅을 덮는다. 어디서 나타나는지 곤충들이 꽃을 찾아오고 풀에는 씨가 맺힌다. 그 씨가 익으면 모래에 떨어져 뜨거운 모래 속에 묻혀서 다음 해 비 올 때를 기다리는 것이다. 그런데 또 하나의 상상할 수도 없는 현상이 벌어진다. 그 풀을 갉아먹기 위한 메뚜기 떼의 습격이다. 이집트 쪽으로부터 하늘을 까맣게 덮으며 메뚜기 떼가 지중해를 건너 날아든다. 순식간에 땅은 우글거리는 메뚜기 떼로 덮여 버린다. 사막에 사는 사람들은 메뚜기 떼의 출현까지도 하느님의 은총으로 받아들인다. 그리고 그 메뚜기를 구워 먹는다. 계절의 미각으로 즐긴다는 것이다. 우리나라 벼에 붙는 메뚜기보다 서너 배는 커서 먹기에는 좀 징그럽지만 카타르 사람들은 그것을 별미로 즐긴다고 했다.

"미스터 리, 한국 메뚜기가 아주 맛이 있다는 이야기를 들었어. 맛 좀 볼 수 있을까?"

선박 건조 협상이 한참 진행된 뒤 생뚱맞게 튀어나온 말이었다.

"메뚜기? 우리도 어릴 때 구워 먹었지. 벼를 갉아 먹는 메뚜기를 잡아서 벼도 살리고 식량도 보충하느라 벼가 익을 때쯤이면 메뚜기 잡으러 논에 가서 살았지."

"그걸 좀 구해줘."

"요즈음은 메뚜기 본 지도 오래되어서 어떻게 구할지 전혀 아이디어가 없는데. 좌우지간 한번 알아볼게."

그런지 얼마 지나지 않았다. 선호와의 대화 끝에 그 생각이 난 것이다. 세상에서 일어나는 모든 사소한 일에 통달한 선호이기 때문이다. 선호는 쉽게 대답했다.

"저도 이야기는 들었어요. 농협에서 가공식품으로 개발하고 있다고 해요. 알아봐 드릴까요?"

"농협이라. 그럴 수 있겠구먼. 그럼 내가 직접 알아볼게. 요런 재미있는 일을 남에게 맡길 수는 없지."

농협에서는 놀랍게도 메뚜기를 가공식품으로 개발하고 있었다. 상당히 까다로운 공정을 거친다고 했다. 벼가 여물 때쯤 몰려드는 메뚜기를 잡아서 잡는 대로 쪄서 말린다고 했다. 그리고 다리와 날개를 하나하나 따내고 지퍼 백에 담아 팔고 있다고 했다. 한 되 용량의 큰 백에 포장된 메뚜기를 카타르로 보냈다. 일주일도 되지 않아 감사와 감탄의 전화가 왔다.

"이건 진짜 별미야."

전화기를 들자마자 그는 소리를 질렀다.

"미스터 리, 한국 메뚜기는 진짜야. 작고 바삭바삭하고 고소해. 몇 봉 더 보내줘."

"아니 한 되짜리를 보냈는데 더 필요해?"

"몇 사람과 나눠 먹었어. 아주 인기야. 모두 맛있다고 야단이야. 내가 이 골치 아픈 해운업 집어치우고 미스터 리와 메뚜기 수입상으로 업종을 바꿔야겠어."

"그렇게 맛있었어?"

"왜? 안 먹어 봤어?"

"나는 먹어 보지 않았어. 제조업자에게 직접 카타르로 보내라고 했지. 나도 한번 먹어 보아야겠는걸."

"정말 가공을 잘했어. 위생적이고 맛이 있어. 이번 선박은 무조건 한국에서 지어야겠어. 그 핑계 대고 한국 가서 메뚜기도 실컷 먹고 가공공장도 봐야지."

소형 컨테이너선 건조 프로젝트는 메뚜기 덕으로 성사가 되었다.

선호에게서 전화가 왔다. 출장 나가기 전 클렌시와 업무 협의를 위한 것이다. 이야기가 끝나자 선호가 물었다.

"메뚜기 일은 잘 마무리 지으셨어요?"

"대성공. 김 상무가 지시한 대로 농협과 연락해서 가공 메뚜기 한 되를 보냈지. 당장 몇 되 더 보내달라는 요청을 받았어. 덕택에 진행되고 있던 프로젝트는 성공적으로 마무리되었어. 김 상무 말대로 해서 안 되는 일 보았나?"

제16장

홍콩 – 중국 – 모래톱 조선소

1.

재현이 정영일 회장과 중국을 한번 다녀오자는 이야기를 한 지도 꽤 되었다. 정 회장은 대학에서 재현과 같이 공부한 친구이다. 크지 않지만 건실한, 삼 대째 이어온 해운회사를 운영하고 있다. 욕심을 부리지 않고 그가 관리할 수 있는 적절한 규모를 지켜 어느 곳에도 아쉬운 말 하지 않고 누구에게도 간섭받지 않는 그 자신의 경영을 고집하고 있다. 남의 간섭이 싫어 그는 그의 회사 주식을 주식시장에 상장하지 않았다. 매년 두세 척의 만 톤 남짓한 컨테이너 전용선을 새로 지었고 주로 한국, 중국, 일본 사이를 오가는 항로에 투입하였다. 그의 회사는 재정적으로 튼튼한 회사로 알려져 있다. 어느 해운회사이든 새로 배를 짓는 경우 엄청난 돈이 필요해서 자체 자금으로 해결할 수 없고 은행의 융자를 받아야 한다. 건조 기간 동안 빌린

돈은 배를 운영하며 매달 혹은 매년 지정된 시기에 갚아 나가게 되어 있다. 몇 번의 국가적 혹은 세계적인 금융 위기를 겪을 때마다 수많은 크고 작은 해운회사가 빌린 돈을 제때에 갚지 못해 파산하거나 다른 사람의 손으로 넘어갔다. 그러나 그는 한 번도 돈을 제때에 갚지 못한 적이 없다. 돌다리도 두드려 보고 건너는 그의 조심스런 경영 스타일 덕이다. 그는 배를 지을 때마다 조선소의 선택이나 계약 조건 등을 재현과 의논하여 결정하였다.

그는 오랫동안 선박의 운용을 일본과 한국 사이의 항로에 집중했고 큰 성공을 거두었다. 중국 항로를 개척하고 확장한 것은 최근의 일이다. 상하이에 조촐한 사무실을 두고 중국 업무를 관장하였다. 그가 중국에 가는 일이 점점 빈번해졌다. 21세기 들어서며 중국으로 가는 화물의 양이 폭발적으로 증가했기 때문이다. 그의 배는 해안의 큰 항구들만 아니라 황하와 양자강 등 큰 강에 있는 내륙의 항구로 항로를 확장하였다. 따라서 그는 중국의 여러 항만, 해운 기관에서 환영받는 인사가 되었다. 그러나 중국 조선소에 대해서는 아는 것이 별로 없었다. 그는 그의 모든 배를 한국 조선소에서 지었다. 중국 조선소의 숫자가 늘어나고 그들의 영업 활동이 활발해졌으나 그는 별 관심을 보이지 않았다. 그는 중국 조선소에 대한 믿음을 갖지 않았다.

그런데 재현이 그의 신경을 크게 건드리는 뉴스를 가져왔다. 중국 조선소들의 눈부신 팽창과 선박 신조 계약 소식, 중고선 매매 자료가 봇물처럼 쏟아질 때였다. 20피트(6미터) 길이의 컨테이너를 1,100(1,100teu)개 정도 실을 수 있는 신조선(新造船)에 대한 광고였다. 중국 타이저우(台州) 지방에 있는 조선소에서 완성 단계에 있는 배인데 1,300만 불 수준의 선가로 팔겠다고 했다. 그 정도의 배를 지으려면 한국에서는 2,500만 불은 주어야 하고 중국 조선소도 2,000에서 2,300만 불을 호가하고 있다. 바로 그 배들은 정 회장의 주력 선종(船種)이다.

'도대체 어떻게 반값으로 배를 팔겠다는 것인가? 한번 보고 오자.'
그렇게 결정을 하였다. 그 즈음 그는 중국 해운회사들의 말도 안 되는 운임 덤핑에 골치를 앓고 있었다. 20피트 컨테이너 하나당 운임을 500불은 받아야 수지를 맞출 수 있는데 중국 해운업자들은 그 반값으로, 어떤 때는 150불 수준으로 후려쳐 화물을 가로채 가곤 해서 중국에서 화물을 실어 온다는 것은 아예 포기하고 있는 형편이었다. 들어가는 화물은 그런대로 채우지만 나오는 배는 늘 빈 배였다. 그런 상황에서 반 값짜리 배가 나온 것이다. 배를 어떻게 짓길래 반값으로 팔 수 있는가? 그런 배를 누가 사서 어떻게 운용을 하길래 그 상상할 수도 없는 덤핑 운임이 계산되는가? 스스로 확인해 보자는 생각이었다. 재현과 정 회장은 2004년 3월 7일 일요일 상하이에서 만나기로 약속했다. 거기서 주말을 함께 보내고 월요일 아침 조선소가 있는 타이저우로 움직이자는 일정을 잡았다.

2.

재현은 중국 가기 전 홍콩을 들르기로 하였다. 3월 5일 홍콩의 작은 선주인 존 챙(John Cheng) 회장과 저녁을 같이하기로 약속이 되었다. 챙은 재현보다 열다섯 살쯤 위인 여든 나이의 노인이다. 나이의 차이에도 불구하고 재현과는 이십여 년간 따뜻한 친분을 유지해왔다. 여느 홍콩 부자들과 마찬가지로 그의 아버지도 1945년부터 1949년까지 계속된 공산당의 전국 해방 전쟁 기간 중 중국 본토를 떠나 홍콩으로 근거지를 옮겼다. 대부분의 홍콩 해운업자들이 그렇듯 닝보(寧波) 출신이었다. 홍콩은 중국 본토에서 여러 번 변란이 일어나는 동안 영국 자본주의의 보호 아래 번영을 누렸다. 해운업자들은 영국의 현대적인 산업화 기법을 받아들여서 그것으로 낙후된 중국의 방대한 노다지 같은 시장을 개발하는데 활용하였다. 그들은 눈부신 성공을 거두었다. 월드 와이드(World Wide) 해운, 아일랜드 내비게이션 (Island Navigation), 화콩(Wah Kwong) 등은 세계 굴지의 해운업자로 성장했다.

홍콩은 20세기 말 또 한 번의 변혁을 경험한다. 1997년 영국과 중국은 홍콩 반환 협정을 맺었다. 19세기 아편 전쟁 후 100년 동안의 영국의 조차(租借)기간이 끝난 것이다. 반환 협정 후 50년간 중국은 외교와 국방 문제만 직접 관장하고 나머지 일상생활이나 비즈니스의 관리는 홍콩 자치 정부에 맡긴다는 합의를 보았지만 많은 사람들은 중국 공산당의 말을 믿지 않았다. 1940년대 말에 경험했던 혼돈은 아니었지만 협정은 홍콩 사회에 큰 충격을 주었다. 중국의 체제를 믿지 않는 많은 사람들은 재빨리 홍콩을 떠나 외국으로 근거지를 옮겼다. 협정 전까지 중국과 우호적인 관계를 유지하고 있던 회사가 홍콩을 떠나는가 하면 중국 공산당에 극심한 반감을 갖고 있던 회사가 중국 정권에 밀착하는 등 홍콩의 해운 산업은 그 모습을 크게 바꾸어 갔다.

존 챙 회장은 작은 해운회사를 운영했다. 그는 홍콩의 변화에 크게 신경 쓰지 않았다. 회사를 키울 생각도 없었고, 세월의 물결을 거스르지 않고 그의 운명을 그 물결에 태워 놓았다는 자세를 유지했다. 그는 이십여 년 전 폐암 말기 진단을 받았다. 돈 있는 사람들은 미국 해군 병원에 가서 수술을 받는다, 북경 대학교에서 가서 최고의 한방 치료를 받는다 하며 요란하게 생명을 연장하기 위한 몸부림을 치지만 그는 담담하게 그 사형선고를 받아들였다. 그는 아들 둘을 불렀다.

"나는 앞으로 반년밖에 살지 못한다는 진단을 받았다. 나는 이제 나의 죽음을 맞이할 준비를 하겠다. 지금부터 내가 하던 일들은 너희들이 맡도록 해라."

그는 일을 나눠 주었고 유산 처리도 깔끔하게 끝냈다. 그리고 홍콩 앞바다에 있는 디스커버리(Discovery) 섬의 골프장 회원권을 구입해서 매일 인생을 끝낼 준비를 하였다. 그는 홍콩 여객선 부두에 아침 아홉 시에 나타난다. 거기서 배를 타고 그 섬으로 가서 운동하고 오후에 돌아오는 일정이다. 어느새 그는 부두에서 인기 있는 동반자가 되었다. 특히, 일본의 홍콩 주재 종합상사의 부인들 사이에서는 그와의 동반자가 되고자 하는 경쟁이 암암리에 벌어지기도 했다. 남편이 출근한 뒤 그녀들은 디스커버리 섬으로 나와 건강관리를 하는 것이다. 그는 혼자였다. 네 사람이 한 팀으로 나가는 골프 경기를 위해 세 사람의 동반자가 필요했다. 선착장에 제일 먼저 도착한 세 명의 여인들이 챙 회장과 팀을 짜게 되었다. 여인들은 한동안 챙 회장과의 시간 맞추기에 불붙는 경쟁을 벌였다. 그는 점잖고 돈을 잘 쓰고 관대하고 무엇보다 성적으로 치근대지 않았다. 그는 시작할 때 반년만 살다 간다고 공언을 하였지만 육 개월이 지났을 때 그는 여전히 아침마다 선착장에 나타났고 그것은 그 뒤 이십여 년간 계속되었다. 디스커버리 섬의 능선을 따라 마련된 굴곡이 많고 걷기에 제법 땀이 나는 골프 코스는 남해의 따뜻한 바람과 함께 그의 망가진 몸을 치유해 주었다. 젊고 발랄한 여인들과 함께하는 시간이 그에게 활력을 불어넣었을 수도 있다.

챙 회장은 그의 두 아들과 함께 식당에 이미 자리 잡고 있었다. 재현이 자리에 앉으며 너스레를 떨었다

"챙 회장님 저녁 얻어먹으려고 아침도 굶고 한국에서 달려왔습니다."

챙 회장은 화답했다.

"맛있는 것 먹읍시다. 홍콩에서 제일 맛있는 저녁 시킵시다."

홍콩 시내 한복판 가장 번화한 거리에 있는 식당이었다. 마치 한적한 시골 장원 속의 거실처럼 조용했다.

"길거리에 사람들이 훨씬 늘어났어요. 홍콩 반환 협정의 영향일까요?"

챙은 담담한 어조로 동의했다.

"홍콩 반환 후 이민 당국이 나름대로 국경을 관리한다고 하지만 영국이 관리할 때 같지 않아요. 출입국 업무가 훨씬 느슨해졌어요. 중국 사람들의 입국이 무척 많아졌어요. 홍콩 인구도 급격히 불어나고 있어요."

아들이 덧붙였다.

"그들은 금방 표가 나요. 우선 영어를 잘 못하고 행동이 거칠어요. 그래도 만만하게 보지 마세요. 여기 올 정도라면 백이 만만찮은 사람들이에요."

모두 잠깐 웃었다. 재현이 챙에게 물었다.

"그래, 건강은 요즈음 어떠세요. 얼굴색도 좋으시고 아주 건강해 보이시는데요." 챙은 모든 면에서 달관한 사람이었다.

"보시다시피 아주 좋아요. 그때 그 의사가 오진을 한 것인지 디스커버리 섬의 골프 코스가 기적을 일으킨 건지 모르지만."

"오늘도 나가셨어요?"

아들이 대답했다.

"태풍이 와서 배가 뜨지 않는 날을 빼고는 하루도 빠지지 않는답니다."

챙이 이었다.

"미스터 리가 온다고 해서 오늘 조금 일찍 끝내고 돌아왔지."

챙의 유연한 몸과 마음가짐은 볼수록 감동스러웠다.

"그것은 의사의 오진도 아니고 골프장 덕도 아닐 겁니다. 챙 회장님을 살린 건 오직 챙 회장님의 인생에 대한 달관한 태도 덕택일 것입니다."

챙 회장이 화제를 바꾸었다.

"미스터 리는 요즈음 정말 정신이 없겠지. 이 정신을 차릴 수 없는 조선 해운 시장의 호황이랄까 혼란이랄까, 이 와중에서 중심을 잡기가 쉽지가 않을 거야."

"중심을 잡을 엄두도 못 냅니다. 이 물결이 하도 거세서 저는 물결을 거스르지 않고 그 위에 올라앉아 함께 조심조심 흘러가기로 하였습니다. 그런데 근래에 선박 발주는 좀 하셨습니까?"

챙 회장은 아들들을 건너다보았다. 아들 중 한 명이 대답했다.

"정말 거센 물결입니다. 머뭇거리다가는 남들에게 뒤질 것이고 잘못 거슬러 오르면 물살에 휩쓸려 배가 뒤집어질 수도 있습니다. 그저 장기 용선이 정해지는 대로, 금융이 주선되는 대로 중국 조선소에 조금씩 발주하고 있습니다."

"중국 조선소도 가득 찼잖아요? 발주하기도 쉽지 않을 걸요?"

"그러니 무리하지 않고 조금씩 천천히 하고 있습니다. 좋은 배를 좋은 조선소에서 형편 되는대로 짓고 있습니다. 큰 재벌이 될 생각도 없고요."

챙 회장이 말문을 열었다.

"미스터 리에게 늘 미안하지요. 항상 찾아와서 좋은 정보도 주고 친분을 유지하기 위해 정성을 쏟는데 우리는 아무것도 보답을 못 하고 있으니 미안하기 짝이 없어요."

재현은 그저 고마울 뿐이었다.

"이렇게 밥도 사 주시고 시간 내서 좋은 말씀 들려주시는데 더 무엇을 바라겠습니까?"

다른 아들이 끼어들었다.

"저희들은 늘 생각하고 있습니다. 언젠가 미스터 리와 함께 한국에서 배를 지을 기회가 오기를 고대하고 있습니다."

재현이 모두에게 말했다.

"고맙고 고맙습니다."

음식이 몇 코스 돌고 나서 재현이 챙 회장을 건너다보며 물었다.

"홍콩의 대 해운 재벌들이 많이 달라졌지요?"

"그러게 말이에요. 철저한 반공주의자로 선박을 한국이나 대만에만 발주하던 아일랜드 내비게이션 사의 선대(先代) 퉁 회장이 작고하시고 난 뒤, 다음 세대들의 세상을 보는 눈이 완전히 바뀌었어요. 80년대에 파산 직전까지 몰리는 극심한 어려움을 겪었지요. 그 어려움을 극복하고 나서 그들은 친중(親中)으로 경영 방침을 바꾸었어요. 큰아드님이 홍콩 반환 뒤 초대 총독이 되었잖아요. 그리고 승승장구해서 세계 최대의 컨테이너 운송 회사로 성장했어요. 퉁 회장은 저승에서 뭐라고 할까? 나는 그가 아주 흐뭇해할 거라고 확신해요. 그가 추구하던 사상과 반대이긴 하지만 아들들이 이 세파를 현명하게 헤쳐나가고 있다고 생각할 거야. 한편, 중국 정부와 긴밀히 협조하여 은행도 같이 운영하고 비행기 회사 운영도 함께했던 월드 와이드의 파오 회장 집안은 완전히 반대 방향으로 가고 있지요. 파오 회장이 작고한 뒤 2세들은 유럽 회사들과 합동으로 선대를 운영하기 시작하더니 홍콩이 중국에 반환된 뒤 본사를 아예 싱가포르로 옮겨 버렸어요."

재현이 계속했다.

"한국에 지속적으로 선박을 발주하던 와콩의 차오 가문은 이제 한국과의 관계를 접었어요. 아예 중국에 밀착해서 중국 조선소에 집중적으로 선박을 발주하기 시작했지요."

"그래요. 그들은 앞으로의 살길을 중국에서 찾기로 결정했어요. 그 외에 많은 사람들과 회사들이 홍콩을 떠나 캐나다나 오스트레일리아로 그 기반을 옮겼지요. 그러나 중국은 큰 나라에요. 중국을 무시해서는 안돼요. 그 나라가 더 이상 내려갈 수 없는 밑바닥으로부터 이제 세계를 따라잡겠다고 기지개를 켰어요. 당장 세계의 자원, 에너지 시장이 요동치고 있잖아요? 해운 시장의 팽창은 그에 따른 작은 표면적 현상에 불과해요. 온 지구상의 자원과 에너지들을 중국이 빨아들이기 시작했어요."

"오랜만에 세계 시장이 적극적으로 긍정적으로 요동치기 시작했어요. 신나는 일이지요. 그러나 조심은 해야겠지요?"

챙 회장이 고개를 끄덕였다.

아들이 조심스럽게 입을 열었다.

"한동안 한국이 중국의 경쟁력을 따라잡기는 어렵겠죠?"

재현은 확신을 갖고 대답했다.

"요즘 만나는 사람마다 중국의 경쟁력을 이야기하는데 저는 아주 부정적입니다. 사람들은 중국의 인건비가 한국의 오 분의 일이라고 이야기하고 있어요. 그만큼 경쟁력이 높다는 이야기지요. 한편 우리는 '중국의 생산성이 한국의 오 분의 일 수준이다' 이렇게 보거든요. 그러니 싼 인건비의 이점이 낮은 생산성의 약점으로 상쇄되어 버리는 거지요. 거기다 품질의 문제가 있습니다. 아직은 중국 배의 품질은 한국 배에 따라올 수 없잖아요. 그러니 중고선(中古船)을 팔 때 한국에서 지은 배가 중국에서 지은 것보다 거의 두 배 가까운 가격을 받을 수 있다는 것은 잘 알려진 사실입니다. 그만큼 중국 배의 가격이 한국 것보다 싸지 않으면 살 사람이 없습니다. 결국 중국 조선소는 원가보다 훨씬 아래로 가격을 불러야 계약을 하게 되고 손해를 보는 부분은 정부의 보조에 의지할 수밖에 없게 되지요. 그러한 악

순환을 바로잡지 못하면 중국의 조선 산업은 모두 파산하고 모조리 국영화될 수밖에 없어요. 민간이 독립적인 경영을 할 능력이 없거든요."

챙 회장은 웃었다.

"그렇게까지 되기를 바라지 않지만 미스터 리의 설명은 정말 정곡을 찌르는 것이야. 기억해 둘게요."

만찬도 거의 끝났다. 챙이 물었다

"미스터 리는 금년에 몇 살이 되지요?"

"예순다섯입니다."

"참 좋은 나이군. 부럽군 부러워."

"챙 회장님, 당신은 조금도 부러운 표정이 아니신데 그래요. '나는 이대로 최고다' 하는 표정이신데요. 게다가 이처럼 훌륭한 자제분들이 가업을 잇고 있으니 얼마나 마음 편하세요."

"그래요? 그건 내게 대한 최대의 찬사인데. 미스터 리는 정말 상대방을 칭찬할 줄을 알아. 어떻게 칭찬하면 상대방이 고마워할지를 알아."

챙 회장과 그 아들들도 마음을 풀어 놓고 있었다. 재현도 그들 앞에서 마음이 편했다. 일어서기 전 재현이 불쑥 물었다.

"챙 회장님, 언제 돌아가실 거예요."

노인의 면전에서 특히 한때 사경을 헤매던 사람에게 물을 수 있는 질문이 결코 아니었다. 그러나 챙 회장은 분위기를 그토록 부드럽게 이끌었다. 그는 껄껄 웃으며 팔을 활짝 폈다.

"나도 몰라."

모두 웃었다. 재현도 분위기를 맞추었다.

"자주 와서 회장님의 건강한 모습을 뵙고 제가 앞으로 살아갈 날들의 사표로 삼겠습니다."

챙 회장도 화답했다.

"미스터 리를 여러 번 보기 위해 나도 아주 오래오래 살게요."

식당에서 호텔까지 택시를 탈 수 있었지만 걷기로 했다. 재현은 홍콩의 보행도로(步行道路)가 좋았다. 자동차로 가득한 대로(大路) 한편에 고가도로를 만들고 거기에 지붕을 씌워 놓은 것이다. 덥기는 하지만 바다로부터 불어오는 바람이 있고 시도 때도 없이 오는 비를 피할 수 있다. 홍콩 중심에서는 그 고가도로 때문에 차를 타지 않고 중요한 건물과 건물 사이를 걸어 다닐 수 있다. 철수하기 전 영국은 그동안 쌓아 놓았던 재정 흑자를 눈에 띄는 건설공사에 소진했다고 한다. 새 국제공항이 생겼고, 그와 홍콩이 연결되는 전철, 홍콩 반환식을 거행한 거대한 컨벤션 센터(Convention Centre)를 건설했다. 그런 시설 투자의 덕을 본 것인지 보행자 전용도로도 전보다 잘 정비되었다는 인상을 주었다. 재현은 천천히 걸었다. 도로에 사람들이 많이 늘었다. 행상도 늘었고 걸인도 보였다. 땀이 몸에 배일 정도로 삼십 분쯤 걸었다. 재현이 호텔에 돌아온 것은 아홉 시가 지난 시간이었다.

3.

전화를 걸까? 괜찮을까? 그가 전화를 받을 수 있을까? 호텔에 돌아와서 재현은 망설였다. 늦은 시간이다. 그러나 결국 전화를 걸기로 했다. 프랭크 량(Frank Liang)이다. 그는 부동산 재벌이다. 1980년대 홍콩 반환을 앞두고 많은 투기 세력들이 홍콩의 부동산에 집중 투자를 하였다. 부동산 가격이 천정부지로 뛰던 그때 그는 홍콩 요지의 건물들을 사고 팔면서 큰돈을 벌었다. 그는 여유 자금으로 중국 대륙에도 통 큰 투자를 하였다. 특히 중국 정부가 국토 개발의 깃발을 올리던 90년대 초부터 상하이에 집중적으로 투자를 하여 큰 이익을 남겼다고 했다. 량은 오래전부터 재현과 가깝게 지냈다. 신천지에 대한 투자를 위해 상하이를 방문하거나 정부 승인을 위해 베이징에 갈 때 그는 재현의 동행을 원했고 재현은 기꺼이 함께 다녔다. 재현은 해운회사를 차릴 가능성이 많은 량의 비위를 맞추었다. 재현은 량의 거대한 부동산 거래를 통해 폭풍 성장하는 중국의 힘을 그 시작할 때부터 체험할 수 있었다. 재현은 부동산에 대해 아는 것이 없었지만 량의 취향에 맞춰 움직였다. 상전벽해(桑田碧海)의 시기였다. 상하이는 변화의 중심에 있었다. 상하이 신시가지는 날이 다르게 변모하였고 부동산 업자들에게 노다지의 땅이었다. 량은 상하이에서의 부동산 투자로 거대 재벌로 성장했다.

량은 어느 날 그의 운전기사 이야기를 들려주었다.
"황 말이야. 내 운전기사, 그 친구 이야기 들어 봤어?"
"아니, 그러고 보니 그 친구가 보이지 않는구먼. 기사가 바뀌었나?"
"기사가 뭐야. 지금은 자칭 재벌이 되었어."
량이 상하이에 올 때마다 황은 량이 공항에 도착해서부터 떠날 때까지 그림자처럼 따라다니며 량을 모셨다. 량이 땅을 사고파는 전화를 할 때마다 귀담아들어 두었다가 량이 사는 땅 근처의 싸구려 자투리땅을 샀다. 그리고 량이 홍콩에 가 있는 동안 그는 열심히 갖고 있는 땅을 굴렸다. 처음 아주 보잘것없는 작은 돈으로 시작했지만 그것이 몇만 배로 불어났다. 그는 어느새 푸동의 중심가에 금싸라기 땅을 소유할 뿐더러 목 좋은 곳에 괜찮은 건물 세 채를 소유하고 있다고 했다.

"이제 그 친구는 재벌 행세를 하려고 해."

"그래 옛 주인 앞에서도 거드럭거리나?"

"아니, 가끔 찾아와. 겉으로는 온갖 예의를 갖추느라 애를 쓰지만 속셈은 그가 갖고 있는 돈 자랑하러 오는 거야."

새 천지가 열리는 상하이에서 별로 신기하지도 않은 이야기라고 했다.

그는 낙천적이고 인생을 즐기는 스타일이다. 재현이 선박 관계 일로 홍콩을 방문할 때마다 하루 이틀은 량을 위해 일정을 비워 두었다. 량은 우선 그를 골프장으로 끌고 갔다. 갈 때마다 많은 친구들이 그를 기다렸다. 골프가 끝난 뒤 휘황찬란한 노래방을 섭렵했다. 한국에서는 상상도 할 수 없는 호화스럽고 비싼 고급 살롱이었다. 그는 일을 하는데 억척같았지만 노는데도 상식을 뛰어넘는 데가 있었다. 어느 날 한 여인을 데리고 서울에 나타났다. 세상에 이런 미인이 있을까 싶게 빼어난 여인이었다. 중국 시골에서 만나 홍콩으로 데리고 와서 살림을 차려 주었다고 했다. 그날은 서울을 구경시킨다며 데리고 온 것이다. 그는 호텔 방에서 꼼짝 않고 이틀 동안 그녀와 발가

벗고 지내겠다고 했다. 재현은 분방한 량의 사생활에 대해 알은체하지 않았다. 균형을 잃은 량의 방탕에 대해 재현은 전혀 흥미를 보이지 않았다. 유명한 여배우였던 그의 아내는 그의 일탈에 더 이상 신경 쓰지 않았다. 그들은 혼인 관계는 유지했지만 별거하고 있었다.

부동산과 반대로 해운시장은 끝없는 심연으로 가라앉았을 때였다. 그는 부동산에서 번 돈으로 해운 시장에 뛰어들 계획을 세웠다. 그는 재현을 불러 그의 계획을 의논했다. 재현은 해운 시장에 투자하기에 가장 적절한 시기라는 의견에 동의했다.

해운회사 설립 논의를 차츰 현실화하여 가던 두 해 전 어느 봄날이었다. 량에게서 전화가 왔다. 그의 평소의 카랑카랑한 목소리가 아니었다. 그는 어눌한 어조로 말을 시작했다.

"제리, 의사가 석 달 동안 사무실에 나오지 말래."

"프랭크, 무슨 일이야. 자기 사무실에 나오지 못하게 하는 놈이 누구야? 이 어눌한 목소리는 또 뭐야?"

"그냥 그렇게 됐어. 한동안 전화도 할 수 없을 거야."

그리고 그는 허둥지둥 전화를 끊었다. 재현은 량의 비서에게 전화를 걸었다. 대답을 꺼리는 그녀를 구슬려서 알아낸 사실은 어처구니가 없었다.

한 달 전 량은 친구들과 약속된 골프를 위해 아침 일찍 집을 나섰다. 그는 아침부터 비틀거렸다. 어지러워서 몸의 균형을 잡을 수 없었다. 운전기사가 집에서 쉬는 게 어떠냐고 했다. 그는 약간 어지러울 뿐이라고 우겼다. 골프장에 가서 친구들과 아침을 먹으며 골프를 할 것인지 집으로 돌아와 쉴 것인지 결정하자고 했다. 아침을 먹으면서 친구들도 걱정을 했다. 그러나 량은 전반 아홉 홀만 돌아보고 결정하자고 했다. 그때까지 어지럼증이 계속되면 집으로 돌아가겠다고 했다. 그는 멈추지를 못했다. 비틀거리며 열여덟 홀을 다 돌았다. 점심까지 끝냈다. 돌아오는 차 속에서 그는 혼수상태에 빠졌다. 기사가 바로 병원으로 가자고 했다. 량은 사무실에 가서 몇 건의 급한 결재만 끝내고 병원으로 가겠다고 했다. 그는 늘 그의 자동차와 사무실의 에어컨 온도를 한겨울처럼 춥게 유지했다. 바깥 온도와 실내 온도의 견디기 어려운 차이는 때때로 재현도 어지럽게 했다. 량은 이미 상한 몸으로 집을 나서 더운 바깥에서 땀을 흘린 뒤 차가운 차 속에서 한 시간, 추운 사무실에서 한 시간 정도를 보낸 뒤 쓰러졌다. 아침에 집에서 쉬었거나 바로 병원으로 갔으면 손을 쓸 수 있었을 것이다. 그는 차례로 '골든타임'을 놓쳤고 그의 뇌졸중은 위급한 상황으로 내달았다. 쓰러진 뒤 일주일 만에 재현에게 전화를 건 것이다. 북경 대학교 의과대학의 최고 한의학 박사가 즉시 홍콩으로 왕진했다. 그의 침과 한방 치료를 받고 아주 좋아졌다고 했다. 그는 외관으로 별 이상이 있는 사람 같지 않았다. 사람들의 이야기를 다 알아들었다. 그러나 그의 반응이 점점 어눌해졌다. 눈의 움직임이 둔해졌고 걷는 것도 불편해졌다. 그동안 재현은 몇 번 다른 일로 홍콩을 방문할 때마다 량을 보았다. 량은 가족까지 데리고 나와서 저녁을 같이했다. 스스로 건강이 괜찮다는 것을 보이려 했지만 그의 병세가 점점 악화되는 것이 보였다. 북경 의과 대학의 최고 의사들이 그에게 매달려 있다고 했지만 나아지는 것 같지 않았다. 재현도 그를 대하기가 부담스러웠다. 변화가 심한 감정의 기복 때문이었다.

워낙 건강이 넘치던 사람이, 인생의 구석구석 놀이터를 탐닉하던 사람이 갑자기 그 놀이터로부터 추방된 뒤 느끼는 상실감의 크기는 상상하기 어려웠다.

한참을 벨이 울린 뒤 서투른 영어로 식모가 전화를 받았다.
"나는 한국에서 온 제리라는 사람인데 프랭크와 통화할 수 있을까요?"
그녀는 주저하지 않고 대답했다.
"주인어른은 전화를 받을 수 없습니다."
그런데 놀랍게도 량이 전화기를 뺏어 대답했다.
"프랭크입니다. 누구신지요?"
재현은 눈물부터 흘렸다.
"프랭크, 나야 제리. 하나님 감사합니다. 프랭크의 목소리를 듣게 해 주시다니. 프랭크, 내가 몇 번이나 당신에게 전화를 했는지 알아? 요 근래에 한번도 전화가 연결되지 않았어."
그의 어눌한 목소리가 다급해졌다.
"제리, 지금 어디 있어?"
"홍콩이야. 호텔이야."
"언제까지 있을 거야?"
"내일 저녁 상하이로 떠나려고 해."
"그럼 내일 점심을 하자고. 내가 아이들에게 준비시킬게. 내일 아침 호텔로 시간과 장소를 알려 줄게."
"알았어. 내일 봐."
재현은 가슴을 쓸어내렸다. 우선 량의 목소리를 들었다는 것이 그렇게 기쁠 수 없었다. 그러나 걱정스럽기도 했다. 그의 가족들이나 비서가 외부 접촉을 막고 있는 것은 그의 건강 때문인 것이다. 그런데 그와의 만남이 혹시 그의 가족들이 걱정하듯 그의 건강을 악화시키지 않을까 하는 걱정이었다. 그 다음 날 아침 메시지가 전달되었다. 량의 사무실 꼭대기 층에 있는 펜트하우스(Pent House)에서 그의 딸과 아들과 함께 점심을 하자는 것이다.

재현은 짐을 싸서 호텔 프런트에 맡긴 뒤 량의 펜트하우스로 향했다. 펜트하우스는 량이 소유한 여러 건물 중 시내 한복판에 있는 가장 비싼 빌딩의 꼭대기층에 있다. 건물의 맨 위에 있는 세 개의 층은 그의 회사 사무실로 쓰고 빌딩의 나머지는 높은 임대료로 빌려주고 있었다. 펜트하우스는 그의 부친이 중국에서 빠져나올 때 싣고 온 중국의 골동품, 홍콩에서 구입한 예술품들로 가득했다. 값으로 따질 수 없는 고귀한 인류의 문화유산이었다. 그만큼 보안도 철저했다. 펜트하우스로 올라가기 위해서 특별히 관리되는 엘리베이터가 따로 마련되어 있었다. 펜트하우스는 그의 휴식 공간이었다. 그가 건강할 때 가까운 친구들은 그곳으로 초대되었다. 간단한 계약은 거기서 서명식을 했다. 재현도 거기 자주 초대되었다. 특히, 점심을 거기서 들었다. 일류 식당에서 만든 음식을 가져와서 마치 그 펜트하우스에서 조리된 것처럼 차려 내었다.

재현이 도착했을 때 모두 식탁에 자리 잡고 있었다. 재현은 량을 껴안았다. 마치 큰 나무둥치 같았다. 빳빳한 량의 볼에 그의 볼을 대었다.

"얼굴이 좋아 보이는구먼. 많이 좋아지고 있지?"

량은 얼굴이 벌개져서 더듬거렸다.

"응 좋아 좋아. 이제 조금만 고생하면 사무실에 나가 앉을 수 있대."

그저 사무실에 나갈 생각뿐이었다. 아들, 딸과도 인사를 나눈 뒤 곧 식사가 시작되었다. 그러나 분위기가 전혀 부드러워지지가 않았다. 아주 사소한 일에도 량의 기분이 흔들리기 때문에 모두 말을 조심했고 말을 꺼내려 하지 않았다. 대화는 늘 량이 이끌었다. 량이 더듬거리며 물었다.

"요즈음 조선 경기가 아주 활성화되고 있다면서?"

재현은 조심스러웠다. 좋다고 호들갑을 떨 수도 없고 나쁜 척할 수도 없었다.

"모두들 호황이라고 야단들이지만 한편에서는 조심해야 할 때라고 걱정하는 사람들도 많아."

"우리도 슬슬 끼어들 수 있을까?"

"그럼 이 시장은 언제나 프랭크의 등장을 기다리고 있지. 프랭크가 건강해지기를 시장도 고대하고 있어."

조마조마했지만 거기까지는 괜찮았다. 메인 코스가 차려질 때쯤이었다. 량이 아무렇지 않게 물었다.

"제리, 요새 골프는 어때? 잘 맞아?"

재현은 움찔했다. 가장 민감한 질문이기 때문이다. 골프는 그가 가장 소중하게 여기는 생활의 일부분이었다. 좋은 친구들과 넓은 풀밭에서 유유히 자적하며 사업에 관한 이야기도 나누고 세상살이도 의논했다. 그것을 지난 이년 동안 못 하고 방 안에 갇혀 지내고 있었다. 재현은 량의 어조처럼 아무렇지 않게 대꾸했다.

"별로 하지 않아. 프랭크 당신도 알다시피 나는 그렇게 잘 치지도 못하잖아. 별 재미를 못 느껴."

량은 빙그레 웃는 듯했다. 그러더니 얼굴이 점점 굳어지고 실룩거리더니 눈물을 줄줄 흘리기 시작했다. 그가 병든 뒤 그를 억누르고 있던 조울증이 그를 몰아붙인 것이다. 그리고는 곧 엉엉 울기 시작했다. 식사는 거기서 끝났다. 인사도 제대로 차리지 못하고 량은 식당에서 부축되어 나갔다. 딸은 재현을 원망하는 표정으로 지켜보았다. '괜히 와서 아픈 사람 더 아프게 하잖아요?' 하는 표정이었다. 재현은 큰 죄 지은 사람처럼 허둥거리며 펜트하우스를 떠났다.

량의 아들이 자동차를 준비했다. 재현은 호텔에 들러 짐을 챙긴 뒤 공항으로 향했다. 공항으로 가는 차 속에서 재현은 많은 생각을 하였다. 중국인들의 죽음에 대한 자세를 생각했다. 특히, 챙과 량 두 가까운 친구의 죽음을 대하는 태도를 생각했다. 한쪽은 죽음이 다가왔을 때 유연하게 삶을 내려놓고 편안하게 죽음을 맞이할 준비를 하였다. 그는 오히려 활기차게 생명을 되찾았다. 다른 쪽은 절망적인 상황에서도 삶의 끈을 놓지 못하고 필사적으로 매달렸다. 그는 되돌릴 수 없는 죽음의 늪으로 점점 깊이 빠르게 빠져들고 있었다.

4.

다음 날 일요일 상하이에서 아침 일찍 잠이 깨었다. 상하이 구시가지의 비싸지 않은 호텔이었다. 재현은 주섬주섬 옷을 입고 호텔 밖으로 나왔다. 호텔 근처 작은 공원에서는 많은 사람들이 맨손 체조를 하고 있었다. 가장 느린 동작으로 온몸을 움직이며 몸의 균형을 잡고 있었다. 파룬궁(法輪功)은 중국 정부가 금지해서 추종자들이 줄어들었다지만 많은 사람들이 움직임의 형태를 조금씩 바꿔 계속한다고 했다. 그는 그 느린 동작과 균형을 보는 것이 좋았다. 그는 공원을 천천히 돌며 그들을 지켜보았다. 그들의 동작을 마음속으로 따라하였다.

재현은 상하이의 황푸강(黃浦江) 동쪽 건너편의 푸동(浦東)이 개발되던 시절 량과 함께 몇 번 들른 적이 있었다. 갈 때마다 푸동은 빠르게 그 모습을 바꾸었다. 1980년대 문화혁명으로 혼란에 빠졌던 중국이 덩샤오핑의 선부론(先富論)을 앞세워 개혁개방을 시작했다. 들불처럼 번진 국가 개발 운동이 시작된 뒤 상하이 푸동 지역은 개발의 상징이 되었다. 허허벌판에 빌딩이 띄엄띄엄 들어서더니 숲을 이루고 순식간에 세계적 금융의 중심이 되어갔다. 황푸강 서쪽에서 복닥거리는 풍경에 익숙한 눈에 강 건너 푸동은 마치 로마가 새로 점령한 식민지에 건설한 신도시 같아서 전혀 중국 같지 않았다. 도로는 무지막지하게 넓었다. 많은 공간을 두고 띄엄띄엄 지어 놓은 최신식 건물들은 낯설기만 했다. 문자 그대로 상전벽해(桑田碧海)였다. 재현은 늘 강의 서편 낡은 시가지에 머물렀다. 거기가 훨씬 만만하고 중국다웠기 때문이다.

정 회장은 금요일 낮에 도착해서 중국 지점 일을 보고 있었다. 일요일 오전 정 회장의 상하이 지사에서 보내준 차로 재현은 정 회장의 호텔로 가서 함께 간단히 점심을 마친 뒤 두 사람은 푸동 지구를 돌아보았다. 현대식 건물에 들어가서 차도 마시고 높은 빌딩에서는 꼭대기에 올라 상하이 시가지도 내려다보았다. 저녁은 정 회장과 상하이 지점장과 함께했다. 지점 요원들이 나오겠다는 것을 정 회장이 말렸다. 일요일 저녁은 가족들과 함께하라는 의도였다. 저녁 일찍 잠자리에 들었다. 다음 날 아침부터 이틀간 중국 대륙을 승용차로 다녀야 할 길고 긴 일정에 대비해서 일찍 쉬기로 했다.

다음 날 아침 열 시쯤 상하이를 출발했다. 상하이의 조선 브로커가 함께했다. 재현과는 제법 많은 프로젝트를 진행해 왔지만 성사시킨 것은 없었다. 능력 있고 말귀가 통하는 사람이었다. 타이저우(台州)까지 열심히 달려서 다섯 시간쯤 걸린다고 했다. 고속도로 휴게소에서 간단한 점심을 먹고 타이저우에 도착하기 직전 해변의 조선소를 방문했다. 그리고 타이저우의 호텔에서 하룻밤 묵고 다음 날 아침 그 지역의 조선소를 둘러볼 예정이었다. 거기까지 별 특별히 기억할 만한 일은 없었다. 평범한 고속도로에서 끼어든 차와 가벼운 접촉 사고가 있었지만 심각하지는 않았다. 맛없는 휴게소의 점심, 작지만 진수대를 갖춘 조선소, 그리고 호텔도 평범했다. 아, 호텔은 평범하지 않았다. 방에 짐을 풀고 앉았는데 강하지는 않지만 날카로운 시큼털털한 냄새가 났다. 점점 신경을 거스르더니 골치가 아프기 시작했다. 호텔 관리인에게 전화를 했다. 한참 지나서 담당자가 올라왔다. 그는 우겼다.
"무슨 냄새가 난다고 하느냐? 이 정도 냄새는 견딜 만한 것 아니냐?"
그는 아무렇지도 않다고 우겼다. 냄새는 점점 썩는 냄새로 변해갔다. 재현은 조급해졌다. 2002년 11월 중국 광동지역을 중심으로 발병이 시작되어 수개월 만에 전 세계적으로 확산된 신종 전염병인 사스(중증 급성 호흡기 증후군)가 생각났다. 재현은 담당자에게 엄포를 놓았다.

"너에게는 괜찮을지 모르지만 나는 견딜 수 없어. 방을 바꿔라. 그렇지 않으면 지배인에게 항의하고 다른 호텔로 옮기겠다."

그는 재현을 이해할 수 없다는 얼굴을 하면서도 특별히 봐 준다는 표정으로 방을 바꿔 주었다.

다음 날은 일찍 일어났다. 조선소 네 곳을 들르는 일정이다. 타이저우 지역에는 수백 개의 조선소가 있다고 했다. 옛날부터 독일 등 외국의 배들을 지어 왔기 때문에 국제적인 명성을 지닌 조선소도 있다고 했다. 타이저우에만 이백여 개가 있다는 모래톱 조선소(Beach Yard)가 해변에 벌집처럼 다닥다닥 붙어 있었다. 조선소들이 모여 있으니 여러 단계의 건조 공정을 한꺼번에 볼 수 있었다. 첫 번째 철판을 놓고 선박 건조를 시작하는 조선소가 있는가 하면 외판을 붙여서 배의 모양을 갖춘 곳, 기계를 설치하는 곳, 완성된 배를 물로 진수(進水)할 준비를 하고 있는 곳까지 지나가는 길에 두루 볼 수 있었다. 오만 톤 크기의 배를 짓는 곳도 있고 작은 어선을 자동차 만들 듯 짓고 있는 조선소도 있었다. 자동차를 진열하듯 어선 여남은 척을 세워 놓은 것을 보고 재현이 감탄을 했다. 동행한 중국 브로커에게 물었다.

"저 진열된 배를 보세요. 열 척씩 마치 자동차 찍어 내듯 짓고 있지 않아요?"

중국인 선박 브로커가 아무것도 모르면서 아는 척하지 말라는 뚱한 표정으로 토를 달았다.

"첫 줄에 열 척이고요 뒤로 다섯 줄이 더 있어요. 열 척씩 한꺼번에 진수를 한답니다. 대량으로 생산을 해서 값도 아주 싸게 나와요."

정 회장이 한국말로 투덜거렸다.

"저러니 한국 어장까지 거덜을 내지."

5.

세계적으로 알려진 곳을 포함해서 제대로 갖추어진 중형 조선소 세 곳을 둘러보고 나서 1,100teu 컨테이너선을 1,300만 불에 팔겠다는 문제의 조선소에 도착한 것은 오후 세 시쯤이었다. 마지막으로 방문하는 조선소였다. 사무실은 시멘트 벽돌로 지은 간이 건물이었다. 사무실 앞 널찍한 마당은 시멘트로 포장을 해 놓았는데 건성으로 시멘트를 발라 놓아 그 위에서 중량물을 조립하거나 운반할 정도는 되지 않았다. 선박의 건조 현장으로 갔다. 그들은 네모난 콘크리트 덩어리를 모랫바닥에 늘어놓은 뒤 그 위에서 배를 지어 나갔다. 현대의 조선 기술은 전혀 적용되지 않았다. 육상에서 블록을 크게 만든 뒤 골라이어스 크레인으로 들어 올려 드라이 도크나 진수대의 제자리에 놓고 레이저로 직진도(直進度)를 확인하며 붙여 나가는 것이 아니다. 철판 한장 한장을 콘크리트 블록 위에서 용접해 나가는 원시적인 작업을 하고 있었다. 선박의 맨 밑바닥 한가운데 철판을 놓아 위치를 잡은 뒤 길이 방향으로 배의 길이만큼 철판을 붙여 나간다. 그것이 끝나면 배의 제일 앞 것과 제일 뒤 철판 끝에 오성홍기(五星紅旗)를 단다. 그런 뒤 측면 철판(外板)과 배 속의 늑골(肋骨)들을 붙여 나간다. 기계나 항해 장비들은 선체가 끝난 뒤 설치한다. 한국에서는 큰 블록에 기계까지 넣어 조립한 뒤 드라이 도크 (Dry Dock)에 넣어 몇 개의 블록만 연결하면 배가 완성된다. 그렇게 함으로써 똑바르고 정밀한 배를 지을 수 있는 것이다. 그에 비해 그곳에서는 철판 한장 한장을 콘크리트 블록 선대(船臺) 위에서 붙여 나가기 때문에 배의 척추를 똑바르게 유지하는 것조차 어려워 보였다. 외판은 울룩불룩하기 마련이다.

한 척의 배가 완성된 모습으로 물을 향하여 앉아 있었다. 말끔히 칠한 페인트 때문에 음영이 뚜렷해서 우둘두둘한 표면이 흉측스럽게 두드러졌다. 높은 열로 용접한 뒤 일어나는 용접 부위의 울렁거림 탓이었다. 마치 겨울에 들일을 하는 농부의 거칠게 튼 손등 같았다. 현대식 공법으로 지은 선박의 매끈한 외피(外皮)에서는 볼 수 없는 현상이었다. 그곳까지 안내한 중국인 브로커에게 재현이 물었다.
"이것이 그 배입니까?"
"예, 그렇습니다."
"이제 곧 진수를 해야겠군요."
따라다니던 조선소의 기술이사가 대답했다.
"예 오늘 할 예정이었는데 귀한 손님들이 오신다고 해서 하루 늦추었답니다."
재현에게는 그 배의 진수 방법이 가장 궁금했다.
"그래. 이 배를 어떻게 물에 띄우죠?"
"아주 쉽습니다."

조선소의 기술이사는 옆에 쌓아 놓은 하얀 텐트 같은 천을 가리켰다.

"아주 쉽습니다."

그는 말마다 '아주 쉽습니다'로 시작했다. 그 텐트 천으로 만든 베개 같은 것을 배 밑에 놓고 거기에 압축 공기를 불어넣는다는 것이다. 그러면 그 베개가 부풀어 오르고 그 위에 배가 올라앉는다는 것이다. 배가 베개 위에 뜨면 그때까지 배를 받치고 있던 콘크리트 블록을 들어내고 그 자리에 마지막 페인트칠을 한다는 것이다. 페인트가 마른 다음 물에서 예인선(曳引船)이 끌어내고 육지에서 트럭이 밀면 그 베개에 뜬 배가 물로 나아간다는 것이다. 정 회장이나 재현은 세상에 나서 처음 듣는 이야기였다.

"이 근처에 오늘 그런 방식으로 진수하는 배가 있을까요?"

"있을 거예요. 이 동네 전체가 모래톱 조선소이니 볼 수 있고 말고요. 또 손님들이 원한다면 오늘 이 배도 진수해 보일 수 있습니다."

재현은 펄쩍 뛰며 말렸다. 보고는 싶지만 책임지지 못할 일을 요구할 처지는 아니었다. 정 회장이 물었다.

"그래 진수하는데 문제는 없습니까? 제대로 물로 들어갑니까?"

"아주 쉽습니다. 이 베개들이 완전히 부풀고 배가 그 위에 올라앉으면 내 무릎으로 밀어도 배는 움직입니다."

그들은 현장을 떠났다. 기술이사라는 사람의 허풍을 들으며 허비할 시간이 없었다.

모두들 사무실에 앉았다. 밭에서 농사짓다가 바로 온 것 같은 조선소 임자가 상석에 앉고 기술이사가 조선소의 실적과 건조 능력을 설명하였다. 상당히 많은 배를 지은 실적이 있다고 자랑하였다. 문제의 배에 대한 사양서(仕樣書)와 일반배치도(一般配置圖)가 책상 위에 펼쳐져 있었다.

배의 성능에 관한 설명이 있었다. 그러나 문제점은 한눈에 드러났다. 그런 배라면 속력이 보통 20노트 정도가 되어야 하는데 13노트라고 명기되어 있었다. 정 회장이 점잖게 물었다.

"컨테이너선인데 어떻게 13노트로 설계를 했죠? 속도가 너무 느린 것 아닌가요?"

"걱정 마세요."

영업담당 이사가 나섰다. 그는 언제나 '걱정 마세요'로 말을 시작했다.

"걱정 마세요. 우리는 굉장히 운이 좋았습니다. 배는 완성되어 가는데 엔진을 구하지 못했습니다. 필요한 엔진이 다 팔렸다는 겁니다. 세계 어느 곳에서도 우리가 필요로 하는 엔진을 구할 수 없었습니다. 그러나 운이 좋게 중속(中速) 엔진인 필스틱(Pielstick) 엔진을 구했지요. 그런데 그 엔진을 설치하는 경우 13노트까지 나오는 것으로 계산이 되었습니다."

정 회장과 재현은 눈짓으로 의견을 교환했다. 배가 완성될 때까지 엔진을 못 구했다. 저속 엔진이 아닌 중속 엔진을 달고도 운이 좋다고 했다. 상선은 모두 추진 효율이 좋은 저속(低速) 엔진을 장착한다. 저속 엔진만이 연료를 절약할 수 있고 속도도 높일 수 있는 것이다. 회전수가 훨씬 높은 중속 엔진은 특별한 선박에만 쓰이고 있다. 그의 말대로 손님이 걱정할 일은 아니다. 조선소가 걱정할 일이다. 정 회장이 질문을 계속했다.

"어떻게 살 사람을 정하지 않고 엔진도 확보하지 않고 배를 짓죠? 배를 짓자면 큰돈이 들 텐데. 선박건조 계약도 없이 배를 건조할 수 있나요?"

영업이사의 대륙적 허풍은 계속되었다.

"전혀 걱정 마세요. 이 세상이 어떤 세상입니까? 배가 없어서 쩔쩔매는 세상 아닙니까? 배만 지어 놓으면 떼돈 버는 세상이거든요. 거기다 저기 앉아 있는 이 조선소의 사주는 무지무지하게 부자거든요. 이런 것 몇 척 지을 돈이 있어요. 전혀 걱정하지 마세요."

사주라는 사람은 영어로 오가는 대화를 알아들었다는 듯이 벌죽벌죽 웃고 있었다. 손님이 걱정할 일이 아니었다.

설명이 끝났다. 사갈 사람이 많다면서 영업이사는 재현 일행에게 그 배를 사가라고 애걸하기 시작했다. 재현과 정 회장이 일어섰다. 볼 것을 다 보았고 들을 것도 다 들었다. 더 머물 이유가 없었다. 영업이사는 떼를 썼다.

"곧 다른 사람이 이 배를 보러 오기로 되어 있어요. 그들은 보자마자 계약을 하자고 할 거예요."

재현이 말했다.

"지금 여기서는 결정을 할 수 없습니다. 사겠다는 사람이 있으면 우리 걱정 마시고 파세요. 귀국해서 잘 검토한 뒤 연락을 드릴게요."

재현의 반응에 그는 파장의 흥정꾼으로 돌변했다. 멀리서 온 손님을 놓칠 수 없다는 자세였다.

"얼마면 사시겠어요? 값을 불러 보세요. 어떤 값이라도 불러 보세요."

값을 부를 형편이 아니었다. 정 회장이 농담처럼 물었다.

"그래 살 사람이 없으면 어떻게 하시겠어요?"

영업 이사의 허풍은 계속되었다.

"걱정 마세요. 조건만 맞으면 거저 드릴 수도 있어요."

더 듣고 있을 이유가 없었다. 허풍스러운 어거지를 헤치고 조선소를 떠났다. 항주로 돌아가는 길에 차 속에서 동행한 브로커가 그 배를 사라고 집요하게 설득을 했으나 정 회장이나 재현으로부터 어떤 언질도 얻어 낼 수 없었다. 타이저우 지역에 조선소가 200여 개나 밀집해 있다고 했지만 훨씬 많은 것이 아닌가 하는 생각을 했다. 물가에 시멘트 블록 몇 개 갖다 놓으면 선대가 된다. 거기다 간판만 붙이면 조선소가 된다. 배만 지으면 떼돈을 번다고 믿는다. 살 사람이 없어도, 선박건조 계약이 없어도 배를 짓는다. 엔진이 없어도 건조는 계속된다. 전혀 배라고 부를 수 없는 배를 지어 낸다. 그쯤 되면 무시무시하다는 생각까지 들었다. 허황한 꿈이다. 깜깜한 산길을 내닫는 짓이다. 그들은 가로등도 없고 안내판도 없는 앞이 보이지 않는 길을 전조등도 없는 자동차를 몰고 전속력으로 질주하고 있다. 길가의 나뭇등걸에 부딪치고 뿌리에 걸려 넘어지고 골짜기로 굴러떨어질 수밖에 없다.

사유재산을 허용하지 않던 공산주의 사회가 자본주의 세상에 급작스럽게 노출되었다. 가치관에 큰 혼란이 왔다. 돈이 보인다. 그 돈을 어떻게 만들어야 하는지 어떻게 관리해야 하는지 생각하지 않는다. 돈만 보인다. 이제 자기 재산에 대한 스스로의 책임까지 망각한다. 자기 재산에 대한 책임을 지지 않는 사람들이 국가나 사회에 대한 책임을 생각할 겨를이 있을 리 없다. 더더구나 세계 해운산업에 대해 자기 몫의 책임을 질 준비는 전혀 되어 있지 않다. 정 회장과 재현은 깊은 생각에 빠져들었다.

돌아오는 차 속에서 재현은 동승한 브로커와 중국 시장에 대한 이야기를 나눴다.

"이번 호황에 큰 부자가 되었다는 소문을 들었습니다. 그동안 일 많이 하셨죠?"

"여기저기 부지런히 따라다녔습니다. 돈도 제법 들어왔습니다. 뉴욕에 좋은 집 한 채, 런던에도 부동산을 좀 마련해 두었습니다."

"부동산 투자는 중국에 해야 큰 이익이 나지 않나요?"

그는 아무렇지도 않게 대답했다.

"이 사회제도 아래서 정부 정책이라는 것을 믿을 수 있어야지요."

저녁은 정 회장과 재현 둘이서 간단히 들었다. 재현이 입을 열었다.

"중국은 무서운 나라지요? 무슨 일이 벌어질지 예측할 수가 없어요."

정 회장도 같은 기분이었다.

"팽창은 하는데 조절 기능이 없는 것 같아요."

그들은 대학 동기였지만 늘 경어를 썼다. 정 회장 사무실에서 많은 회의를 하는데 직원들 앞에서 '해라'를 하기 어려워 경어를 쓰기 시작한 것이 습관이 된 것이다. 재현이 말했다.

"중국 같은 잠재력 있는 나라가 통제력을 갖고 주변과 조화를 이루며 발전해 나간다면 그들을 막을 길이 없을 거예요. 그러나 그런 일이 벌어질 것 같지 않아요. 개인들은 준비도 안 된 채로 허풍만 떨고 있고, 정부는 정부대로 절제되지 않은 간섭만 계속하고 있어요. 이들이 스스로를 정비하고 한국, 일본과 힘을 합친다면 한중일(韓中日)은 오랫동안 세계를 아우르는, 상생하는 이웃이 될 수 있을 텐데 말이예요."

정 회장은 부정적이었다.

"그 배를 보세요. 표면이 곰보처럼 된 배에 중속 엔진을 달고 운행하는 것을 상상이나 해 보세요. 13노트요? 그 절반도 나오기 어려울 거예요. 그런 배로 중국 연안을 다니며 화물을 똥값으로 싹쓸이해 가는 거예요. 한동안 이 사람들과 정상적인 협조는 기대하기 어려울 것 같네요."

재현은 새삼스럽게 감탄했다.

"좌우지간 큰 경험을 했어요. 단 하루 동안에 중국 조선공업의 맨얼굴을 본 것만 해도 어디예요? 조선소가 많다는 이야기는 들어 왔지만 그 눈앞이 아찔한 조선소의 숫자는 생각도 못 했어요."

정 회장도 맞장구를 쳤다.

"상상도 할 수 없는 일이었어요. 이번 여행을 준비하느라 애쓰셨어요. 정말 고맙습니다."

6.

중국으로부터 귀국한 다음 날 재현이 클렌시에게 전화를 걸었다. 그의 반응은 가벼웠다.

"잘 다녀왔어? 좋은 소식 가지고 왔어?"

"아니, 별로. 그러나 아주 신선한 충격을 받고 왔지."

"신선한 충격이라니?"

"균형을 잃은 탐욕으로 가득 찬 세상, 그런 것을 보고 왔지."

"탐욕이라니?"

"소화할 준비되지 않았으면서 목구멍까지 가득 찬 식욕, 그런 것을 허욕이라고 할까? 양자강 이남의 조선소들이 갖고 있는 꿈, 아직도 사회주의 체제 아래 있으면서 마치 자본주의를 대표하는 듯한 무식한 사람들의 꿈, 그런 것을 아픈 마음으로 눈여겨보고 왔어. 양자강 이북의 그런대로 갖추어진 조선소들과 비교하면 조선소라고 할 수도 없는 수준이야. 물론 양자강 이북의 조선소도 세계 일류 조선소와 비교하면 한참 아래지만 말이야."

"그러리라 생각했어. 중국이 그들이 생각하는 것만큼 일류가 되려면 그 사회주의의 껍질을 깨고 나와야만 돼."

"바로 그거야. 사람들은 한국과 중국의 경제 성장을 동일 선상에서 비교하는데 거기는 큰 오류가 있어. 한국은 고도성장이 멈추었을 때 민주화라는 완충 장치가 있었어. 그것으로 경제활동이 순조롭게 지속될 수 있었지. 그러나 중국이 고도 성장을 멈추는 순간 거기는 폭발밖에 다른 길이 있을 수 없어. 사회의 시스템이 깨어지고 국가가 분열되는 수밖에 없어."

재현이 화제를 바꾸었다.

"내가 옛날이야기 하나 해 줄까?"

"무슨 이야기인데?"

"한국, 일본, 중국의 문화 비평 이야기야. 20세기 초 일본의 야나기 무네요시(柳宗悅)이라는 문예 비평가가 있었지."

그는 중국, 일본, 한국 삼국의 예술에 대해 깊은 통찰을 한 선각자였다. 특히 삼국 미술의 특징 관해서 형태(形態), 색채(色彩), 선(線)으로 정의했다. 방대함으로 표현되는 중국의 산과 들, 강과 골짜기, 장임한 형태(形態)의 다양한 묘사를 중국 예술의 특징이라고 정의하였다. 맑은 강, 초록 언덕, 꽃으로 뒤덮인 정원, 온화한 기후, 외침이 없었던 평화로운 일본의 문화가 섬나라의 섬세한 색채(色彩)로 표현되었다고 정의했다. 대륙도 아니고 섬도 아닌 반도 한국은 척박한 토양과 혹독한 기후, 그리고 끊임없는 외침 등으로 고통을 받으면서도 생존을 이어 가기 위하여 틈새를 지키며 절묘한 균형을 잡아가는 선(線)으로 정의하였다. 방대한 화폭에 가득 그려 넣은 빈틈없는 중국의 산수화, 맑고 화려한 색깔로 가득 찬 일본의 채색화에 비해, 한국의 화풍은 때로는 난초 한 줄기가 화폭을 가로지름으로써 텅 빈 것 같은 공간을 가득 채우고 절묘한 균형을 잡는 것이다.

"요즈음 세계 조선공업을 이끌어가고 있는 극동 삼국의 조선산업의 발전하는 모습을 보면 야나기가 정의한 각자의 문화적 개성이 산업에 절묘하게 반영되는 것이 아닌가 하는 생각을 하게 돼."

미술에 관심이 많은 클렌시는 금방 화제에 끌려들었다.

"예술적 전통이 첨단 산업 발전에 투영된다고?"

"아무렇게나 보면 아무렇지도 않은 일이지만 신경을 써서 보면 그 신비스런 특징들이 나타나는 거야. 1960년대 유럽이 석권하던 조선산업을 극동으로 가져왔던 일본, 화려한 생산기법으로 불붙듯 번영을 이룩했던 일본이었지. 1970년대 한국은 일본의 번영을 시샘하듯 조선공업을 들여와서 일본과 경쟁했지. 아무것도 갖추어진 것이 없던 황무지에 일본이 갖지 못한 토양을 발견하고 거기에 씨를 뿌렸던 거야. 거기 나무가 자라고 잎이 무성해지더니 꽃이 피고 멋진 열매까지 달렸어. 일본이 자신을 잃고 물러나는 틈새를 확고히 지켜 내었지. 세계시장이 요구하는 다양함을 갖추어 내었어. 그 뒤를 중국이 따라왔지. 기존 설비도 어마어마했지만 정부가 이끄는 현대화에 대한 지원까지 겹쳐 도도한 물결 같았어. 거기에 확실한 국내 수요가 뒷받침했지. 성공하지 않을 수 없는 산업이었어. 누구도 비교할 수 없는 양적 팽창이었지. 당장 세계 최대 조선국의 지위를 차지했어. 그러나 시장이 요구하는 양은 맞추어 내었지만 다양함을 맞춰 내는데 있어서나 선주들이 요구하는 깔끔한 품질을 제공하는 데는 아직 크게 부족한 현실이고 가까운 장래에 개선될 것 같지도 않아. 쉽고 간단한 배로 양은 채우고 있어. 그러나 복잡하고 값비싼 배는 아직 아니야. 우선 톰 당신도 아직 중국에 갈 생각은 전혀 하고 있지 않잖아."

"야나기의 문화 평론이라. 그 책의 영문판이 있으면 한 권 보내줘. 꼭 읽어 보고 싶어."

재현은 클렌시의 즉각적인 솔직한 반응을 좋아했다.

"그래 한번 찾아볼게. 참 좋은 책이야. 영문판을 구할 수 있을지 모르겠어. 내가 오래 잊어버리지 않는 이유가 그 명료한 비평 정신이야. 무엇이건 소화할 수 있는 방대한 국내 수요를 업은 중국 조선, 국내 해운 업계의 까다로운 입맛을 맛깔나게 꼭 집어 맞춰 내는 일본, 세계의 다양한 수요를 균형 있게 충족시키는 한국 조선 산업은 야나기의 문화 비평과 딱 맞아떨어지는 비교 대상이 되지 않을까?"

"이건 또 하나의 발견인데. 꼭 기억해 둘게. 중국, 일본, 한국, 양과 맛깔 그리고 균형 잡힌 품질, 아 이건 멋진 비교 평가이구먼."

제17장

인숙의 꿈

1.

두 번째 배의 명명식은 2004년 4월 9일, 사월의 두 번째 금요일로 결정되었다. 첫 번째 배의 마무리에서 맛보았던 긴장과 설렘은 없었다. 첫 배의 명명식과 인도가 감동적이고 완벽한 것이어서 더 나은 것을 생각할 수 없었다. 클렌시는 차분하게 하나하나 결정해 나갔다. 서두르거나 독촉하지 않았다.

"이번에는 좀 단순하게 명명식을 치르려고 해. 조선소를 방문하는 손님들의 숫자를 줄이겠어. 우리 배를 용선하는 오일 메이저 사람들을 주로 초대했어. 손님이 합쳐서 서른 명쯤 될 거야. 단순하다고는 하지만 그들에게 평생 잊지 못할 추억을 한국에서 갖도록 하고 싶어. 문제없지?"

그는 가볍게 이야기했다. 재현이 대답했다.

"일정은 지난번처럼 하면 되겠지?"

"그래 4월 7일 수요일 서울 도착. 4월 8일 울산으로 이동. 4월 9일 명명식. 4월 10일 토요일 출국. 이런 순서지."

"이동 방법을 어떻게 할까? 4월 1일 특급 고속철도(KTX)가 개통되거든."

"아 그렇다고 했지. 그걸 타야지."

"그런데 그것이 부산까지 개통된 것이 아니고 대구까지만 가."

"그러면 전처럼 좀 느린 기차를 타야 되나?"

"두 가지 방법이 있어. 대구까지 고속철도를 타고 가서 거기서 버스로 바꿔 타고 가거나, 지난번처럼 보통 급행열차를 타고 경주까지 가거나, 둘 중에 어느 것이나 선택할 수 있어."

"그래 생각해 보자고. 곧 생각해서 결정해 줄게."

며칠 지나서 재현이 다른 이야기 끝에 불쑥 새로운 제안을 하였다.

"톰, 이번에 서울에서 울산 가는 길에 버스를 타고 금강산을 들러 보고 가는 것이 어떨까?"

"금강산이라니?"

"북한에 있는 한국 최고의 명산, 세계 최고의 절경으로 알려져 있지. 옛날에 중국 시인들은 죽기 전에 금강산 구경하는 것이 소원이라고 그들의 시에 읊었어. 2003년 구월 육로 관광을 시작했거든. 전에는 여객선으로 해상 군사 분계선을 넘어 북한으로 들어갔었지. 해상 왕래보다 다니기가 훨씬 편해졌어."

"노, 거기는 안 가."

그는 한마디로 거절했다.

제17장 인숙의 꿈

"나를 포함해서 귀한 손님들에게 만분의 일이라도 위험이 존재한다면 안가."

재현이 시무룩해졌다.

"알았어."

재현이 전화를 끊으려고 하자 클렌시가 재빨리 말을 이었다.

"그런데 말이야. 그 엄중한 남북한의 대치 상황에서 어떻게 그렇게 폐쇄된 북한을 여는 프로젝트가 시작될 수 있었지?"

재현이 활기를 찾았다.

"소위 '20세기 최후의 행위예술'이라는 것 때문이었지."

클렌시는 조용했다.

"정주영 회장의 장엄한 소떼 몰이 방북 말이야. 그는 그의 농장에서 키운 소 천 마리를 그의 자동차 공장에서 만든 트럭에 태워 그 자신과 함께 북한으로 들어가서 김정일 위원장을 통해 북한 주민들에게 선물을 하였지."

재현은 뜸을 들이며 계속했다.

"그는 십 대의 어린 나이에 가난한 농부의 생활이 싫어 가출을 했어. 그때 아버지가 집에 둔 소 판 돈을 훔쳐 나왔다고 해. 그때 소 판 돈이면 큰돈이었지. 그 어릴 적 지은 잘못이 평생 그의 마음속 부담이 되었어. 오랜 시간이 지난 뒤 고향 사람들에게 천 배로 속죄한다는 제스처였어. 프랑스의 미래학자 기 소르망(Guy Sorman)은 그것을 '20세기 최후의 행위 예술'이라고 불렀지. 전 세계에 실시간으로 중계되었어. 보았겠지만 그것은 감동적인 사건이었다. 연로한 어른이 스스로 정성스럽게 연출하고 출연한 작품이었지. 김정일 위원장까지도 감동되었지. 그가 정 회장 숙소로 찾아와서 회담을 자청하였고 남북의 화해를 위한 첫 단계로 '금강산 관광사업'을 합의한 거야. 금강산은 또 정 회장의 고향이기도 해. 정치인들이 생색을 낸 포용정책이니 햇볕 정책이니 하는 것은 정 회장이 시작한 기념비적인 사업에 달린 조그만 장식물에 지나지 않아."

클렌시는 동의했다.

"나도 그 장엄한 쇼를 TV에서 보았어. 금강산 들른다는 것은 확실히 산뜻한 생각이야. 한번 고려해 볼게. 그러나 이번은 아니야."

명명식의 얼개가 확정되었다. 대모(God Mother)는 영국 석유회사의 회장 부인. 손님은 남녀 합쳐서 서른 명이었다.

"일정은 4월 7일까지 모든 손님 서울 도착, 4월 8일 고속열차(KTX) 특실 35좌석 한 칸을 예약. 오전 열시 서울 출발. 열두 시 동대구 도착. 간단한 점심 식사. 오후 한 시 버스 환승. 두시 반 경주 도착. 경주 관광 후 다섯 시 반 울산 호텔 도착."

거기까지 말하고 나서 클렌시가 잠시 말을 멈췄다.

"그 다음은 뭐지?"

재현이 웃으며 대답했다.

"제리의 밤(Jerry's Night)."

클렌시가 계속했다.

그래 4월 9일 명명식, 그날 밤 제이호선 출항. 4월 10일 대부분의 손님들 울산 출발. 각자 일정에 따라 움직인다. 클렌시 회장은 하루 더 묵기로 했다. 1호선과 비교해서 그의 일정이 느슨해졌다.

"나는 4월 10일 토요일에 제리와 함께 경주 남산에 등산을 갈까 해. 괜찮겠지?"

"이제 여유를 갖는구먼. 빡빡한 일정에 등산 스케줄까지 넣고."

클렌시는 느긋했다.

"응. 특히 제리와 의논할 일이 생겼어."

"뭐 골칫거리는 아니겠지?"

"아주 놀랄만한 그러나 아주 중요한 의논 거리야."

"점점 알쏭달쏭해지는구먼. 무슨 일인지 좀 귀띔이라도 해 줄 수 없어?"

"안 돼. 거기 남산에 가서 그 산 밑의 부처님 앞에서 이야기해야 돼."

재현은 그의 기분을 건드리고 싶지 않았다.

"그럼 그러지 뭐."

클렌시는 4월 11일 일요일 오후 울산을 떠나 저녁 늦게 인천에서 출국하기로 일정을 잡았다.

재현은 의논했던 일정을 서류로 만들어 다음 날 클렌시에게 보내 확인을 받은 뒤 조선소에 손님의 명단과 함께 확정 통보했다. 선호도 출장 계획을 조정해서 명명식하는 동안 조선소에 있기로 했다.

출발하기 일주일 전쯤 클렌시는 또 전화를 하였다. 아주 비밀스런 일이 있다는 듯이 지어낸 의뭉스런 목소리로 말을 시작했다.

"내가 왜 전화했는지 알아?"

"아니, 왜 명명식 일정에 차질이 생겼어?"

"아냐 아냐 딴 일이야. 맞춰봐."

"명명식 뒤 남산에서 이야기하자던 일 때문이야?"

"아냐 아냐 맞춰봐."

재현은 상상할 수도 없었다.

"그러지 말고 얘기해 봐. 똥끝이 타서 더 못 견디겠어."

클렌시는 착 가라앉은 목소리로 운을 띄웠다.

"탄핵 말이야. 현직 대통령에 대한 탄핵 말이야."

"아 그것, 뭐가 궁금한데."

"한국처럼 안정된 유교 사회에서 대통령 탄핵이라니. 그런데 그 기절초풍할 일을 겪고도 사회 분위기가 그렇게 담담할 수 있어?"

"아 그건 좀 복잡해. 전에도 이야기했잖아. 그건 말이 많은 사람에게 생기는 자연스런 일이라고. 자기 혀가 포승이 되어 자신을 묶은 것이지. 나중에 한국에 와서 이야기하자고."

"조선소 경영이나 한국 산업계에는 영향이 없겠지?"

"그런 것에 흔들릴 만큼 한국 산업이 약하지 않아."

클렌시가 매듭을 지었다.

"이제 준비 끝. 다음 주에 보자고."

2.

"제리, 런던의 큐 가든(Kew Gardens) 생각나? 특히 이맘때의 큐 가든?"

기차가 서울역을 떠나 속도를 내어 야산을 끼고 달리기 시작하자 클렌시가 큐 가든으로 말문을 열었다. 재현은 클렌시의 마음을 읽었다.

"아 큐 가든, 그 보물 같은 영국의 자산? 지금쯤 진달래 구역은 요란하겠지? 헤아릴 수도 없는 수많은 종류의 진달래가 현란하게 피어 있겠지?"

큐 가든은 런던의 리치몬드(Richmond Upon Thames) 자치구의 큐(Kew) 지역에 왕실이 세운 세계에서 가장 큰 식물원이다. 3만여 종의 식물이 재배되고 있고 700만 종의 식물 표본을 연구하고 있다고 했다. 그 근처에서 삼 년 동안 살았던 재현은 아이들과 여러 번 그곳에 들렀다. 아이들을 위한 학습 가치가 높았을 뿐 아니라 주변 환경이 아름다웠다. 가면 갈수록, 보면 볼수록 그 규모가 크고 수종이 다양하다는 것을 실감했다. 얼마만큼 큰지 가늠할 수가 없었다. 가기 전에 가고 싶은 부분의 자료를 모아 공부한 뒤 그 부분만 집중적으로 구경하고 오는 것이 전부였다. 재현과 아이들이 위압감을 갖지 않고 볼 수 있는 곳이 진달래 코너였다. 수십 종의 진달래가 바위 틈에서 물가에서 언덕 기슭에서 화단에서 자라고 있었다. 꽃잎의 크기, 모양, 색깔이 다양했다. 봄에는 온갖 색깔의 진달래가 다투어 꽃을 피웠다. 한국의 꽃잎이 넓은 분홍색 진달래도 한 구석을 차지하고 있었다.

클렌시는 창밖을 가리키며 말했다.

"큐 가든에서도 한국의 진달래는 특이했지. 소박한 핑크색으로 돌 틈이나 나무 아래 다소곳이 숨어 있는 모습이었어."

재현은 클렌시가 진달래 얘기를 하자는 것이 아니라는 것을 알고 있었다. 그러나 클렌시 말에 맞장구치고 있었다.

"그래 저 옅은 분홍색 꽃은 한국 여인 같지 않아? 추운 겨울 동안 참고 웅크리고 있다가 봄이 오면 어느새 추위를 산듯하게 몰아내고 숨기듯 자신을 드러내는, 부드럽지만 강력한 한국 여인의 생명력의 표상이 되어 왔어."

"엄청나게 피었구먼. 온 산을 뒤덮고 있어."

"삼월 중순부터 피기 시작해서 지금이 절정이야. 지금은 산에 나무가 울창해서 나무 사이에 숨어 있지만 산에 나무가 없던 70년대 이전에는 이맘때 산은 온통 핑크색으로 변하곤 했어. 그때는 진달래를 그대로 따먹기도 하고 전을 부쳐 먹어 식량이 되기도 했지."

"한국의 진달래는 참 아름다워. 며칠 후 남산 갈 때 많이 볼 수 있겠지?"

"그때쯤이면 온 산 구석구석 진달래로 덮여 있을 거야."

클렌시는 그가 진실로 하고 싶은 이야기, 또 남산에 가서 의논하자는 이야기에 대해 눈곱만큼도 꼬투리를 내보이지 않았다.

한동안 창밖 풍경을 내다보던 클렌시가 더 이상 못 참겠다는 듯이 입을 열었다. "대통령의 탄핵 말이야. 아무리 생각해도 이해할 수 없어."

재현은 기다렸다는 듯이 대답했다.

"그런 예측 못 한 일이 지금 우리 사회에서 아무렇지도 않게 일어나고 있어. 박정희 대통령이 그의 가장 가까운 부하에게 저격당해 시해되는가 하면 현직 대통령이 느닷없이 탄핵을 당하기도 하고. 상상도 못 했던 일이야. 어찌 보면 이 사회가 가진 역동성의 증거라고 할 수도 있고, 어떻게 보면 우리의 놀랄 만한 산업화에 맞는 문화나 전통이 아직 갖추어지지 않아 가치관이 흔들리고 있다는 증거가 될 수도 있지."

"제리는 이번 탄핵이 잘못되었다는 거야?"

"잘잘못을 따지고 싶지 않아. 그는 대통령으로서 해서는 안 되는 말들을 많이 입에 담았지. 일반인으로서는 자연스럽게 할 수 있는 말도 대통령이 해서는 안될 말이 있거든. 그의 행동과 말은 그런 일반적인 경계선을 넘나들었어."

"탄핵은 전격적이었어."

"그럴 수밖에 없었어. 국회의원 274석 중 대통령의 탄핵을 지지하는 표가 200표 이상이었어. 3월 9일 탄핵소추안이 발의되었고 3월 12일 투표를 했지. 투표 결과 193대 2표로 탄핵이 가결되었어."

"그는 이전에도 대통령에 당선되면 조선소 회장의 주식을 뺏어서 노동자에게 나눠주겠다고 공언했잖아? 그런 식의 언동이 문제가 된 건가?"

"그런 말들을 내가 직접 들은 적은 없어. 그러나 그런 말이 공공연하게 떠돌아다니는 것은 단지 그의 가벼운 입 때문이었어. 지킬 수 없는 약속을 남발하고, 남의 일은 비난하면서 자신은 같은 일을 버젓이 해치우는, 어찌 보면 염치없는 언행이 자신을 묶은 거지."

"이제 그는 끝난 건가?"

"아니, 이것이 끝이 아니야. 더구나 4월 15일 17대 총선이 있지. 그리고 5월 중순 탄핵에 대한 헌법 재판소의 최종 판결이 남았어."

"그러나 국회는 압도적 다수로 탄핵을 지지했잖아?"

"여기에 한국 정치인들의 묘수가 있어. 그들은 이런 이야기를 하지. 막다른 골목까지 다다른 절체절명의 경우에는 변명을 하지 말고 피하려 하지 말아라. 대중 앞으로 나와 죽지 않을 만큼 매를 맞아라. 그러면 길이 뚫린다."

"그건 또 무슨 한국식 궤변이야?"

"거기에 대통령이 생각할 수 있는 유일한 돌파구가 있지. 여소야

대의 국회에서 아무것도 뜻대로 할 수 없다. 그렇다면 정국을 오히려 대통령 자신에 대한 탄핵으로 이끌고 간다. 탄핵 과정을 통해 모든 사람들로부터 견딜 수 없는 뭇매를 맞는다. 그러면 어느새 구경꾼들 중에서 동정하는 사람들이 생겨나고 그것은 걷잡을 수 없는 힘으로 동조 세력을 끌어모으게 된다. 이런 작전이야. 그들은 표를 얻기 위해 천재적인 방법을 갖고 있는 사람들이니까."

"아니 그럴 수가. 그것도 한국식 편 가르기인가?"

"표를 얻기 위한 묘수 중의 하나이겠지."

재현은 잠깐 뜸을 들인 뒤 계속했다.

"이제 며칠 뒤면 국회의원을 뽑는 총선이야. 국회의원 선거 결과는 헌법 재판소의 판결에 결정적인 영향을 미칠 수 있어. 원래 헌법 재판소는 탄핵에 부정적인 경향을 보이는데 총선 결과가 현 대통령에게 유리하게 나오면 판정도 그에 따라 쉽게 나올 수밖에 없겠지."

"이런 정국의 소용돌이가 산업이나 경제에 악영향을 주지 않을까?"

클렌시의 관심은 오직 '한국이 투자할 수 있는 안전한 땅인가?' 하는 것이다.

"대통령은 탄핵 이후에도 유유히 대통령으로서 자기 할 일 하고 있고 한국 경제도 거침없이 성장하고 있어. 한국 경제의 체질은 이제 정치적인 변덕에 어느 정도 익숙해져서 이 정도의 소란은 소화해내고 있는 모습이야. 이 나라의 안정된 경제가 흔들리는 정치보다 더 확고하게 사회를 붙들어 주는 세력으로 자리 잡고 있어. 전혀 걱정할 것 없어. 나는 확신해."

고속 열차는 조용히 동대구역으로 들어서고 있었다.

3.

 동대구역에 기차가 들어서자 조선소 직원들이 기차로 올라와 짐들을 내려서 버스로 옮겨 실었다. 손님들은 역의 구내식당으로 안내되었다. 간단한 샌드위치로 점심을 때운 뒤 역 바깥에서 기다리고 있던 편안한 버스에 올랐다. 손님들의 반은 나이 든 여인들이어서 긴 여행을 견뎌 낼 수 있을까 걱정을 했지만 그녀들은 강건했다. 두 시간 남짓 고속 열차를 타고 오는 동안 철도의 편안함과 연변의 한국 풍경이 그녀들을 흥분시켰다. 대부분의 손님들이 한국에 처음 오는 사람들이다. 그녀들에게 한국은 일본 식민지, 육이오 전쟁, 헐벗은 산하, 굶주린 사람들, 또 최근의 IMF 경제 파동, 그렇게 이해되고 있었다. 피폐한 나라에 간다는 걱정과 긴장이 마음 가득했었다. 올림픽이나 월드컵 축구를 텔레비전을 통해 보았으나 그것은 다른 나라가 하는 것을 흉내 낸 행사일 뿐 한국 자신의 것으로 이해되지 않았다. 그러나 짧은 시간이지만 그들의 눈에 들어온 한국은 그들이 상상했던 것과 너무나 달랐다. 그들은 그들의 상상과 현실의 차이에 대한 설명을 듣고 싶어 했다. 버스가 출발하자 재현이 마이크를 들었다.

 "저는 70년대 말 조선소의 지점장으로 런던에 부임하였습니다. 80년대 초까지 저는 히드로(Heathrow) 공항에서 런던 시내로 들어올 때마다 큰길에 서 있던 대형 현판을 보며 가슴이 아팠습니다. 전쟁고아들을 위한 구호 광고였습니다. 황폐한 논 사이의 좁은 길을 따라 미군이 두 줄로 행군합니다. 미군들의 군화에서 일어나는 먼지를 뒤집어쓰고 아주 작은 아이가 길가에 쪼그리고 앉아 울고 있습니다. 먼지로 새까맣게 절은 배고픈 얼굴입니다. 그 밑에 '전쟁 고아들에게 따뜻한 손길을'이라는 표어가 붙어 있습니다. 누가 보아도 그것은 한국입니다."

"한국은 일제 치하에서의 수탈을 당한 나라, 육이오 동족상산이 파괴한 폐허의 국토, 거지와 행려병자로 가득 찬 끔찍한 사회로 이해되고 있었습니다. 거기다 포용력이 부족한 지도자들에 의해 통치되고 있는 쪼개지고 구겨진 나라였습니다. 윈스턴 처칠(Winston Churchill) 경 같은 뛰어난 통찰력을 가진 분도 말했습니다. '한국에서 민주주의를 바라는 것은 쓰레기통에서 장미가 피어나기를 바라는 것과 같다.' 그것이 그때 한국의 현실을 바라보는 외국인들의 시각이었습니다. 전쟁이 끝난 30년 뒤까지 그 안내판은 당당하게 자리를 잡고 서서 런던을 방문하는 사람들에게 한국을 그렇게 소개하고 있었습니다. 나는 그것이 선의의 자선 광고라는 것을 인정하면서도 가슴이 아팠습니다. 우리가 조선소를 시작한 것이 72년입니다. 우리는 초현대식 조선소를 지었습니다. 우리는 배를 팔려고 많은 고객들을 만났습니다. 우리는 우리가 가진 선진 기술을 설명하고 우리의 능력을 납득시키려 했습니다. 그러나 우리가 먼저 해야 할 일은 배를 짓는 기술이나 능력을 과시하기 전에 선진국 사람들의 한국에 대한 굳건한 부정적 선입관을 바꾸는 것이었습니다. 어려운 일이었습니다. 그러나 우리는 해내었습니다. 우리는 세계 제일의 아니 최고의 조선국이 되었고 첨단 산업이라는 자동차, 반도체 산업에서도 세계 최고의 자리에 올라섰습니다. 그뿐입니까? 지금 이 나라에는 아름다운 민주주의가 꽃피고 있습니다. 제가 처칠 경에게 꼭 보여 드리고 싶은 모습입니다."

한두 사람이 박수를 치기 시작하더니 곧 버스가 박수 소리로 가득 찼다. 손수건으로 눈물을 훔치는 여인도 있었다. 재현 자신도 그동안의 지나온 세월을 되돌아보며 눈시울이 젖어왔다.

버스는 시골 길을 달리고 있었다. 한 부인이 재현에게 물었다.

"저 넓은 들판에 편안한 개인 저택을 짓고 정원을 가꾸며 살면 좋을 텐데 웬 고층 아파트지요. 논밭 한가운데에도 아파트가 들어서 있네요."

아픈 질문이었다. 그러나 대답하지 않을 수 없었다.

"저도 시골에서 아파트에 살고 있는 제 친구에게 똑같은 질문을 했었습니다. 넉넉한 땅에 전원생활을 마다하고 왜 성냥갑 같은 아파트에서 오글거리느냐구요. 그가 뭐라고 대답했는지 아십니까? '마누라가 아파트 아니면 같이 살지 않겠대'라고 하는 겁니다. 사실 아파트는 우리의 생활 양식을 바꿔놓았습니다. 재래식 주택에서 문제점이 되어온 상하수도 문제를 아파트가 일거에 해결해 놓은 것입니다. 특히 변소 시설의 획기적 변화는 괄목할 만합니다. 게다가 상수도의 개선으로 주방의 구조도 편하게 바뀌었지요. 각자의 집에 개인적으로 관리하던 상하수도의 복잡한 유지 보수도 아파트라는 다세대 구조가 도입되면서 한꺼번에 해결이 가능했던 것이지요. 개인 저택이나 전원주택은 아직도 많은 사람들의 꿈입니다. 그러나 눈앞에 닥친 일상생활에 대한 현대화 요구는 우선 아파트로 충족되고 있는 셈입니다."

모두들 고개를 끄덕였다. 곳곳에 서 있는 아파트는 볼품없는 모습으로 아름다운 대지를 짓누르고 있었다.

　재현은 버스가 경주에 도착하는 대로 버스에서 내려 준비된 승용차로 먼저 울산으로 향했다. 다른 프로젝트로 조선소와 의논할 것이 있었기 때문이다. 김선호 상무와 박영호 이사가 경주에서 손님들을 안내하기로 했다.

　제리의 밤(Jerry's Night) 도 성공적으로 끝났다. 손님들을 모두 방으로 올려 보낸 뒤 클렌시와 재현은 지하에 있는 카페로 내려가서 맥주 한 잔씩을 나눴다. 재현이 은근히 클렌시를 꼬드겼다.
　"그래 하고 싶다는 얘기가 뭐야. 오면서 많은 이야기를 나눴는데 아직도 남았어? 이번엔 여러 가지 이야기를 준비해온 모양이지."
　클렌시는 싱글싱글 웃기만 했다.
　"그건 남산에 가야 할 수 있는 이야기야. 기대하시라."
　인숙의 이야기일 것이다. 인숙이와 결혼을 하겠다는 것인가? 싱글거리는 것으로 보아서 인숙이 골치 아픈 일을 일으킨 것 같지는 않다. 그런데 남산에 가야 말을 할 수 있다는 것은 또 무엇인가? 재현은 채근하지 않았다. 스스로 말하도록 해야 하는 것이다. 재현은 궁금증을 숨기고 잠깐 허튼소리를 하다가 방으로 올라갔다. 다음 날은 명명식이다.

4.

　명명식 대모를 맡은 석유회사 회장 부인은 나이가 예순이 넘은 복스럽게 생긴 우아한 여인이다. 명명식을 마친 뒤 긴장이 풀린 여인은 재현을 따라다니며 한국에 대해 묻기도 하고 그녀의 한국에 대한 인상을 이야기했다.

"오기 전에 한국이 놀라운 곳이라고 들었지만 이렇게 훌륭하게 발전을 했을 줄은 몰랐어요. 어제 버스에서 미스터 리가 간단히 설명했을 때만 해도 그러려니 했어요. 그러나 한국은 보면 볼수록 얼마나 아름다운 나라인가요?"

"고맙습니다. 한국은 원래 물 맑고 공기가 깨끗한 나라로 알려졌었답니다. 이제 먹고살기가 편해지니까 자연을 가꾸는 일에도 신경을 쓰는 편이지요."

"그래요. 그 이야기를 하고 싶었어요. 너무 깨끗하고 잘 가꾸어진 나라예요."

"한국은 또 토양이 좋은 나라예요. 세계에서 한국만큼 다양한 꽃들이 풍성하게 피는 곳도 없을 거예요."

명명식 오찬 후 모두 톰스 가든(Tom's Garden)으로 갔다. 그들은 거기에 마련된 벤치에 앉았다.

"정말 그래요. 없는 꽃이 없어요."

"혹시, 코스모스란 꽃 아세요?"

"아, 영국에서 가든 코스모스(Garden Cosmos)라고 부르는 꽃이요? 가을에 피는 꽃이잖아요?"

"그래요 바로 그 꽃이예요. 그 꽃을 20세기 초 선교사들이 한국에 가지고 들어왔는데 50년도 지나지 않아 한국의 산과 들을 가득 메웠답니다. 잘 토착화되었어요. 세계 어디서도 코스모스가 그렇게 풍성하게 피는 곳을 보지 못했어요. 장미도 그렇고 튤립도 그렇고 한국의 토양은 세상의 모든 꽃들을 잘 받아들이고 있지요."

"마치 한국이 세계의 각가지 첨단 산업을 들여와 성공적으로 토착화 시킨 것을 비유하시는 것 같아요."

"아 그렇게 이해하셨습니까? 감사합니다."

"좌우지간, 언제 런던 나오시면 집에 한번 놀러 오세요. 한국에 관한 이야기를 좀 더 상세하게 많이 듣고 싶어요. 오시면 친구들도 많이 불러서 지리와 역사에 대한 작은 세미나 모임을 꾸며 볼게요."

"고맙습니다. 런던 갈 때 꼭 알려 드리겠습니다."

톰스 가든에 포근한 봄볕이 내렸다. 주변에 봄꽃들이 손님을 맞고 있었다. 그 작은 공간에 손님들은 가득 들어서서 한국의 봄을 즐기고 있었다. 조선소는 그들이 마련한 조그만 공간을 잘 활용하였고 혜택을 톡톡히 보았다.

만찬이 시작되기 전부터 가네다 마사히로는 재현의 곁이 빌 때마다 붙어 섰다. 그는 첫 번째 배를 인도할 때 재현이 말한 '폭탄 돌리기 이야기'가 준 충격으로부터 헤어나지 못했다는 표정이었다.

"이 사장님, 이 좋은 시장이 폭발할거라고 아직도 믿으세요?"

"세상에 확실한 것이 어디 있나요? 모든 일에 모든 가능한 경우를 생각하고 그에 대비해야지요."

"언제쯤 그날이 올 것 같아요?"

"이 시장이 최고점으로 올라서는 날."

"언제쯤이예요?"

재현은 웃었다.

"그걸 어떻게 알아요? 모든 가능성에 귀를 기울이고 눈을 밝혀 시기를 놓치지 않도록 대비해야죠."

가네다는 화제를 바꾸었다.

"이 사장님, 언제 일본 한번 다녀 가실 계획이 있으세요?"

"이제 일본 갈 일은 거의 없을 것 같아요. 아, 갈 일이 있어요. 9월에 마츠다 쇼카이(松田商會) 창립 50주년 기념 모임에 초대를 받았는데 마츠다 회장의 초대를 거절하기가 어려울 것 같아요."

가네다는 펄쩍 뛰었다.

"하루 저녁 제게 시간을 주세요. 사장님과 지내고 싶어요. 사장님의 지혜를 나눠 가질 수 있게 해 주세요."

"펌프 생산 공장이 도쿄 근처에 있나요?"

"공장은 지방에 있습니다. 도쿄에는 영업 본부가 있지요. 제가 잘 모실게요. 도쿄 사무실에도 들르셔야죠."

"그 전통 깊은 공장을 꼭 보고 싶었는데. 그럼 그날 오후에 도쿄 본부를 들르게 해주세요. 그리고 저녁을 같이해요."

행사가 진행되는 동안 한순간도 웃음이 클렌시의 얼굴에서 떠난 적이 없었다. 그토록 그는 행복한 표정이었다. 재현은 뜻대로 굴러가는 시장의 움직임도 움직임이지만 남산에서 하자는 이야기 탓이거니 하였다. 느닷없이 클렌시가 재현의 옆구리를 찔렀다.

"헤이 제리. 계약하던 해 제리가 폭풍 속에서 등산했던 날 생각나?"

을씨년스런 폭풍우 속에서의 등산을 떠올리며 재현이 대답했다.

"생각나고 말고. 물에 젖은 새앙쥐처럼 비에 젖었던 날이었지."

"그날 내가 제리의 커미션을 깎았지. 아직도 기분 나빠?"

재현은 대답했다.

"그건 다 잊었어. 그건 그때 다 합의를 본 일이잖아. 그때 톰은 톰대로 그렇게 하지 않을 수 없는 입장이었을 테니까."

"나는 그것이 지금까지 마음에 걸려. 나는 어떻게든 이 마음의 부담을 덜어야겠다고 생각하고 있어."

"신경 쓸 것 없어. 나는 지금 상태로 만족하고 있어."

"아니야 나는 만족할 수 없어. 이 프로젝트가 끝나기 전 제리의 깎인 몫은 내가 꼭 챙겨 줄게."

첫 배 계약한 뒤 얼마 되지 않은 때였다. 폭풍우를 뚫고 등산 중이었다. 산꼭대기에 올랐을 때 느닷없는 클렌시의 전화를 받았다. 재현의 커미션을 1퍼센트에서 0.7 퍼센트로 깎자는 강제적 제안이었다. 재현은 선선히 받아들였다.

이제 일은 잘 풀리고 있었고 만사는 형통이었다. 재현은 클렌시의 말을 거기서 끊었다.

"나는 다 잊었어. 묵은 이야기 더 꺼내지 마. 앞으로 더 많은 일을 하면 돼."

클렌시는 그저 싱글거렸다.

명명식이 끝난 토요일 아침부터 손님들은 울산을 떠나기 시작했다. 클렌시와 재현은 오전 내내 호텔 로비에서 떠나는 손님들과 작별했다. 오전에 떠나지 않는 손님들에게는 일일이 방으로 전화를 해서 작별 인사를 나눴다. 클렌시는 아침부터 간편한 복장이었다. 가벼운 점퍼에 운동화 차림이었다. 그들은 간단히 점심을 먹고 경주로 떠났다. 그들이 떠난 뒤 손님들 관리는 조선소의 김선호 상무와 박영호 이사가 맡기로 했다. 차에 오르자 클렌시는 오른 손바닥을 올렸다. 재현은 그의 오른 손바닥으로 철썩 때렸다. 클렌시는 느긋했다.

"또 하나의 마무리였어. 아주 잘되었어."

재현이 물었다.

"용선료가 계속 오르고 있는데 세 번째 배의 용선(傭船)은 매듭을 지었나?"

"세 번째 배라고 해보아야 그 인도가 단지 삼 개월 뒤잖아? 아주 좋은 용선료로 영국의 메이저와 용선 계약을 했지. 그런데 문제가 있어. 아주 좋은 용선료라고 해서 계약을 하고 돌아서면 더 주겠다는 사람이 기다리고 있는 거야. 계약한 것을 후회할 정도로 용선료는 하루가 다르게 오르고 있어."

"그렇다고 배의 인도일은 다가오는데 용선 계약을 하지 않고 더 나은 것을 기다릴 수도 없잖아."

"당연히 용선은 제때에 해야지. 시장이 그만큼 좋다는 이야기일 뿐이야."

"적절한 시기에 선박건조 계약을 한 그 지혜에 대한 보답이야."

"제리가 도와줘서 된 일이야. 그저 고마울 뿐이야. 선박 시장은 어때?"

"전에 이야기한 대로야. 신조 선가는 급상승 커브를 그리고 있어. 마치 천장을 뚫을 듯이 치솟고 있어."

"아직도 이 시황이 폭탄 돌리기라고 생각하는 거야?"

"그 생각에는 변화가 없어. 적절한 시기에, 폭탄이 터지기 전에 던져야 한다 그렇게 생각하고 있어. 그 시간이 시시각각 다가오고 있다는 것이 느껴져."

"주의 깊게 살피자고."

5.

그들은 경주 남산 포석정 앞에서 차를 내렸다. 차의 기사에게 냉곡(冷谷)의 아랫자락 도로에 세 시간쯤 뒤에 와 있으라고 했다. 몇 년 전 왔을 때 클렌시는 온갖 스트레스에 짓눌려 있어서 무엇이건 신경 써서 둘러볼 마음의 여유가 없었다. 그러나 그가 비틀거리며 남산의 냉곡을 헤집고 내려와 마지막 자락에 도착했을 때쯤 그는 마음속의 모든 긴장을 내려놓을 수 있었다.

클렌시는 완전히 다른 사람이었다. 그는 느긋했다. 남산의 구석구석을 마음에 담겠다고 작심한 사람이었다. 크고 작은 유적에 붙어 있는 영어 설명문을 한자 빠뜨리지 않고 음미하며 읽었다. 포석정에서 신라 천년의 번영을 무너뜨린 사치와 무능을 생각했다. 남산의 능선에 서서 경주 벌의 봄 아지랑이 위에 아스라이 떠 있는 토함산도 건너다보았다. 불국사를 이야기하고 석굴암 이야기도 나누었다. 냉곡 오솔길로 접어들자 무르익은 봄이었다. 진달래가 지천이었다. 나무들 사이에 돌 틈에 숨어서 미소 짓고 있는, 산골 처녀 같은 진달래가 구석구석을 채워 산을 순한 분홍빛으로 물들이고 있었다.

"진달래가 지고 나면 진달래과에 속한 철쭉이 또 산을 채울 거야. 같은 모양이지만 물러 터진 진달래 같지 않아. 색깔이 좀 더 강렬하고 고집이 있어 보이는 꽃이야. 한국에서 봄의 산은 진달래과가 한동안 지배하게 되지."

"물러 터졌다고? 아니야, 진달래의 은은한 분홍색은 참 편안하지만 아주 깊고 강한 색깔이야. 누구도 범접할 수 없는 단단한 색깔이랄까?"

그는 절벽에 새겨진 부처님 조각을 손으로 쓰다듬고 그 앞에 참배하는 사람이 있으면 그들을 따라 합장을 하기도 했다. 봄의 등산은 흥겨웠다.

냉곡의 아랫자락에 내려와 마애관음상 옆 잔디에 앉았을 때 해는 아직도 하늘 높이 있었다. 이제 참고 참았던 이야기를 시작하겠다는 자세로 클렌시는 편안하게 풀밭에 앉아서 목소리를 가다듬었다.

"인숙이 이야기야."

"그럴 줄 알았어. 결혼에 관한 이야기야?"

클렌시는 재현의 어깨를 쳤다.

"그런 세속적 이야기를 하러 여기까지 온 줄 알아?"

"그럼 뭐야."

"아주 심각하고 고차원적 이야기야."

지난 3월 인숙과 나눈 이야기를 꺼냈다.

인숙이 뭔가를 하고 싶다고 했다. 한국을 위해서 한국 사람들을 위해서 뭔가를 해야겠다고 했다. 그녀는 조급했다. 한국 사회가 겪고 있는 가치 판단의 혼란을 그대로 둔다면 머지않아 다스릴 수 없는 혼돈으로 빠져들 것이라고 진단하고 있었다. 그녀는 깊이 고민하고 있었다. 한국 사회의 불안정과 부조리는 어디서부터 오는 것인가? 곳곳에서 부딪치는 과거의 전통과 미래에 대한 희망 사이의 엇박자의 근원은 무엇인가? 산업화의 속도는 빠르게 약진하는데 가치관의 확립이 그를 따라가지 못해서 생기는 현상은 아닐까? 확고한 역사관의 정립이 이 혼란의 격랑을 잠재울 수 있는 해법이 될 수 있지 않을까?

그 모든 혼란과 문제점을 그녀는 그녀의 전공인 역사학도의 관점에서 바라보고 검증해 보려고 했다. 그리고 그녀는 산업혁명이 시작된 영국으로 눈을 돌렸다.

유럽에 우리 산업화의 문제점을 풀 해결책이 있지 않을까?

18세기 중반의 증기 기관으로 시작된 제1차 산업 혁명은 농경 사회를 산업, 도시 사회로 바꾸어 놓았다. 19세기 제2차 산업혁명은 전기의 사용으로 기술을 진화시키고 대량 생산의 길을 열었다. 제3차 산업혁명은 1969년으로부터 시작되어 디지털 시대를 이끌어 내었다. 제4차 산업 혁명이 시작되었다. 인공지능 시대를 이끌고 생명공학까지 눈부신 발전을 이루고 있다. 1차 산업혁명은 도시의 성장, 노동 운동의 발전 등 사회적 변화가 동반되었다. 산업 부르주아지와 임금 노동자와 기존의 지주 계급 등 여러 사회계급을 만들어 내었고 감추어져 있던 그들 사이의 갈등이 노출되었다. 도시화가 가속되면서 가족구조가 붕괴되었다. 갈등을 치유하는 과정에서 여러 사회적 시설이 개선되었고 교육제도가 정비되었다. 그러나 노동자들은 기계에 예속되었고 생산성을 높이기 위해 노동 조건이 악화되었다. 과잉 생산은 실업자를 발생시켰다. 이에 따라 노동운동이 일어났고, 사회주의 사상이 태동하였다. 공산주의가 이러한 갈등 해소의 방안으로 등장했다. 그러나 '인간을 평등하게 잘살게 해주겠다'던 공산주의는 '빈곤의 평등'만을 입증하고 그 막을 내렸다. 산업 혁명이 불러온 풍요와 동반된 수많은 갈등은 유럽에서 지난 삼백여 년 동안 여러 가지 처방을 거쳐 점진적으로 치유되었다.

한국은 지난 1960년대로부터 시작해서 서양의 여러 나라들이 삼백 년 동안에 걸쳐 이루어낸 네 번의 산업혁명을 사십 년 만에 압축해서 한꺼번에 성취하였다. 나라의 경제는 그동안 급속히 발전해서 세계 10위권의 경제 대국으로 성장했고 삶의 질도 우리나라 역사상 최고의 수준에 이르렀지만 그를 받아들이는 위정자와 국민의 감각은 초근목피 시절의 수준을 넘어서지 못하고 있다. 제1차 산업혁명이 일으킨 여러 갈등들이 해소되지 못한 채 마구 뒤섞인 상태에서 2차 3차 4차 산업혁명으로 고속 진입하였다. 경제 개발로 생긴 상처를 치유할 시간도 없었고 처방도 존재하지 않았다. 국민 의식은 급속도로 황폐하게 되고 그 상태는 점점 나빠져 간다. 치유할 방법이 없을까?

클렌시가 계속했다.

"인숙이 오랫동안 고민을 했던 것 같아. 마침내 제안을 했어. 한국에 토인비의 '역사의 연구' 모임 같은 역사학회를 만들겠다는 거야. 매년 대학생 다섯 명 정도를 뽑아 유럽으로 데리고 와서 유럽 산업혁명의 시작과 발전 과정을 살피고 그로 인해 생긴 상처의 내용과 그 치유 과정을 연구하게 하자는 거지. 선입관에서 벗어나지 못하는 완고한 기성세대는 제외하고 소명의식을 지닌 순수한 학생들 중에서 뽑자는 거야. 산업혁명의 의미는 무엇인가? 어떤 단계를 거쳐 진행되었는가? 어떤 갈등을 겪고 그 갈등은 어떻게 치유되었는가? 유럽에서의 치유는 어떻게 한국에 접목될 수 있는가? 하는 테마로 연구를 해 보자는 거야."

재현은 할 말을 잃었다. 머리가 하얗게 비어 왔다. 인숙이 이토록 성숙했단 말인가? 이렇게 큰 그릇이었단 말인가? 부끄러웠다.

"그래 경비는 어떻게 하나?"

"인숙이 그동안 받은 월급을 한 푼도 쓰지 않고 모아 놓은 것이 제법 돼. 그녀는 그 돈으로 대학생들의 숙박, 여행, 연구비를 누구의 도움도 없이 감당하겠다는 거야."

"말이 나오지 않는다. 정말 부끄럽구나, 인숙이 이렇게 나서기 전에 우리는 무얼 했단 말인가?"

클렌시가 끄덕였다.

"처음 이야기를 들었을 때 나도 뒤통수를 크게 얻어맞은 기분이었어. 그러나 인숙의 생각이 얼마나 소중한 것인지 얼마나 알뜰히 생각한 뒤에 말하는 것인지 마음 깊이 새겨들었어. 그녀가 한사코 사양했지만 내가 백만 불 기금을 보태기로 했어. 인숙이 내게 내가 사랑하는 한국에 조금이라도 기여할 수 있는 기회를 준 셈이야."

인숙은 이미 확고한 계획을 세워 놓고 있었다.

"학생들의 선발은 제리가 맡는다. 우선 취지를 설명하는 광고를 유력 일간지에 내고 그에 응모하는 사람에게 계획서를 제출하게 한다. 제리는 엄격한 심사를 거쳐 연구원들을 선발한다. 영국에 숙소를 정하고 산업 혁명의 역사를 연구하고 소련의 볼셰비키까지 검토한 뒤 일 년 후 귀국해서 논문을 작성한다. 그 논문을 바탕으로 다음해 연구원을 선발한다. 계획은 해마다 계속된다. 그렇게 해서 논문이 모이고 하나의 학파를 구성한다. 대충 그런 계획이야."

"교수들은 완전히 배제하는 것인가?"

"인숙은 선입관 없는 순수한 대학생들의 창조적 아이디어를 개발하자는 거야."

재현이 한숨을 쉬었다.

"아, 그것은 진실로 우리 민족의 앞길을 밝히는 등불이 될 수도 있겠다. 우리 민족은 여러모로 오해를 받아왔다. 냄비 속에 끓는 물 같다고 했다. 참을성 없고 작은 일에도 이성을 잃는 속이 얕은 민족으로 폄하되어 왔다. 그것을 스스로 인정해 왔다. 그러나 깊이 들여다보면 그것은 우리 민족에 대한 터무니없는 오해이다. 우리 민족처럼 생각이 깊고 사고가 유연한 사람들이 세계 어디에 존재했던가? 모든 오해는 사람들의 생각을 이끌 사상이 없었기 때문이다. 민족이 살아온, 인류가 함께한 역사에 대한 사유가 부족했던 탓이었다. 그렇다면 인숙의 꿈이 해답일 수 있다. 우리 민족 백년대계를 세울 해답이 될 수 있다."

클렌시가 재현의 생각 속으로 비집고 들어왔다.

"일 년이 너무 짧을까?"

"그럴지도 모르지. 그러나 우선 그 정도로 시작해 보지."

석양이 마애 관음상 위에서 스러지고 어느새 주변에 어둠이 깔렸다. 클렌시나 재현은 인숙이 일으킨 신선한 파문에 푸근히 젖어 일어설 수가 없었다. 깜깜해질 때까지 뭉기고 앉아 이런저런 이야기들을 나누다가 마지못해 일어났다. 그들은 굳은 악수를 나눴다. 이것은 해 볼 만한 가치가 있는 일이라는 결의였다.

그들이 호텔에 돌아왔을 때는 아주 어두웠다. 김선호 상무와 박영호 이사가 호텔 로비에서 기다리고 있었다. 선호가 클렌시에게 물었다.

"남산 등산은 재미가 있으셨습니까?"

"남산은 내게 영감을 주는 장소예요."

선호는 진지했다.

"톰, 당신은 전생에 신라인이었던 것 같아요. 생각하는 것이나 사는 방식이 천 년 전 그들과 너무 흡사해요."

"아 그것 옳은 말인지 모르지. 깊이 생각해 보아야 할 일인데. 고마워, 선호."

클렌시는 선호의 어깨를 감쌌다. 방에 들를 것도 없이 넷은 식당으로 가서 한식으로 저녁을 때웠다. 선호가 두 사람에게 물었다.

"이번 포세도니아(Posedonia) 박람회에 참석하실 겁니까?"

오슬로의 노르쉬핑(Nor-shipping)과 쌍벽을 이루는 박람회이다. 아테네(Athene)에서 짝수 해 유월 초에 열린다. 클렌시가 재현을 보며 말했다.

"당신들 조선소 뒤치다꺼리 하느라 꼼짝도 못하고 있어요. 이 배 여섯 척이 모두 끝난 뒤 좀 한가롭게 박람회도 다닐까 해요."

선호가 재현에게 물었다.

"이 사장님은 가시죠?"

"가기로 계획은 짜 놓았어요. 거기 가서 시장의 분위기를 보고 오려고 해요."

선호가 화제를 바꾸었다.

"가네다 마사히로에게 현재 조선 해운 시장이 폭탄 돌리기 장세라고 말씀하셨다면서요? 굉장히 쇼크를 먹은 것 같아요."

"너무 들떠 있는 것 같아서 그 사람 머리를 식혀주려고 한 말인데 쇼크를 받은 모양이구먼."

"그 사람은 사장님을 하느님처럼 생각하는데 너무 겁주지 마세요."

"알았어. 알았어."

그들은 지하의 바로 옮겨서 맥주를 시켰다. 선호가 보고했다.

"손님들은 모두 잘 떠났어요. 스폰서인 영국 석유회사 회장 부인은 몇 번이나 다시 오고 싶다고 하셨어요. 큰 감동을 받은 것 같아요."

"이 조선소를 보고 감동받지 않을 사람이 세상에 어디 있겠나?"

재현이 영호에게 물었다.

"사무실에 별일 없었지?"

"모든 게 순조롭습니다."

다음 날 아침 클렌시는 재현과 함께 서울로 떠났다. 클렌시는 그날 오후 비행기가 예약되어 있었다. 그들은 더 이상 인숙 이야기를 하지 않았다. 그러나 그들의 가슴에는 인숙의 꿈이 흘러넘치고 있었다.

제18장

작은 모임

1.

 오월 마지막 금요일 점심을 마치고 재현이 사무실로 돌아와 의자에 앉자마자 기다렸다는 듯이 전화벨이 울렸다. 거제도 조선소의 런던 지점장 지용훈 상무였다.
 "아니 지 상무가 웬일이야? 지금 어디야? 런던이야? 거제도야?"
 "런던도 아니고요 거제도도 아니고요 서울입니다. 사장님이 이고 있는 하늘 가까운 하늘 아래 저도 지금 앉아 있습니다."
 "좋은 일이 있는 모양이구나. 시를 읊는 걸 보니. 목소리가 아주 밝은데."
 "예. 작지만 프로젝트 하나를 위해 귀국했었는데 이제 마무리 짓고 이번 주말 영국으로 출발합니다."
 "그 고귀한 얼굴을 한번 보여 주시려나? 나가시기 전에 저녁이라도 같이할 영광을 주시려나?"

"그렇지 않아도 출국하기 전, 선배님 뵙고 싶어서 전화를 올렸습니다."

"뭐 특별한 화제라도 있나? 내가 준비해야 할 일이 있나?"

"전혀 없습니다. 그저 만나 뵙고 선배님 얼굴이 변하지 않았다는 것을 보고 선배님 마음이 전과 같이 따뜻하다는 것만 확인하고 출국하려고 하지요."

늘 느끼는 용훈의 느긋함이었다. 가슴이 더워진 재현은 서둘러 약속을 했다.

"그래 오늘 저녁 자리를 잡을게. 저녁에 분당 우리 사무실로 나와. 거북하지 않은 사람 몇 명 더 부를까?"

"좋습니다. 선배님 편하실 대로 하시지요. 저녁 여섯 시 좀 지나서 사무실로 가겠습니다."

재현은 서둘러 김선호 상무에게 전화를 걸었다. 그는 선박 계약 협상 때문에 서울에 머무르고 있었다.

"오늘 저녁 시간 없겠지?"

선호는 좀 빈정거리는 투로 대들었다.

"'시간 없겠지?'는 또 무슨 화법입니까? 시간 내어서 오라고 하시면 어련히 대령할려구요."

재현이 다독거렸다.

"오, 나의 실수. 오늘 특별한 약속 없으면 저녁이나 같이하자고."

"그렇지 않아도 찾아뵐까 하던 참이었습니다."

"좋아, 거제도의 지용훈 상무도 오기로 했어."

"아니 귀국한 겁니까?"

"잠깐 다니러 온 모양이야. 세상 사는 이야기 나누자고."

"와우, 좋지요. 조선소끼리 나눌 이야기도 많지요."

"그럼 여섯 시까지 우리 사무실로 나오라고."

"여섯 시는 너무 일러요. 여섯 시 반까지 가도록 할게요."

"그래 좋아. 늦어도 좋으니 꼭 오라고. 김 상무 없는 모임은 모임 같지가 않아서 말이야. 여섯 시 반이야."

재현은 들뜨기 시작했다. '이건 아주 흥미롭고 중요한 모임이 될 것 같다' 생각했다. 그는 급히 차영균 사장을 전화로 불렀다.

"네 회장님, 뭐 특별한 분부가 있으십니까?"

"아주 중요하고 재미있는 모임이 있는데 차 사장이 꼭 함께해야겠어. 오늘 저녁 여섯 시 반까지 분당에 올 수 있을까?"

"고등학교 동창들과 매달 한 번씩 저녁을 같이하는 날인데 회장님의 분부가 계시니 이번 달은 빠지지요. 여섯 시 반까지 사무실로 가 뵐게요."

"고맙소, 고맙소. 울산의 김선호 상무와 거제도의 지용훈 상무도 오기로 했어."

"무언가 의미심장한 냄새가 납니다. 아주 흥미 있는 저녁이 될 것 같은데요. 여섯 시 반까지 사무실로 나갈게요."

순식간에 이루어진 모임이었다. 생각나는 대로 전화를 걸었는데 어떤 큰 음모라도 꾸밀 수 있는 강력한 팀이 되었다. 재현은 부지런히 사무실 업무를 마무리 지었다. 박영호에게도 참석하도록 일렀다.

공식적 업무에 얽매임이 적은 차영균이 먼저 왔다. 여섯 시도 되지 않았다. 그는 너스레를 떨었다.

"너무 빨리 왔죠? 회장님 보고 싶은 마음에 허겁지겁 달려왔습니다."

"누가 들으면 연인들 사이의 세리프로 알아듣겠다."

"연인보다 더 보고 싶었습니다."

강 건너의 큰 불구경하듯 영균이 입을 떼었다.

"그 사람 참 질기지요? 대통령 말이예요. 열린 우리당이 총선에서 이기고 헌법재판소는 탄핵 소추안을 기각해 버렸어요. 세상이 뒤집어졌지요. 그는 또 날아올랐어요. 어찌 보면 그 싸가지 없는 입 때문에 끝장 난 것 같았는데 그때마다 살아나는 생명력이 놀랍습니다."

"그것이 우리나라 정치의 특성이 아닐까? 끈질긴, 무한한 생명력을 지닌, 술수만 제대로 부리면 무엇이든지 피해 갈 수 있는 우리의 정치 풍토 말이야. 경기 규칙이 없이 임기응변으로 꾸려가는 운동 시합을 보고 있는 것 같아. 이번에도 자신의 혀로 자신을 묶어 완전한 탄핵 수순에 걸려들었음에도 불구하고 그 지옥 같은 불구덩이를 헤치고 나와서 불사조처럼 다시 날아오르지 않았어? 그 생명력은 경탄할 만한 것이야. 잘못 걸렸다 싶으면 빠져나오려고 아등바등대지 않고, 오히려 그 불꽃 속으로 몸을 던져 버리는 거야. 거기서 죽지 않을 정도로 매를 맞거나 재가 되지 않을 정도로 자신을 태워 버리는 거지. 그 과정을 통해 동정적인 지지 세력을 끌어내고 그 세력을 확장해서 장엄하게 부활하는 거야."

"또 우리 이 백성들도 딱하지요. 세상이 두 쪽 나도 나는 그 사람을 지지한다, 그 사람이 무엇을 했건, 어떤 자질을 가졌건, 어떤 잘

못을 저질렀건, 나는 그에게서 보고 싶은 한 면만 본다, 이런 자세지요. 정치인들은 그들의 감성을 자극해서 양떼 몰듯 대중을 몰고 가고요. 그러나 이런 현상은 긴 안목으로 보면 한국 정치의 질을 떨어 뜨리고 정치에 대한 불신만 키워 나갈 뿐이예요. 국민들 사이의 화합을 이끌어 내기보다 서질의 편 가르기로 몰아가는 것이지요."

"그러나 그가 완전히 살아났다고 보는 것은 속단일지 몰라. 더 큰 문제가 계속 뒤따를 수 있어. 정치적 술수로 탄핵도 넘어가고 반대당을 제압할 수 있을지 모르지만 그가 뱉어 낸 말들은 그의 업이 되어 두고두고 그를 붙들어 매게 될 거야. 그런데 그것이 그의 개인적인 문제로 끝나지 않고 부정적 유산으로 이 사회에 쌓여 갈 것 같아 그것이 걱정스러워."

영균의 비판은 그날 아주 날카로웠다.

"정말 걱정이예요. 이 사회를 아우를 어떤 이념, 후손들에게 확고하게 제시할 정신 같은 것이 나와야 하는데 정치권이 그것의 출현을 오히려 막고 있어요. 그들은 우리 사회를 질서가 잡힌 곳으로 만들기보다 혼란의 장으로 유도하고, 백성들을 계도하기보다 무한히 어리석은 존재로 남겨 놓으려고 하지요. 그들을 분열시키고 코앞의 이익에 탐닉하게 해서, 몰고 다니기 편한 바보 집단으로 만들려는 거예요."

"참으로 걱정스러운 일이야. 이 사회를 아우를 이념이랄까? 역사관이랄까? 이런 것들이 부족해서 일어나는 일들인 것 같아. 옳고 그른 것, 아이들에게 가르쳐야 할 것과 그렇지 않은 것에 대한 기준이 없어. 세상에 없는 자랑스런 역사를, 세상이 한 번도 경험하지 못한 장엄한 성공을, 누구도 경험하지 못한 짧은 기간에 이루어 놓고도, 그것을 자기 것으로 만들지 못하고 오히려 스스로 비하하고, 그것을 이끈 사람들을 매도하고, 그러면서도 그 역사로 인해 주어진 성찬은 독식하려 하고."

"그래요. 축약된 성장의 부작용이죠. 순식간에 이루어져서 그를 뒷받침할 수 있는 정신적인 신념이랄까 혹은 가치관을 정립시키기 위한 시간이 부족했어요. 그런 불균형이 사람들을 혼란스럽게 하고 있어요."

"그런데 이런 현상은 우리가 꼭 거쳐야 하는 단계일지도 모르지. 한반도의 지정학적인 특성일지 모르고. 이곳은 이제 세계 역사를 축약하는 전시장이 되었어. 다시 말하자면 한국은 주변국들의 미묘한 각축의 영향을 받으면서 세계 역사를 복습하는 장소가 되고 있다, 그런 생각이 드는 거야. 그렇다면 우리의 현직 대통령은 한국이 역사적으로 반드시 거쳐야 하는 과정에서 없어서는 안될 주인공의 한 사람이라고 해야 하겠지? 그런 관점에서 보면 그가 더 늦지 않게 온 것이 오히려 축복일지도 몰라."

2.

여섯 시 좀 지나 김선호 상무와 지용훈 상무가 앞서거니 뒤서거니 하며 사무실로 들어섰다. 경쟁 업체의 스타 플레이어들은 잠깐 거북해했지만 금방 스스럼없이 어울렸다. 영균과 용훈은 첫 대면이었지만 깍듯이 인사를 나누었다. 용훈이 재현에게 말했다.

"저녁을 먹기 전에 선배님께 개인적으로 잠깐 여쭐 말씀이 있는데요."

재현은 선선히 받아들였다.

"그래, 그러면 박 이사가 두 분을 모시고 우선 식당에 가 있어. 우리는 잠시 뒤에 따라 내려갈게."

세 사람이 사무실을 떠나자 재현이 용훈에게 지분거렸다.

"밥 먹으러 왔으면 밥이나 맛있게 먹을 것이지, 그 시간이 아까워서 뭔가 또 본전을 찾으려는 거야?"

"그럼요, 시간이 요즈음은 금보다 아니 다이아몬드보다 오히려 더 소중한 시대인데요."

"그래 뭔데? 말해 봐요."

용훈이 진지해졌다.

"그동안에 선박 건조를 위한 의향서(意向書, Letter of Intent)를 몇 건 체결한 게 있는데 문제가 생겼습니다. 이 건조의향서의 법적 구속력에 대한 논란이 벌어진 겁니다. 의향서의 구속력은 얼마나 강한 겁니까?"

"건조의향서의 내용에 따라 달렸지."

"당연히 척수, 선가, 납기는 물론이고 요약 사양서(Outline Specification)까지 첨부되어 있습니다."

"그럼 제법 구속력이 있을 걸."

"원래 의향서라는 것은 문자 그대로 의향서로서 계약이 완료될 때까지 유효한 것 아닙니까? 계약서의 상세 조항에 합의하지 않으면 무효로 되는 것 아닙니까? 계약서와 같은 구속력을 갖는 것은 아니잖습니까? 저희 회사 안에서도 구속력이 있다거나 없다거나 의견들이 분분합니다."

"그렇게들 생각하고 쉽게 합의를 하고 문서를 남기는데 선가나 납기 같은 핵심 요소들이 확정되어 있으면 의향서가 확고한 의미를 가질 수밖에 없지. 더구나 변호사가 개입되면 일이 아주 복잡해지겠지. 의향서는 원래 조선소보다 선주에게 유리하게 되어 있어. 큰 책임을 지지 않는 약속을 하고도 조선소의 선대를 확보할 수 있으니 선주로서는 의향서를 서명하고 그걸 쥐고 있으려고 하지. 의향서의 취소도 선주 측이 하기 쉽도록 되어 있잖아?"

용훈이 맞장구를 쳤다.

"하긴 그렇습니다. 서류에 서명하는 것이 얼마나 엄중한가? 하는 것을 가끔 잊고 서둘러 서명을 덜컥 해 놓고는 나중에 곤욕을 치르지요."

"나도 이십여 년 전 노르웨이 선주와 가볍게 합의한 건조의향서 때문에 곤욕을 치른 적이 있어. 조선소는 계약이 급해서 의향서를 서명했는데 선주는 계약을 하겠다는 의사를 보이지 않고 시간을 마냥 끄는 거야. 그런데 좋은 값을 주겠다는 새로운 선주가 나타났어. 조선소는 당연히 미적거리기만 하는 선주와의 의향서를 접고 새 선주에게 의향서에 명기된 선대를 훨씬 높은 값에 팔려고 했지. 그러자 원래 선주는 언제 그랬냐는 듯이, 얼굴을 싹 바꾸고는 계약을 하겠다고 나서지 않았겠어. 조선소가 새 선주와 계약을 강행하자, 기회의 상실에 대한 보상을 하라며 수백만 불을 요구하는 거야. 그 의향서에 합의를 했기 때문에 다른 조선소에서 배를 지을 기회를 놓쳤다는 거지. 물고 늘어지면 아주 당혹스런 케이스가 될 수밖에 없어. 그것 때문에 몇 년간 중재재판(Arbitration)에 끌려다녔어. 왜 문제가 생겼어요?"

"예 몇 건 문제가 생겼습니다. 선가(船價) 때문이에요. 이 미친 시장 때문이에요. 선가가 왕창 올라서 좋은 값이다 하고 의향서를 썼는데 며칠 뒤 갑자기 선가가 천장을 모르고 뛰어오르는 거예요. 눈을 빤히 뜨고 손에 잡히는 이익을 포기할 수가 없지 않습니까? 선주는 그동안 마치 계약에 흥미 없는 사람들처럼 조용히 시장의 눈치만 보고 있었어요. 합의를 취소하는구나 하고 일방적인 해약을 통보 했지요. 그러자 그들은 해약은커녕 바로 계약 협상을 시작하자고 통보해 온 거예요. 일이 묘하게 되어 두어 건이 선대를 이중 판매한 것으로 되었습니다. 어떻게 해야 할지 걱정스럽습니다. 런던에 귀임하면 바로 처리해야 할 일들이에요."

재현은 노르웨이 건 이외에도 같은 경험이 몇 건 더 있었다. 좋은 조건으로 의향서를 쓰고 가능한 짧은 유효기간을 주었다. 그러나 유효기간이 끝나기 전에 시장이 좋아져서 선가가 뛰어오르는 것이다. 일방적으로 의향서를 취소할 수는 없었다. 변호사를 동원하고 선주와 협상을 해서 조건을 개선할 수밖에 없었다. 많은 선주들은 조건을 개선해 주고 계약까지 진행을 했었다. 그러나 어떤 선주들은 끝까지 의향서의 합의 사항을 고집해서 결국 중재 재판까지 갔고 몇 년을 씨름한 뒤 서로 상당한 상처를 입고 매듭지은 적이 있었다.

"의향서라는 것이 원래 법적 구속력이 없는 것이잖아요?"

용훈은 반복했다.

"그런데 한번 문서화되고 나면 그게 말썽을 일으킬 수 있어. 큰 골칫거리가 되지. 그런 케이스를 노리고 한 건 하려는 변호사들이 세상에 득시글거리잖아. 우선 좋은 변호사와 법적으로 의논하고, 선주와는 좋은 말로 협상을 해서 의향서의 합의 사항을 개선해 봐. 법적 구속력이 적다고 일방적으로 해지(解止)했다가는 큰코다칠 수도 있어."

"그렇지요? 런던 가기 전 선배님을 찾아뵙기를 잘했습니다."

그들은 서둘러 식당으로 내려갔다.

3.

식당에서는 맥주판이 벌어지고 있었다. 맥주 몇 병과 생선회 한 접시가 놓여 있었다. 생선회 접시는 벌써 반이나 비었다. 선호가 애교를 떨었다.

"나는 기다리자고 했는데 차 사장님이 어서 시작하자고 해서 할 수 없이 시작했습니다. 우리는 딱 한 잔씩만 했습니다."

영균이 껄껄거렸다. 재현이 받아주었다.

"아, 실망이다. 우리 올 때까지 굶으며 기다려 줄 것으로 생각했는데. 세상에 믿을 사람이 없어."

소주와 맥주가 끊임없이 공급되었다. 선호가 물었다.

"이 사장님은 포세도니아(Posedonia) 박람회에 언제 가실 거예요?"

"유월 첫 월요일 7일 오후 비행기로 나가려고 해요. 그러니까 열흘 뒤쯤 거기서들 보는 거지?"

"이번에는 사모님과 함께 나가시는 거죠?"

"그래야지. 톰이 나오지 않으니 마음 편하게 아내와 함께 나가려고 해. 이제는 혼자 다니기가 너무 불편해."

"호텔은 잡으셨어요?"

"아리아드네(Ariadne)가 잡아 놓겠다고 했어. 공항에 차를 보내겠다고 해서 그러려니 하고 있어. 이맘때 아테네에서 호텔 잡는다는 것이 보통 일이 아니잖아."

선호가 또 빈정댔다.

"세상에, 브로커가 납시는데 호텔까지 잡아 주는 선주가 다 있어요. 브로커는 외국에 나가면서 호텔이 어딘지도 알려고 하지 않고 '선주가 자동차를 보낸다고 했어' 하고 있으니 이게 무슨 임금님 행차예요?"

"너무 야단치지 마. 우리는 그런 사이야."

"누가 들으면 애인 사이라고 하겠어요."

아리아드네는 그리스의 중견 해운회사 사주의 딸이다. 근래 아버지의 도움을 받아 가며 열심히 경영에 참여하고 있었다. 그녀는 모든 한국 업무를 재현에게 맡기고 있었다.

"김 상무, 지 상무도 내주 초쯤 아테네에 있겠지?"

둘 다 그렇다고 했다.

"톰의 세 번째 배의 명명식이 칠월이니 포세도니아 끝나자마자 준비해야겠지. 바쁘겠어? 김 상무는 그때 한국에 있을 건가요?"

"아직 별다른 일정을 잡지 않았어요. 가능한 톰의 행사에는 자리를 지켜주려고 해요. 그것이 이 사장님의 프로젝트이기도 하니까요."

술도 제법 마셨고 잡담도 할 만큼 하였다. 재현이 입을 떼었다.

"그런데 말이야. 오늘 밤 이렇게 좋은 사람들이 만났는데 이 다이아몬드 같은 시간을 시시한 잡담이나 하고 보낼 수는 없잖아?"

모두들 또 무슨 감동을 준비했는가 하는 얼굴로 재현의 다음 말을 기다렸다. 재현은 단도직입적으로 본론으로 들어갔다.

"인숙이 말이야, 유인숙의 일이야."

선호는 인숙을 알고 있었고 용훈도 그녀의 이야기를 듣고 있었다. 인숙의 이야기는 업계에서는 전설처럼 떠돌고 있었다. 영균에게는 처음 듣는 이름이었다. 선호가 인숙에 관한 이야기를 자세히 들려주었다. 그러나 선호도 재현이 무슨 이야기를 하려는지 궁금하기는 다른 사람들과 마찬가지였다.

"인숙이 멋진 실내악단 하나를 조직하려 하고 있어. 한국을 대표하는 악단, 국제무대에 내세울 수 있는 오케스트라를 하나 구성하면 어떠냐는 제안을 해 왔어. 나는 여기 모인 다섯 사람이 인숙이 만들려는 오케스트라의 핵심 연주자가 되어 주기를 바라거든. 무슨 이야기 인지 감이 잡히지 않지? 나는 인숙의 제안을 받고 마치 핵 펀치를 맞은 사람처럼 지금 혼수상태에 빠져 있는 상태야. 톰도 마찬가지이고."

영균이 신중하게 끼어들었다.

"인숙이라는 그 신비스런 여인이 무엇으로 건강한 두 분을 그렇게 노크아웃 시켰다는 겁니까?"

재현은 클렌시와 남산에서 주고받았던 이야기를 소상히 설명했다.

"나는 이 기특한 여인의 꿈이 실현 가능하다는 결론을 내렸어. 게다가 이것은 우리가 반드시 도와줘야 하는 과제다, 여기 있는 다섯 명이 도우면 이룰 수 있다, 그렇게 결론을 내렸어."

모두들 말을 잃었다. 클렌시와 재현이 받았던 충격을 그들도 함께 나누었다. 모두들 멍한 표정들이었다.

모두들 한동안 생각에 잠겨 있는데 영균이 먼저 입을 열었다.
"이건 정말 우리가 오래전에 시작했어야 할 일입니다. 이런 일을 어린 여인이 고민하는 동안 우리는 뭘 했던가 하는 자괴감마저 듭니다. 부끄럽긴 하지만 지금부터라도 힘껏 도와야지요. 그러나 이건 큰 작업입니다. 머릿속에서 번쩍 떠오른 생각만으로 되는 일이 아닙니다. 상당한 자금이 필요하고 치밀한 사전 준비가 있어야 할 일인데요."

재현도 신중했다.
"이건 순식간에 머리에 떠오른 생각이 아니야. 이 무서운 여인은 이 일을 오랫동안 혼자 고민해 왔던 것 같아. 그녀가 그동안 톰으로부터 받은 월급을 고스란히 모아 놓았어. 이제 제법 큰돈이 되었지. 브뤼셀에 간 뒤 개인 용돈은 거의 한 푼도 쓰지 않았어. 외식도 하지 않았고 쇼핑도 전혀 하지 않았어. 돈을 송금해야 할 가족도 없어. 게다가 인숙의 이야기에 감동한 톰이 선뜻 백만 불을 기금으로 내어 놓았어. 시작할 수 있는 자금은 충분히 마련되었어. 이제는 우리가 발품 머리 품을 팔 차례야. 이 프로젝트에 참여할 연구 인원을 선발하고 그들이 제대로 역할을 할 수 있도록 분위기를 만들어 주는 것이 우리의 일이야."

용훈이 아직 감동이 가시지 않은 목소리로 물었다.
"어떤 구체적인 계획이라도 세우셨습니까?"

재현은 깊이 계획한 적이 없었지만 눈앞에 앉은 사람들의 면면을 보며 마치 오래전부터 이 일은 이 사람들과 하기로 계획하고 있었다는 듯 진행 방법을 술술 풀어내었다.

"시작이 반이라잖아요? 이렇게 완벽한 팀이 모였으니 반은 성공한 셈이야. 당장 시작해야지. 시간표를 이렇게 잡으면 어떨까? 유월 중순까지 이 오케스트라 멤버를 브뤼셀 쪽에 알리고 우리의 행동 방향을 확정한다. 유월 안으로 법인 설립 신고를 하고 학회를 조직한다. 학회 회원은 주요 일간지에 모집 광고를 통해 구성한다. 그들과의 계속적인 협의를 통해 연말까지 다섯 명에서 열 명 정도의 대학 졸업반 연구원을 선발한다. 내년 봄학기에 역사학회의 첫 연구자들이 영국으로 파견된다. 일 년 동안 유럽에서 공부한다. 집중적으로 영국 산업혁명의 진행을 살피고 그것이 사회에 미친 긍정적 부정적 영향을 구분해 찾아낸다. 영국의 노동 운동의 역사와 필요하다면 칼 마르크스와 볼셰비키까지 섭렵하고 여러 주의(主義) 주장(主張)들의 흥망성쇠를 연구하도록 한다. 연구원들은 이미 대학 4년 과정을 마친 사람들이기 때문에 이 프로젝트를 추진하기 위한 충분한 소양을 갖추었다고 볼 수 있겠지. 일정이 끝나면 귀국해서 그들의 보고서를 작성토록 한다. 해마다 연구원들의 파견을 계속해서 그들의 보고서를 쌓아 간다. 그러면서 역사학회는 서서히 그의 모습과 갈 길을 잡아간다."

선호가 감탄을 했다.
"엄청난 일이네요. 어떻게 이런 일이 이렇게 어수룩하게 시작될 수 있어요?"

영균이 선호의 너스레를 잘랐다.

"이것은 필생의 사업으로 삼아도 될 만한 무게를 지닌 일입니다. 인숙이라는 이 시대가 낳은 특이한 여성이 클렌시 회장과 이 회장님을 만나 완성시키는 세계 최고의 오케스트라 같네요."

재현은 신이 났다.

"톰과 나만이 아니야. 이제 여기 있는 네 명이 추가로 이 오케스트라에 입단한 단원들이야. 내 생각을 이야기해볼까? 나나 김 상무 지 상무는 일상 업무에 매달려 있어. 비교적 시간이 많고 이 분야에 깊은 지혜를 가진 차 사장이 지휘를 해 주어야겠어. 취지문과 선발 안내 광고 문안을 만들어줘. 그걸 우리 박 이사에게 전해줘요. 박 이사는 취합되는 자료들을 오늘 모인 분들에게 전달하고 조정하는 역할을 해 줘. 그리고 그에 대한 각자의 의견을 모아서 합의된 문건이 만들어지면 톰과 인숙에게 보내서 그들의 동의를 받고 주요 일간 신문에 칠월 말쯤 모집 광고를 게재토록 하자고. 지 상무는 이 연구의 핵심지역인 영국에서의 학교, 숙소와 이들의 활동을 도울 기관들을 점검해 줘. 그리고 일정과 예산을 짜줘요. 물론 그들이 영국에 체류하는 동안 보살피는 일도 맡아줘. 김 상무는 브뤼셀과의 조정자 역할을 해줘요. 박 이사는 전체적인 연결고리 역할을 맡아요. 차 사장은 한국에서 종합적으로 모든 일을 지휘해 줘요. 이렇게 되면 꽉 찬 오케스트라 멤버라고 할 수 있잖아요? 참 어처구니없는 일이지? 김 상무 말처럼 어떻게 이렇게 완벽한 조직이 이렇게 어수룩하게 조직될 수 있지? 악을 쓰고 덤벼도 이런 기적 같은 팀을 짜내기 어려울 텐데. 되는 일은 시작부터 다르다니까."

모두 같은 생각이었다. 같이 나누는 감동이었다.

재현이 계속했다.

"이건 이 일이 크게 성공할 것이라는 조짐이예요. 오늘 지 상무의 전화를 받고 아무 생각 없이 마음 맞는 사람들과 저녁이나 하기로 했는데 이렇게 완벽한 팀이 이루어지다니."

모두들 생각에 잠겼다. 재현이 다짐했다.

"이 일에는 어떤 금전적인 보상도 보장되지 않습니다. 자신의 신념과 명예를 걸고 봉사하는 겁니다. 모두 자기의 업무를 받아들이는 거죠?"

영균이 천천히 의견을 내놓았다.

"물론이죠. 그러나 역사란 원래 학계의 경험 많은 원숙한 사람들이 써야 하는 것 아닌가요? 젊은이들이 균형 잡힌 사관을 창조해 낼 수 있을까요?"

선호는 긍정적이었다.

"그 점에 대해 저는 인숙 씨와 관점을 같이합니다. 나이 든 분들의 역사관은 너무나 다양한 편견과 아집에 얽매여 있어요. 식민사관이네, 민족사학이네, 좌파네 우파네 해서 선입관이 가득한 그들의 머리로 공정한 한국 현대 역사는 정립되기 어렵다, 이렇게 보는 거죠. 좀 어설픈 데가 있어도 젊고 신선한 머리로 시작하는 겁니다. 외국 사람들은 그들의 산업 역사를 어떻게 국민적 이념으로 정착시켰던가? 그 역사로부터 생기는 문제들을 어떻게 극복했던가? 젊은이들이 외국에 나가 직접 피부로 느끼며 고민해 보는 거죠. 서투르겠지만 시작부터 왜곡되지는 않을 것이라는 생각이 드네요. 이것은 한 번에 완성될 것 같지는 않습니다. 반복하면서 시행과 착오(Trial and Error)를 거쳐 오류를 수정해 나가 서서히 스스로를 완성해 내어야겠지요. 이것은 결국 과거를 위한 것이 아니고 먼 우리의 앞날을 이끌어 나갈 이정표가 되어야 하니까요."

영균도 고개를 끄덕였다.

"취지문 작성은 제 가까운 교수 한 분과 의논할게요. 올바른 역사관을 지닌 분이지요. 도움은 받되 영향력은 배제한다는 기본으로 추진하겠습니다. 회장님이 돌아오시는 유월 중순까지 보고드릴 수 있도록 준비를 하겠습니다."

용훈이 영국 상황을 그가 아는 대로 설명했다.

"제 영국 친구가 런던 교외로 이사를 가서 부동산 시장을 잠깐 알아 본 적이 있었는데 런던 교외 같으면 방이 네댓 개 있는 이층집 월세가 천 파운드 (약 이백만 원)쯤 합니다. 대학 연수, 도서관 사용법과 영국 역사학회 협조 등을 알아보아서 좀 더 확실한 보고를 드리도록 하겠습니다."

"그 정도라면 예산 범위 안에 드는구먼. 좌우지간 좀 더 구체적으로 알아봅시다."

재현이 매듭을 지었다.

"자, 이 작은 역사학회라는 수레는 오늘부터 그 장대한 바퀴를 굴리기 시작했습니다. 토인비가 이룩한 것과 같은 거룩한 일을 한국에서 만들어 봅시다. 이것은 우리 후손을 위해 우리가 마련할 수 있는 최고의 유산이 될 거예요."

모두들 뜻깊은 모임의 구성원으로 선택해 준 재현이 고마웠다. 그날 밤의 술맛은 별났다. 무거웠지만 짐이 되지 않았고 깊지만 쓰지 않았다.

제19장

포세도니아(Posedonia)

1.

 재현은 2004년 유월 칠일 오후, 인천 공항에서 아내와 함께 터키로 향하는 비행기에 올랐다. 한국과 그리스 사이에는 직행 비행 편이 없다. 전에는 영국의 런던이나 독일의 프랑크푸르트로 가서 비행기를 바꿔 타고 아테네로 들어오는 방법밖에 없었다. 런던이나 프랑크푸르트로 장시간 비행한 뒤, 서너 시간 비행장 대합실에서 그리스행 비행기를 기다려야 했다. 밤과 낮이 바뀐 시차(時差)에 시달리며, 꼬박꼬박 졸다가 그리스행 비행기를 타고 또 서너 시간 비행한 뒤 아테네에 도착하면 반죽음이 되곤 했다. 그러나 대한항공이 이스탄불 직행 노선을 열어 한결 편안해졌다. 한국으로부터 이스탄불까지의 비행시간이 유럽 대도시보다 짧았고 이스탄불과 아테네 사이는 한 시간 거리이다. 하룻밤을 이스탄불에서 묵어야 하지만 통과 여객들에게는 비행기 회사가 호텔을 제공한다. 그것도 도움이 되었다. 산뜻한 기분으로 그리스 도착 즉시 맑은 정신으로 일상을 시작할 수 있기 때문이다. 그리스 사람들은 외국인들이 터키와 관련되는 것을 기쁘게 받아들이지 않는다. 그러나 터키 통과 사실을 떠벌리지 않으면 문제 될 것이 없다. 터키에 자정에 도착해서 하룻밤 자고, 팔일 화요일 아침, 여덟 시 반 비행기에 앉으면 아홉 시 반 아테네 공항에 도착한다.

아테네 공항 출구에 검은색 정장을 차려입고 단정하게 넥타이를 맨 잘생긴 택시기사가 재현의 이름이 적힌 팻말을 들고 기다리고 있었다. 재현이 그의 앞으로 다가가자 그는 재현의 짐을 받아들고 앞장을 섰다. 제법 커다란 세단이었다. 차가 움직이기 시작했다. 아테네 쪽이 아니었다. 아리아드네가 보낸 사람이 확실함으로 잘못될 일은 없겠지만 아테네로 가는 방향과 반대쪽으로 차가 움직이기 시작하자 은근히 걱정이 되었다. 재현이 짐짓 목소리를 밝게 하고 아테네 지리를 잘 안다는 투로 물었다.

"호텔은 어디로 잡았지요? 아테네 방향이 아니네요."

운전수는 그리스의 유월 하늘만큼이나 따뜻하고 맑은 목소리로 대답했다.

"아테네가 아니고 수니온(Sounion)으로 가는 길입니다. 거기 에지안 리조트 호텔(Aegean Resort Hotel)이 예약되어 있습니다."

감동이 재현의 가슴으로 밀려들었다. 생각 깊은 아리아드네의 얼굴이 떠올랐다. 몇 년 전 수니온 이야기를 꺼낸 것은 재현이었다. 틈나면 수니온에 가서 세계에서 가장 아름답다는 일몰(日沒)을 보고 싶다고 한 적이 있었다. 그것은 재현의 꿈이었다. 그러나 버스를 타고 일몰 시간에 한번 다녀오겠다는 것이었지 거기에 머문다는 생각은 꿈에도 해본 적이 없다. 그녀가 이번 출장에 그 꿈을 현실로 만들어 놓았다. 재현은 여행에 아주 좋은 징조가 보인다고 생각했다. 삼십 분이 지나지 않아 호텔에 도착했다. 수니온의 포세이돈 신전이 있는 절벽 아래 해변에 절묘하게 자리한 아름다운 호텔이다. 방 세 개가 붙은 호텔의 단 하나뿐인 특실(Presidential Suite)이 재현의 이름으로 예약되어 있었다. 수니온은 아테네를 품고 있는 아티카 반도(Attica Peninsula)의 남쪽 끝에 자리 잡고 있다. 아테네로부터 70킬로미터 정도 남쪽이다.

짐을 풀고 옷을 갈아입은 뒤 아내는 테라스로 나갔다. 거기서 떨어지지 않겠다는 듯이 안락의자에 몸을 파묻었다. 절벽 위 신전을 올려다보며 시를 읊듯 중얼거렸다.
"아아, 저것이 수니온의 포세이돈 신전이구나. 바이론이 사랑했다는 '수니온 석양'의 현장. 이곳에 대한 사랑이 그를 그리스 독립전쟁에 뛰어들게 했고 결국 그 전쟁이 그의 목숨까지 앗아갔지."

그리스는 옛이야기의 현장이 아닌 곳이 없지만 수니온은 자연의 풍광이 빼어날 뿐 아니라 역사나 신화에 곁들여진 설화(說話)로 가득한 곳이다. 이곳은 그리스의 많은 신화의 무대이다. 근대에도 많은 역사적 사건이 여기서 이루어졌다. 그런가 하면 잊을 수 없는 영화의 현장이기도 했다. 그들은 간단히 씻은 뒤 오후 일정을 짰다. 우선 아리아드네에게 도착 소식과 함께 좋은 호텔을 예약해 주어 고맙다는 이메일을 보냈다. 오후 두 시에 포세도니아 박람회로 가는 순환 버스가 있었다. 아내는 절벽을 올려다보는 소파에 찰싹 붙어 떨어질 생각이 없었다. 재현이 제안했다.

"긴 여행에 힘들었을 테니 오후에 푹 쉬어. 포세이돈 신전과 깊은 눈인사를 나눠 둬. 나는 포세도니아 전시회를 둘러보고 일곱 시까지 돌아올게. 그때 같이 신전으로 올라가자고. 일곱 시 반에서 여덟 시 사이가 낙조 시간이래."

아내는 그 절벽에서 눈을 떼지 않고 고개만 까딱했다.

"그래 여기서 가만히 앉아 있을게. 잠도 자고 책도 읽고. 나는 이게 꿈인지 생신지 전혀 분간이 되지 않아."

방에는 호텔이 준비한 수니온에 관한 많은 책들이 가지런히 정돈되어 있었다.

'오늘 저녁은 아무 약속도 하지 말자. 여기서 낙조를 보며 그리스의 신화를 생각하고 역사를 생각하자. 바이론을 생각하고 카잔차키스(Kazantzakis)를 생각하자. 고마운 아리아드네를 생각하자.'

간단히 점심을 끝내고 재현은 포세도니아 박람회장으로 향했다.

포세도니아 박람회장으로 가는 버스는 해변을 따라 이차선 좁은 길을 달렸다. 짙은 에메랄드 색깔의 에게해(Aegean Sea)가 버스를 따라왔다. 그리스에서 세계 최대 선박해양 박람회 중의 하나가 열린다는 것은 그리스가 세계의 해운 산업을 주도하고 있다는 확실한 증거이다. 그리스는 정치적으로 많은 변혁을 겪었다. 이차대전 후 공산주의의 물결이 몰려와 그와 맞섰던 전통적인 그리스의 개인주의는 큰 고난을 겪었다. 내전으로 많은 사람들이 생명을 잃었다. 공산주의가 물러나자 군사 독재가 들어섰다. 군사정부, 사회당 정권, 보수당 정권이 번갈아 가며 한시도 정치적으로 안정된 날이 없었다. 그리스의 자유분방한 사회적 전통은 정부가 바뀔 때마다 흔들렸다.

그리스에는 자랑할 만한 제조업이 없다. 국가적으로 집중할 만한 산업이라야 그들의 선조가 마련해 준 자산을 우려먹는 관광뿐이다. 인구 천만의 그리스를 일년에 방문하는 외국 관광객 수가 천육백만 명이 넘는다고 한다. 그리고 세계를 이끄는 해운 산업이 있다.

어려운 사회적 환경에서도 그리스의 해운(海運) 산업은 꾸준히 세계를 주도하는 위치에 올라섰고 흔들리지 않았다. 해운은 그리스 국부 창출의 최고의 원천이며 많은 그리스인들의 고용을 보장하는 전통적 산업이다. 해운에 관한 역사는 신화와도 연결된다. 트로이(Troy) 전쟁은 에게해의 제해권을 잡기 위한 그리스와 터어키 사이의 각축이라고 해석되기도 한다. 이차대전 이후 세계적으로 두각을 나타낸 선주들도 그리스 출신들이다. 오나시스(Onasis), 니아르코스(Niarcos), 리바노스(Livanos) 같은 사람들은 서로 혈연을 맺으며 세계 해운 산업을 이끌었다. 그 밖에도 많은 선주들이 있다. 그들은 그리스 연안에 흩어져 있는 수많은 섬들을 태생적 연고지로 하여 나름대로의 색깔을 지닌 해운 가문을 형성한다. 어려울 때도 있었다. 이차대전 후 경제가 어려웠을 때 그들도 이류 해운국으로 전락했다. 이런 말도 돌아다녔다. 큰돈을 들여 새로 배를 짓는 것은 영국, 노르웨이, 미국, 일본 등 부자 나라들이다. 그들은 새로 지은 배를 오 년이나 칠 년쯤 쓰고 나서 중고선으로 판다. 그것을 사는 사람은 그리스 해운업자다. 그들이 그 중고선을 오년이나 칠년 쓰고 나면 한국 사람들이 산다. 한국 사람들이 몇 년 쓰고 나면 배의 설계 수명이 다하는 이십 년이 가까워진다. 그때 아프리카나 동남아 가난한 나라에 팔거나 폐선 처분한다. 그런 이야기였다. 그러나 그것도 옛이야기가 되었다. 그리스는 세계 선박신조(船舶新造)시장의 큰손이 되어 해운시장은 물론 조선 시장까지 지배하고 있다. 한국의 해운업도 조선의 눈부신 성장에 발맞추어 세계적 수준으로 성장하였다.

그리스는 해운업이 융성할 수 있는 기반을 갖추고 있다. 그들의 정치 정세는 혼란스러웠고 외환(外換)이 풍부하지는 않았지만 해운업자들은 외환을 활용할 수 있는 자유를 누려왔다. 배가 싸면 사고 비싸면 파는 간단한 장사의 기본적인 자유가 주어져 있었다. 그들은 배가 쌀 때 주저하지 않고 샀고 비싸지면 과감하게 팔았다. 시류(時流)에 잘 순응한 그들은 빠르게 부를 축적할 수 있었고 그들의 선대(船隊)는 확장되었고 좋은 새 배를 확보할 수 있었다.

한국과는 정반대였다. 한국의 외환 규제는 세계적으로 악명이 높았다. 배 값이 바닥에 있을 때 구매협상을 시작하는데 까다로운 외환 승인 과정을 거쳐 외환 사용 승인을 받고 돈을 지불할 때까지 긴 시간을 보내고 나면 배 값은 꼭대기까지 올라가 있는 것이다. 팔 때도 마찬가지였다. 비쌀 때 매각 협상을 시작해서 정부 승인을 기다리다가 외환 승인이 날 때쯤 배 값은 바닥으로 떨어져 있곤 했다. 외환 관리에 관한한 한국은 세계의 조롱거리였다. '한국 선주들은 배 값이 머리 꼭대기에 있을 때 사고, 발바닥에서 판다.' 80년대 초반 시류에 역행한 한국의 전통 있고 실력 있던 해운회사들이 파산하고 해운 산업은 정부가 주도하는 해운 합리화 시스템으로 떨어지게 되었다.

2.

 개장 이틀째였다. 박람회장은 풍성했다. 새로 마련된 아테네 교외의 넓은 전시장에는 다양한 조선 해운 관련 제품들이 전시되었다. 그 사이로 사람들이 끊임없이 도도한 물결을 이루어 흘러 다녔다. 사상 유례없는 호황의 한가운데 있는 선박 해운 시장을 반영하듯 활발하고 밝은 축제 마당이었다. 재현은 입구에서부터 전시 종목들을 보아 나갔다. 지난해 오슬로(Oslo)의 노르쉬핑(Norshipping)보다 더 풍성했다. 진열제품도 더욱 다양했고 가게마다 방문자들에게 나누어 주는 선물도 풍성했다. 참가자들은 전시도 전시지만 관광지 그리스의 느긋한 분위기를 즐기고 있었다. 바쁠 것이 없었다. 명함도 교환하고 제품 설명도 들으며 천천히 전시장의 한가운데로 접근했다. 어느새 선호가 달려와서 재현의 팔을 잡아끌었다.
 "볼 것 없어요. 전시장에 오셨으면 우리 가게부터 오셔야지 쓸데없는 곳에서 어정거리고 계세요?"
 어디를 가나 울산 조선소는 전시장의 한가운데에 가장 넓은 자리를 차지하고 있었다. 초대형 유조선(VLCC)과 액화천연가스(LNG) 운반선의 모형이 큰 공간을 차지하고 있었고 주변에 걸린 스크린은 그들을 제조하는 과정을 상세히 보여주고 있었다. 선호가 맥주를 큰 잔으로 가져왔다. 그들은 안락의자에 앉았다. 다른 전시 요원들도 재현에게 와서 잠깐 인사를 하고는 각자 자기들의 자리로 돌아갔다. 밀려드는 인파에 정신을 차리기 힘들 정도였다. 맥주잔을 놓고 선호가 느긋하게 입을 열었다.
 "사모님은 오시지 않았어요?"

"왔지. 그런데 여기는 오지 않겠데."

"왜요, 여기 오자고 그 먼 길 오시지 않았나요?"

"그랬지. 그런데 호텔을 묘한 곳에 잡았어."

"어디요? 아리아드네가 잡는다고 했잖아요?"

"수니온의 에지안 리조트 호텔이야. 촌 할머니가 테라스의 소파에 앉아 포세이돈 신전을 올려다보더니 엉덩이 뗄 생각을 않는 거야. 오늘은 거기서 쉬고 싶데." 선호는 한숨을 쉬었다.

"역시 아리아드네군요. 거기 같으면 예약하기도 힘들었을 텐데. 지금이 일 년 중 최고의 성수기잖아요?"

용훈이 요란하게 뛰어들었다. 바로 옆이 거제도 조선소의 전시장이었다.

"저희들은 언제나 뒷전이네요. 아이 기분 나빠."

선호가 약을 올렸다.

"기분 나쁘면 가보세요. 남의 가게에 와서 투정 부리지 말고."

용훈도 진짜 토라졌다는 듯 툴툴거렸다.

"가라면 못 갈 줄 알아요. 가지요. 선배님 모시고."

그리고 모두 껄껄거렸다. 용훈도 앉았다. 재현이 누구에게랄 것 없이 물었다.

"금년에는 뭐 좀 새로운 것이 있나?"

선호가 대꾸했다.

"내용은 해마다 그게 그건데 분위기가 사뭇 달라요. 그리스의 밝은 기후에 시장의 호황이 얹히니까 이건 완전히 축제예요. 작년 노르쉬핑의 차분했던 분위기와 완전히 달라요."

용훈도 끼어들었다.

"이 분위기는 영원히 식지 않을 축제 같아요. 도무지 어두운 구석이 보이지 않아요. 하늘을 찌르는 폭죽같이 솟아오르고 있어요."

재현이 찬물을 뿌렸다.

"얼마간 계속되겠지. 그리고 어느 순간 곤두박질치겠지."

선호가 말을 잘랐다.

"또 그 폭탄 돌리기 설교예요?"

"듣기 싫어도 심각하게 생각해야 돼. 조선소들도 그동안 불황으로 체력이 고갈되었잖아. 이제 이 호황을 이용해서 체력을 비축해야 돼. 또 언제 어떤 어려움이 찾아올 줄 알아? 그때를 대비해야지."

조선소의 최 사장이 어느새 합석을 하였다.

"이 사장님 가시는 곳에는 언제나 사람들이 모이네요."

"그러게 말이예요. 사실은 혼자서 전시장을 돌아보고 이것저것 생각도 좀 하려고 했는데 이 사람들이 이렇게 붙들고 놓아 주지를 않아요."

선호가 재현의 팔을 붙들고 내쫓는 시늉을 하였다.

"가세요. 가세요. 누가 붙잡는데요?"

쏟아져 들어오는 손님들 때문에 사실 선호나 용훈이 한가롭게 앉아 있을 수가 없었다. 재현이 일어섰다.

"나 한 바퀴 돌아보고 갈게."

용훈이 물었다.

"형수님은 오시지 않았습니까?"

"호텔에 있어. 수니온에 있어."

"수니온이요? 관광 여행 오셨어요?"

"관광 여행이지. 나는 돌보아야 할 가게도 없는걸."

"저녁은 어떻게 하실 거예요?"

"호텔로 돌아가서 여왕님과 함께해야지. 수니온의 석양은 일곱 시에서 여덟 시 사이가 좋다니까 시간 맞춰 돌아가서 여왕님을 모셔야지. 어때 수니온에들 같이 안 갈래? 큰 방이 세 개야. 방에 그리스 특급 포도주들이 가득하던데."

선호와 용훈이 동시에 떠들었다.

"꿀이 흐르는 자리에 가서 모래 뿌리지 않겠습니다. 형수님께 안부 전해 주십시요."

재현은 그들과 헤어져 전시장을 한 바퀴 돌아본 뒤 셔틀 버스를 타고 호텔로 돌아갔다.

3.

재현이 호텔에 돌아오니 저녁 일곱 시까지 삼십 분쯤 남았다. 아내는 포세이돈 신전에 오를 준비를 마치고 기다리고 있었다. 재현은 간단한 차림으로 바꿔 입고 아내를 따라 나섰다. 호텔 옆 해변을 따라가면 가파른 오솔길이 있고 그 오솔길은 신전이 있는 절벽으로 연결되었다. 허리 높이의 관목 사이로 천천히 올랐다.

"그래 좀 쉬었어?"

"마냥 꿈을 꾸고 있는 것 같았어. 수니온에 오다니 그것도 호텔의 최고 특실에서 신전을 바라보며 반나절을 보내다니. 살다 보니 이런 날도 다 있네."

그녀는 긴 여정을 잘 소화했고 아주 싱싱했다. 재현에게 모든 것이 고마웠다.

"그리스의 공기는 또 특별한 데가 있어. 메마르긴 하지만 따뜻하고 맑아. 습기가 없으니 산에 울창한 숲은 이루어지지 않아서 이런 관목밖에 자라지 못해. 그래도 이 바다와 공기가 세계 역사상 최고의 문화를 창조하고 보존해 왔잖아?"

"말할 수가 없어. 설명하고 싶지가 않아. 말을 하면 뭔가 소중한 알맹이가 빠져나가 버릴 것 같아. 그냥 보고만 있어야겠어. 방에 꽂아 놓은 수니온에 대한 책들을 읽었어. 여보 정말 고마워. 시집 잘 간 덕에 이런 곳도 다 와보니."

아내도 그렇고 재현도 그저 고마운 마음뿐이었다. 해발 60미터 정도 높이의 절벽 꼭대기까지 호텔로부터 이십여 분 걸렸다. 여러 대의 대형 버스가 싣고 온 관광객들로 신전 주변과 절벽 끝에는 발 디딜 틈이 없었다. 아폴로 신은 고단한 하루 여정의 끝자락에 와 있었다. 그의 태양 마차는 씩씩하게 하늘을 가로지르고 달려와 에게해의 물결과 그 위에 떠있는 무수한 작은 섬들에 잔광(殘光)을 드리우며 서쪽 바다 위 작은 섬 꼭대기에 멈추었다. 세계에서 가장 아름답다는 석양이 에게해 위로 펼쳐졌다. 그러나 잠깐이었다. 포세이돈과 하이파이브를 하는 듯싶더니 아폴로는 모든 사람들의 탄성 속에 꼴깍 산 너머로 달려 내려갔다.

그 순간을 보기 위해 먼 길을 달려온 관광객들은 해가 넘어간 뒤 한참 동안을 떠나지 못하고 여운으로 남은 수니온의 황혼을 곱씹고 있었다. 어스름이 깔리고 마지막 버스까지 아쉬워하며 떠났다. 시장 바닥 같던 절벽 위 공간이 절간처럼 고즈넉해졌다. 재현은 아내의 손을 잡고 기둥만 남은 신전으로 들어섰다. 스무 개 남짓한 장대한 기둥과 땅에 깔린 대리석 유적들을 둘러본 뒤 절벽으로 향했다. 어두워지는 바다는 평화스러웠다. 몇 척의 어선이 집어등(集魚燈)을 켠 채 꼼짝 않고 떠 있었다. 바다 위에는 물결 한 조각 없었다. 거울 같았다. 얼마나 와보고 싶었던 곳인가. 그날 방에 남아 읽었던 수니온에 관한 책을 아내는 몇 권 들고 왔다. 하나는 신화(神話)에 대한 것이다. 비극적 신화들이 수니온에 연결되어 있었다.

크레테(Crete)의 미노스 왕은 난폭한 괴물, 머리와 꼬리는 황소이고 몸은 사람으로 태어난 미노타우르스를 꼬여서 미궁에 가두는데 성공한다. 그러나 난폭한 괴물을 달래기 위해 크레테의 속국이었던 아테네로 하여금 구 년에 한 번씩 미소년 미소녀 각각 일곱 명을 괴물에게 제물로 바치게 했다. 거기서 아테네의 영웅 테세우스가 등장한다. 그는 스스로 제물 중 한 명이 되어 미궁으로 들어가 괴물을 퇴치한다. 아테네의 왕 아이게우스는 수니온까지 나와 절벽 위에서 아들 테세우스의 무사귀환(無事歸還)을 기다린다. 괴물을 퇴치하고 살아 돌아올 때 배에 흰 돛을 달기로 했었다. 테세우스는 승리에 도취해서 검은 돛을 흰 돛으로 바꾸는 것을 잊었다. 배가 수평선 위로 나타났다. 검은 돛을 달고 있었다. 아들을 잃었다고 생각한 왕은 절통하여 절벽 아래로 몸을 던진다.

비극은 또 있다. 트로이 원정대가 출발하기 전 수백 척의 전함이 수니온에 집결하였다. 그러나 거친 풍랑으로 출항할 수 없었다. 신전에 가서 풍랑을 가라앉혀 달라고 빌었다. 신탁(神託)은 사령관의 딸 이피게니아를 제물로 바치라고 명령한다. 원정대 사령관인 아가멤논 왕은 자신의 딸을 바다에 제물로 바칠 수밖에 없었다. 이피게니아는 바다로 뛰어내렸고 바다는 잔잔해져서 원정대는 출발할 수 있었다.

재현이 아내와 앉아 있는 바로 그 낭떠러지 자락에서 아이게우스 왕이 떨어져 죽었고 이피게니아 공주가 제물로 던져졌다는 것이다.

그리스의 현대 최고 작가인 카잔차키스(Nikos Kazantzakis)의 수니온 관련 얇은 책도 한권 가져왔다. 그는 수니온 절벽을 이렇게 노래했다.

나는 수니온에 갔지. 태양은 불타고 여름은 갔다. 상처받은 소나무에서 송진이 배어 나고 공기는 자신의 향기를 내뿜는다. 한 마리 매미가 내 어깨에 앉아 한참 나와 함께 걸었다. 내 몸은 한 덩이 소나무 향이 된다. 보라. 소나무의 관목을 지나자 포세이돈 신전의 백색 기둥들. 그 사이로 반짝이는 암청색 축복받은 바다. 무릎이 굳어 나는 움직일 수 없다. 이것이 아름다움이다. 나는 생각했다. 날개 없는 니케(Nike, 승리의 여신), 최고의 환희, 인간이 더 이상 이룰 수 없는 극치, 이것이 그리스이다.

카잔차키스는 그의 방대한 문학적 업적에도 불구하고 노벨 문학상을 타지 못했다. 불가사의한 일이라고 했다. 어떤 사람은 그의 이름이 키스가 아니고 스키로 끝났다면 일찍이 노벨상을 탔을 것이라고 했다.

19세기 영국 시인 바이런(Byron)은 그리스를 특히 수니온을 사랑해서 그리스 독립전쟁에 적극적으로 참여하였고 거기서 그는 목숨을 내던졌다. 그는 수니온을 이렇게 읊었다.

> 수니온의 대리석 절벽 위에 나를 놓아다오.
> 파도와 나밖에 없는
> 우리의 속삭임이 휩쓸려 감을 들을 수 있는
> 그곳에서 백조처럼 노래하며 죽게 해다오
> 노예의 땅이 결코 내 나라 될 수 없도다
> 사모스 포도주 담은 술잔을 내던져 버려라

재현과 아내는 따뜻한 바닷바람에 몸과 마음을 풀어 놓고 있었다. 갑자기 호루라기 소리와 함께 요란하게 뛰어드는 발자욱 소리가 들렸다. 마치 전쟁이라도 일어났다는 듯한 소란이다. 신전 관리인이다. 모든 사람이 다 떠난 것으로 알았는데 순찰을 돌다가 심각한 모습으로 벼랑 위에 남아 있는 두 사람을 발견한 것이다. 바다로 뛰어들 사람들로 생각한 것 같다. 그는 손전등을 비추며 땅땅거렸다.

"지금 몇 시인데 지금 이러고 있는 거요."
"아니 신전 구경하는데 시간 제한이 있습니까?"
"일몰 후에는 누구도 여기 있을 수 없어요."
그러고 보니 어느새 아홉 시였고 주변이 깜깜했다.
"아, 미안합니다. 우리는 수니온을 오래 그리워했지요. 그리고 오늘 소원을 풀고 지금 카잔차키스와 바이론을 이야기하고 있었답니다."

관리인의 어조가 부드러워졌다.

"내려가세요. 너무 늦었어요."

재현은 일어서서 아내의 손을 잡고 오솔길로 내려가려고 했다.

"그쪽 절벽 쪽은 안돼요. 어두워서 위험해요. 큰길로 내려가세요."

"우리는 저 아래 호텔에 묵고 있는데요."

그는 재현과 아내에게 따라오라고 하였다. 그는 기념품 가게 문을 닫고 그 앞에 세워둔 그의 차에 재현과 아내를 태웠다. 그는 신전 관리인이면서 그 앞 기념품 가게와 식당의 주인이기도 했다.

"제가 호텔까지 모셔다 드리지요. 어두워서 내려가기 어려워요."

호텔에 도착했다. 재현이 십 불짜리 미국 돈 한 장을 그에게 내어 밀었다.

'아닙니다. 우리의 소중한 손님이십니다."

그의 선량한 얼굴이 그리스 신화 속의 영웅처럼 빛났다. 세계의 유명한 관광지에서 항상 경험하는 깍쟁이 인심이나 바가지 씌우기와 정반대되는 따뜻한 마음씨였다.

방으로 돌아가기 전에 식당에 들러 빨리 되는 것을 골라 저녁을 때웠다. 중요한 것은 얼른 방으로 올라가 편안한 마음으로 신전에 참배를 드리는 것이다. 재현은 거실 탁자에 놓인 포도주 한 병을 따고 잔 두 개와 함께 테라스의 소파로 나갔다. 아내는 이미 자리를 정돈해 놓고 여신 같은 자세로 그를 기다리고 있었다. 풍요로운 붉은색 디오니소스의 생명의 물을 잔에 따랐다. 그들은 서둘러 잔을 들었다. 그리고 잔의 엉덩이를 돌아가며 세 번 부딪혔다. 사.랑.해. 그리고 그들의 긴 여행의 피로도 하루의 긴장도 끝났다.

"아리아드네의 깊은 심성은 측량할 수가 없어. 젊은 사람이 어떻게 이렇게 마음에 쏙 드는 짓만 골라가며 하지?"

아내도 전적으로 공감했다. 그들은 아리아드네에 대한 고마움으로 그들의 축배를 시작했다. 그들은 그들의 몸을 포근한 소파에 푹 파묻고 신전을 올려다보며 신전에 건배했다.

"거룩한 포세이돈을 위하여."

주변은 깜깜해졌다. 호텔 주변의 경비등이 듬성듬성 '여기 나 있다'는 시늉만 하고 있다. 오직 절벽 위의 신전만 완벽한 조명을 받으며 깜깜한 절벽의 어둠 위에 절묘하게 떠 있다. 어마어마하게 비싼 호텔비도 아내를 걱정시키지 않는다. 오직 몇천 년을 그 땅과 함께한 공기의 향기와 바닷물의 철썩거리는 소리를 잔에 담아 포도주와 함께 혈관 속으로 흘려 넣는데 집중하고 있었다. 아내는 말했다.

"여행의 신비스런 힘을 오늘 또 느껴요. 여보, 우리는 얼마나 축복받은 존재인가 하고 하루 종일 생각했어요. 대우주의 크기와 비교하면 티끌 같은 지구에서, 그 속에서도 가장 적은 먼지보다 가벼운 것이 인간이라는 존재예요. 그런 인간이 이토록 넓고 깊은 대자연을 마치 제 것처럼 누리고 있다니. 이건 정말 분에 넘치는 축복이예요. 고맙고 고마워요. 안 그래요?"

"그래 그래. 내게는 무엇보다 먼 길을 씩씩하게 함께한 여보가 고맙지. 오늘 이 방에 있는 포도주를 몽땅 마셔 버리자고. 그리고 인간으로 이 땅에 태어났음을 마음껏 즐기고 고마워해보자고."

다음 날의 일정도 잊었다. 허공에 떠 있는 대리석 신전과 어둠 속에서 목구멍을 씻어 내리며 스며들어 온몸을 데우는 포도주만 있었다. 아내는 마실 때마다 중얼거렸다.

"아, 아, 아름답다."

울고 있는지도 몰랐다. 포도주 두 병이 바닥을 드러내었다. 그들은 사랑의 묘약을 입에 머금은 채로 깊은 입맞춤을 시작했다.

4.

유월 구일, 수요일, 재현은 아홉 시쯤 일어났다. 아폴로 신은 이미 그의 태양 마차를 중천으로 몰아가고 있었다. 아내는 일어나 나들이 준비를 마친 뒤 테라스의 소파에 앉아 신전에 추파를 보내고 있었다. 그들은 천천히 아침을 마치고 택시를 잡아 아테네의 외항인 파이레우스(Piraeus)로 떠났다. 대부분의 그리스 해운회사들이 그들의 본부를 그곳에 두고 있다.

줄리아(Julia)의 요트는 파이레우스 항에서 재현을 기다리고 있었다. 재현이 요트에 오른 것은 열두 시 가까운 시간이었다. 그녀는 선박 재벌의 늦둥이 둘째 딸이다. 그녀의 아버지는 재현과 나이가 스무 살 정도 차이가 났지만 살아 있는 동안 가까운 친분을 유지했었다. 그는 재현이 조선소에 근무할 때 여러 척의 배를 지었다. 계약할 때 재현을 그의 조상들이 대대로 살아온 섬으로 초대해서 며칠을 함께하기도 했다. 아버지는 돌아가시기 전에 소유하고 있던 배를 자녀들에게 골고루 나눠주었다. 재현은 줄리아와 가끔 만나서 시장 정보를 교환했지만 그녀는 해운업에 재능이 없어 보였고 적극적인 의지를 갖고 있지 않았다. 해운업이 지닌 품위 있는 겉모습은 즐겼지만 그 거친 실무에는 뛰어들려 하지 않았다. 흥청거리는 파티는 즐겼지만 그 파티를 뒷받침하는 바다와 맞서는 거친 업무는 피하려고 하였다. 이번 활황에 큰 기회가 왔지만 확고한 결심을 하지 못하고 망설이며 시간을 허송했다.

그녀의 요트에는 회사 중역 두 명의 부부가 함께했다. 얼굴이 털로 덮인 그녀의 남편이 요트를 몰았다. 요트는 바다로 나가 한적한 섬의 해변에 닻을 내렸다.

"미스터 리 우리는 뭘 해야 돼요?"

식탁에 전채(前菜)가 놓이자 줄리아가 입을 열었다. 재현은 시큰둥했다. 그녀는 언제나 똑같은 질문만 반복했다. 재현은 언제나 같은 말로 되물었다.

"어떤 준비를 했어요? 뛰어들 준비가 되어 있나요?"

그녀는 수줍게 말꼬리를 내렸다.

"이제 우린 찬스를 잃은 거죠? 배를 짓기엔 값이 너무 올라 버렸죠?"

동석한 중역들도 같은 의견이라는 듯 고개를 끄덕였다. 재현은 단호했다.

"세상에 너무 늦었다는 말은 존재하지 않아요. 그것은 의지의 문제예요. 지금이라도 화주를 찾아보세요. 좋은 운임을 확보할 수 있다면 바로 조선소와 선박 건조협의를 시작해야죠. 그러나 아직 화주가 정해지지 않았다면 신조(新造)를 고려하기보다 가지고 있는 배를 팔 준비를 하세요."

줄리아는 해답을 얻었다는 듯이 재빨리 일방적인 결론을 내렸다.

"그렇죠. 기다려야 돼요. 좀 더 시장의 움직임을 지켜봐야 돼요."

그것은 재현에게 하는 말이라기보다 갈팡질팡하고 있는 그녀의 중역들에게 하는 명령이었다. 그녀는 높은 운임을 벌어들이고 있는 선박들을 팔 생각도 없었고 신조에 뛰어들 용기도 없었다. 재현은 그녀의 망설임에 이맛살을 찌푸리고 있을 저승의 그녀의 아버지 얼굴을 그리고 있었다. 재현은 약간 짜증이 났다.

'줄리아? 무슨 맥빠진 이름이 다 있어? 신화 속의 아름다운 요정들의 이름도 흔해 빠졌는데 신파조의 줄리아라니.'

펑퍼짐하게 늙어 가는 사십 대 중반의 여인이었다.

그리스의 해물 요리는 다양하고 맛이 있었다. 재현이 화제를 바꿨다.

"에게해의 이 에메랄드 물빛은 언제 보아도 신비스러워요. 이 색에 특별한 이유라도 있나요? 제우스 신의 은총인가요?"

기술 이사인 마이클이 대답했다.

"조개껍질이 많이 퇴적된 바다는 에메랄드 색깔을 띤다고 해요. 비너스와 그녀의 시녀들을 창조한 거대한 조개껍질들이 에게해의 바닥에서 부스러지고 쌓여서 이 신비한 색깔을 만들어 내었다는 거죠."

마치 신화의 현장을 보고 왔다는 듯이 그는 장담했다. 줄리아는 재현의 아내에게 살갑게 굴었다.

"장거리 여행이 힘들지 않으셨어요? 더구나 박람회에서는 만날 사람들이 너무 많아서 미스터 리와 함께 다니기가 힘드시겠어요."

아내는 밝게 대답했다.

"조금도 힘들지 않아요. 평생을 졸졸 따라다닌 걸요. 거기다 이번엔 수니온 관광호텔 특실에 들었답니다."

모두들 화들짝 놀랐다.

"아니 거기 예약하기가 아주 어려울 텐데. 게다가 특실까지."

아내가 대답하기 전에 재현이 재빨리 대답했다. 아리아드네의 이름이 나오면 모두 거북해질 것 같아서였다. 그들은 여러모로 경쟁자였다.

"잘 아는 친구가 예약을 해줬어요. 그것 때문에 이번 여행은 색다르고 의미가 크게 되었어요."

여러 해물 요리를 먹고 여러 종류의 포도주를 마시고 점심이 끝난 것은 오후 세 시경이었다. 아무런 결론도 없이 헤어졌다. 멍청한 만남이었다.

5.

전날 밤 포도주를 많이 마셨고 줄리아와 점심 먹는 동안 포도주 몇 잔을 마셨지만 아내는 씩씩했다. 술이 센 편이 아니다. 그러나 그리스의 분위기가 그녀의 기분을 한껏 치켜 올렸다. 박람회장을 가보자고 했다. 박람회장에서 얼마 어정거리기도 전에 선호에게 납치되었다.

"사모님, 수니온에 방 잡으셨다면서요. 정말 좋으시겠어요."

울산 조선소 전시장에 앉자마자 음료수를 갖다 놓으며 선호가 너스레를 떨었다.

"너무너무 좋아요. 거기 있으면 힘이 마구 솟아나요."

"부럽네요. 저는 그리스를 그렇게 많이 다녔어도 거기 한번 가 본 적이 없는데."

"우리도 마찬가지죠. 우리가 스스로 거기 묵을 엄두를 낼 수가 있나요? 그저 아리아드네가."

아내는 말을 끊고 재현의 눈치를 보았다. 재현이 괜찮다는 눈짓을 보냈다.

"아리아드네가 그런 속 깊은 배려를 다 해주네요. 시집 잘 간 여자는 이런 행운도 누립니다."

재현이 끄덕였다. '그럼, 그럼, 시집 잘 갔고 말고' 하는 시늉이었다.

검은 수염을 수북이 기른 키 큰 친구가 가게 바깥에서 안쪽을 유심히 살피더니 아내에게 다가왔다.

"이거 미세스 리 아니십니까?"

아내는 당황했다. 전혀 기억이 나지 않는 사람이었다. 재현이 한참 노려보다가 그 친구의 어깨를 쳤다.

"스타브로스(Stabros) 그렇게 시커먼 수염을 기르고 불쑥 나타나니까 알아볼 수가 없잖아. 마누라를 집적거리기 전에 나한테 먼저 아는 체를 해야지. 모두 깜짝 놀랐잖아."

그는 한쪽 눈을 찡긋 감았다.

"나는 제리에게는 관심이 없거든. 오직 미세스 리만 보고 싶거든. 가만있어, 나도 마누라를 데리고 올게."

삼십여 년 전 조선소에서 첫 배를 지은 그리스 선주의 수석 감독관이었다. 키가 크고 날씬했던 사람이 그동안 배가 나오고 검은 구레나룻까지 길러 느긋한 시골 부자의 모습이 되었다. 조그맣고 귀여운 동양 여인의 얼굴을 한 그의 아내가 옛날과 변함없이 상냥한 웃음을 지으며 다가와서 재현의 아내를 끌어안았다. 조선소 초창기 어렵던 시절에 영업담당 과장 아내와 선주대표 아내는 남편들이 티격거리는 동안 나름대로 풀어야 할 일들이 많았고 그런대로 서로 도와 가며 슬기롭게 해결해 내었다. 스타브로스가 깊은 목소리로 회상했다.

"미세스 리, 우리에게 나눠 주었던 넥타이 기억하세요? 손수 만든 넥타이, 일호선 배의 그림이 들어 있는 넥타이는 우리 감독관들 모두가 간직하고 있는 조선소의 추억 제1호랍니다."

선호도 기억했다. 아내가 비단 날염(silk screen) 방식으로 만든 넥타이를 여남은 개 만든 적이 있었다. 선주와의 일상이 부드럽지 않았을 때 그녀는 나름대로 선주와의 사이를 좋게 해 보겠다는 생각으로 넥타이를 만든 것이다. 책을 보며 처음 만들어 본 작품이었다. 그런데 그것이 인기였다. 넥타이 가게를 차리라는 권유까지 있었다. 수십 개를 만들어야 했고 선주 감독관들에게 최고의 선물이 되었다. 그때는 모두 그랬었다. 배의 건조 공정이 늦어지고 시운전을 한다고 바다에 나가기만 하면 고장이 나니까 조선소 임직원은 물론 직원 부인들도 무엇이든 도움이 될 일들을 스스로 찾았다.

조선소 회장의 여동생인 부사장 사모님은 여러 사람이 모인 자리에서 재현에게 고사를 지내면 어떻겠느냐고 제안했다. 부사장은 '무슨 촌 할망구 같은 소리냐?'고 면박을 주었지만 재현이 적극적으로 추진했다. 돼지머리와 떡과 생선전들을 큰 광주리에 담아 예인선에 싣고 바다 한가운데 떠 있던 배로 갔다. 배의 선장실에 제수를 늘어놓고 한국식 고사를 지냈다. 사모님은 손을 비비며 절을 하며 끊임없이 알아들을 수 없는 언어로 치성을 들였다. 고사상 뒷벽 위에는 그리스 정교의 대주교 초상이 걸려 있었고 그리스의 감독관들과 선원들도 방 가득 들어와 구경을 하였다. 그들 모두 이 괴상한 모습의 고사가 배의 조속한 완성에 도움이 되기를 빌었다. 고사를 지낸 뒤 음식들을 나누어 먹었고 그 뒤 고사 탓이었던지 배에서 일어난 모든 문제들은 조금씩 해결되기 시작했다.

스타브로스는 그들의 집에서 저녁을 한끼 하자고 강권을 했지만 거절할 수밖에 없었다. 일정이 꽉 찼다. 시내에 호텔을 잡았으면 모르지만 수니온은 자투리 시간 내기에 좀 멀었다.

"야니스 카이로스의 아버지가 와요."

스타브로스 부부가 떠난 뒤 선호가 속삭였다. 클렌시의 조선소 수석 감독관 카이로스의 아버지가 온다는 것이다. 육이오 전쟁 때 수송기 부조종사로 참전했던 노인이다. 재현도 오래 떠나 있던 피붙이와의 만남처럼 가슴이 두근거렸다.

"언제 오는데? 나도 꼭 만나 뵈어야지."

"조금 있으면 와요. 휠체어를 타고 온다고 해요. 오래 머물지는 못해요."

재현은 일정을 확인했다.

"아, 나도 오후에는 시간적인 여유가 있어. 꼭 뵙고 싶어."

"아주 잘됐네요. 소식 들으면 울산에서 카이로스가 얼마나 기뻐할까?"

가게가 조용해지자 옆 전시장의 용훈이 뛰어들었다.

"형수님 저의 가게는 빛내 주시지 않으십니까?"

재현이 말을 가로막았다.

"지금 막 가려던 참이었어."

"선배님의 거짓말은 내가 다 알아요. 내가 쳐들어오지 않았으면 모른 체하고 지나갔겠죠."

용훈이 물었다.

"오늘 저녁 약속은 어떠세요?"

"바쁜 사람이 우리 같은 사람까지 챙길 시간이 있나?"

"오늘 저녁은 선배님을 위해 비워 놓았습니다."

"그럼 우리 같이하시죠."

선호도 따라나섰다. 재현이 잠깐 생각한 뒤 제안했다.

"오늘 저녁은 아리아드네가 초청을 했어. 저녁에 아크로폴리스(Acropolis)를 걷고 아크로폴리스 밑에 있는 그리스 전통 식당에서 만찬을 하기로 했거든. 함께 가자고. 이런 미남들이 함께 가면 그녀도 대환영일 걸."

선호가 시무룩해졌다.

"아리아드네는 우리 고객인데."

그러자 용훈이 선선히 양보했다.

"약속할게요. 그쪽은 절대로 집적거리지 않을게요. 형수님 앞에서 맹세해요."

모두들 아리아드네와 저녁을 함께하기로 하였다.

6.

네 시가 지나서 야니스의 아버지가 전시관을 찾았다. 한 젊은이가 미는 휠체어를 타고 있었다. 야니스와 판박이였다. 자그마한 몸매에 눈빛이 아직도 형형한 아흔이 가까운 노인이었다. 선호가 휠체어를 밀며 조선소의 배치도를 설명하고 조선소에서 짓고 있는 배들의 모형을 보여주었다. 특히, 카이로스가 관련되어 있는 초대형 유조선을 상세히 설명했다. 재현도 그 뒤를 따랐다. 노인은 연신 눈물을 글썽이며 선호의 설명을 들었다. 소파에 모두 편안하게 앉았다. 휠체어에 앉은 노인은 선호에게 물었다.

"그 초대형 유조선 한 척의 값은 얼마나 하지요?"

선호는 스스럼없이 대답했다.

"한 1억 불쯤 되지요."

노인은 한동안 숨을 죽인 뒤 물었다.

"한국의 수출 총액이 1억 불을 넘어선 것이 언제였지요?"

재현이 대답했다.

"1964년이었어요. 그때 전국이 축제 분위기였죠. 상공회의소 앞 전광판에는 매일 1억 불 달성 카운트다운을 하고 있었어요."

노인은 머리를 끄덕였다.

"나는 한국이 가장 어려울 때 한국 사람들과 같이했었어요. 한국 사람들은 나라 안에 있어서 그들이 매일 겪고 있는 변화를 체감하지 못해요. 그러나 나는 바깥에 있기 때문에 한국의 변화를 명확하게 볼 수 있어요. 전쟁 중 경제는 말할 것도 없어요. 전쟁이 끝난 한참 뒤에도 수출 1억 불을 달성하기 위해 그토록 애쓰던 나라가 일억 불짜리 고급 선박을 일 년에 수십 척씩 아무렇지 않게 수출하고 있잖아요. 나는 한국을 알게 된 것이 너무 자랑스러워요. 참 자랑스런 나라예요."

재현이 고개를 숙였다.

"한국의 오늘은 어르신 같은 분의 고귀한 도움이 있었기 때문이지요."

노인이 팔을 휘저었다.

"아니예요 그렇지 않아요. 인간의 행동은 제각기 자신의 이기적인 동기에 의해서 이루어지는 것이예요. 제가 한국에 간 것은 한국을 위해서였다기보다 나 자신의 필요에 의해서였던 거예요. 그러나 그 결과가 이렇게 행복하게 나타나고 보니 나의 한국과의 관계는 하늘이 내리신 커다란 축복이라는 것을 이제 실감하고 있어요."

그는 천천히 재현을 건너다보다가 물었다.

"혹시, 제리 리입니까?"

재현이 그의 손을 잡았다.

"예 그렇습니다. 한국에서 야니스와 가깝게 지내고 있습니다."

노인은 또 눈물을 흘렸다.

선호는 전시장을 방문하러 끊임없이 몰려드는 손님을 접대해야 했다. 노인과의 대화는 재현과 그의 아내가 맡았다.

"제리, 여길 봐요. 내가 보여 드리려고 뭘 하나 가져왔어요."

노인은 낡은 앨범 한 권을 봉투에서 꺼냈다.

"나는 이 앨범을 '나의 행복한 추억여행' 그렇게 불러요. 한국에 참전했을 때 찍어두었던 사진들이지요."

"아니 그 바쁘고 어려운 시기에 사진 찍을 여유도 있으셨어요?"

"마침 나는 비행기를 탔고 부조종사여서 좀 짬을 낼 수 있었어요. 게다가 미국 친구가 제대해서 귀국할 때 그의 낡은 사진기를 내게 주고 갔지요. 그래서 이 소중한 앨범이 탄생한 거예요."

거기는 세상의 모든 궁핍과 절망, 슬픔들이 담겨 있었다. 그러나 조금도 비극적이지 않았다. 노인의 따뜻한 마음이 그 절망적인 현장을 따뜻하게 덮고 있었기 때문이다.

"이 사진을 보세요. 하늘에서 본 한국의 산하예요. 나무라고는 없는 완전한 민둥산이죠. 이것이 그동안 울창한 숲으로 뒤덮였다면서요?"

"자랑스럽게 그렇다고 말할 수 있습니다. 한 사람의 국가 경영자가 그의 뛰어난 통찰력과 의지로 짧은 시간에 이루어 낸 또 하나의 기적이지요."

"한국은 위대한 나라예요. 나는 전쟁 중에 수많은 한국인들을 만났어요. 그 어려움을 겪으면서도 좌절하지 않고 고난을 이겨내는 강한 의지를 보았어요. 그래서 오늘날의 이런 기적 같은 변화를 접하면서도 놀라지 않아요."

그의 '행복한 추억여행'에는 많은 사연들이 담겨 있었다. 남루한 옷을 입고 있었지만 눈망울이 초롱한 아이들, 어려운 속에서도 아이들을 거두는 어머니들의 모습, 폐허가 된 서울의 거리, 초라한 시장 풍경들이 그의 자애로운 눈을 통해 따뜻하게 기록되어 있었다.

노인은 오래 있을 수 없었다. 그는 일어나려고 하였으나 재현이 말렸다.

"좀 더 여기 앉으셔서 어르신이 도와주신 한국의 발전상과 그에 대한 그리스 사람들의 반응을 즐기세요."

"아니예요, 바쁘신 분들 더 붙잡고 있을 생각이 없습니다. 그러나 떠나기 전에 해드려야 할 이야기가 있어요. 아름답고 강한 그러나 비극적인 한국 여성에 대한 이야기예요. 이건 제 평생 가슴속에 담고 있던 것입니다. 너무나 처참해서 말하지 않고 지냈지만 누군가는 알고 있어야 할 것 같아요. 제리를 만났으니 전해 드리겠어요. 육이오 전쟁이 시작되기 전 소련군이 북한에 들어오고 소련이 세운 공산당이 정권을 잡고 나서 수많은 사람들이 소위 월남(越南)이라는 것을 했지요. 북쪽 공산치하에서 벌어진 무법천지의 살육과 학대를 피하기 위해서였지요. 보따리 하나 들고 야밤중에 남쪽으로 도망을 치는 거지요. 수백만 명이 산으로 강으로 초소가 부실한 틈으로 숨어 내려오는 거예요."

재현이 노인의 말을 부추겼다.

"저도 그런 이야기를 많이 들었습니다."

"어느 월남하던 집단이 한밤중에 작은 강을 건너고 있었어요. 작은 보트에 배가 가라앉을 정도로 도망자들이 꽉 들어찼어요. 그런데 갑자기 갓난아기가 울기 시작했어요. 어머니가 아이를 달래려고 아이의 입에 젖을 물리고 입을 틀어막고 해 보았지만 울음을 그치게 할 수가 없었어요. 모든 사람의 시선이 어머니에게 못 박혔어요. 어머니는 그 시선들을 외면할 수 없었어요. 아이의 울음은 어둠 속에 숨어 있는 살육자들의 총구를 불러들일 수 있고 배에 탄 모든 사람들의 목숨을 앗아갈 수 있기 때문이지요. 어머니는 마음속으로 울부짖으며 아이를 물속으로 던질 수밖에 없었지요. 그리고 그녀는 그녀의 짐을 뒤져 가위를 꺼내 그녀의 젖꼭지를 잘라 버리고 그 자리에서 실신해버렸다는 거예요."

노인은 말을 계속하지 못했다. 재현도 안 들었으면 좋았겠다는 얼굴을 하였다. 아내도 그 처참한 이야기에 속이 울렁거린다는 표정이었다. 노인이 일어났다.

"이런 이야기를 제리는 실감을 할 수 있어요? 나는 내가 당한 것처럼 실감합니다. 왜냐하면 이차대전 후 소련군이 점령한 동구권에서 벌어진 약탈과 능욕을 나는 너무 잘 알고 있거든요. 그들은 싸구려 시계를 빼앗기 위해 서슴지 않고 저항하는 사람의 손목을 자르고 여자는 보는 대로 능욕했어요. 가족들 특히 아이들이 보고 있는 데서 아이들의 어머니를 윤간했지요. 심지어 아이들 앞에서 보라는 듯이 할머니를 강간하였어요. 그러한 상황으로부터 탈출하던 사람들의 이야기예요. 내가 괜히 너무 처참한 이야기를 들려 드렸나요?"

"아니요. 어르신의 한국에 대한 절실한 사랑이 들려주신 말씀으로 받아들이고 있습니다."

"저는 이런 일이 내가 사랑하는 한국에서 일어났다는 것을 생각하면 괴로웠어요. 그리고 믿을 만한 누군가에게 꼭 남기고 싶다고 염원 하였어요. 마침 제리에게 전할 수 있어서 나는 오늘까지 계속된 삶의 보람을 느끼게 되었어요. 한국이 지금 누리고 있는 경제적 번영이나 민주주의적 자유가 거저 얻어진 것이 아니고 엄청난 값을 치르고 성취한 것이며, 그들을 유지하기 위해서는 결코 옛날의 아픔을 잊어서는 안 된다는 말씀을 드리고 싶었습니다."

재현이 조용히 제안했다.

"언제 한번 한국을 들르시지요. 제가 어르신이 사랑하는 한국의 현재 모습을 잘 보여 드리고 싶습니다."

"고맙습니다. 제리에 관한 말을 야니스로부터 하도 많이 들어서 늘 만나던 사람 같습니다. 이제 되었습니다. 제가 먼 길을 움직인다는 것은 저 스스로에게 큰 부담이 되면서 또 주변의 여러 사람들에게도 더 큰 부담을 주게 됩니다. 여기서 제리의 얼굴을 본 것만 해도 과분한 행복입니다. 제리를 보았으니 한국 다녀온 것으로 여기겠습니다."

떠나기 전 노인은 재현의 손을 꼭 쥐었다.

"소련과 동구권들의 몰락을 보았지요? 사회주의라거나 공산주의라는 것은 신기루입니다. 실체가 없이 사람들의 마음을 사로잡지요. 한국에도 그런 움직임이 있다는 말을 들었어요. 잘 준비하세요. 그동안 이루어 놓은 것을 잃지 않도록, 후손들에게 제대로 물려줄 수 있도록 잘 가꾸세요. 또 한 번 선량한 어머니가 자기의 아기를 강 속으로 던져야 하는 일이 없도록 조심조심해야 돼요."

재현은 그를 가슴으로 집어넣겠다는 듯 작은 노인의 몸을 꼭 껴안았다.

7.

아리아드네는 여섯 시쯤 울산 조선소 전시장에 도착했다. 마흔이 갓 넘은 아름다운 여인이다. 가벼운 옷차림이지만 그녀의 과장하지 않은 아름다움은 주위를 압도하며 여신같이 당당하였다. 전시장은 그날의 업무를 마감하고 있었다. 재현은 수니온 호텔을 잡아 준 것에 대해 다시 한 번 고맙다고 인사했다. 그녀는 아무렇지도 않게 넘기고 그날의 일정을 설명했다.

"저녁은 아홉 시에 예약되어 있습니다. 지금부터 아크로폴리스를 천천히 걸어요. 그리스의 신들과 한국 조선소와의 만남을 주선해 놓았어요. 만남의 결과가 어떨지 흥미진진하네요."

재현이 아내에게 물었다.

"한 세 시간 걸을 텐데 괜찮을까?"

"천천히 걸으면 괜찮아. 너무 빨리 달리면 물론 못 따라가겠지만."

엿들었다는 듯 아리아드네는 천천히 발길을 옮겼다. 아크로폴리스 일대를 관광 코스에 따라 천천히 걸었다. 아크로폴리스는 가장 높은 곳이라는 뜻이라고 한다. 그곳에 아테네를 보호하던 신전과 아테네 시민을 다독거리던 극장과 음악당이 있다. 디오니소스 극장으로부터 시작해서 음악당, 파르테논 신전, 에릭테시온 신전, 아크로폴리스 박물관을 산책하듯 천천히 둘러보았다. 중간에 휴게소에 들러 차 한 잔 들며 쉬었다. 휴게소 바닥은 유리를 깔아 놓아 그 밑의 고고학적 유물 발굴하던 장면을 그대로 남겨 두었다. 땅만 파면 나오는 유물들은 관광의 자원이기도 하지만 도시 개발에는 말할 수 없는 장애가 된다고 했다. 무슨 공사든 간에 땅만 파면 고대 유물이 나오는데 유물을 완전히 정리할 때까지 공사는 중단된다는 것이다. 팔월에 열리는 28회 올림픽 개최에도 어려움이 많았다고 했다. 새로 짓는 올림픽 경기장 공사가 고고학적 유물관리 제도에 막혀 올림픽 시설 공사를 올림픽 개막 날짜에 맞춰 끝내기 어려울 것이라고 했다. 그러나 올림픽의 발상지라는 자긍이 모든 난관을 극복하고 팔월까지 시설을 완성하리라고도 했다. 아크로폴리스 산책을 끝냈을 때 날은 완전히 어두워졌고 아크로폴리스가 아주 잘 정리된 조명으로 어둠 속에 높이 떠오르기 시작했다.

밤 아홉 시 조명을 밝힌 판테온 신전을 올려다보는 곳에 자리 잡은 그리스의 정통 야외 식당에 앉았다. 아리아드네 쪽에서는 그녀의 아버지 존, 존과 나이가 비슷한 기술이사 아나스, 그리고 아리아드네의 남편이 나왔다. 재현 쪽은 재현과 아내, 선호, 용훈이 섞여 앉았다. 바로 전통적인 부주키 음악이 시작되고 가지를 헤아릴 수 없는 그리스 음식들이 차례로 나왔다. 아리아드네가 물었다.

"마실 것은 무엇으로 할까요? 그리스 포도주 괜찮겠지요?"

재현이 결론을 내렸다.

"가는 곳마다 포도주를 마셔서 포도주가 목구멍까지 차올랐어요. 여기서는 우조(Uuzo)로 하지요."

포도를 증류시킨 뒤 여러 가지 허브를 첨가해서 향을 낸 40도가 넘는 독주였다. 아리아드네가 냉큼 받아들였다.

"좋은 생각이예요."

부주키 음악에 맞춰 무용수들의 춤이 시작되었다. 재현은 언제나 부주키가 좋다. 서민들의 심장 박동 같은 뚜렷이 탁탁 끊어지는 리듬과 강력한 울림은 때로는 울음 같고 때로는 강력한 폭소가 되기도 한다. 어쩌면 한국의 농악이나 남도 창과도 일맥이 통하는 음악이다. 아내도 부주키란 말만 나오면 귀를 곧추세운다. 영화 '희랍인 조르바(Zorba the Greek)' 탓이다. 느릿느릿 시작해서 점점 빨라지며 결국 모든 무용수들이 지쳐서 쓰러져야 끝난다는 열광의 음악이다. 한참 늦은 저녁이었지만 선호와 용훈도 분위기를 즐겼다. 아리아드네는 아내와 대화를 나눴고 재현은 그녀의 아버지 존(John)의 옆자리에서 그의 말상대가 되었다. 국물 접시를 놓다가 국물이 아내의 치마에 몇 방울 떨어졌다. 아리아드네는 물수건으로 닦으며 호들갑을 떨었다.

"이건 길조(Good Omen)예요. 내일은 좋은 일이 있을 거예요."

그녀는 언제나 그랬다. 언젠가 그녀의 집에 초대받은 적이 있었다. 실수로 커피잔을 엎질러서 좋은 카펫을 더럽혔는데도 그녀가 길조라고 서둘러 대었다. 좀 언짢은 실수가 있어도 그녀는 곧장 길조의 신탁이라고 믿는 척했다. 그녀는 그리스 신화와 현실을 언제나 긍정적으로 섞어 놓고 있었다.

재현이 존에게 물었다.

"나는 부주키를 아주 좋아해요. 하지만 그것이 어떻게 그리스에서 자리 잡았는지 이해되지 않아요. 그 음색이나 춤이 그리스 신화의 유연함이나 고귀함보다는 세속적인 일상의 냄새가 너무 강렬하거든요."

그는 재현의 어깨를 감싸 안으며 웃었다.

"당신은 역시 감각이 다른 사람과 달라. 그것은 원래 그리스의 민속 음악이었지. 그러나 그 음악은 비잔틴 시대에 터키로 옮겨 가서 터키 스타일로 토속화되었어요. 그 뒤 많은 그리스인들이 터키에서 살았지요. 거기서 그리스인들은 부주키를 그들의 생활 정서에 맞게 다시 개조를 해서 또 한번 그리스 것으로 만들었어요. 그러다가 12세기에 터키에 거주하고 있는 그리스인들이 추방되었지. 그때 그리스인들은 그들의 고달팠던 삶의 기억과 함께 부주키를 다시 그리스로 들여왔어요. 그러니 그 음악에는 그리스 서민의 온갖 애환이 녹아들어 있지. 신에게 제사 지내던 장엄한 품격이 있는가 하면 서민들의 쾌락과 행복, 심지어는 뼈저린 탄식까지 품고 있어요. 춤도 그래. 그 음악에 맞춰 만들어진 거예요. 신의 것이 아닌 너무나 인간적인 것이 되었지."

재현도 보았다. 선박 건조 계약이 끝난 뒤 혹은 선박의 명명식을 마친 뒤 만찬에서 선주는 그의 직원들과 부주키에 맞춰 춤을 추는 것으로 뒤풀이를 하는 것이 관례였다. 여남은 명이 한 줄로 늘어서서 어깨를 겯고 천천히 리듬에 맞추어 좌우로 몸을 움직이며 다리를 흔들다가 때로는 구두의 밑창을 손바닥으로 내려치며 속도가 빨라진다. 유연한 리듬을 지닌 인간들의 춤이었다.

"그렇군요. 역시 그리스 문화와 전통의 포용력의 산물이군요. 누가 이것을 터키에서 생긴 것이라고 하겠어요. 저 춤을 보세요. 처음 천천히 시작된 리듬은 점점 빨라져서 활기차게 되고 엄청난 활력을 띤 채 끝나게 되잖아요. 그 리듬과 멜로디는 가슴을 두드리다가 가슴을 쥐어짜며 사람들이 그 음률에 빠져들지 않을 수 없게 하지요. 그리스의 수천 년 전통을 지켜낸 민속 음악과 춤이예요. 나는 부주키가 너무 좋아요."

존은 껄껄거렸다.

"미스터 리, 당신의 아첨성 과장은 좀 심한 것 같아. 그러나 곰곰이 생각하면 그런 면도 있는 것 같군."

'그리스인 조르바'의 주제곡이 연주되기 시작했다. 존은 그의 무릎을 곰지락거리며 나가서 공연자들과 함께 춤추고 싶다는 시늉을 하였으나 그의 아픈 무릎이 그에게 춤추는 것을 허락하지 않았다.

아리아드네가 재현에게 나무라듯 다그쳤다.

"다른 사람들은 모두 배를 짓고 있는데 우리는 미스터 리만 보고 있다가 찬스를 놓쳤어요. 어떻게 할 거예요."

재현이 다독거렸다.

"2002년 지나고 나서 선가가 이상 폭등을 시작했어요. 폭탄 돌리기가 시작된 거예요. 이건 미친 시장이에요. 지금은 팔 때에요. 결코 살 때 아니에요."

"그럼 언제 팔아요? 언제 배를 지어요?"

"지금부터 이년 안에 큰 변화가 생길 거예요. 시장이 폭발적으로 흥청거릴 거예요. 그때가 던질 때에요. 그리고 폭탄 터질 때를 기다리는 거예요. 폭탄이 터진 뒤 온갖 혼란이 수습될 때쯤 해서 천천히 좋은 값으로 좋은 조건으로 선대를 늘려 나갈 수 있을 거예요."

"요즈음 우리의 낡은 배를 사겠다는 사람들이 많아요. 하루가 다르게 중고선 값도 오르고 있어요."

"이 년만 기다리세요. 지금 가진 배를 잘 운용하세요. 좋은 이익을 남기고 있잖아요? 그러면서 팔 준비를 하세요. 큰돈이 될 거예요. 그리고 배를 지을 준비를 하는 거예요."

선호가 옆에서 끼어들려다가 물러섰다. 아리아드네가 결론을 지었다.

"우리는 미스터 리가 하라는 대로 하는 사람들이니까 신호만 주세요."

우조는 물을 타서 마신다. 독한 술이지만 물을 타면 우유색으로 되고 술이 가지고 있는 민트향과 어울려 마시기 편한 순한 술이 된다. 부주키도 시들해지고 우조도 몇 병을 비웠다. 자정이 넘었다. 이른 저녁 잠이 많은 아내가 잘 견뎌 내었다. 식당 밖에 아리아드네가 준비한 택시가 기다리고 있었다. 재현은 서둘러 작별 인사를 나누고 차에 올랐다. 아리아드네가 택시의 문을 닫기 전 한마디 하였다.

"아침에 부지런 떠는 그리스 사람은 없어요. 푹 주무세요."

재현이 속으로 대답했다. 이렇게 늦게 노닥거리고 어떻게 아침에 일을 한단 말이야? 그리스에서 제조업이 되지 않는 데는 다 그런 이유가 있는 거야.

택시는 밤길을 달렸다. 재현은 집적거렸다.
"여보는 그리스 체질인가 봐. 그리스 오더니 펄펄 날잖아."
"정말 나도 깜짝 놀랐어. 이 강행군을 어떻게 견디나 했는데 아주 즐겁게 지나갔잖아. 그러나 내일은 이렇게 못 해."
"내일은 느긋이 일어나서 전시장엘 가고 거기서 그리스의 선박 브로커들 가게에 들러 좀 노닥거린 뒤 선주와 점심을 먹고 오후 선주 사무실을 들를 계획이야."
"그건 난 못 해. 난 못 해."
"알아 알아. 나 혼자 오전 오후는 다닐게. 그러나 저녁에는 한국의 밤이 있지. 거긴 참석해야지."
"알았어."
"그리고 늦은 시간에 요란한 행사가 하나 더 있어. 그것으로 포세도니아의 모든 공식 일정은 끝나."

이십 분쯤 달렸을까. 도시의 불빛이 사라지고 칠흑 같은 어두움이 펼쳐졌다. 하늘에는 별들도 보였다. 바다였다.
"여보, 바깥으로 바다가 보이지. 여기서 뭐 머리에 떠오르는 거 없어?"
아내는 잠결에 빠져들고 있었다.

"뭔데? 생각이 안 나는데."

"밤이라 더욱 그렇겠지. '페드라(Phaedra)' 라는 영화 기억나?"

"기억날 것 같아."

"안소니 퍼킨스(Anthony Perkins)와 멜리나 메르쿠리(Merina Mercuri)가 나오는 영화 말이야."

"그렇지. 그것도 선박과 관련 있는 영화였어. 안소니 퍼킨스의 아버지는 선박 왕이었지. 웅장한 배의 진수식 장면, 메르쿠리의 명명식, 의붓어머니 페드라와 이십 대 아들의 불륜, 그런 내용이었지?"

"그래. 불륜을 알게 된 아버지로부터 뼈아픈 모욕을 받고 폭행까지 당한 뒤 안소니 퍼킨스가 아버지가 새로 사준 스포츠카를 몰고 속도를 있는 대로 내어 좁은 길을 달리다 길에서 튕겨져 나와 바닷속으로 사라지는 마지막 장면, 지금도 가슴이 서늘해. 마지막 장면 귀가 멍멍하게 볼륨을 높였던 음악은 바흐였지?"

"그래 이제 기억나. 바흐의 '토카타 푸가 D 단조'였어. 있는 대로 볼륨을 높이고 '페드라'를 외치며 바다로 뛰어드는 장면이었어. 그 한 컷 찍기 위해 영화를 만들었다는 듯 강렬한 장면이었지."

그녀는 이제야 재현의 생각을 따라왔다.

"그래, 그 길이 이 길이야?"

"그렇지. 어두워서 보이지 않지만 바로 이 길이 안소니 퍼킨스가 달렸던 아테네와 수니온을 잇는 그 바닷길이야."

아내는 몸을 뒤로 누이며 눈을 감았다. 또 하나의 감동이었다. 그곳은 감동의 천지였다. 호텔에 돌아왔다. 포세이돈 신전은 푸근한 조명으로 스스로를 밝히며 그들에게 잘 자라고 따뜻한 눈길을 보내고 있었다.

8.

유월 십일, 목요일 아침 그날도 재현은 아홉 시쯤 일어났다. 아내는 벌써 일어나 하루를 준비하고 있었다.

"아침에 같이 나갈래?"

"아니. 나는 그냥 호텔에 있을게. 신전에나 또 한 번 올라갔다 올까?"

그녀는 절에 가는 것을 좋아했다. 마치 동네의 절에 갔다 오겠다는 어조였다.

"왜 백팔 배 하고 싶어서?"

그녀는 피식 웃었다.

"저녁 다섯 시쯤 돌아올 테니까 그동안 푹 쉬어 둬. 잘 알지도 못하는 곳을 혼자 돌아다니지 말고."

재현은 열 시쯤 호텔을 나왔다. 파이레우스 시내의 작은 선주를 만나 잠깐 이야기를 나누고 점심을 같이할 계획이었다. 그들은 조바심을 치고 있었다. 그들은 다른 선주들이 조선소에 선박 주문을 한 뒤 선가가 매일 역사적인 최고가를 치고 있고 그들의 금고에 떼돈이 흘러드는 것을 바라보기만 했다. 그들은 망설이다가 기차를 놓쳤다는 절망감에 빠져 있었다. 그들은 재현에게 조선소의 선대를 잡아 달라고 사정했다. 말은 그렇게 하면서도 벌써 많이 올라 버린 선가를 치르고 계약할 용기는 보이지 않았다. 재현이 다독거렸다.

"배만 지으면 떼돈 버는 시기는 지나갔어요. 배를 쓰겠다는 사람을 잡으세요. 아직 괜찮은 용선주들이 새 배를 찾고 있잖아요. 용선을 확보하고 나서 용선 조건에 맞춰 선박을 건조해도 늦지 않아요. 큰돈은 못 벌지만 안전한 장사는 할 수 있어요."

그들은 큰돈을 벌 기회를 놓친 것만 아쉬워했다.

"배 값은 하루가 다르게 올라가는데 이렇게 시간만 끌다가 회사 문 닫는 것 아닌지 모르겠어요."

재현은 그들이 여러 경로를 통해 신조 문의를 하고 있으나 계속 기회를 놓치고 있다는 것을 알고 있었다. 배는 짓고 싶은데 값이 오른 오파를 받고 결정을 못 하고 망설이고 있으면 다음 오파는 더욱 값이 올라 몸을 움츠리게 했고, 망설이다가 새로이 껑충 오른 새로운 오파를 받고 절망하는 그런 선주에게는 아리아드네에게처럼 단호한 조언을 할 수 없었다. 자칫 잘못하면 욕만 실컷 얻어먹을 수 있기 때문이다. 그들은 이 호황이 계속될 것이라고 믿으면서도 오르는 신조 가격은 받아들이려 하지 않는 사람들이었다. 어떤 결론도 나지 않았다.

박람회장으로 돌아오니 두 시가 지나고 있었다. 시장이 흥청대면서 그리스에서도 선박 브로커 가게가 많이 늘었다. 재현은 그리스 선박 브로커들의 가게를 차례로 돌아보았다. 한국 재래시장에 있는 도장방이나 대서방처럼 한 칸도 안 되는 좁은 공간에 선박 브로커라는 이름을 걸고 가게를 벌이고 있다. 많은 그리스 선주들이 한국, 중국에 발주를 하였고 한 건만 중개를 하여도 몇 년을 먹고살 수 있는 수입이 생기는 시절이다. 가게마다 맥주와 우조 그리고 땅콩들을 준비해 놓고 오는 사람마다 한 잔씩 권하고 있다. 그들 스스로 얼큰하게 취해 있다. 당장 '그리스인 조르바'를 틀어놓고 부주키 춤이라도 한판 벌일 분위기이다. 들르는 가게마다 맥주 한 잔을 얻어 마셨다. 모두 같이 일을 하자고 했다. 그러나 누구도 자기의 정보는 보여주지 않으면서 상대방의 정보는 은근히 들여다보려고 했다. 그러나 호황기의 분위기는 역시 가볍고 유쾌했다. 그들의 질문은 한결같았다.

"그래 그동안 몇 척 했어요? 어느 그리스 선주를 한국 조선소와 연결시켰어요? 앞으로 얼마나 더 할 거예요?"

'우리는 우리 단골이 너무 많아서 주체하기 곤란하다. 몇 척을 했는지 헤아릴 수도 없다. 앞으로도 일감은 엄청나게 많다.' 그들은 그렇게 허풍을 떨고 있었다. 재현이 짓궂게 떠보았다.

"우리하고 합동으로 프로젝트 합시다. 귀사는 그리스 선주를 우리는 한국 조선소를 돌보면서 이중(二重) 브로킹으로 프로젝트를 진행하면 이상적인 조합(調合)을 얻지 않겠어요?"

그들은 자라처럼 목을 쏙 집어넣는다. '네가 가진 것을 내놓아라. 우리 것은 너와 나눌 수 없다. 우리 것은 우리 것, 너희들 것도 우리 것'이라는 속셈을 감추지 않았다. 오후 네 시까지 작은 가게들을 돌아다니며 맥주 얻어 마시며 노닥거리다가 제법 얼큰해서 호텔로 돌아왔다. 아내는 신전을 올려다보는 소파에 파묻혀 깊이 잠들어 있었다. '한국의 밤(Korean Night)'은 밤 여덟 시에 시작된다. 시간이 있었다. 컴퓨터를 켜서 들어온 이메일들을 처리하고 옷을 갈아입으니 여섯 시 반이었다. 아내는 어느새 일어나서 외출 준비를 끝냈다.

재현은 아내와 함께 호텔을 나섰다. 돈이 좀 들어도 택시를 잡았다.

"여덟 시부터라면서 왜 이렇게 서둘러요."

"우리가 좀 일찍 가야 돼. 그래야 아스티르 팰리스(Astir Palace) 호텔 파티장의 서쪽 끝 바다에 면한 부분에 우리의 아지트를 확보할 수 있거든. 거기다 아리아드네 아버지와 기술이사같이 나이 많은 분들과 나의 여왕님을 위한 의자도 준비해야 하잖아?"

그들은 페드라 해안 도로를 신나게 달려 아스티르 호텔에 일곱 시 좀 넘어 도착했다. 아스티르 호텔은 아테네 중심지, 공항, 수니온으로부터 거의 같은 거리에 위치하고 있다. 바닷가에 넓은 땅을 개발해서 넓고 호화스런 호텔을 지어 놓았다. 재현과 아내도 몇 년 전 머문 적이 있다. 아테네에서 가장 비싼 호텔이다. 포세도니아 기간 중 큰 행사는 모두 거기서 이루어진다. 물론 가장 큰 모임인 '한국의 밤'은 해마다 박람회의 마지막 밤이라 할 수 있는 목요일 밤에 그곳의 수영장의 넓은 장소를 파티장으로 사용하기로 되었다. 한국의 밤은 포세도니아의 하이라이트이다. 모든 사람들이 그날을 기준으로 해서 아테네에서 일정을 잡는다. 모든 사람들은 그날 저녁 아스티르 팰리스 호텔로 모여서 모두를 만나게 된다.

9.

재현은 의자를 몇 개 가져다 행사장의 서쪽 끝 에게해가 한눈에 들어오는 곳에 놓았다. 간이 칵테일 테이블도 갖다 놓았다. 모두들 서서 사람도 만나고 칵테일도 마시는 파티이지만 재현은 나이 든 손님들을 위해 의자를 준비한 것이다. 손님들을 맞을 준비가 되었다. 그는 아내를 의자에 앉혔다.

"여기 앉아서 자리를 지켜요. 자리를 딴 사람이 차지하기 못하게 하고 의자도 뺏기면 안 돼요."

재현은 입구로 나가 들어오기 시작한 손님들 중 오래 이야기를 나누어야 할 사람들을 골라 지정석으로 데리고 왔다. 행사장이 순식간에 사람들로 가득 차게 되었다. 수평선에서는 해가 커다랗게 부풀어 오르더니 홍시 색깔로 부드럽게 변하면서 수평선으로 서서히 가라 앉았다. 해가 에게해의 수평선 아래로 쏙 빠져 내려앉을 때쯤 재현의 친구들도 재현이 준비한 자리로 모여들었다. 그곳은 이미 몇 년 간 '제리의 자리'로 알려져 있었다. 아리아드네와 그녀의 아버지 그리고 기술 이사가 왔다. 그들은 그리스 사람답지 않게 떠들썩한 곳에 나타나는 것을 꺼렸다. 그러나 재현이 있는 곳에는 마음 놓고 참석을 했다. 무릎이 좋지 않은 아버지는 오자마자 자리에 앉았다. 재현이 준비해둔 의자가 맞춤이었다. 참석자들은 행사장을 물결처럼 흘러다니며 재현의 지정석으로 다가왔다. 재현은 오는 참석자들마다 아리아드네를 소개했다.

"그리스의 가장 아름다운 선주 아리아드네입니다."

쑥스러워하면서도 그녀는 잘 어울렸다. 아리아드네는 언제나 재현의 제안을 그대로 받아들였다. 현재 가지고 있는 배를 적절한 시점에서 매각한다. 현금을 있는 대로 보관했다가 때가 오면 배를 짓는다. 그 시기는 재현이 검토해서 의논한다. 그들은 조바심 내지 않고 기다릴 줄 아는 사람들이었다.

재현에게 그해의 포세도니아는 큰 의미가 없었다. 브로커로서 선주들에게 배를 지으라고 당당하게 권유하지를 못하는 상태였기 때문이다. 시장 상황의 움직임을 보고 투자할 시기와 자산을 현금화

할 시기를 잡아야 했다. 클렌시처럼 용기와 능력이 있는 선주들은 선박 신조 계약을 호황의 초기에 매듭지었고 그들의 배 값이 천장을 뚫고 솟아오르는 모습을 흐뭇한 마음으로 지켜보기만 하면 되었다. 6,000만 불에 계약한 초대형 유조선이 일억 불을 넘어섰고, 2,500만 불에 계약한 오만 톤급 석유화학제품 운반선의 신조 가격이 5,000만 불에 육박하고 있었다. 한마디로 미친 시장이었다. 그런 시장에서 배 지으라고 권고하는 것은 죄악이라는 생각까지 드는 것이다. 그동안 결심을 못 했던 선주들은 남이 큰돈 버는 것에 배 아파하는 것 말고 할 일이 없었다. 단지 투기 세력들만 약간의 매매 차익을 챙기기 위해 분주히 움직이고 있었다. 그런 중에도 몇몇 선주들은 좋은 용선주와 좋은 용선료를 합의하고 그에 합당한 가격으로 배를 짓고 있었다. 클렌시와 같은 막대한 이익은 기대할 수 없었지만 적절한 이익은 손에 쥘 수 있었다.

그리스의 큰 해운회사 선주들은 파티에 얼굴을 내밀지 않았다. 그들은 그들의 섬이나 한적한 호화 저택, 혹은 그들의 커다란 요트에 필요한 사람들만 초대해서 개인 파티를 열었다. '한국의 밤'은 그리스의 중소 선주들, 유럽에서 온 선주들, 그리고 조선소 중역들, 조선 기자재 공급자들로 북적이고 있었다. 아리아드네 주변으로 사람들이 모여들었다. 선급 관계자들, 조선소 담당자들이 제각기 그녀의 관심을 끌려고 노력하고 있었다. 존이 일어났다. 열 시가 넘었다.

"사람구경 충분히 했으니 이제 가 봐야겠는걸. 오늘 정말 고마웠어요."

재현이 그를 부축했다.

"제가 고맙지요. 불편하신데도 이렇게 나와 주시니 얼마나 고마운지 모르겠습니다. 언제 한번 한국에 나오시도록 일정을 잡겠습니다. 몸 관리 잘하십시오."

"이제는 아리아드네에게 다 맡겼습니다. 우리가 가진 배가 지금 좋은 용선료로 잘 운영되고 있지만 팔아야 될 때가 오고 있는 것 같아요."

"좋은 용선료가 붙어 있는 배는 더 높은 값을 받을 수 있지요. 함께 시장을 잘 보아서 정확한 시점을 잡도록 할게요."

존은 재현의 아내를 껴안았다.

"언제 우리 고향에 한번 놀러 오세요. 경이로운 체험을 하게 될 거예요."

성공한 그리스 사람들은 그들의 친구들을 그들의 고향으로 초청을 한다. 고향은 그들의 삶의 근원이며 성공의 표상이다.

아리아드네도 아내를 꼭 껴안았다.

"수니온 참 좋죠?"

아내가 고개를 끄덕였다.

"참 아름다운 곳이예요. 편하게 지내시다가 가세요."

재현이 그녀에게 제안했다.

"아이들 데리고 한국에 한번 나와요. 아이들에게 좋은 경험이 될 거예요."

그녀는 고개만 끄덕였다. 언젠가 명명식에 아이들을 데리고 오기로 약속했다가 행사가 가까워졌을 때 갑자기 취소한 적이 있었다.

"어린아이들이 명명식을 하고 돌아가면 동무들에게 자랑하지 않을 수 없겠죠? 그런 자랑은 한 반에 있는 가난한 다른 아이들을 자극해서 우리 아이들을 소외되게 할 거예요. 아이들에게 좋은 경험을 하게 하는 것은 좋지만 따돌림당하지 않고 사는 것이 더 중요하다고 생각했어요."

사회주의 정부는 빈부의 격차를 의도적으로 부각시키고 편가르기를 부추기고 있었다. 생각 깊은 여인이었다.

기술이사가 말했다.

"미스터 리, 언제 가을에 한번 나와요. 우리 집 포도 농원에 노력봉사 좀 해줘요. 포도도 따고 포도주 담그는 일 도와 주세요. 아주 재미있는 경험이 될 거예요."

그는 놀러 오라는 초대를 그렇게 하였다. 그리스의 철학자 같은 그의 풍모에 맞는 솔깃한 제안이었다.

쭈뼛거리며 한 한국 사람이 재현의 팔을 건드렸다.

"혹시, 이 전무님 아니십니까?"

낯선 사람이었다.

"이재현입니다만."

"아, 그렇군요. 저는 원한준 사장의 매제 되는 사람입니다."

원 사장은 해운회사 사장도 했고 그룹 내 요직을 맡아 빼어난 직장생활을 마친 재현이 가장 좋아하는 친구 중 한 사람이었다. 그리고 그의 매제가 그리스에서 태권도 도장을 열고 있다는 이야기도 들었고 그리스 가면 한번 만나 봐 달라는 요청도 있었다.

"아, 그리스에서 태권도 도장 하시는….

"예, 그렇습니다."

그는 원 사장을 닮은 아름다운 여인을 소개하였다.

"제 처입니다."

그녀는 재현을 똑바로 보며 말하였다.

"이 전무님은 워낙 저희 집안에서도 유명한 분이셨어요. 여기서 뵙는군요."

"정말 반갑습니다. 저도 원 사장으로부터 말씀을 많이 들었습니다. 그래 태권도장은 잘됩니까?"

"처음에는 할 만했는데 시간이 갈수록 배우는 사람이 적어져서 이제는 문패만 걸어놓고 있습니다."

"나라를 잘못 선택하셨네요. 여기는 연설을 하기 위한 턱 근육을 강화하는 법을 가르쳐야지, 신체 근육 단련에 신경 쓰는 곳이 아니잖아요."

"그 말씀이 맞는 것 같아요. 그래도 그동안 태권도 덕에 아이들 교육도 시키고 이 먼 곳에서 먹고살았으니 덕도 본 셈입니다. 지금도 도장은 한산하지만 협회 일로 모양은 갖추고 삽니다. 그런데 현직이 어떤지도 모르고 이 전무님이라고 불러서 죄송합니다. 전무님이 어떻게 변했건 간에 저희들은 늘 전무님으로 기억하고 있으니까요."

재현은 그에게 그의 명함을 건네며 맞장구를 쳤다.

"사실 저도 조선소의 전무일 때가 제 생애의 전성기였습니다. 전무라고 부르는 분들의 말이 제일 귀에 솔깃합니다."

그들은 잠깐 머물다가 인파에 휩쓸려 멀어져 갔다. 그들이 떠나고 행사도 파장이 되어갔다.

재현이 아내를 끌었다.

"우리도 나가봐야겠는걸. 다음 행사장으로 가야 하니까."

"아니 호텔로 가는 것 아냐? 지금 벌써 열한 시가 다 됐는데."

"하루 종일 호텔에 있었으면서 아직도 호텔 타령이야? 이번에는 해군 함정으로 가는 거야. 아주 재미있을 거야."

호텔 출구에 택시를 기다리는 사람들이 길게 줄지어 있었다. 한참을 기다려 택시를 잡아 해변에 정박해 놓은 해군 함정으로 갔다. 군악대의 요란한 연주가 멀리서부터 들려왔고 해군 병사들이 하얀 제복을 입고 늘어서서 손님을 맞이하고 있었다. 갓 상속을 받은 젊은 선주의 파티였다. 그들은 무엇이든 호화롭게 뽐내었다. 선주는 잘생긴 영화배우와 결혼을 하여 매일 매스컴의 스포트라이트를 받고 있었다. 갑판에 오르자 영화배우가 재현과 아내를 가볍게 껴안으며 인사했다. 자정이 지났다.

"오늘 우리 축제는 미스터 리가 오셔서 정말 빛나게 되었어요. 고맙습니다."

선주가 샴페인을 들고 와서 배의 갑판 위에서 선 채로 건배를 하였다. 샴페인 잔을 든 채 재현은 아내와 갑판 위를 서성거렸다. 한국 조선소 임원들도 만났다.

"시장이 좋긴 좋은 모양이지요. 해군 함정까지 동원하고 말이에요. 수병들까지 동원하자면 엄청 돈이 들었을 텐데요."

재현은 선주의 사치스러움과 떠벌림이 마음에 들지 않았다. 그러나 아무 말도 하지 않았다. 용훈이 다가와서 아내에게 아양을 떨었다.

"선배님, 형수님을 이 늦은 밤까지 혹사하다니 형님은 아주 나빠요. 안 그렇습니까 형수님."

아내는 천번 만번 옳다는 시늉을 했다.

"언제 돌아가실 겁니까?"

"클렌시 일 때문에 여기서 어정거릴 수가 없어. 내일 저녁 비행기로 돌아가야지."

"형수님, 수니온의 호텔은 어떻습니까?"

아내는 엄지를 치켜세웠다.

"아아 부럽다. 나는 언제 그런 데서 자보나."

재현이 약을 올렸다.

"방이 세 개야. 자고 싶으면 따라와. 방 하나 내줄게."

용훈은 재빨리 도망치며 한 마디 남겼다.

"잘 돌아가십시오. 인숙의 '역사 학교'에 대한 런던 쪽 일은 제가 충분히 알아보고 보고 드릴게요."

재현이 배에서 내려오려는데 선주가 뛰어왔다.

"미스터 리, 파티는 이제부터인데."

"아내가 너무 피곤한 것 같아서. 당신의 활기찬 얼굴을 보았으니 나의 그리스 방문 일정은 완성이 되었습니다."

"어쨌든 와 주셔서 감사합니다. 한국 조선소에 좋은 선대가 있으면 소개해 주세요. 금융은 충분히 준비되어 있으니 즉각 계약할 수 있습니다."

재현은 건성으로 대답했다.

"알았어요. 곧 알려드릴게요."

선주는 수병 한 명을 재현에게 딸려서 택시를 잡도록 했다. 큰 도움이 되었다. 수병의 도움이 없었으면 밤새도록 택시 잡으러 뛰어다닐 뻔했다.

10.

 마지막 날이다. 비행기는 유월 십일일, 금요일 밤 여덟 시 반 아테네 공항을 떠난다. 느지막이 아침을 먹고 호텔 프런트 데스크로 갔다. 열두 시에는 퇴실을 해야 하는데 가능한 한 늦게 나가고 싶었다. 공항에 가서 몇 시간씩 죽치고 있다는 것은 고역이었다. 재현이 웃으며 담당 여직원에게 물었다.
 "몇 시까지 퇴실해야 되지요?"
 그녀는 고개도 들지 않고 대답했다.
 "열두 시."
 "좀 더 있으면 안 될까요?"
 그녀는 고개를 들었다.
 "아, 특실 손님이시군요. 비행기 시간이 몇 시예요?"
 "저녁 여덟 시."
 "마침 오늘 손님이 없어요. 다섯 시까지 테라스에서 계세요."
 거실은 청소를 하니 흐트러뜨리지 말고 테라스에서 쉬다가 가라는 친절이었다. 재현이 그녀에게 크레딧 카드를 내밀었다.
 "우리 방 계산해 주세요."
 그녀는 카드를 밀어내었다.
 "계산은 다 끝났습니다."
 "아니 나는 돈을 낸 적이 없는데."
 초청한 쪽에서 모조리 계산을 끝냈다는 것이다. 호텔 숙박비는 물론 밥값, 포도주, 택시 값까지 모두 선불이 되어 있다는 것이다. 재현이 심드렁하게 물었다.

"우리 방값은 얼마지요?"

그녀는 같은 말을 반복했다.

"모두 지불되었습니다."

"알아요. 하지만 나는 여길 다시 오고 싶거든요. 그때를 위해 예산을 세워 두려고 하는 거예요."

"하룻밤 숙박료만 800유로(약 100만 원) 정도 된다고 합니다."

남의 말 하듯 했다. 아리아드네에게 또 빚을 졌다. 물론 앞으로의 프로젝트를 열심히 준비해 달라는 당부라는 것을 알지만 부담은 부담이었다.

짐을 싸서 테라스에 내어놓은 뒤 천천히 나섰다. 그들은 불타는 태양 아래로 상처받은 키 작은 소나무에서 배어나는 송진 향기를 맡으며 오솔길을 지나 신전에 올랐다. 어느새 신전의 백색 기둥이 암청색 축복받은 바다를 배경으로 우람하게 모양을 내고 있었다. 일출(日出)을 맞으러 몰려들었던 아침 관광객들도 떠나고 주변은 조용했다. 재현과 아내는 절벽에 앉았다. 아내가 말했다.

"아리아드네는 정말 특별한 사람이에요. 선량하고 아름답고 현명한 그리스의 여신 같아요."

재현이 덧붙였다.

"잘난 체하지 않지만 스스로 빼어난 사람이야. 그녀는 착한 딸, 좋은 엄마, 따뜻한 아내라는 덕목을 골고루 갖춘 사람이야. 그런 사람과 사업까지 함께하는 우리는 축복받은 사람들이야. 잘 준비해야겠지?"

그들의 곁에 그리스인이 앉았다.

"벌써 나흘째입니다. 그래 그동안 잘 지내셨어요?"

신전에 오른 첫날 밤 호루라기를 불며 요란을 떨던 관리인이다.

"포세도니아 따라다니느라고 바쁘기도 했지만 잊지 못할 추억을 만들었습니다. 그날 저녁 참 고마웠습니다. 차까지 태워주시고."

'그리스인 조르바'의 안소니 퀸을 닮은 그는 걸걸한 목소리로 대답했다.

"천만에요. 먼 곳에서 저희들을 찾아오신 손님인데 잘 모셔야죠."

"보통 이쯤 되는 관광지라면 세계 어디서나 관광객들에게 바가지를 씌우려고 하는 게 예사인데 여기는 전혀 그렇지 않아요."

"그리스는 가난한 나라로 전락했어요. 그러나 오랜 문화와 전통을 갖고 있잖아요. 가난하다고 그런 자존심을 스스로 짓밟을 수는 없지요. 더구나 관광은 우리나라 외화수입의 가장 큰 몫을 하고 있지요. 여기 오시는 분이 모두 고마운 분들이예요. 깍듯이 모셔야 해요."

그는 일어서며 한마디 던졌다.

"카잔차키스와 바이론과 대화를 좀 나누셨나요?"

"그분들과의 너무 많은 추억 때문에 여기를 떠날 수가 없네요."

그는 싱긋 웃었다.

"좋은 시간 보내세요."

재현이 그를 불러세웠다.

"좀 있다가 점심 먹으러 갈게요."

"아, 몇 시 비행기인데요."

"시간이 많아요. 밤 비행기예요."

그는 등을 돌리며 말했다.

"준비하겠습니다."

아폴로 신은 태양 마차를 몰고 광막한 하늘 길을 가로지르고 있었다.

재현은 아내와 식당에 들어섰다. 주인은 그들을 위한 식탁을 준비해 두었다. 그들이 앉자 바로 식사가 나왔다.

"여쭈어 보지도 않고 수블라키(Souvlaki)를 준비했어요. 양고기를 꼬챙이게 꿰어 숯불에 구운 거예요. 한국 사람들이 아주 좋아하더군요."

빵과 함께 나온 수블라키를 아내가 잘 먹었다.

"양고기 냄새가 전혀 나지 않는데. 아이 고소해."

주인이 다시 왔다.

"와인 한 잔 드릴까요. 좋은 와인이 있어요."

"그동안 와인을 너무 먹어서 목까지 차올랐어요. 와인은 안 마실래요."

"아 그럼 우조를 하시죠. 아주 향기 좋은 우조가 있어요. 반병만 갖다 드릴게요." 우조가 양고기와 잘 맞았다. 솔향이 나는 우조였다. 그동안 포도주로 찌들은 몸이 낮술로 해장이 되었다. 값이 쌌다. 한국의 소주 값이었다. 값을 치르고 나서자 주인이 호텔까지 태워다 주겠다고 했다. 그의 호의를 간신히 물리치고 오솔길로 되돌아 내려왔다. 15분도 걸리지 않았다. 방은 말끔히 치워져 있었다. 범접할 수 없는 깔끔함이었다. 테라스에서 조심조심 시간을 보냈다. 아무리 오래 있어도 지루할 것 같지 않은 테라스에서의 풍광을 마음껏 즐겼다.

오후 다섯 시 정각 프론트에서 전화가 왔다. 택시가 기다린다는 것이다. 내려가기 전 재현은 아리아드네에게 전화를 걸었다.

"아리아드네, 이제 떠나려고 해. 정말 고마웠어요."

"수니온 괜찮았어요?"

"아마 평생 잊지 못할 추억이 될 거야. 아리아드네에 대한 감사한 마음과 함께."

"곧 또 뵈요."

그녀는 가볍게 전화를 끊었다.

제20장

재단법인 '역사 연구회'

1.

6월 14일 월요일, 재현은 일찍 사무실에 나와 앉았다. 할 일이 많았다. 우선 한 주일의 시간표를 짰다. 그날 오전 중으로 그리스에서의 비즈니스와 관련된 만남을 정리한다. 여러 사람들과의 대화를 노트에 정리하고 만났던 사람들에게 감사 편지를 쓴다. 오후에는 클렌시에게 그리스 다녀온 보고를 한다. 그런 뒤 영호와 역사학회에 관한 지금까지의 진행 상황을 점검한다. 15일에는 영균과 만나 역사학회에 관한 그의 준비 상황을 함께 검토한다. 그 결과를 정리해서 주말까지 클렌시, 인숙, 용훈, 선호에게 알려 그들의 의견을 모은다. 그리고 18일 금요일 이른 아침 비행기로 울산에 가서 그동안 클렌시 프로젝트의 현장 진행 상황을 점검한다. 빡빡하지만 대충 그렇게 그 주간의 일정을 짠 뒤 재현은 영호를 불러 지난 일주일 동안 진행된 일들을 함께 검토했다. 영호는 마치 그동안 재현이 그 자리를 비운 적이 없었던 것처럼 마음에 들게 복잡한 업무들을 처리해 놓았다.

오후 서너 시쯤 그리스에 보내는 편지 초고를 써서 편지를 만들도록 했다. 영호와 마주 앉은 것은 그 다음이었다. 차분히 학회 일을 의논하는 시간이다. 그동안 모인 자료가 제법 되었다. 런던에서 지용훈 상무가 보내온 자료가 대부분이었다. 런던 교외에 방 네 개가 있는 집 월세가 1,500파운드(약 225만 원) 정도 된다고 했다. 연간 2,700만 원 정도 예산이 필요했다. 옥스포드(Oxford)나 캠브리지(Cambridge) 대학에서의 연간 수강료가 1인당 2만 파운드(약 3,000만 원) 정도라고 했다. 유럽에 체재하는 동안 연구 활동을 위한 출장비 등을 고려하더라도 브뤼셀 쪽에서 15억 원 정도가 재단에 기금으로 들어오면 편안하게 시작할 수 있을 것으로 보였다. 재현이 만족스럽게 영호가 정리한 내용을 훑어보며 물었다.

"더 이상 자료가 들어올 게 있을까?"

"이것은 개략적인 자료입니다. 지 상무가 영국 대학의 기숙사 입사 가능성과 구체적인 수강 내용, 그리고 예산을 절약하기 위해 필요한 사항들을 광범위하게 더 알아 보고 있습니다."

"브뤼셀 쪽에서는 무슨 변화가 없었나?"

"조용한데요. 보고서 오기를 기다리고 있는 게 아닐까요?"

"그동안 차 이사장과 연락한 것이 있었나?"

"아무 것도 없었습니다."

오후 다섯 시 재현은 전화로 클렌시를 불렀다. 브뤼셀 시간으로 아침 열 시였다. 클렌시는 담담한 어조로 전화를 받았다.

"그래 아테네는 어땠어? 요란 뻑적했겠구먼."

"포세도니아(Posedonia)야 늘 그렇지 뭐. 2년에 한 번 있는 축제, 그것도 흥청거리는 시장을 등에 업은 현란함으로 가득했어. 그러나 찬스를 잡은 자들은 엄청난 자신감을 보이는 한편 망설이다가 기회를 놓친 자들의 상실감은 보기에 딱할 지경이었어."

"그래, 시장은 만수무강할 것 같던가?"

"점점 검은 구름이 덮여오는 것이 보여. 지금쯤 수요와 공급의 균형을 보여야 할 때인데 아직도 목마른 수요만 존재하고 있어. 아무리 공급을 늘려도 수요를 채우지 못해. 누군가가 시장을 부추기고 있고 또 여러 사람들이 아직도 새 배를 찾고 있어. 그러니 선가는 계속 오를 수밖에 없지. VLCC 가격이 일억 오천만 불까지 갈 것이라고들 예사로 이야기하고 있어. 원가의 두 배를 훌쩍 넘길 거라는 말이야. 조선소가 떼돈을 번다는 이야기들을 하지만 이런 비합리적인 선가의 폭등은 반드시 폭락을 이끌고 온다는 사실을 잊지 말아야지. 미친 세상이야."

조금 뜸을 들인 뒤 클렌시는 물었다.

"언제 울산 내려갈 거야?"

"이번 주 금요일에 다녀 오려고 해. 꼼꼼히 살펴서 보고를 드릴게."

"그래 줘. 그런데 이 프로젝트는 참 특이한 점을 갖고 있어. 내 평생 내게 걸린 업무량이 이렇게 무거웠던 적이 없었어. 그러나 한편 이렇게 마음이 편해 본 적도 없어."

"잘 되는 프로젝트는 원래 그렇지 않아? 아침에 진행 사항을 훑어보았는데 모든 것은 부드럽게 흐르고 있더구먼. 문자 그대로 만사형통(Alles Klar)이야."

"Alles Klar. 금년에만 열두 번의 분할금이 지급되었지. 액수가 자그마치 1억 4,400만불이야. 금년 말까지 열한 번의 분할금을 더 지불해야 돼. 이런 큰돈이 흘러가는데 잡음 한번 없다는 것이 오히려 이상할 지경이야."

"이건 톰이라는 사람의 주도면밀한 계획과 사업의 집행 능력에 따른 결과물이잖아. 하나도 이상할 것 없어."

"제리의 적절한 조정의 역할이 컸어. 인도된 배 두 척은 좋은 곳으로 시집가서 건실하게 용선료를 벌어들이고 있어. 이미 은행에서 빌린 돈을 갚기 시작했지. 나는 제리처럼 이 시장의 뒤에 숨어 있는 어두운 그늘을 보고 싶지 않아. 그저 이 시장이 오늘 같기만, 오늘처럼 밝은 날만 계속되기를 바랄 뿐이야."

"나도 그래. 시장이 오늘처럼 유지된다면 얼마나 좋겠어. 오늘은 부정적인 말은 더 이상 하지 않을게."

"그래 먼 여행을 다녀왔으니 좀 쉬어. 조선소 이야기는 천천히 들을게."

"오케이, 울산 다녀와서 상세한 보고를 할게."

클렌시가 먼저 수화기를 놓았다.

퇴근 시간 가까워서 영균에게 전화를 걸었다. 영균은 반색을 하며 전화를 받았다.

"기다리고 기다렸습니다. 포세도니아는 재미있었습니까?"

"멋있었어요. 그런데 우리 '역사학회' 일은 제대로 되어가지요?"
"잘 준비하고 있습니다. 언제 찾아가 뵐까요?"
"내일 편한 시간에 오세요. 하루 종일 비워 두었어요."
"의논 드릴 일이 많아요. 내일 아침 책상 정리할 시간으로 열한 시까지 드릴께요. 열한 시에 찾아 뵙고 하루 종일 이야기를 하시지요."
"퍼펙트(Perfect)."

영균과의 전화가 끝난 뒤 재현은 울산의 선주 감독관실과 조선소의 한상훈 부사장에게 전화를 걸어 금요일 아침 비행기로 울산 간다는 것을 알렸다. 다행히 카이로스도 한 본부장도 그날 출타 계획이 없어 조선소에서 재현을 만나기로 약속되었다. 그렇게 하루가 정신 없이 지나갔다.

2.

다음 날 오전 열한 시에 차영균 사장이 재현의 사무실에 들어섰다. 그는 젊은 여인과 함께했다.
"혜진아, 인사 드려, 이재현 회장님이셔."
대학생 스타일의 젊은 여인이었다.
"제 조카입니다. 이 회장님 대학교 후배입니다. 작년에 사학과에 입학을 해서 역사에 재미를 붙이고 있는 중입니다. 이번에 준비하는 동안 혜진이가 많은 도움을 주었습니다. 물론 혜진이는 대학 2학년생이니 아직 여기 응모할 군번은 되지 않지요. 내년이면 몰라도."
그녀는 차 사장처럼 후덕하게 생긴 얼굴로 뻘쭉뻘쭉 웃고 있었다. 영균이 설명을 시작했다.

"이 일이 이렇게 재미있을 줄 생각도 못했어요. 대학의 사학과 교수 친구들 몇명을 만나 보았고 의논도 하였죠. 몇 마디 꺼내기도 전에 모두 발 벗고 나서서 자기가 주관하겠다는 거예요. 떼어 내느라고 애먹었습니다."

어느새 점심 시간이었다. 재현은 건물 2층에 있는 횟집에 예약을 해 두었다. 영호까지 네 명이 점심을 하러 내려갔다.

"혜진 씨는 이 프로젝트를 어떻게 보았습니까?"

점심이 시작되면서 재현이 물었다. 혜진은 재현의 가벼운 질문에 젊은이답지 않게 신중하게 대답했다.

"저는 고등학교 때부터 역사를 공부하겠다는 생각을 했습니다. 대학교도 제가 선택한 데로 입학해서 만족합니다. 그러나 일 년도 지나지 않아 점점 제가 하는 공부에 대한 열의가 식었습니다. 그러면서 역사 공부는 무엇 때문에 하는가 하는 심각한 회의가 마음에 파고들기 시작했습니다."

영균이 그녀의 말에 끼어 들었다.

"역사 교수들 사이의 반목이 학생들을 방황하게 하는 거예요. 특히 전교조에 속한 교사들로부터 교육을 받은 중고등학생들의 머릿속에 뿌리 깊게 자리 잡은 왜곡된 역사관 때문에 아이들의 세계관이 완전히 붕괴되어 버린 상태예요."

"삼촌 말씀대로입니다. 그렇게 목표를 잃고 방황하고 있는데 삼촌이 부르셨어요. 첫마디를 듣고 이것은 해 보고 싶다, 꼭 해보고 싶다, 그런 생각이 들었어요. 더구나 이 일의 첫 단추를 낀 사람이 제 선배 언니라고 하잖아요."

혜진의 열정이 너무 뜨거워 보여 재현은 약간의 찬물을 끼얹기로 했다.

"그런데 혜진 씨는 아직 여기 참가할 자격이 되지 않는데."

혜진은 위축되지 않았다. 생글거리며 그녀의 말을 계속했다.

"회장님, 저도 알아요. 삼촌에게 들었어요. 그러나 제가 할 수 있는 일이 있다면 연구에 직접 참여하지 못하더라도 돕고 싶어요. 가령 문서 만드는 일도 좋고 사람 모으는 일도 좋고 어떤 심부름도 즐겁게 하겠어요. 무엇이나 하고 싶어요. 또 누가 압니까? 내년에는 제게도 연구원으로 직접 참여할 기회가 주어질지?"

"정말 흥미를 느낀 모양이구나."

혜진은 당돌했다.

"부탁이에요. 월급을 주시지 않아도 좋아요. 제 이름이 드러나지 않아도 좋아요. 이것은 제가 꼭 해야 할 일이다 그렇게 생각합니다. 끼워주시지요?"

재현은 영균을 건너다 보았다. 영균은 덤덤하게 고개를 끄덕였다. 재현이 승락할 일은 아니었다.

"이건 차 사장이 주관하는 것이니까 나는 차 사장의 결정에 따를 뿐이지. 혜진 씨가 이 모임에 어떻게 도움이 될지, 혹은 이 모임이 혜진의 앞날에 어떤 도움을 주게 될지 알 수 없지만 혜진의 열정이 내 가슴을 흔드는구나. 그래 함께 좋은 모임을 만들어 보자."

점심을 끝내고 사무실에 돌아오니 영호가 그동안 모아 놓았던 자료들을 책상 위에 정리해 놓았다. 영국 쪽 자료를 나누고 나서 영호는 말 참견하지 않고 열심히 메모를 하며 주고받는 이야기들을 기록

하였다. 영균이 그동안 검토했던 사항들을 설명했다.

"우선 법인을 설립해야 됩니다. 물론 재단법인이지요. 재단에 기금이 들어오면 재단법인의 설립에 착수하겠습니다. 그런데 재단법인을 설립하기 위해서는 기금 출연자가 재단법인의 정관을 작성해서 주무관청의 허가를 받아 설립 등기를 하게 됩니다. 이 수속은 제가 맡아 하겠습니다."

"역시 절차를 거쳐야 하는구먼. 설립 신청을 하기 위해 어떤 요건이 필요한가요?"

"우선 기금의 규모가 결정되어야 합니다. 얼마나 될까요?"

"내 생각으로는 130에서 150만 불쯤 될 것 같아."

"십 오륙억 원 정도가 되겠군요. 설립자는 누구 이름으로 해야 될까요? 기금 출연하는 사람이 설립자가 되는 게 보통인데요."

"아, 그것이 골칫거리야. 클렌시는 물론 자기 이름을 넣지 않으려 할 것이고 인숙이도 그녀의 성격으로 보아 그녀의 이름을 쓰지 못하게 할 거야."

"그러면 회장님 존함으로 하는 수밖에 없네요. 일을 여기까지 끌고 오셨고 앞으로도 원만하게 끌고 나갈 수 있는 사람은 회장님밖에 없습니다."

재현이 영균의 입을 막았다.

"나는 아니야. 나는 이 분야에 문외한일 뿐 아니라 내가 하는 일상 업무에 너무 얽매어 있어. 재단의 이사장으로는 차 사장이 적격이야. 차 사장 외에는 아무도 없어. 시간도 충분히 낼 수 있고 프로젝트에 대한 열정도 남다르고."

영균도 길길이 뛰었다.

"제가 무슨 자격으로 이런 역사적인 모임의 재단 이사장 자리를 맡습니까? 말도 안됩니다. 저는 이 모임을 위한 잡역부 일을 맡겠습니다. 이 회장님이 가장 적격일 것 같은데 하지 않으시겠다고 하고, 브뤼셀 쪽에는 말도 붙일 수 없고, 시작할 때부터 낡은 때 묻은 기성 역사학자는 빼자고 했으니 그쪽 인사는 안되고, 재단 이사장 선택부터가 문제가 되네요."

재현이 차분하게 말했다.

"여기 상황을 어차피 유월 말까지 브뤼셀에 알려야 할 테니까 더 미룰 수도 없어요. 여기서 끝장을 내어야 돼. 재단 이사장은 차 사장이야. 다른 누구도 아니야. 이건 사양할 일도 아니고 체면 차릴 일도 아니야. 처음부터 확실한 재단 이사장 아래서 확고하게 시작되어야 해. 이사장 자리를 놓고 우왕좌왕하면 이 복잡하고 어려운 일은 처음부터 흔들리게 돼. 차 사장, 아니 차 이사장님, 마음을 단단히 먹고 이 역사적 과업을 시작해 주세요."

영균은 팔짱을 끼고 눈을 감은 채 한동안 침묵을 지켰다. 그리고 무겁게 입을 열었다.

"저는 여러모로 이 자리를 맡기에 부족한 점이 많다는 것을 잘 알고 있습니다. 그러나 회장님 말씀을 따르겠습니다. 지금처럼 회장님이 잘 이끌어 주시리라 믿고 감히 맡겠습니다. 제게 부족한 부분은 제 젖 먹던 힘을 다한 성심으로 메꾸어 나가겠습니다."

재현이 영균의 손을 잡았다. 혜진과 영호가 힘껏 박수를 쳤다.

영균이 실무적인 이야기를 시작했다.

"몇 명 정도를 처음에 파견할 수 있을까요?"

재현이 영호에게 물었다.

"박 이사 생각은 어때?"

영호가 책상 위에 놓인 자료들을 보며 설명했다.

"런던 교외의 방 네개 짜리 집 일년 임대료가 2700만원정도되고 옥스포드 대학의 일년 수강료가 일인당 3000만원정도가 됩니다. 파견 인원을 연간 다섯명으로 하면 연간 총 비용이 이 억원 정도가 될 것 같습니다. 재단의 가용 자산이 십오륙억 원 정도 되니 우선 첫해에 다섯 명을 목표로 추진하는 것이 좋겠습니다."

영균이 덧붙였다.

"제가 알아본 바에 의하면 비용은 생각보다 훨씬 많이 들 것 같아요. 연구 인원의 파견은 몇 번이나 계속할 수 있을까요?"

재현은 망설이지 않고 대답했다.

"몇 번이고 계속해야 되지요. 1차 팀의 보고서를 면밀히 검토한 뒤 2차 파견 계획을 세운다. 2차 팀은 1차 팀의 보고서를 면밀히 읽은 뒤 스스로 연구계획을 세운다. 프로젝트가 진행되면서 보고서가 쌓이게 되고 그것은 연구소의 자산이 된다. 그것은 우리나라의 보배로운 지혜가 된다. 그리고 참여 인원들은 자동적으로 이 모임의 연구 자산이 되어서 연구를 진행한다. 뭐 이런 줄거리가 되지 않을까요?"

"재단에 입금된 기부금은 해마다 줄어들기 마련인데 재단의 재원을 어느 정도 수준으로 유지하기 위해서 기금으로 수익 사업 같은 것도 고려하면 어떨까요?"

"그것도 고려해 볼 부분 중의 하나이지만 역시 수익 사업이라는 것의 불안정성, 불확실성 때문에 브뤼셀 쪽에서 어떻게 생각할지 모르겠어. 아마 부정적일 것이라 생각해. 나도 이 보람 있는 사업에 참여한 이상 많지는 않지만 기금에 출연할 준비를 하겠어요."

재현은 혜진을 건너다 보았다. 무슨 말인지 하고 싶다는 표정을 하고 있는 그녀에게 생각을 말해보라는 눈짓이었다. 그녀는 처음에 수줍게 시작했다.

"자꾸 같은 말씀을 드리는 것 같은데 저는 세상에 이런 모임이 생기리라고는 생각도 못했어요. 역사를 전공하지 않으신 분들이, 나이도 지긋하신 분들이 이토록 열성적으로 이 골치 아픈 문제를 이렇게 진지하게 준비하고 있구나 생각하니 정말 눈물이 날 지경입니다."

그녀는 잠깐 숨을 가다듬었다.

"들어 보니 하지 않으면 안 될 가장 소중한 일을 하는데도 과정상으로 문제점이 많이 있습니다. 게다가 또 다른 큰 저항을 맞을 수 있을 가능성도 있다는 걱정이 들어요. 특히, 기존의 역사학회 안에서도 이런 새로운 사업이 시작되었다는 것을 알게 되면 학계의 지도자라는 분들이 이런저런 말썽을 피울지도 모르지요."

재현이 탄식했다.

"아아, 그 생각을 못했구나. 우린 우리 할 일만 생각했지 옆에서 일어날 일에 눈을 돌리지 못했어. 그럼 어떡해야 할까?"

영균이 딱 잘라 말했다.

"그냥 밀고 나가야죠. 그들은 그들의 공부를 하고 우리는 우리의 공부를 한다. 서로 경쟁하면서 우리의 역사를 올바른 방향으로 이끌어 나가자. 이렇게 선언을 해 버리는 거예요."

혜진이 나섰다.

"시작도 하기 전에 제가 너무 잔걱정을 앞세운 것 같아요. 그런 문제점이 있다는 것을 염두에 두고 우선 시작을 하시지요. 문제가 생기면 그때 해결 방법을 생각해도 늦지 않을 거예요. 이처럼 숭고한 프로젝트에 방해를 놓기는 쉽지 않을 거예요. 오히려 이 연구회의 밥상이 잘 차려지면 그들이 그들의 숟가락도 놓아 달라고 애걸할지 모르지요."

재현이 다른 근본적인 문제를 제기했다.
"모임을 시작하려면 간판을 달아야 할 것 아니야? 이 모임의 이름은 무엇으로 하려고 합니까?"
영균이 화제를 반겼다.
"'역사 학회' 이건 너무 흔해요. 다른 사람들과 뒤섞일 가능성이 많아요."
"'산업 혁명사 연구' 그것도 너무 속이 들여다보이는 이름이고. 다른 이름을 생각해 둔 것이 있습니까?"
"제가 벌써 쓰기 시작한 이름인데 토인비가 썼던 '역사의 연구'가 어떨까요? 토인비의 발자국을 따라간다는 의미도 있고."
영균은 열정적으로 계속했다.
"토인비는 역사 연구에 대해 이렇게 강조하였습니다. '문명은 그 지도자들이 창조적으로 대응하기를 멈추었을 때 쇠퇴하며 민족주의, 군국주의, 전제적(專制的) 소수의 독재정치 등의 죄악에 의해 몰락한다. 문명은 엘리트 지도자로 이루어진 창조적 소수의 지도 아래 도전에 성공적으로 대응함으로써 등장 발전한다' 지금의 우리 주변의 상황을 그대로 이야기한 것 같지 않습니까?"
재현이 혜진과 눈을 마주쳤다. 그녀가 입을 열었다.
"이사장님의 생각에 전적으로 동감하면서도 남의 이름을 그대로 쓴다는 것에는 좀 께름칙한 느낌이 있습니다."

재현이 동의했다. 영균이 제안했다.

"혜진의 생각에 공감합니다. 우선 이름을 달고 시작을 해야 하니 절충해서 '역사 연구회'로 하면 어떨까요?"

모두 그 이름에 동의하였다. 관련자들에게 회람해서 의견을 수렴하기로 했다.

재현이 다른 걱정 거리를 꺼냈다.

"시간이 너무 촉박해서 제대로 자격을 갖춘 인원을 선발할 수 있을지 의문이야. 거기에 대해서 생각해 본 적이 있어요?"

영균이 대답했다.

"시작이기 때문에 완벽할 수는 없어도 혜진이처럼 마음 깊이 공감하는 청년들이 많을 거예요. 그들과 함께 알찬 시작이 가능하리라 생각합니다."

혜진은 보다 차분했다.

"의식적으로나 무의식적으로 이런 모임을 생각 해보지 않은 역사학도는 없을 거예요. 유인숙 선배가 먼저 횃불을 들었을 뿐이지요. 또 반드시 내년 3월이 아니면 어때요. 시간이 필요하다면 좀 뜸을 들여서라도 올바른 사람들을 뽑아 제대로 일을 시작하는 것이 중요하지요."

재현은 결론을 지었다.

"가능한 한 처음 잡은 일정을 건드리지 말고 진행을 해 보자고. 단계마다 점검을 해서 그 내용을 수정할 일이 있으면 수정해 가며 우리가 지향하는 목표에 한 걸음씩 접근해 보자고."

3.

영균이 가방에서 서류 한 장을 꺼냈다.
"우선 가장 시급한 것부터 준비했습니다. 취지문이랄까 초대장이랄까 이 회장님의 취지에 맞춰 써보았습니다. 함께 보시지요."
영호가 서류를 받아 빈칸들을 나름대로 채워서 복사를 한 뒤 참석자들에게 한 부씩 돌렸다. 영균이 읽었다.

대한민국 역사 학도들에게 고함.

우리는 오늘 우리의 역사를 재조명하는 작업을 시작한다. 우물 속에 안주하던 옹졸한 역사관에서 벗어나 넓고 깨끗한 하늘 아래 우리의 자랑스런 역사의 실체를 펼쳐 내고자 한다. 거기서 '우리는 누구인가?' '우리가 가진 것은 무엇인가?' '무엇을 우리는 후손에게 물려줄 수 있는가?'를 깊이 있게 생각해 보고자 한다. 우리에게 주어진 지정학적 조건들은 이 땅에 파란만장한 문화를 창조하였고 우리의 삶은 극도로 다양화되었다. 그러나 우리의 역사 학계는 그 다양성과 존귀함을 고양하는데 실패했고 많은 부분은 왜곡되었다. 옹졸한 고정관념에 얽매였다. 고루한 민족 자존의 족쇄에 포박되는가 하면 열등감에 사로잡혀 종속적 역사로 비하되었다. 때로는 역사의 구석구석이 하류 정치에 영합하여 정권이 바뀔 때마다 왜곡의 장으로 전락하였다. 특히 일제 패망 후의 한국사는 찢길 대로 찢기어 이제 역사의 본류조차 찾을 수 없게 되었다. 몇몇 완고한 모방적 역사관이 존재하는가 하면 역사를 국민들 정서의 편가르기에 악용하는 정치인들의 얕은 술수의

도구가 되기도 했다.

우리는 오늘 '재단법인 역사 연구회'를 설립하고 한국의 현대사를 다시 쓰고자 한다. 우리 민족이 최근 이루어 낸 뛰어난 성취의 내용을 성찰하고 그 성취의 필연성을 확인하고 미래 대한민국의 나아갈 길을 제시하고자 한다. 세계 번영의 대열에서 벗어나 변방의 가난에 찌들린 문명 소외지역에 갇혀 있던 우리는 지난 사십 년 동안 높이 날아 올라 선진국의 대열로 당당히 진입하였다. 우리는 여기서부터 우리의 역사 연구를 시작하고자 한다. 우리가 이룬 것은 무엇인가? 그것은 우리 민족과 역사에 어떤 의미를 갖는가? 우리는 그것을 어떻게 확고한 우리의 미래로 정착시켜 나갈 것인가? 안타깝게도 우리의 세계사적 성공은 이제 스스로 발전해 나갈 동력을 잃어 가고 있다. 발전을 멈춘 역사는 소멸될 뿐이다.

우리는 우리의 역사를 진지하게 연구하고 역사를 올바른 방향으로 이끌 젊은 인재를 찾는다. 그들은 기성의 낡은 개념에 물들지 않은 신선한 신념을 가진 사람들이다. 그들은 우물 안에서 벗어나 세상으로 나갈 인재들이다. 그들은 세상에 나가 우리보다 앞선 균형 잡힌 발전된 역사를 배울 것이다. 그곳의 문명의 발생, 발전, 쇠퇴를 발과 귀와 눈으로 확인하고 정리할 것이다. 이 거룩한 민족적 과업은 오직 새로운 두뇌의 창의에 맡길 것이다. 재단은 단지 연구를 위한 재원 확보, 연구원들의 연구 활동지원 및 모든 연구 결과를 수집 정리하는데 그 역할을 국한할 것이다.

우리는 우리의 작업을 아래와 같은 모습으로 진행하고자 한다.

연구회 회원 : 지원자 전원

일차 파견인원 모집 : 지원자 중 다섯 명

응모자격 : 2005년 3월 역사학과 4학년 진급자 혹은 동등한 자격을 가진 자.

연구기간 : 2005년 3월 학기부터 1년간.

연구내용 : 옥스포드(Oxford) 대학 사학과에 1년 수강하여 영국 산업혁명사를 공부한다. 칼 막스 등과 볼셰비키의 흥망에 대한 연구도 유럽에서 병행한다.

연구원의 선발 : 2004년 12월 15일 '한국의 산업화 역사에 대한 개인적 소신'을 A4 용지 10매 이내로 작성, 제출.

2004년 12월 말까지 연구원 선발.

2005년 2월 말 선발된 연구원, 영국으로 출발.

연구원을 위한 지원 : 영국에서의 숙식 제공. 옥스포드 대학 역사학과 1년 청강과 필요한 유럽 연구 여행에 대한 모든 경비 지원.

연구원들의 의무 : 귀국 후 재단 연구실을 활용하여 '역사 연구회' 논문 작성. 2006년 말 1차 논문집 발간.

재단의 계획 : 제1차 연구원들의 성과를 참고로 하여 동수의 후속 연구원에 대한 후원과 국내 잔류 회원들의 연구 지원을 계속한다.

'재단법인 역사 연구회'

읽고 나서 영균이 좀 쑥스러운 어조로 말문을 열었다.

"주변의 조언을 받으며 만들어 보았는데 문장이나 구성이 껄끄럽고 유려하지 않습니다. 마음에 안 드시는 부분은 고쳐 주십시오."

재현은 회답했다.

"참 잘 만들어졌구먼. 더 이상 어떻게 잘 만들 수 있겠어요? 내 의견을 말해야 한다면 우리 자신의 흥분을 죽이고, 우리들 자신을 더 감추고, 보다 객관적 관점에서 일의 진행을 이야기하는 게 어떨까? 그리고 한마디 더 덧붙인다면 조금 더 짧게 만들 수는 없을까?"

영균이 동의했다.

"저도 그 점을 생각했습니다. 수정을 해서 이번 주 안으로 새로운 안을 만들어 보겠습니다."

영균이 모두에게 의견을 물었다.

"취지문의 발표는 어떻게 할까요? 일간 신문에 내면 가장 큰 홍보 효과는 얻을 수 있겠지만, 수천만 원씩 들여서 해도 괜찮을까요?"

재현이 동의했다.

"그건 그래요. 일간지에 내면 트집 잡을 거리를 노리는 사람들은 당장 돈 자랑한다는 이야기를 할 거예요. 어떨까? 대학교 대자보 같은 것을 이용하면 어떨까? 너무 옹색한가?"

혜진이 문제를 떠안았다.

"저희들의 동아리가 있습니다. 각 대학의 사학과 학생들의 모임인데 그 동아리를 통해 각 대학에 대자보를 붙이고 홍보를 하도록 하면 어떨까요? 어차피 이 광고는 각 대학 역사학과 학생들을 상대로 하는 것이니까 동네방네 알릴 것도 없지요. 취지문이 조금 더 짧으면 대자보 만드는데 편하겠습니다만. 이번 대자보로 학회 회원을 우선 확보하는 겁니다. 칠월 중순까지 회원들이 확보되면 그들 사이에서 모든 사안에 대한 끝장 토론을 벌이고 그를 바탕으로 해서 개인적 소신을 작성 제출하도록 하는 것입니다. 물론 그 소신으로 파견 인원을 선발하게 되겠지요. 어떻게 생각하시는 지요?"

재현이 감탄했다.

"혜진은 보면 볼수록 보물이야."

영균이 덧붙였다.

"그렇구나. 온 세상에 떠들어 대는 것보다 대자보로 해당 학교 학생들에게 알리는 것이 효과적이겠지? 한편, 각 신문의 문화 담당 기자들에게 뉴스 자료를 넘겨도 될 것 같아요. 이 움직임은 제법 뉴스거리가 되지 않겠습니까?"

재현이 결론을 내렸다.

"우선 취지문을 영역해야겠지요. 원본을 차 이사장이 쓰셨으니 수고스럽지만 영어 번역도 맡아주세요. 원본이 확정되는 대로 영역본도 작성을 해야겠어요."

영균이 선선히 받아들였다.

"영광으로 알고 진행하겠습니다."

"그러면 취지문과 영역본을 이번 주 안으로 만들어 주세요. 박 이사는 그것과 오늘 의논한 일들을 종합해서 브뤼셀, 런던 그리고 김선호 상무에게 전달하고 그들의 동의나 의견을 다음주 말까지 받아주세요. 6월 25일까지 일단락 지읍시다. 7월 9일 선박의 명명식이 있어서 클렌시 회장이 7월 7일 입국할 거예요. 그전에 발기인 쪽의 준비는 끝내는 것이 좋겠어요. 저는 18일 울산 조선소를 다녀올 계획입니다. 주말에 클렌시 회장과 지금까지 진행된 사항을 의논할게요.

각자 맡은 일을 하되 박영호 이사를 중심으로 긴밀히 연락합시다."

모두 흐뭇한 표정들이었다. 유월의 긴 낮도 저물고 어두워졌다. 재현이 제안했다. "이 뜻깊은 날을 그냥 보낼 수야 없지. 맥주로 축배를 듭시다."

건물 이층에는 독일식 맥줏집이 있다. 맥줏집에 자리 잡고 앉으면서 영균이 불쑥 내뱉었다.

"회장님, 내가 무슨 복이 많아 이런 호강을 하는지 모르겠습니다. 회장님과 생애의 중요한 부분을 함께한 것만 해도 분에 넘친 행복인데 오늘 또 이처럼 소중한 일에 참여를 하게 되었습니다. 너무 감격스럽습니다."

맥주가 나왔다. 모두 맥주잔을 들어 올렸다. 모두 재현이 건배사 한마디 하기를 기다렸다. 그런데 혜진이 톡 튀어 나왔다.

"당돌하다고 하지 마십시오. 제가 건배사를 하는 것도 의미가 있을 것 같습니다. 2004년 6월 15일은 한국 역사 연구에 길이 기억될 날이 될 것입니다. 오늘 우리는 토인비의 '역사의 연구'를 뛰어넘는 '새로운 역사의 연구'를 시작합니다. 새로 탄생하는 재단법인 '역사 연구회'를 위하여."

그들은 맥주잔을 부딪혔다. 혜진의 눈에 눈물이 고였다. 재현이 약을 올렸다.

"당돌한 척하더니 혜진이 울고 있잖아?"

그녀는 눈물 닦을 생각도 않고 울먹였다. 그녀는 처음 만났을 때의 뺄쭉뺄쭉 웃고만 있던 물러 터진 모습이 아니고 깃발을 들고 혁명 대열의 선두에 선 투사의 모습으로 바뀌어져 갔다.

"삼촌이 말씀하셨듯이 제가 무슨 복이 많아 이런 뜻깊은 일에 참여하게 되었는지, 그저 고맙고 황송할 뿐입니다."
"박 이사도 한마디 해야지."
영호가 또박또박 소신을 이야기하였다.
"이 소중한 모임의 시작에 참여했다는 긍지를 갖고 모든 일의 진행에 성심을 다하겠습니다."
그들은 맥주를 끝없이 마셨다. 온몸의 세포가 맥주로 넘쳐흐르도록 마셨다.

4.

18일 재현은 아침 9시 비행기를 타고 울산으로 갔다. 선주 사무실로 직행해서 점심은 카이로스와 같이하였다. 업무 이야기는 뒷전이었다. 재현을 만나자마자 카이로스가 호들갑을 떨기 시작했다.
"아버지와 통화를 했지. 아니 매일 통화를 하고 있어. 어떻게 흥분을 시켜놓았길래 노인이 자기 통제가 되지 않아. 온통 한국이라는 환상에 사로잡혀서 일상 생활마저 흔들리고 있어. 집안에서들 걱정거리가 되어버렸어."
재현이 덜컥 겁이 났다.
"난 그렇게 흥분시킨 일이 없는데. 그저 고맙고 존경스러워서 깍듯이 모신 것밖에 없는데."
"그게 문제야. 제리의 그 깍듯함이 노인을 흥분시킨 거야. 한국이라는 나라가 제리와 오버랩되어서 환상의 땅으로 둔갑한 거지."
"걱정스러운데. 연로하신 분이 너무 흥분하는 것은 좋지 않은데."

"걱정 마, 노인들에게 일정한 수준의 흥분은 오히려 수명 연장제 역할을 하거든."

재현은 가슴을 쓸어내렸다.

"그렇다면 안심이지만. 그래 건강은 좋으시데?"

"매일 전화를 하실 정도로 원기 왕성하셔."

오후 내내 선주 사무실에서 카이로스와 업무진행 상황을 점검했다. 클렌시의 빈틈없는 준비와 카이로스의 완벽한 집행으로 모든 업무는 차질 없이 진행되고 있었다. 2003년 4월 첫 강재 절단으로 시작된 프로젝트는 완전히 자리를 잡았다. 사무실도 차분했다. 전혀 북적거리는 분위가 아니었다. 작업복을 입고 들락거리는 검사관들도 있었지만 여러 명의 감독관들은 사무실에 펴놓은 선박 도면 위에 엎드려 조용히 도면의 세부 사항을 검토하고 있었다. 마지막 배가 인도될 2005년 4월도 얼마 남지 않았다.

"7월 9일 세 번째 배의 명명식인데 특별히 신경 쓸 일이 있을까?"

재현이 물었다. 카이로스가 가볍게 대답했다.

"명명식 같은 것이야 일상적인 것이 되었어. 이제 전혀 신경 쓰지 않아. 스스로 알아서 진행될 수 있게 익숙해졌지 않아?"

퇴근 시간 전 한상훈 조선 본부장이 선주 사무실에 들이닥쳤다. 카이로스가 부산하게 맞아들였다.

"한 본부장님이 이런 누추한 곳에 웬 행차이십니까?"

"왜요, 제가 못 올 데를 왔나요? 가끔 와 봐야 하는데 그렇게 하지 않았다고 야단치시는 겁니까? 그렇다면 그 점은 용서해 주십시요."

그는 웃으며 재현에게 말을 걸었다.

"아무리 기다려도 오시지를 않아 내려왔습니다. '동부전선 이상 없다'입니까?"

재현이 대답했다.

"신경 써 주시는 덕택에 모든 것이 흠잡을 곳 없이 진행되고 있습니다."

"계약이 서명된 지 2년 남짓 되었는데 벌써 세번째 배의 인도가 다가왔고 앞으로 1년 안에 여섯 척의 프로젝트는 종결되겠죠?"

"정말 이 조선소의 식욕과 소화력은 말릴 수가 없어요. 엄청난 식사가 준비되었다고 생각했는데 순식간에 뚝딱 먹어 치우고 또 배가 고프다고 하지 않습니까?"

"정말 그래요. 이것에 후속될 프로젝트를 준비해야겠어요. 좀 도와주세요."

"온 조선소에 귀가 멍멍하게 철판 두드리는 소리로 가득 찼는데 아직도 일감 걱정을 하세요."

"앞으로 2년 정도 일감은 찼는데 그 뒤의 것을 채워야지요. 지금부터 준비해야 돼요. 물론 다른 프로젝트도 추진해 주셔야겠지만 우선 클렌시 회장의 후속 프로젝트를 꼭 좀 준비해 주세요."

재현은 건성으로 대답했다.

"알았습니다. 그게 제 밥줄인 걸요. 그런데 클렌시의 현재 프로젝트 업무 진행에 제가 거들어야 할 일은 없나요?"

"완전한 화합 속에 일이 일사천리입니다. 이처럼 말썽 없는 프로젝트도 찾기 어려울 겁니다. 모두 사장님이 다독거리신 결과입니다."

한 본부장이 카이로스와 재현에게 제안했다.

"오늘 저녁은 제가 초대를 하겠습니다. 갑작스런 제안이지만 거절하지 않으시기 바랍니다."

카이로스는 즉각 동의했지만 재현은 돌아갈 저녁 비행기를 예약해 놓았다. 상훈이 귀띔을 했다.

"이 사장님을 꼭 뵈어야겠다는 사람이 있습니다. 거부하시면 제 입장이 난처해집니다."

재현은 그것이 양현자라는 것을 직감했다. 그동안 피해왔다. 그러나 마냥 피할 일은 아니다.

5.

재현은 한 본부장의 차로 조선소를 떠났다. 화창한 6월의 여섯 시, 해는 중천에 있었다. 잘되는 조선소의 분위기에 맞춰 울산의 거리 분위기는 활기찼다.

"도시 전체 분위기에 여유가 있네요. 조선소가 잘되니까 길거리의 분위기가 활짝 살아났어요."

"역시 조선소가 살아나야 돼요. 자동차의 매출이 늘고 차가 잘 팔린다 해도 장치산업으로서의 한계가 있어요. 자동차만으로는 도시의 경제를 활성화시킬 수 없어요. 조선 같은 중공업이 잘 되어야죠. 선박의 무게만큼 도시의 경제에 묵직한 영향을 주지요."

현자의 가게에 도착했다. 거의 이년 만의 처음 방문이다. 업계의 활기를 닮아 옛날보다 더 윤기가 흐르는 듯했다. 작고 아담한 방으로 안내되었다. 한 본부장이 설계 담당 부사장도 초대해서 손님은 모두 네 명이었다. 현자는 늘 만나는 사람에게 하듯 재현에게 담담하게 대했다. 술이 몇 잔 돌고 카이로스와 설계 담당 부사장 사이에 기술적인 문제에 대한 입씨름이 벌어졌다. 그러나 그것도 곧 웃으며 끝이 났다. 아가씨들 요청에 따라 재현은 인숙의 이야기를 들려주었다. 역사 연구회도 시작되었고 감출 것이 없었다.

"여왕님은 잘 계시지. 그런데 그렇게 여왕님으로 사는 것이 심심하신지 요즈음 또 특별한 음모를 꾸미기 시작했어. 한국의 역사책을 다시 쓰자고 사람들을 꼬드기고 있거든."

재현은 그동안 있었던 이야기를 설명해주었다. 인숙의 사생활, 그녀의 일상이 거기 있는 젊은 여인들에게는 꿈속의 동화였다. 그러나 재현도 한동안 인숙을 보지 못했고 시시콜콜 들려줄 이야기도 없었다. 인숙은 외국에서 모범적인 생활을 할 뿐 아니라 한국의 미래를 걱정하고 역사를 생각하는 뛰어난 인물이라는 것밖에는 해 줄 이야기가 없었다.

현자가 기타리스트를 한 명 들어오게 했다. 작은 방에 여러 명으로 구성된 밴드가 들어설 수도 없었다. 기타리스트는 60년대 미국에서 유행하던 흘러간 포크송(Folk Song)을 연주하기 시작했다. 그는 자신의 뛰어난 솜씨에 몰입해서 스스로 즐기고 있었다. 손님들에게 노래 신청도 받지 않았다. 노래하고 싶은 사람이 있으면 나와서 그의 음악에 따라 노래하라는 모습이었다. 현자는 기타 연주가 시작되면서 재현을 플로어로 끌어내었다. 그녀는 거리낌 없이 몸을 밀착해 왔다.

"마지막 오신 게 재작년 말이었잖아요. 그동안 한 번도 오시지 않았어요. 발길을 끊으신 거예요? 다른 일이 있으셨던 거예요?"

"그동안 무척 바빴어. 정신을 차릴 수가 없었어."

"아무리 바쁘시더라도 가며 오며 한 번씩 들를 수는 있잖아요? 왜 제가 불편하게 해드린 일이 있어요?"

재현이 펄쩍 뛰었다.

"아니 불편이라니. 현자 씨처럼 사람 마음을 편하게 하는 사람이 세상에 어디 있다고?"

현자의 따뜻한 볼이 재현의 턱으로 다가왔고 그녀의 더운 입김은 재현의 목을 간지럽게 했다.

"저는 재현 씨가 마음 편하게 우리 가게에 오시기만 한다면 무슨 일이든 하겠어요. 잘 아시잖아요."

"재작년 연말 말이야. 우리같이 지내고 난 뒤 갑자기 부끄럽다는 생각이 들었어."

"부끄럽다니요?"

"현자 씨가 헌신적으로 내게 베풀어 주는 것에 대해 내가 보답할 수 있는 것이 무엇인가 하는 자괴감 때문이야."

"해줄 수 있다니요. 제가 해 달라는 것이 있었나요? 저는 그저 제가 좋아하는 사람을 위해 제 몸과 마음이 시키는 대로 자유롭게 살아가는 거예요. 누구 다른 사람을 위해서 사는 것이 아니예요. 나를 위해서 내가 하고 싶은 것을 하는 거예요. 그저 이렇게 와주시면 저는 만족해요. 신경 쓰지 마시고 편안하게 오세요."

"그렇게 되지를 않아."

"제 몸뚱이 때문에 그러세요? 신경 쓰시지 마세요. 저는 화류계 여자예요. 화류계는 자기가 좋을 대로 자기의 몸을 사용할 무한한 자유를 갖고 있어요. 그것은 이 세상으로부터 보장된 자유예요. 거기에 대해 어떤 부담도 갖지 마세요."

"화류계라니? 이 세상에 아직도 화류계라는 말을 쓰다니."

"신경 쓰시지 마세요. 그저 편안하게 오셔서 웃어주시고 저희들 사는 것 바라다 보아만 주세요. 그럼 저는 편안해질 거예요. 더 이상 아무것도 바라지 않아요."

저녁은 밤 여덟 시쯤 끝났다. 상훈이 현자를 건너다보며 물었다.

"이 사장님, 오늘 저녁은 이 동네에서 주무셔야 할 것 같아요. 울산 비행장의 마지막 비행기는 이미 떠났어요."

현자가 대답했다.

"이 사장님은 오늘 꼭 서울로 돌아가야 할 일이 있으시데요. 아무래도 대구로 가서 케이티엑스 기차로 올라가셔야 할 것 같아요."

상훈이 재현을 바라보았다. 재현이 고개를 끄덕였다.

"오늘 저녁 꼭 올라가야 할 일이 있어요. 재미있는 시간 만들어 주셔서 정말 고마웠습니다."

현자가 그녀의 기사를 불렀다.

"이 사장님을 동대구역까지 모셔다 드리세요. 제일 빠른 길로 가세요. 조금이라도 빠른 기차를 잡을 수 있도록 하세요."

재현은 가볍게 현자를 껴안았다. 그리고 카이로스와 상훈, 설계 담당 부사장과도 악수를 나누었다. 얼마 지나지 않아 자동차는 조명이 부실한 경부고속도로로 들어섰다.

'부끄럽다'

그는 중얼거렸다.

'현자의 대범함에 비해 나는 얼마나 옹졸한가?'

현자와 인숙의 삶을 생각했다. 그들의 거리낌 없는 삶을 생각했다.

'무엇이 그들의 삶을 그토록 거리낌 없게 하는가?'

'무엇이 그들의 삶을 그토록 당당하게 이끌어 가는가?'

그는 다시 중얼거렸다.

'부럽다. 존경스럽다. 존경스럽다.'

그는 다짐했다.

'그래 그들과 함께 살자. 함께 살아 나가자. 그들을 정면으로 바라보며 함께 살아 나가자.'

그는 주문을 외우듯 반복했다.

'고맙다. 고맙다. 정말 고맙구나.'

다음 날 오후 토요일이었지만 재현은 사무실에 나와 앉아 클렌시의 집으로 전화를 걸었다.

"모든 일은 완벽하게 진행되고 있어. 이미 보고를 받아 알고 있겠지만 내 눈으로 확인한 것은 완벽함이었어."

재현의 첫마디였다.

"알레스 클라(Alles Klar)란 말이군. 이래라 저래라 할 일이 없어. 이젠 모든 일이 자기 리듬으로 움직이고 있지? 여기도 그래. 복잡한 일이 없어. 신경 쓸 일이 없어. 인터넷이 스스로 모든 것을 관리하고 있어. 내 일상까지도 관리하려고 들어."

"명명식과 배의 인도 준비도 잘되고 있겠지?"

"물론이지. 용선계약은 지난봄에 이미 마쳤는데 용선료를 더 주겠다며 배를 자기에게 달라고 조르는 친구들이 많아."

"행복에 겨운 불평이구먼."

오래할 이야기가 없었다. 전화를 끊으려는 클렌시를 재현이 제지했다.

"그 역사학회 일 말이야. 그것도 차질 없이 잘 진행되고 있어. 다음 주말까지 기본계획을 보내 줄게. 재단법인도 설립해야 하고 연구원들을 모집해야 하고 할 일이 태산 같아. 아, 그런데 재단 출연금은 언제쯤 보내 줄 수 있을까?"

"다음 주 기본계획을 본 뒤 바로 보내 줄게. 돈 보낼 계좌 번호를 알려 줘."

"재단 이사장은 보통 출연금을 낸 사람이 맡기로 되어 있어. 톰, 당신이 적격자로 모두 생각하고 있는데."

예상대로 클렌시는 펄쩍 뛰었다.

"재단의 관리자는 한국 사람이 해야 돼. 이쪽에 묻지 않는 것이 좋겠어. 인숙도 재단 일에 일체 관여하지 않겠다는 의지가 확실해."

"오케이 내주 말 또 통화하자고."

전화를 끊었다. 마음은 한없이 가벼웠다.

제21장

붕괴의 시작

1.

다음 주 6월 25일 금요일이다. 재현이 책상을 정리하고 막 퇴근하려는 참이었다. 뜻밖의 전화가 왔다. 반가운 목소리였다.

"재현 씨. 저예요."

인숙이었다.

"아아 인숙, 반갑다. 목소리 정말 듣고 싶었다."

인숙은 지어낸 시비조로 나무랐다.

"목소리 듣고 싶었으면 전화 한 통화라도 주시지 그러셨어요."

"그러게, 그렇구나. 그렇게 생각대로 되지를 않았다. 목소리가 참 싱싱하구나. 좋은 일이 많은 모양이지?"

"그렇게 들리세요? 저 한국말로 대화를 나누는 것이 얼마 만인지 몰라요. 거의 한 해 동안 한국말 한마디도 못하고 살았어요. 작년 엄마 돌아가신 뒤 처음인 것 같아요."

재현은 가슴이 멍해졌다. 스스로를 폐쇄시키고 사는 삶, 객지에서 익숙하지 않은 외국어로 엮어 가는 삶의 고달픔과 적막함이 전해져 왔다. 재현의 목소리가 잦아들었다.

"그래 얼마나 고적했나? 가끔 전화라도 할 것이지."

"그 쉬운 일이 제게는 어찌 그리 어려워지는지 모르겠어요. 좌우지간 재현 씨의 목소리를 듣는 순간 그 음성이 얼마나 감미롭고 따뜻한지 눈물이 왈칵 치솟아 오르네요."

재현도 같은 경험이 숱하게 있었다. 70년대 초 배를 판다고 세계를 떠돌아다녔다. 아무도 알아주지 않는 새로 생긴 조선소의 영업 담당이었다. 서투른 영어로 반기는 사람 없는 여행을 계속했을 때 그 불편함은 말할 수 없었다. 잠자리의 불편과 음식의 생소함, 그리고 익숙하지 않은 사람들의 관습 속에 끼어드는 것 모두가 하루하루를 어렵게 했다. 모두 견딜 수 있었다. 그러나 가장 그리운 것은 말이었다. 생소하고 팍팍한 영어에 대한 소외감이었다. 영어로 하는 대화는 언제나 귀 밖에서 맴돌았다. 한 번도 마음속으로 안겨 드는 적이 없었다. 어쩌다 한 번씩 본사에 복잡한 경로를 통해 국제 전화를 했었다. 지루한 기다림 끝에 웅웅거리는 잡다한 기계음을 거쳐 홍콩전화국을 통하면 한국 전신국으로 연결이 되었다. 반시간이건 한 시간이건 긴 기다림 뒤 들려오는 한국 교환수의 '여보세요'라는 음성은 얼마나 감미롭고 매끄럽게 귓속으로 머릿속으로 핏속으로 흘러들었던가. 귀국해서 그를 편안하게 하는 것은 그 무엇보다 아내와의 한국말 대화였다. 그것이 그의 귀향을 확인하는 마지막 절차였다.

"그래 나도 경험해 봐서 잘 알아. 내 목소리가 인숙에게 반가웠던 것은 그것이 내 목소리였기 때문이 아니라, 한국 사람에게 다가오는 한국말의 울림 때문이야. 그것이 모국어가 주는 감동이지. 영어로는 '어머니의 혀(mother tongue)'라고 하잖아. 태어나면서부터 피에 배어 있는 익숙함, 편안함 그것이 모국어야. 그걸 잊어서는 안 돼. 잊지 않기 위해서라도 자주 전화를 해야 돼."

인숙의 목소리도 젖어 들었다.

"또 눈물이 나려고 해요. 나는 강해야 된다, 독해야 산다고 혼자 안간힘을 쓰지만 재현 씨 앞에서는 그저 약해지기만 하네요. 그 동안 많이 울었어요."

"나는 인숙 씨처럼 용기 있고 지혜로운 사람을 본 적이 없어. 인숙은 누구보다 잘하고 있어. 울고 싶을 때는 울어야지. 펑펑 울어. 그러나 결코 주눅 들어서는 안 돼."

인숙의 목소리에 점점 활기가 살아났다.

"왜 전화했냐고 묻지 않으세요?"

"너무 반가워서 중요한 질문을 까먹었구나. 그래 급한 일이 있었나?"

"특별한 일은 없어요. 그저 참다가 참다가 끝내 참지 못하고 전화기에 덤벼들었다, 그런 심정이예요. 전화하니까 좋네요. 너무 좋네요."

"요즈음은 국제 전화 거는데 아무 어려움이 없잖아. 그저 전화기 들고 번호만 누르면 바로 옆집처럼 연결되는데. 자주 목소리를 들려 줘. 여러 사람 목소리도 듣고 소통을 해야지. 그걸 소홀히 하다가 소중한 모국어 잊어버릴라."

인숙이 생각을 정리하느라 잠깐 뜸을 들이는 동안 재현이 말을 꺼냈다.

"아, 인숙 씨. 오늘 오후에 '역사 연구회'에 관련된 자료를 영역해서 톰에게 보냈어. 한번 읽고 지침을 줘."

인숙이 야무지게 말을 끊었다.

"지침이라니요? 저의 철없는 생각을 현실로 만들어주신 재현 씨예요. 재현 씨가 옳다고 생각하시는 대로 추진하세요. 제가 할 수 있는 것은 시작했다는 것뿐이예요. 돈도 더 낼 수 없고 더 이상의 봉사도 할 수 없어요."

"인숙, 그 자료를 만든 사람들의 마음을 이해해줘. 우선 우린 모두 부끄러웠어. 눈물을 흘리며 그걸 만들었어. 그처럼 소중한 일을 인숙이 생각하고 시작할 때까지 세상을 오래 살았다는 우리는 뭘 했느냐는 자책 때문이야. 그러나 지금 큰 자부심이 모두의 마음을 가득 채우고 있어. 시작은 하지 못했지만 성심껏 진행을 해서 완벽한 결과를 만들어 보자. 이것은 우리 민족을 위해 우리가 바칠 수 있는 최고의 봉사이다. 그런 마음들이야."

"재현 씨 고마워요. 고마워요. 저의 철 없는 생각이 이렇게까지 진행 될 수 있었다는 것이 꿈만 같아요. 역시 재현 씨의 손이 닿으면 아무것도 아닌 조약돌도 황금 덩어리가 되는군요."

"아무리 애를 써도 인숙의 숭고한 정신을 따라가지 못하고 있어. 귀찮다 생각하지 말고 잘 읽어줘. 그래서 시작할 때의 정신을 온전히 함께 담아가자고."

"재현 씨의 말씀 가슴에 새기겠어요. 열심히 읽어보고 톰과 의논을 할게요."

2.

"재현 씨, 지난 한주일 동안 제가 뭐했는지 아세요?"
인숙이 갑자기 화제를 바꿨다. 물론 재현이 알 리 없었다.
"궁금하세요?"
"응 궁금한데. 인숙 씨가 무슨 재미있는 일을 했을까? 말해줘."
"저요, 톰과 바르셀로나(Barcelona)에 다녀왔어요."
재현에게는 별로 흥미 없는 이야기였다.
"그래 재미있었어?"
"엄청 감동적인 여행이었어요. 저는 유럽의 도시 중에서 가장 가고 싶은 도시가 바르셀로나였거든요. 마치 제 마음을 읽었다는 듯이 느닷없이 톰이 바르셀로나에 다녀오자고 하지 않겠어요."

꼼짝 않고 성 속에 갇혀 나날을 보내는 브뤼셀의 생활은 때로는 감옥 같았다. 무조건 따라가겠다고 했다. 바르셀로나라니. 중세 유럽에서 가장 풍요로웠던 도시, 세계로 뻗어 나던 시절 스페인의 중심지, 이사벨 여왕이 신대륙을 발견하고 돌아온 콜럼버스(Columbus)를 접견한 왕의 광장, 2,500여 점의 피카소 그림을 소장한 피카소 박물관, 무엇보다 1882년 시작했으나 아직도 공사를 계속하고 있는 가우디(Antonio Gaudi y Comet)의 사그라다 파밀리아 교회(Temple Expiatoride la Sagrada Familia)를 본다는 생각에 잠도 자지 못했다. 인숙은 가우디 건축에 관한 많은 책을 읽었다. 가우디와 그의 후배들이 긴 세월을 두고 만들어 낸 자연적 흐름을 모방한 흐느적거리는 곡선들, 그런가 하면 중력의 법칙에 따라 아래로부터 지어 올린 일상적 건물이 아니라, 중력의 법칙을 거슬러서 하늘에서 아래로 내려뜨려 지었다는 건물의 창조적 정신을 보고 싶었다. 한 인간이 생애를 기울여 시작하고 그의 후배들이 시간에 구애받지 않고 사유하며 창조해 가는 자연과 인간의 조화된 참모습이라고 했다. 과학 기술의 한계를 벗어나서 자유로운 인간의 영감이 창조한 '신이 지상에서 머물 수 있는 유일한 거처'라는 성 가족 교회를 마음껏 구석구석 보고 싶었다.

"그런데 떠나는 날 아침 톰이 느닷없이 중세 기사들이 입었을 것 같은 갑옷을 내놓고 입으라고 하지 않겠어요. 어리둥절해 있는 내 앞으로 톰이 오토바이를 끌고 나오는 거예요. 오토바이로 그 먼 길을 간다는 거지요. 편한 벤츠 자동차를 두고 오토바이라니? 하지만 바르셀로나에 간다는 흥분이 오토바이에 대한 불편이나 불안을 눌러 버렸지요."

"나도 알지. 톰은 가끔 오토바이 여행을 즐겨. 특히 그는 최고로 비싼 할리 데이비슨(Harley Davidson) 최신형을 세 대나 그의 차고에 대기시켜 놓고 있잖아?"

"톰을 따라 투구를 쓰고 갑옷을 입었어요. 그 전날 톰이 지도와 여행 안내서를 제게 주면서 공부를 하라고 했어요. 브뤼셀에서 바르셀로나까지 거리가 1,300킬로미터가 넘고 자동차로 달려서 열세 시간 정도 걸린다고 계산이 되었어요."

재현도 조금씩 인숙의 기분에 말려들고 있었다.

"모두 부러워하는 아름다운 모험이 되었겠구나."

"아침에 브뤼셀을 출발했지요. 쉬엄쉬엄 달렸어요. 처음에는 겁이 나서 톰의 허리에 바짝 달라붙었어요. 톰은 능글맞게 오토바이를 흔들어 제 몸이 기우뚱거리게 했어요. 떨어지는 줄 알고 기겁을 했지요. 그러나 얼마 지나지 않아 왜 톰이 오토바이 여행에 그렇게 집착하는지 알게 되었어요. 자동차는 사람을 보호하고 빨리 모시는 기계라는 생각이 들지 않아요? 어찌 보면 자동차의 껍데기는 자연으로부터 승객을 차단하는 역할을 하지요. 그러나 오토바이는 그런 보호를 받고 있다는 느낌이 없어요. 내가 달린다, 한 마리의 새가 되어 유월의 싱그러운 공기 속을 휘젓는다, 한 마리의 물고기가 되어 산호초 사이를 유영한다, 한 마리의 표범이 되어 땅을 발로 차고 심장이 터질 때까지 내달린다, 그런 느낌이었어요."

재현이 그제야 맞장구를 쳤다.

"아아 부럽구나 부러워."

"휴게소가 있는 곳에서 잠깐씩 쉬었어요. 브뤼셀을 떠난 뒤 여덟 시간쯤 지나서 프랑스의 한가운데 있는 부르고뉴(Bourgogne)에 도착했어요. 톰의 포도원(Winery)이 있는 곳이지요. 톰은 보르도에 더 큰 포도원을 갖고 있어요. 그러나 보르도는 프랑스의 서쪽에 치우쳐 있어서 이번 여행길에 들르기에는 좀 어려웠어요. 그것보다는 작지만 부르고뉴 포도원에서 생산한 버건디(Burgundy) 포도주도 톰의 자랑거리입니다. 넘실거리는 물결 같은 산비탈에 널찍하게 자리 잡은 포도밭의 언덕 위 제일 높은 곳에 양조장이 자리 잡고 있어요. 마치 창고처럼 지은 허름한 건물이지요. 농장 사람들이 집 밖에 나와 줄을 서서 톰을 기다리고 있었어요. 농부들과 인사를 한 뒤 양조장으로 들어갔답니다. 드럼통보다는 몇 배나 큰, 배가 나온 참나무 통들이 시렁에 가지런히 누워 있어요. 스무 개는 될 거예요. 거기에 해마다 수확한 포도로 만든 포도주가 가득 담겨 있어요. 물론 통마다 포도를 수확한 해가 적혀 있고요. 포도주 통 밑바닥에는 수도꼭지가 달렸어요. 관리인은 통의 수만큼 잔을 가져와서 술통에서 포도주를 찔끔찔끔 받아 내더니 탁자 위에 늘어놓았어요. 톰은 혓바닥을 대어 맛보고는 탁자에 내려놓았지요. 그리고는 나보고 맛보라고 했어요. 찔끔찔끔 받아 내었다고 하지만 스무 잔을 다 마신다는 것은 제겐 무리였어요. 마시는 시늉만 했지요. 나폴레옹이 가장 즐겨 마셨다는 버건디예요. 그러나 적포도주의 약간 떫은맛은 제게 맞지 않아요. 톰은 관리인의 프랑스어 보고에 그저 고개만 끄덕이더니 양조장에서 나왔어요. 넘실거리는 언덕에 포도나무들이 끝없이 줄지어 있었어요. 싱싱한 생명으로 가득한 곳이었어요. 넓은 잎들 틈에서 작은 물방울처럼 다닥다닥 붙은 포도송이들이 무럭무럭 자라고 있었어요. 톰은 흐뭇한 표정으로 포도송이들을 쓰다듬으며 들여다보며 다녔어요. 우리는 부르고뉴에서 하룻밤을 편안하게 쉬고 다음 날 아침 천천히 떠났어요. 둘째 날의 오토바이 여행은 특별했어요. 오토바이 여행의 두려움도 없어졌어요. 톰이 하듯 그 여행을 즐기기 시작했어요. 톰의 심장이 뒤에 매어 달린 내 가슴에서 함께 박동하고 오토바이 엔진이 내 심장이 되고 단단한 땅에서 굴러가는 바퀴가 나의 다리가 되고 온몸을 스쳐 지나가는 유월의 대기는 제 피의 흐름 같았어요."

오랜만에 풀어내는 모국어의 감미로움에 인숙은 스스로 도취되어 있었다. 그칠 줄 몰랐다. 재현도 종달새 같은 인숙의 종알거림을 감미롭게 즐기고 있었다. 인숙이 정신을 차렸다.

"아, 나 좀 봐. 이 비싼 전화로 내가 지금 무슨 일을 저지르고 있는 거죠?"

재현이 다독거렸다.

"걱정 마, 계속해. 나는 지금 비싼 비행기를 타고 이태리에 가서 최고의 오페라 극장에 앉아 최고의 가수들이 부르는 오페라 아리아를 듣고 있는 기분이야. 아 듣기 좋다. 인숙의 그 순결한 영혼의 해맑은 독백, 내 영혼까지 환히 맑아지는구나."

인숙은 싫은 듯 앙탈했다.

"재현 씨의 저 부추김, 저는 언제나 거기 속에서 우쭐해지는 거예요."

"나는 나의 속마음을 그대로 이야기하고 있어. 그래 바르셀로나는 어땠어요?"

"피레네 산맥의 끝자락을 넘으니 푸른 지중해가 보이고 바르셀로나로 들어섰어요. 톰은 거기 미술관과 협의할 일이 있었어요. 톰은 저를 위해 사그라다 파밀리아 교회 옆에 있는 호텔을 잡았어요. 저는 아침 먹고 혼자 슬슬 걸어 나가 교회에 가서 서성거리다가 저녁에 돌아왔지요. 그렇게 사흘 동안 지냈어요. 다른 곳은 아무 데도 가지 않았어요. 처음에는 그 거룩한 곳에 발을 들여놓기조차 어려웠어요. 밀가루 반죽을 주물러서 아무렇게나 발라 놓은 것 같은 거친 표면의 벽들, 거기 스멀스멀 기어 다니는 벌레 같은 잎과 꽃들이 처음에는 익숙하지 않았어요. 솔직히 처음에는 오싹했어요. 그러나 시간이 지나면서 대담해지고 나도 마치 한 명의 신의 하녀가 된 것처럼 그곳에서 스스럼없이 지냈지요. 그 교회의 균형이 잡히지 않은, 우둘두툴한 곡면으로 이루어진 바깥 모양을 둘러보고, 수제비처럼 밀가루 반죽을 뜯어내어 갖다 붙인 듯한 내부 구조를 속속들이 들여다보며 사흘을 보냈어요. 보면 볼수록 그리스나 로마의 완벽하게 다듬은 균형 잡힌, 번쩍이는 대리석과 비교가 되었어요. 그 인간적인 불균형이 내 심장에 내 허파에 내 머리에 차츰 자리 잡았어요. 조금도 지루하지 않았어요. 그렇게 보았는데도 지금 생각하면 보아야 할 곳을 너무 많이 지나쳤다고 자책하고 있어요. 언젠가 다시 한 번 꼭 가 봐야겠습니다. 인간의 정신으로, 사람의 손으로 만든 것인데 엉성하게 만든 것 같은데 어쩌면 그토록 신이 만든 것 같은 균형을 이루어 내지요? 소망이 간절하면 그렇게 만들어지는 모양이지요?"

인숙은 끊임없이 재잘거렸다.

"돌아오는 길은 옛 서사시의 마지막 장면 같았어요."

'볼일도 보았으니 이제 브뤼셀까지 한 번에 달린다.'

톰이 선언을 하였지요. 저는 망설이지 않고 동의했죠. 그럴 때 톰은 참 싱싱한 젊은이예요. 너무나 싱싱했어요. 휴게소에서 잠깐잠깐 쉬면서 왔지만 집에 도착하기까지 열네 시간 걸렸어요. 귀국하는 개선장군처럼, 귀항하는 해적선처럼 쉬지 않고 달렸어요. 집에 돌아왔을 때 저는 자연이 갓 분만한 아기 같은 기분이었어요. 할리 데이비슨이 그렇게 예쁜 놈인지 정말 실감했어요."

인숙이 물었다.

"재현 씨는 오토바이 여행을 해본 적이 있으세요?"

"오토바이를 즐길 여유가 내 인생에는 아직 없었어. 허지만 그걸 즐기는 내 친구들은 여럿 있지."

스위스의 최대 선주도 할리 데이비슨을 여러 대 갖고 있다. 예순이 넘은 나이에도 불구하고 부인과 함께 해마다 미국으로 가서 자기 오토바이로 미국 대륙을 횡단한다. 해마다 다른 길을 선택한다. 그의 부인은 죽을 뻔했다고 호들갑을 떨지만 해마다 남편의 허리를 꽉 껴안고 달리는 열흘간의 연중행사를 무엇보다 즐기고 기다린다. 한 미국 친구는 오토바이로 시베리아를 횡단한다. 그는 부인과 같이 하지 않고 젊은이들과 단체로 다녀온다. 다녀와서는 갈빗대 두 개에 금이 갔네, 무릎을 다쳤네, 죽을 뻔했네 불평을 하면서도 다음 해의 오토바이 장거리 여행계획을 가장 중요한 행사로 달력에 찍어 놓고 있다. 그것이 오토바이 여행의 맛이라고 한다. 잘 보호된 고급 승용차로 달리는 것과 달리 스스로를 자연에 노출시켜 자연을 품속으로 끌어안고 또 자신을 자연의 품에 맡기는 그 느낌을 즐기는 것이라 한다.

"또 있지. 내 스웨덴 선주 친구는 겨울이면 스키 휴가를 가지. 헬리콥터를 타고 가 보지 않은 높은 산꼭대기에서 내려. 혼자 산꼭대기로부터 전혀 알지 못하는 눈길을 헤치고 활강(滑降)을 시작하지. 사람의 숨결이 닿지 않은 순결한 눈으로 덮인 산이야. 점점 빨라지는 활강의 속도로 절벽을 뛰어내리고 개울을 뛰어넘는다. 자연에 그의 육신을 내던진다. 휴가를 마치면 갈비 정도가 아니라 다리가 부러져서 뼈에 철심을 박고 출근을 하지. 그래도 다음 해에는 또 스키 휴가를 계획한다. 서양에는 자연과 사랑에 빠지는 사람들이 많아.

사람마다 자연을 끌어안는 방법은 다양하지. 그것이 자연을 극복하고 인간이 자연에 적응해 나가는 방법을 탐구하는 길일지도 몰라."

"다른 스웨덴 친구는 겨울에 혼자 스키로 꽝꽝 언 발틱(Baltic)해를 건너간다고 해. 밤낮없이 달리는 거야. 언젠가 어둠 속에서 나침반만 보며 몇 시간을 달리다가 스키 스틱을 세우고 담배에 불을 붙였어. 그런데 몇 발자욱 앞에 바다의 숨구멍이 쩍 벌어져 있더라는 거야. 거기서 담배 한 대 피우지 않았으면 그는 이 세상 아무도 모르게 얼음 아래 물밑으로 사라졌겠지?"

"톰은 세 번째 배의 명명식 준비에 바쁘겠지? 인숙 씨는 이번에 한국 한번 들러 가지 않으려나? 인숙이 거기 가 있는 이년 동안 이 세상은 많이 바뀌었어. 세상이 바뀌었다기보다 인숙의 인간으로서의 크기가 크게 성장했고 그를 보는 세상의 눈이 엄청 달라졌다고 해야 옳겠지. 한번 스스로의 달라진 모습을 테스트해 볼 생각은 없어?"

"똑같은 대답밖에 할 말이 없어요. '아직은요'."

"인숙이 사람들 앞에 나서는 것을 무엇이 그토록 막고 있나?"

"저예요. 제 스스로가 남 앞에 나서기를 막는 거예요."

"왜?"

"아직 내가 충분히 만들어지지 않았다. 열심히 만들자. 사람들에게 나를 보여 줄 자신이 있을 때까지 열심히 만들자. 그런 생각이예요. 두고 보세요. 언젠가 떵떵거리지는 않더라도 조용히 나타나는 날이 있을 거예요."

"그건 언제쯤일까?"

"멀지 않았어요. 인생이 그리 긴 것도 아니잖아요."

"무슨 백 살이나 산 노인이 하시는 말씀 같구먼. 나는 인숙이 곧 이 사바 세계에 그 거룩한 자태를 나타내게 해달라고 간곡히 기도하고 있어."

인숙의 목소리가 촉촉해졌다.

"재현 씨, 고마워요. 오늘 이렇게 제 이야기 들어주시고 용기를 북돋우어 주셔서. 재현 씨와 오랜만에 모국어로 대화를 나누고 나니, 그것도 느긋이 긴 시간 이야기를 주고받으니 몸속의 수많은 곳에 막혔던 혈관이 모두 활짝 뚫린 것 같아요. 콸콸 피가 흐르는 소리가 들려요. 몸과 마음이 산뜻해졌어요. 고맙습니다. 무엇을 하건 재현 씨는 저를 편안하게 해 주십니다."

"인숙, 동시에 이것도 알아둬. 내가 인숙에게 편안함일 때 인숙은 내게 새로운 힘과 정신을 솟아오르게 하는 생명의 샘이 되고 있다는 것을."

"고마워요, 재현 씨."

"그래 자주 연락하자고."

3.

2004년 6월 28일 월요일 아침 재현은 느긋이 출근했다. 책상 위에 재현을 기다리는 예쁜 편지 봉투가 놓여 있었다. 유월 초 포세도이나에서 점심을 같이했던 줄리아(Julia)로부터 온 편지였다. '무슨 일이건 제대로 처리할 줄 모르는 멍청한 부잣집 딸'이라는 선입감 때문에 선뜻 손이 가지 않았다. 그러나 두꺼운 종이로 만든 예쁜 봉투가 재현의 시선을 잡고 놓아 주지 않았다. 다른 일 하기 전에 재현은 편지를 뜯었다. 놀랍게도 봉투보다 더 아름다운 편지지에 충실한 내용이 담겨 있었다. 이런 사연이었다.

존경하는 미스터 리;

지난 6월 초 저와 우리 식구들을 만나고 점심을 같이하기 위해 바쁜 시간을 내어 주셔서 고마웠습니다. 미스터 리가 떠난 뒤 한참 생각을 했답니다. '멍청한 놈'이라고 노골적으로 질타하는 미스터 리의 눈짓을 저는 잘 이해하고 있습니다. 미스터 리가 다녀가신 뒤 저는 정신이 번쩍 들었어요. '뭔가를 해야 할 때다' 하는 결심과 '하면 좋은 결과가 이루어진다' 는 확신이 선 거예요.

지난주 제가 갖고 있던 파나맥스급 살물선(Panamax Bulk Carrier) 한 척을 전격적으로 팔았답니다. 17년 전 저의 사랑하는 아버님과 미스터 리가 체결한 계약에 따라 지은 배들 중 한 척입니다. 그때 계약 가격은 1,600만 불이었지요. 17년 동안 회사를 위해 열심히 봉사한 이 배는 1,750만 불에 팔렸답니다. 몇 년 전만 해도 상상할 수 없는 거래였습니다. 17년 된 배가 신조 가격보다 훨씬 높은 가격으로 팔린 것입니다. 이번 거래는 제게 몇 가지 확실한 사실을 가르쳐 주었습니다. 한국의 조선소는 배를 튼튼하게 잘 짓는다는 것, 우리 회사 선원들이 배를 잘 관리했다는 것, 그리고 저를 포함한 관리자들이 어려움 속에서도 장사를 잘했다는 것이지요. 저승에 계신 아버님께서도 흐뭇한 미소를 지으시리라 확신합니다.

아버님이 물려주신 다른 배들은 계속 저희들이 관리하기로 하였습니다. 지금 저희들이 보유하고 있는 파나맥스 선들은 하루에 삼만 불씩 벌어들이고 있습니다. 20년 수명을 고려해서 이삼 년 더 부려먹고 폐선시켜도 충분하다는 계산이 나왔답니다. 물론 좋은 값으로 시겠다는 사람이 나서면 팔아야 되겠지요. 이제 미스터 리가 말씀하셨듯 시장이 바뀌었을 때 배를 지을 종잣돈은 충분히 마련되었지요? 미스터 리에게는 보고를 드려야 할 것 같아 몇 자 적었습니다. 좋은 배를 잘 지을 수 있도록 도와주세요.

늘 감사합니다.

줄리아 드림.

재현은 편지를 밀어놓고 눈을 감고 의자에 깊숙이 몸을 파묻었다. 그는 탄식했다. 시장의 붕괴가 시작되었다. 배의 수명을 다한 이십 년 가까운 낡은 배를 새로 지었을 때의 값보다 더 높은 가격으로 거래한다는 것은 이미 이 시장이 미치고 있다는 증거이다. 그 나이의 배라면 고철로 팔리는 경우 400만 불 받기도 어렵다. 1,750만 불이라니. 게다가 용선료가 하루 삼만 불이라고 한다. 그 배의 손익분기점은 이미 5,000불 아래로 떨어졌을 것이다. 그렇다면 그 배는 하루에 2만 5,000불 이상의 순이익을 올린다는 이야기가 된다. 무덤으로 가기 직전의 17년 된 낡은 배가 삼 년 안에 새 배 한 척 지을 돈을 용선료로 벌어들인다는 것이다. 선주(船主)들에게 기쁜 소식이지만 화주(貨主)들에게는 장사를 그만두라는 이야기와 같다. 그는 탄식했다. 미쳤다. 이건 미친 짓이다. 폭탄 돌리기의 끝이 다가오고 있다. 이 짓은 결코 오래 계속될 수 없다. 이 엄청난 폭탄 돌리기는 상상할 수도 없는 참변으로 끝맺을 것이다.

재현은 줄리아의 아버지 네스토르(Nestor) 회장을 생각했다. 산

같은 체구에 포세이돈 신처럼 장엄한 사람이었다. 재현이 그를 안 것은 80년대 중반 런던에서였다. 그는 런던에 본사를 두고 마흔 척 남짓한 작은 살물선(撒物船 Bulk Carrier)을 운영했다. 이란(Iran)과 이라크(Iraq) 전쟁이 그 정점으로 치닫고 있을 때 이란은 전쟁 물자를 수송하기 위해 많은 선박들을 끌어모았다. 그때를 놓치지 않았다. 그는 상상도 할 수 없는 좋은 가격으로 그의 낡은 배를 모두 이란에 팔아넘겼다. 그런 뒤 런던의 사무실을 폐쇄하고 그리스의 파이레우스(Piraeus)로 돌아왔다. 런던에 근무하던 그리스 선원과 직원들 중 귀국하겠다는 사람들은 모두 데리고 왔다. 배가 없었지만 사무실은 마치 여러 척의 배를 운영하는 회사처럼 북적거렸다. 두 해가 지나지 않아 80년대 말 세계 해운 시장은 불황에 빠져들었고 선가(船價)는 바닥으로 떨어졌다. 그는 울산조선소에서 6만 톤급 파나맥스 살물선 열 척을 짓기로 결심했다. 파나마 운하를 통과할 수 있는 가장 큰 배였다. 세계 해운 시장에서 가장 범용성(汎用性)이 높은 배였다. 재현이 그의 협상 상대였다. 그와의 협상은 고단했다. 피를 말리는 게임이었다. 조선소는 2,100만 불 선가를 제시했다. 좋은 시장에서는 꿈도 꿀 수 없는 낮은 가격이었다. 그는 처음부터 말도 되지 않는 낮은 가격을 고집했다. 1,600만 불을 턱 내놓고는 한 발자국도 물러나지 않았다. 결국 작업 물량이 부족했던 조선소가 두둑한 현금을 쥐고 있는 그에게 질 수밖에 없었다. 기술 사양을 약간 하향 조정해서 원가를 낮추기는 했지만 계약 가격은 원가에 훨씬 못 미치는 1,599만 9,999불로 확정되었다. 많은 간접 경비를 잘라 내고도 원가에 턱없이 부족한 선가였다. 그러나 조선소는 그것을 생존을 위한 전략적 가격이라며 받아들이지 않을 수 없었다. 그것이라도 지어 공장을 계속 가동하고 좋은 시절을 기다리자는 전략이었다. 그 배가 인도될 때 시장 가격은 많이 회복되어 이미 2,200만 불을 상회하고 있었다. 재현은 노인과의 협상에 넌덜머리가 났지만 그의 의젓한 비즈니스 방식은 찬탄하지 않을 수 없었다. '장사는 저렇게 하는 것이다'.

그가 세상을 떠날 때 가지고 있던 많은 배들을 그의 아들과 딸에게 나누어 주었다. 줄리아는 그의 막내딸이었다.

줄리아의 산뜻한 거래에는 아버지가 보였던 진중함은 없었지만 사업가로서의 날렵함은 충분했다. 그는 줄리아에게 축하 편지를 쓰며 같은 말로 끝을 맺었다.

'그래, 장사는 그렇게 하는 것이다.'

재현은 아리아드네에게 전화를 걸었다. 그녀는 이미 줄리아의 거래 소식을 듣고 있었다. 그녀의 아버지는 네스토르 회장의 절친한 친구이며 경쟁자였다. 동일한 종류의 배들을 운영하고 있었다.

"어떻게 하는 게 좋을까요?"

그녀는 첫마디로 그녀의 어깨에 얹힌 짐을 재현의 어깨에 옮겨 놓았다.

"지금 얼마에 배를 빌려주고 있어요?"

"매일 이만 오천 불 정도 받아요."

"몇 년 동안?"

"삼 년이에요."

재현은 결론을 내렸다.

"하루 이만 오천 불이라면 일년에 순이익이 척당 700만 불 삼 년이면 2,100만 불, 배를 새로 지을 수 있는 금액이 생기잖아요? 좋은 값을 내겠다는 사람이 나서기 전에는 계속 용선을 유지하세요. 그리고 시장의 움직임을 봅시다. 이 시장은 삼 년은 버틸 거예요."

삼 년 뒤까지 좋은 가격으로 사겠다는 사람이 나서지 않으면 폐선해도 남는 장사라고 생각했다.

아리아드네와 전화를 끝내고 재현은 클렌시와 통화를 하였다. 클렌시는 가벼운 어조로 전화를 받았다. 세 번째 배의 명명식은 이미 그의 관심 밖이었다. 앞으로 다가오는 세 척의 배의 인도(引渡)와 용선(傭船) 업무가 그의 머리를 가득 채우고 있었다. 4호선이 10월, 5호선이 다음 해 1월 말, 6호선이 다음해 4월 말로 인도가 준비되고 있었다. 4호선까지 인도와 동시에 용선도 확보되었다. 환상적인 용선료를 내겠다고 하고 있지만 5호선 6호선은 확정하지 않았다. 하룻밤 지나면 더 높은 용선료를 내겠다는 사람들이 나타나기 때문이다. 줄리아 이야기를 했다. 줄리아에 대한 클렌시의 반응은 시큰둥했다. 왜냐하면 그런 일은 그때 어디서나 일어나고 있었기 때문이다.

"드디어 우리 배를 일억 불에 사겠다는 친구들이 나타났어."
"그건 마냥 좋아만 할 일은 아니야. 시장이 붕괴하고 있다는 조짐일 수도 있거든."
"나도 이제 그걸 느끼기 시작했어. 요즈음 시장의 표면에 나서는 친구들은 전통적인 해운회사들이 아니고 선박의 선자도 모르는 오직 주판 굴리는 것밖에 모르는 투기꾼들이야. 계속 배 값이 오를 것으로 보고, 지금 사 놓았다가 조금 더 오르면 팔겠다는 생각으로 세상에 있는 돈을 모두 선박에 쏟아붓고 있어. 폭탄 돌리기의 시작이야."

"그래 이건 진짜 걱정스러운 상황이야. 만일 폭탄이 터지면 투기자본은 물론 은행이 넘어질 것이고 전통적인 해운회사들은 간신히 견뎌 내겠지만 그마저 오래 버티기 힘들 거야."

재현이 화제를 명명식으로 돌렸다.

"명명식 준비는 이상 없겠지?"

"내가 묻고 싶은 말이야. 그쪽은 어때?"

"물론 문제없이 진행되고 있지."

"일 년에 백 번씩 명명식을 반복하는 조선소이니 당연히 문제가 없어야지."

"아니 백 번 하는 명명식 중의 하나로 진행해서는 안 되지. 다른 것들과는 다른 오직 하나뿐인 명명식, 세상에 오직 그것 하나, 일 년에 단 하나밖에 없는 것처럼 특별히 준비하고 있어."

"이번 명명식 끝나고 조선소 친구들과 양 마담 집에서 저녁을 할까?"

클렌시의 의외의 제안이었다. 재현은 이유를 묻지 않고 동의했다. 그리고 전화를 끊었다. 인숙과의 통화는 이야기하지 않았다. 클렌시도 인숙 이야기는 꺼내지 않았다.

4.

세 번째 배의 명명식은 7월 9일 금요일 늘 하던 방법대로 진행되었다. 그러나 세 번째 배의 대모가 은행장 부인이고 대부분의 초대 손님이 은행가들이어서 명명식 하기 전 조선소 견학은 선주가 은행을 통해 지불하는 돈이 어떻게 쓰이는지를 보여 주는데 초점을 맞추기로 했다. 첫 번째 승용차는 대모 부부에게 배정되었다. 거기에 선호가 타 안내를 하고 다른 차들은 따라갔다. 클렌시 배의 건조 작업이 진행되고 있는 곳을 돌아보았다. 네 번째 배의 강재 절단식이 끝났고 많은 블록들이 만들어지고 있었다. 세 번째 배의 명명식 날 전후해서 용골을 거치하기로 되어 있었다. 도크 주변에 산더미 같은 블록들이 탑재를 기다리고 있었다. 다섯 번째 배는 4월 말 강재 절단이 시작되었고 많은 블록이 제작되어 조선소 곳곳에 널려 있었다. 여섯 번째 배의 강재 절단식은 7월 중순으로 예정되어 있어 그를 위해 쌓아 놓은 철판들이 작업 차례를 기다리고 있었다. 강재 절단 준비를 하고 있는 현장에 차를 내린 은행장은 주변을 둘러보았다.

"이 철판 한 장을 자르면 1,200만 불의 2차 분할금이 나간다는 거지요?"

선호가 재치 있게 대꾸했다.

"계약서 종이쪽지에 사인 한번 하면 1차 분할금 1,200만 불이 나가잖아요? 하나도 특별할 것이 없어요."

은행장은 고개를 끄덕였다. 완성된 배만 생각해 왔던 은행장은 산더미처럼 쌓인 철판과 기자재, 강재의 절단과 블록 제작, 블록이 도크에서 탑재되는 공정과, 그 각각의 공정들이 선박건조 과정에서 갖는 의미에 큰 흥미를 보였다. 그는 곳곳에서 차를 세우고 블록들의 작업 과정, 그들이 도크에서 탑재되는 모습을 관찰하였다. 자동차들이 명명식장에 도착한 것은 예정보다 한 시간 가까이 지난 뒤였다. 그러나 아무도 불평하지 않았다.

명명식 내내 가네다 마사히로가 재현의 주변에 있었다. 그로서는 재현의 곁에 있는 것이 클렌시의 눈에서 벗어나지 않는 가장 확실한 방법이기도 했다. 재현의 곁이 빌 때마다 다가와 여러 가지 이야기를 나누었다. 그의 가장 중요한 관심은 재현의 일본 방문이었다.

"9월의 일본 방문 일정은 정하셨어요?"

"마츠다 쇼카이(松田商會)의 회사 창립 50주년 기념일이 9월 15일이니 14일에는 일본에 들어가야 할 것 같아. 15일에 도쿄 근처의 골프장에서 기념 골프가 준비되어 있어. 호텔은 초청자가 골프장 근처에 잡아 놓았어. 그날 저녁까지 마츠다와 함께해야겠지?"

"그럼 9월 16일 오후에 저희 회사를 들르시고 저녁을 함께하세요. 그리고 다음 날 귀국하시는 일정을 잡으세요."

가네다의 생각대로 재현의 일본 방문 일정은 확정되었다.

명명식은 문자 그대로 축제였다. 조선소나 선주나 손님들이나 어느 한 사람 비용을 아끼기 위해 일의 진행을 옹색하게 하지 않았다. 흥청거리는 시장을 반영한 명명식은 모든 면에서 여유가 있었다. 조선소는 모든 손님들을 빈틈없이 배려했고, 특히 클렌시를 임금님 모시듯 해서 모든 손님들에게 선주의 낯이 서도록 하였다. 클렌시도 많은 선물을 준비해서 외국에서 온 손님들, 조선소 담당자들에게 후하게 나누어 주었다. 특히 대모에게는 깜짝 놀랄 만큼 값진 선물을 증정했다. 다음 날 7월 8일 모든 손님들은 잊을 수 없는 추억을 가슴에 가득 안고 조선소를 떠났다. 마지막 손님이 떠난 뒤 클렌시와 재현은 호텔의 커피숍에 앉았다. 편안한 저녁이었다. 그들은 창가에 앉아 카모마일 차 한 잔씩을 시켰다. 창밖으로 인공 폭포에서 거센 물줄기가 시원하게 쏟아져 내리고 있었다.

"톰, 저 폭포 멋지지 않아?"

"이 커피숍에 올 때마다 감탄을 하고 있었어. 어떻게 저런 위치에 저런 폭포가 생겼을까?"

"저 폭포를 내가 발주했지. 20년도 더 된 이야기야. 바로 이 자리였어. 여기 앉아 있는데 웬 아가씨 두 명이 큰 스케치북과 여러 가지 서류를 갖고 와서는 나에게 절을 꾸벅 하더니 앞자리에 앉는 거야. 우리는 그때 여기에 인공 폭포를 만들면 운치가 있겠다 생각하고 전문가를 불렀던 거지."

재현은 그 아가씨들이 조수들이고 전문가는 곧 따라오리라고 생각하고 아무 말도 하지 않고 기다리고 있었다. 그런데 아가씨들이 스케치북을 펴더니 그들이 준비해온 것을 설명하기 시작했다. 재현이 물었다.

"기술자가 오기 전에 시작해도 되겠어요?"

아가씨들은 센스 없는 사람도 다 보겠다는 듯이 재현을 건너다보더니 딱 잘라 말했다.

"저희들이 설계사예요. 더 올 사람은 없어요."

그리고는 스케치북에 폭포의 그림을 그리기 시작했다. 커피숍의 길이에 맞추고 높이는 오 미터쯤 되는 제법 큰 폭포였다. 하도 야무지게 준비를 해 와서 시비를 걸 꼬투리가 없었다. 간단히 계약을 맺었다. 원래 자리 잡고 있던 언덕을 살려 플라스틱 절벽을 설치하고 바닥에 콘크리트를 쳐서 연못을 만들었다. 플라스틱 절벽에는 사이

사이에 화분이 들어갈 자리를 만들어 키 작은 나무를 심었다. 많은 부분이 물이끼 색깔로 칠해졌다. 설치된 펌프를 돌리자 완벽한 폭포가 되었다. 얕은 연못에서는 금붕어들이 헤엄치기 시작했다. 시작해서 한 달도 되지 않은 시간에 끝난 공사였다. 재현은 가끔 와서 작업 과정을 보곤 했는데 그 야무진 아가씨들의 일솜씨에 입이 다물어지지 않았다.

어느 날 재현은 일본의 기자재 공급 회사의 중역과 같은 자리에 앉아서 차 한 잔을 나누었다. 재현이 친절하게 설명했다.

"저 폭포 좀 봐요. 참 잘 만들었죠? 저것이 플라스틱으로 한 달 만에 만들어 놓은 작품이지요."

그러자 그 일본 손님은 손을 내저으며 반박하는 것이었다.

"미스터 리, 모르는 소리 하지 마세요. 저게 어찌 플라스틱이란 말이예요. 저건 완전한 자연석 바위예요. 바위 사이에서 자라는 저 작은 소나무하며 물이끼들은 플라스틱에서는 자랄 수 없는 것이예요."

재현은 더 반박하지 않았다. 그것은 재현이 이미 찬탄하고 있던 그 젊은 여인들의 솜씨를 다시 확인하는 말이었기 때문이다. 클렌시가 한마디 덧붙였다.

"정말 잘 만들었다. 저것이 플라스틱이리라고는 상상도 할 수 없겠어."

클렌시가 화제를 바꾸었다. 줄리아의 편지로 돌아갔다. 아무것도 아니라고 했지만 마음에 걸렸던 것 같다.

"제리, 당신 친구 줄리아의 편지 말이야. 쇼킹한 일이지? 1,600만 불에 지은 배를 17년 동안 부려먹고 1,750만 불에 팔았다. 이건 경악

할 만한 일이지? 제리는 이것을 시장의 연속되는 호황의 조짐으로 보지 않고 결정적 붕괴의 시작으로 본다, 이 말이지?"

재현도 클렌시의 그 언급을 기다리고 있었다.

"시장은 건실한 성장을 유지할 때 호황이라 부를 수 있어. 그러나 지금처럼 수직 상승을 하고 있을 때는 수직 낙하가 뒤따를 수 있다는 생각도 해야 돼. 모든 선가는 2002년과 비교하면 2년 남짓한 시간에 모두 거의 두 배의 수준으로 뛰어올랐어."

클렌시가 탁자 위에 올려놓은 재현의 손등을 툭 쳤다.

"브로커는 원래 선주들이 새로운 투자를 계속하도록, 없는 일도 만들어 내고 작은 일도 부풀리기 마련인데 제리는 달아오르는 선주들의 열기에 찬물을 뿌리고 있으니 무슨 브로커가 그 모양이야?"

"나는 균형이 중요하다고 생각해. 모든 일에서 균형이 깨어질 때가 위험이 시작되는 시점이라고 생각하거든. 나는 빼어난 브로커는 못 되는 것 같아."

"제리의 균형 감각, 그것은 아무나 가질 수 있는 것이 아니야. 내가 제리에게 의지하는 것도 그 균형을 갖춘 판단 때문이야. 제리의 선택된 친구들도 그것 때문에 제리를 찾게 되는 거야."

"내 생각에 이 축제는 잠깐 더 계속될 것 같아. 중국이라는 미친 신기루는 한동안 시장을 현혹할 것이거든."

"내년 마지막 배가 인도되는 시점에 어떤 행동을 취해야겠다고 생각하고 있어. 제리 동의하나?"

"그때쯤이면 오늘보다 시장의 움직임이 확연히 보이겠지."

"줄리아는 어떤 사람이야?"

"나는 그녀를 뛰어난 아버지의 가장 못난 딸, 결심도 못하고 남의 눈치나 보며 지내다가 언제나 후회만 하는 사람으로 보았지. 그런데 알고 보니 그녀의 판단은 정확했고 행동은 재빨랐어."

그들이 대화를 마칠 때쯤 해서 회사의 승용차 기사가 커피숍으로 들어섰다.

5.

양현자의 가게에서의 저녁 모임이었다. 클렌시가 초청했다. 토요일 저녁이었지만 조선소에서는 최 사장, 한 본부장을 위시해서 십여 명의 중역들이 참석했다. 클렌시의 현재 프로젝트에 대한 감사한 마음의 표시이기도 했고, 이번 프로젝트가 끝나기 전 다음 해 초까지 신조계약을 해서 클렌시와의 관계를 계속시켜야 한다는 조선소의 간절한 기대 때문이기도 했다. 인숙이 거기서 클렌시를 만나 브뤼셀로 떠난 뒤 클렌시는 요정에 들르는 것을 꺼렸다. 그런데 클렌시가 자청해서 그곳으로 만찬 초청을 했으니 그 동기가 무언지 호기심을 끌 만도 했다. 양현자는 요정의 가장 중요한 손님들을 차분히 맞았다. 특히 재현의 옆에 앉았으면서도 모르는 사람 대하듯 하였다. 술이 몇 순배 돌고 클렌시가 일어났다. 조선소 쪽 손님들에게 인사를 하였다.

"우리 세 번째 배는 어제 명명식을 끝내고 중동으로 석유를 실으러 떠났습니다. 우리 프로젝트도 바로 어제 시작한 것 같은데 벌써 반이 완결되었고 내년 5월이면 모두 끝납니다. 그동안 여러분들에게 고맙다는 말씀을 사적으로 드릴 기회가 없어서 오늘 제가 이렇게 자리를 마련했습니다. 여러분들의 주말을 망쳐 놓았다고 야단치지 마십시오. 즐거운 저녁이 되기 바랍니다."

그는 잠깐 말을 멈추고 그가 가지고 온 종이 가방을 현자에게 건넸다.

"이것은 인숙이 양 마담에게 전해달라고 한 것입니다."

현자는 부지런히 가방을 뜯고 안에 든 편지 봉투부터 열었다. 그리고 큰 목소리로 읽었다.

현자 언니,
그동안 소식 전하지 못한 것에 대한 죗값으로 조그만 선물을 보냅니다. 비싼 것은 아닙니다. 옛 친구들에게 나눠주기 바랍니다. 저는 언니와 그들을 잊지 않고 있습니다. 언니와 친구들의 보살핌 덕택에 오늘의 인숙이 있기 때문입니다.

현자는 가방 안의 상자 하나를 열었다. 분홍색 산호로 만든 브로치가 나왔다. 가방 안에는 스무 개의 같은 상자가 있었다. 현자는 그 자리에서 일어나 여인들에게 하나씩 나눠 주었다. 2년 동안 얼굴들은 많이 바뀌었지만 인숙의 이야기를 모르는 사람은 없었다. 모두들 상자를 열고 브로치를 가슴에 달았다. 현자가 클렌시에게 말했다.

"인숙에게 전해주세요. 우리는 한시도 인숙을 잊은 적이 없습니다. 이 브로치는 인숙에 대한 사랑과 우리의 긍지의 표지로 늘 가슴에 달고 있겠습니다."

그리고 현자는 중요한 손님들 앞에서 연설을 하기 시작했다. 언제나 조용히 시중을 들며 나서지 않던 여인의 의외의 모습이었다.

"최 사장님, 클렌시 회장님, 이재현 사장님, 여러 고귀한 손님들께

한 말씀 올리겠습니다. 우선 어떤 말로도 표현할 수 없는 제 고마움을 말씀 드립니다. 저는 여러 어르신들을 한순간도 단순한 손님으로 생각한 적이 없습니다. 고마우신 분들, 따르고 모시고 본받아야 할 분들 그렇게 생각해 왔습니다."

잘 준비된 영어 연설이었다. 손님들도 현자의 의외의 행동에 숙연한 모습이었다.

"클렌시 회장님이나 이 사장님은 인숙이 떠난 뒤 우리 집에 발길을 끊으셨습니다. 이해합니다. 그러나 저는 한마디만 말씀 드리고자 합니다. 저희들은 늘 감사드리며 기다리고 있습니다. 가끔 저희들의 삶에 눈길을 보내어 주십시오. 그러면 우리들의 삶은 놀랄 만큼 빛을 내리라 생각합니다."

현자의 짧으나 작심한 말이 재현을 향하고 있다는 것은 아는 사람은 알고 있었다. 재현은 현자의 손을 꼭 쥐어 주었다. 그날 파티는 인숙에 대한 추억을 이야기하는 것으로 끝을 맺었다. 손님들은 옆에 앉은 여인들에게 인숙에 대한 각자의 인상을 이야기하였고 그녀의 브뤼셀에서의 삶을 아는 대로 이야기해 주었다.

돌아오는 자동차 속에서 클렌시가 중얼거렸다.

"한국은 여자들의 나라야. 여자들은 강하고 아름다워. 양 마담의 오늘의 모습은 또 하나의 놀라움이었어."

재현이 맞장구를 쳤다.

"남자들이 모두 자기들 세상인 것처럼 설쳐대지만 한국은 여인들이 만들어 가는 사회야. 산업화 과정에서도 그녀들이 진정한 주인공이었어."

클렌시는 다시 한 번 화제를 바꾸었다.

"인숙의 이 요정에 대한 애착은 끈질긴 데가 있어. 그 애착은 점점 더 깊어져 가는 것 같아."

재현은 같은 어조로 대답했다.

"반대일지도 모르지. 이 요정과의 연결된 고리를 끊고자 하는 몸부림일지도 모르지. 인숙이 한국 사회의 접대부들에 대한 편견을 너무나 잘 알고 있거든. 그것이 인숙의 마음에서 떠나지 않는 거야."

"인숙은 스스로 그 길을 택했고 어찌 보면 자기가 계획한 대로 성공했다고 볼 수도 있잖아?"

"성공했다는 생각이 들수록 극복해야겠다는 자괴감이 더 커질 거야. 우리가 해야 할 일은 이 현명한 여인이 그 자괴감으로부터 빠져나올 수 있도록 자신감을 갖도록 끊임없이 용기를 북돋아 주는 것이 아닐까?"

클렌시가 고개를 끄덕였다.

"그렇군, 그렇군."

맥주 바에 들르지 않고 일찍 잠자리에 들었다.

잠이 막 들려는데 조용히 문을 두드리는 소리가 났다. 현자였다.

다음 날 이른 아침 재현과 클렌시는 비행기로 울산을 떠났다. 선호도 동행이었다. 김포공항에서 영호가 기다리고 있었다. 그들은 김포공항 도착 즉시 영호와 함께 셔틀 버스로 인천공항으로 향했다. 그들은 바로 공항 단지의 버스를 타고 가까운 호텔로 갔다. 거기 영균이 기다리고 있었다. 그의 조카인 혜진도 함께했다. 모두 여섯 명이 아담한 호텔의 회의실에 앉았다. 재현이 영균을 소개했다.

"차영균 사장, 앞으로 재단법인 '역사 연구회'를 이끌어 갈 이사장입니다."

이사장이란 말에 영균이 손사래를 치려 했지만 재현이 제지했다. 그동안 준비된 재단에 관한 자료를 영균이 설명했다. 클렌시의 비행기 시간이 오후 이른 시간이었기 때문에 모두 서둘렀다. 영호는 이미 샌드위치를 충분히 시켜놓았다. 출출한 사람은 샌드위치를 뜯으며 토론에 몰두했다. 그동안 보내준 영역된 취지문과 일정 등 자료를 클렌시는 모두 읽고 왔다. 재현과 통화한 것도 있어서 영균의 설명을 쉽게 알아들었다. 클렌시가 간단하게 결론을 내렸다.

"브뤼셀 쪽의 의견은 충분히 반영된 것 같고 더 이상 우리의 의견을 물을 일은 없을 것 같습니다. 출연금은 150만 불이 마련되어 있습니다. 보낼 계좌를 알려주시면 귀국하는 즉시 입금시키겠습니다."

싱거울 정도로 쉽게 끝났다. 회의에 참석한 사람들의 면면을 보아 조금도 소홀히 일을 다룰 사람들이 아니었고 준비물들이 클렌시의 마음에 쏙 들었다.

선호가 끼어들었다.

"역사 연구회도 잘 조직되었으니 다음 선박 건조 계약의 협상도 함께 진행해야겠지요?"

클렌시가 선호의 어깨를 쳤다.

"역사 연구회 이야기하는데 선호는 비즈니스 이야기인가?"

"이 프로젝트는 세계의 경제사를 올바로 이끄는 중대한 역사적 이정표가 되는 비즈니스이기 때문입니다."

모두 가벼운 마음으로 깔깔거렸다. 클렌시가 떠나기 전 혜진에게 말을 걸었다. "인숙의 후배라고?"

혜진은 제법 갖추어진 영어로 대답했다.

"예, 부끄럽지 않은 후배가 되려고 노력하고 있습니다."

클렌시가 물었다.

"그래 이 역사 연구회에 대한 대학가의 반응은 어때요?"

"폭발적입니다. 학생들의 호응이 뜨겁습니다. 목마르게 기다리던 사건이니까요. 교수들도 어디 끼일 자리가 없나 하고 기웃거리지만 처음부터 대학 졸업반만 배타적으로 참여시키고 있습니다."

"고맙군. 성의를 다해서 봉사하고 있으니."

"이것은 제게 분에 넘치는 영광입니다. 이 프로젝트에 처음부터 참여할 수 있다는 것은 제 인생에 가장 큰 축복이 될 것입니다."

클렌시는 혜진을 꼭 껴안았다. 그리고 고개를 숙인 채 출국장으로 총총히 걸어 나갔다.

제22장

노조(勞組)의 그림자

1.

브뤼셀로 돌아간 뒤 보름쯤 지났다. 클렌시가 전화를 걸어 새삼스럽게 역사 연구회 관계자들과의 공항에서의 만남을 되새겼다.

"영균과 그의 조카 혜진을 만났다는 것이 지금도 신선한 기억으로 남아 있어. 역사 연구회를 이끌고 있는데 대한 고마움도 있지만, 그들은 인간적으로도 여러모로 매력적인 사람들이었어."

"영균은 한국에서 산업계의 리더이기도 하고 문화계에서도 명사로 통하고 있어. 톰의 마음에 들었다니 시작이 아주 좋구만."

"영균의 조카 혜진이 말이야. 인숙에게도 이야기해 주었어. 연구회의 복덩어리가 될 수 있겠다는 생각을 했어."

"그러게 말이야. 일이 되려니까 생각하지도 않던 인재들이 생각하지도 않던 곳에서 나타나는구만. 젊은 사람이 그토록 의젓하다니."

클렌시가 계속했다.

"오늘 150만 불을 보냈어. 우리가 할 일은 다했으니 이제 우리들은 손을 떼겠어. 이쪽에 더 이상 신경 쓰지 말고 마음대로 관리해줘."

"무슨 소리야? 손을 떼다니? 마음대로 들어올 수는 있지만 마음대로 도망칠 수는 없어. 시작한 순간, 끝날 때까지 함께해야 한다는 의무가 부여되는 거야. 운명적인 속박이야. 그나저나 기금을 마련해 주어서 고마워. 이제 재단도 실질적으로 업무를 시작하게 되겠어."

"도망치려는 것이 아니야. 우리가 현명한 이사진의 결정에 방해가 되지 않겠다는 생각일 뿐이지. 진행 상황은 가끔 알려줘."

클렌시가 화제를 바꾸었다.

"요즘 줄리아를 계속 생각하고 있어. 이 시점에서 그처럼 명확한 결단을 내리는 선주가 있다는 사실에 경탄하고 있어."

재현이 화답했다.

"줄리아가 그토록 산뜻한 결단을 하다니, 나도 믿을 수가 없어. 그녀는 나의 그녀에 대한 선입견을 완전히 바꿔 놓았어. 그녀의 결단의 배경을 요즘 곰곰이 생각하고 있어. 앞으로 어떤 일을 함께해야 할지 깊이 고민해야겠어."

클렌시는 재현의 마음속에 들어앉아 있다는 듯 재현의 아픈 데를 찔렀다.

"요즈음 선박 브로커 업무는 잘 되어 가나? 이처럼 뜨거운 시장에서 활활 타오르고 있겠지?"

"브로커 업무는 거의 중단한 상태야. 오히려 역 브로커 역할을 하고 있어. 배를 지을 생각하지 말아라, 흥분하지 말아라, 시장에 따라가지 말아라, 시장의 흐름을 면밀히 살펴라, 기다려라, 그런 이야기만 반복하고 있어. 도저히 그들에게 배를 지으라고 권유할 수가 없어. 나는 브로커로서는 낙제생이야. 그런데 톰, 해운 쪽은 어때?"

음모를 꾸미고 있다는 듯 클렌시의 어조가 은밀해졌다.

"마지막 인도된 세 번째 배의 용선료가 얼마인지 알아? 쇼크받지 마. 하루 10만 불을 받고 있어. 지난 20여 년간 2만 불에서 3만 불을 오가던 용선료가 천장을 뚫었어. 사상 최고치인 10만 불에 도달한 거야. 앞으로 나올 배들은 그보다 더 받을 가능성도 있어."

"몇 년간 용선인데?"

"옵션까지 포함해서 자그마치 7년이야. 지난 세월 손익분기점인 2만에서 3만 불의 용선료로 물 위에 목만 내놓고 기사회생해 왔지. 그런데 이제 7년 동안 하루 10만 불이야."

"와우, 일일 손익 분기점을 최고 3만 불로 보더라도 배 한 척이 하루 7만 불의 순이익을 벌어들인다는 이야기구만. 1년이면 거의 2,500만 불의 순이익이라. 삼 년이 되기 전에 초기 투자금액이 회수되고 재투자할 수 있는 현금이 마련된다는 이야기잖아. 배는 그대로 가지고 있으면서."

"계산상으로는 그렇지. 시장이 이처럼 끓어오르니까 제리의 '폭탄 돌리기' 이야기가 현실적인 가능성을 가지고 머릿속을 헤집고 있어."

"그러나 톰은 세계의 최고 석유 메이저들과 계약했잖아. 그들은 말을 먹고사는 사람들이야. 시장이 흔들린다고 그들의 고귀한 계약서를 휴지 쪽으로 만들 사람들은 아니잖아?"

"그렇지도 않아. 세상이 뒤집혀 봐. 그들은 그들이 거느리고 있는 세계 최강의 법률 팀을 동원해서 당장 '재협상(Reneg)'을 하자고 덤빌 거야. 원래 재협상이라는 것은 가장 비열한 행위로 간주되어 왔고, 신사는 결코 해서는 안 되는 일로 이해하고 있지만, 상황이 어려워지면 모든 것이 달라지고 말아. 온갖 핑계를 들고 나오겠지. 그들에게도 생사가 걸린 일이니까. 언제쯤일까? 이 폭탄 돌리기에서 튀어 나와야 할 때가?"

"글쎄 언제일지 확언할 수 없어. 그러나 내년 봄 마지막 배가 인도될 때까지 눈을 부릅뜨고 시장을 관찰하자고. 그때쯤이면 이기는 사람과 지는 사람의 승패가 좀 더 확연히 나타날 거야."

2.

클렌시는 또 한 번 화제를 바꾸었다. 사실은 그 이야기를 위해 전화했다는 어조였다.

"제리, 우리 프로젝트가 내년 오월이면 끝나잖아. 후속 프로젝트를 하자고 조선소들이 접근하고 있어. 특히 거제도의 조선소가 집요하게 집적거리는구먼."

"당연한 일이지. 톰만큼 매력 있는 선주가 세상에 어디 있나. 시장 가격보다 선가를 낮춰서라도 톰을 붙들려고 할 걸."

"나는 항상 하듯이 거리를 두고 있어. '나는 제리와 의논해서 결정한다. 제리에게 정보를 넘겨라. 그러면 제리가 내게 보고를 하고 우리는 의논해서 다음 프로젝트를 결정할 것이다'라고 일러두지. 그러면 대화가 끊어져. 그리고 조금 지나면 또 같은 이야기가 시작돼. 그들의 본사가 대화를 시작하고, 런던 지사에서 이야기를 계속하는가 하면 유럽 지사가 집적거리기도 해서 번갈아 가며 끈기 있게 문을 두드리고 있어."

"그들은 내가 울산 조선소와 너무 밀착되어 있다고 생각하고 있어. 그들의 정보를 울산에 누설할 것이라는 의심 때문에 나의 개입을 꺼릴 거야."

"나는 확언하지. '제리는 나를 위해서 일한다. 결코 어느 특정 조선소를 위해서 일하는 사람이 아니다. 그러니 나와 일을 하려면 제리를 통해라'고 말을 하지."

"지금 당장 선박 발주를 할 것이 아니니까 그저 '네 말이 옳다, 네 말이 옳다' 하고 우호적인 관계만 유지해 둬. 또 누가 알아? 그들의 조선소에서 배를 지어야 할 때가 올지?"

클렌시는 이제부터 할 이야기가 재미있는 화제라는 듯이 목소리가 밝아졌다.

"그런데 말이야. 이번에는 '선박 판매 촉진(Sales Promotion) 팀'을 만들어 내 사무실을 방문하겠다는 거야. 놀랍게도 노조 위원장이 팀에 포함되어 있어."

재현이 탄식했다.

"아아, 거기까지 갔구나. 회사가 노조에 아양을 떠는 것이지."

"그 말을 듣고 '예스'라고 하고 싶었어. 판매 촉진에 나선 노조 위원장의 모습은 어떨까 궁금했거든."

"그래 언제 만나기로 했어?"

"아니 점잖게 거절했어. 그날 다른 약속이 있다고 했지. 그랬더니 다음 날 찾아오겠다는 거야. 그래서 그 한 주일 동안 출장을 나가 있을 거라고 했어."

"한번 만나보지 그래?"

톰은 말을 또박또박 끊으며 연설하듯 목소리를 높였다.

"그들은 노조에 어떤 동기부여를 하겠다는 생각일지 모르지. 또 이제 조선소는 그 지긋지긋한 노사분규로부터 자유스러워졌다, 앞으로 다시는 그런 일이 없을 것이다, 그런 메시지를 보내고 싶은지도 몰라. 모두들 80년대 말 노사 분규로 얼마나 크나큰 아픔을 겪었나?"

"그러니 한번 만나 주는 것도 나쁘지 않잖아?"

"아니야. 노조의 협조를 얻어야 영업을 할 조선소의 경영 팀이라면 더 이상 만날 필요가 없어. 경영 팀이 노조에 아양을 떨어야 할 일이 있으면 그건 그 회사 안에서 해결해야 할 문제야. 노조가 할 일이 있고 영업 팀이 할 일이 있는데 그것을 뒤섞어 놓는다는 것은 회사의 경영 능력을 스스로 비하하는 행위가 되지 않겠어? 노조는 노조원들의 삶을 개선하는데 그들의 초점을 맞춰야지 영업 팀에 끼어서 무슨 역할을 하겠다는 거야. 영국의 노조가 그렇게 드세었어도 영업활동에 끼어들었다는 말을 들어 본 적이 없어."

"톰, 당신의 생각은 나와 전적으로 같아. 이건 수치스런 일이야. 그런데 그들은 그걸 그렇게 느끼고 있지 않아."

클렌시는 계속했다.

"언젠가 영문판 해운 신문에서 한국 조선소 명명식 사진을 보았어. 놀랍게도 노조 위원장 부인이 대모를 하더구먼."

"그러게, 그런 일이 있었지. 선주도 그것을 흔쾌히 받아들인다고 했어."

"선주도 호기심에서 받아들였겠지. 한국에서는 무슨 일이든 일어날 수 있다고 하지만 이것은 세계 조선 역사상 유례없는 짓이야. 하도 배를 빠르게 많이 짓고 명명식 일정이 촘촘하니 대모를 현지에서 선정해야 하는 일도 생기고 선정하는데 어려움이 있을 수 있겠지만."

클렌시는 매듭을 지었다.

"프로젝트가 끝날 때까지 앞으로 일 년도 남지 않았어. 눈에 불을 켜고 시장을 지켜보고 조선소들의 상황을 파악하자고."

클렌시가 전화를 끊은 지 얼마 지나지 않아 울산 조선소의 한상훈 본부장으로부터 전화가 걸려왔다.

"이 사장님, 내일 시간 있으세요?"

재현은 즐거운 마음으로 대답했다.

"한 본부장님의 부부라면 일 년 내내 매일 시간을 비워 놓겠습니다."

"내일 새벽 비행기로 서울 가서 오전 중에 서울 사무실에서 일을 보고 점심 먹은 뒤 오후 두 시쯤 찾아뵐 게요."

"아주 좋습니다. 기다리고 있겠습니다."

전화를 끊고 선호에게 전화를 걸어 한 본부장의 이야기를 전했다.

"한 본부장이 나를 방문하다니 좀 의외인데. 조선소에 무슨 문제가 있나?"

"잘나가는 조선소에 무슨 문제가 있겠어요? 그저 사장님을 뵙고 싶은 거겠지요. 한 가지 문제가 있다면 한 본부장의 입지가 요즘 흔들리고 있어요. 특히 노조가 그 사람을 불편하게 하고 있어요."

"이런 좋은 세상에, 일감 많고 높은 월급 받는 세상에, 경영진과 노조 사이에 무슨 갈등이 있을 수 있나?"

"그동안 어려운 시절을 지나면서 모두들 자제해 왔는데 경기가 좋아지니까 오히려 자기들의 목소리를 내려는 거지요."

선호가 마지못해 대답했다. 재현이 화제를 바꿨다.

"요즈음 외국 출장이 뜸해 보이는데. 영업 책임자가 편안하게 조선소 사무실 의자에 엉덩이를 붙이고 눌러앉아 있어도 되는 건가?"

"또 나가야죠. 그렇지만 요즈음은 선주들이 조선소로 찾아오는 세상이 되었어요. 좋은 조선소의 영업 담당자들은 신세가 좀 폈어요."

다음 날 오후 한상훈 본부장이 재현의 사무실에 나타났다. 늘 여유 있고 복스런 얼굴이 그렇게 보아서 그런지 살이 빠지고 어두워 보였다.

"세상에서 제일 바쁘신 분이 이런 누추한 곳까지 찾아오시다니, 영광입니다."

"찾아뵈어야지 뵈어야지 하면서 하지 못했습니다. 의논 드릴 것도 있어서 서울 오는 길에 찾아뵙습니다."

"오늘 오후 저는 완전히 한가합니다. 본부장님 말씀을 잘 듣겠습니다."

그는 느닷없이 선박 해운 시장 이야기로 입을 열었다. 영업에 관한 이야기였다.

"이 선박 경기가 오래 계속될 것 같습니까?"

재현은 대답하지 않고 되물었다.

"지금 조선소 작업 물량은 얼마나 확보되어 있습니까?"

"한 삼 년치 일감이 확보되어 있습니다. 그러나 그 뒤 후속 영업을 어떻게 해야 할지 망설이고 있습니다. 앞으로 시장이 지금처럼 활황을 유지할지, 삼 년 뒤 선가 수준은 어디쯤으로 잡아야 할지 갈피를 잡기가 어렵습니다. 원가를 구성하는 요소들은 어떻게 변화할지, 특히 철판 값이 얼마나 오를지, 미국 달러에 대한 원화 환율은 어느 방향으로 뛸지, 임금은 얼마나 오를지, 불확실한 요소들이 너무 많아서 원가를 계산해 내기가 어렵습니다."

"삼 년 일감이 확보되어 있으면 너무 조급하게 서둘지 말고 유연하게 안전한 프로젝트만 골라 잡으십시오. 세상에 아직 좋은 일감은 많이 있지 않습니까?"

상훈은 좀 더 진지해지며 재현의 의견을 구했다.
"이 사장님 고견을 구할까 해서 찾아뵈었습니다. 이번에 선박 판매 촉진 팀을 구성해서 세계를 한 바퀴 돌아보게 하려고 합니다. 물론 첫 선주는 클렌시 회장이 되겠지요."
"왜 영업 팀만으로는 영업이 되지 않나요?"
"이번에는 전사적인 캠페인을 벌일까 합니다. 영업뿐만 아니라 생산, 설계, 노조위원장까지 팀에 참여시켜 세계의 유수한 선주들에게 단합된 조선소의 힘을 보여줄까 해서요."

아하, 울산 조선소까지 노조위원장을 들먹거리는구나, 재현은 가슴이 답답해왔다. 삼 년 치 일감이 있음에도 노조 위원장을 선박 영업 팀에 포함시켜 선주를 방문하겠다는 것이다. 이것은 조선소가 노조 관계자들을 회삿돈으로 해외여행 시킨다는 것 외에는 다른 의미가 없다. 노조와의 관계가 껄끄럽다는 선호의 이야기가 생각났다.

"클렌시 회장과 어제 통화했는데 거제에 있는 조선소가 똑같은 이야기를 해왔답니다. 노조 위원장을 포함한 세일즈 프로모션 팀의 방문을 알려왔다는 거예요."

"그래 클렌시 회장의 생각은 어떻습니까?"

"완곡하게 거절을 했답니다."

"클렌시 회장의 우리 조선소에 대한 생각은 다르지 않을까요? 이 사장님이 설득해 주실 수 없을까요?"

"클렌시 회장의 거절은 사실 저와 의논해서 결정한 것입니다. 영업하는 사람은 영업을 하고 노조 하는 사람은 노조 업무를 보살펴서 서로 자기의 분야에서 최선을 다해야 한다. 서로 남의 주어진 영역을 침범하기 시작하면 그 회사의 경영이 엉망이 되지 않겠느냐 하는 걱정 때문이었어요."

"다른 조선소도 마찬가지겠지만 노조 간부들을 다독거리자는 의미가 있습니다."

"클렌시 회장은 그런 제스처가 조선소의 단합된 힘을 보이기보다 조선소의 분열된 모습을 외부에 노출시키는 것이라고 보는 거예요."

상훈은 늘 하듯이 그가 제안을 하면 재현이 좋은 생각이라고 부추겨 줄줄 알았는데 말이 끝나기도 전에 반대에 부딪치자 약간 시무룩해졌다.

3.

한동안 침묵이 흘렀다. 재현이 엉뚱한 화제를 꺼내었다.

"한 본부장님은 87년 칠월에 조선소의 어느 부서에서 근무하셨지요?"

"1987년요?"

"예, 느닷없이 노사쟁의가 돌발했던 그 여름 말이에요."

"아, 그때 저는 삼십 대 중반의 나이였죠. 건조부에서 건조 과장으로 막 승진했을 때였습니다."

"그때 일 기억나세요?"

"기억하지요. 그때 일을 어떻게 잊겠습니까? 천지개벽이 일어났지요. 일감은 떨어지고 조선 시장은 최대의 침체기에 빠졌다고 할 때였지요. 그때 이 사장님은 해외에 계셨겠죠?"

"그날 오후에 영국으로 나갈 준비를 하고 있었어요. 그날 아침에 일이 터졌지요. 그 끔찍한 일을 두고 나갈 수가 없더라고요. 출장을 나가 보아야 선주들에게 할 말이 없을 것 같았어요. 그들은 첫마디부터 조선소에 무슨 일이 일어났느냐고 물을 텐데 대답할 말이 있어야지요. 출장 계획을 취소하고 분규 내내 조선소에 있으면서 노조운동의 진행을 지켜보았어요."

1987년 칠월 중순 어느 아침이었다. 재현은 본관 5층 그의 영업본부 사무실에서 밖을 내려다보며 출장의 일정을 생각하고 있었다. 출장을 나가기는 하지만 매듭을 지을 수 있는 확실한 프로젝트가 있는 것이 아니었다. 시장은 완전한 침체에 빠져 어느 선주도 조선소 영업 팀을 만나려 하지 않았다. 재현은 그와 가까운 선주들을 설득해서 만날 일정을 가까스로 잡았다. 선박 발주에 관한 이야기보다 시장정보를 교환하자는 약속을 했다.

그의 창으로 조선소의 정문이 빤히 내려다보였다. 아침 열 시, 자동차들이 분주하게 드나들어야 할 조선소의 넓은 정문이 아무 예고 없이 굳건히 닫혔다. 몇 명의 흰 장갑을 낀 작업자들이 정문의 수위들을 제압하고 조선소의 출입을 전면 봉쇄하였다. 정문 밖으로 순식간에 부품을 실은 대형 차량들이 줄을 서서 정문 열리기를 기다렸고 영문을 모르는 방문객들은 정문 밖으로부터 안에서 벌어지는 일을 기웃거리며 들여다보고 있었다. 몇 명의 근로자들이 정문에서 준비된 출정식을 가졌다. 마이크를 든 흰 장갑 낀 손을 흔들며 구호를 몇 번 외친 뒤 그들의 오토바이는 천천히 공장으로 향했다. 공장마다 근로자들이 기다렸다는 듯이 그들을 따라나서기 시작했다. 그들이 두 바퀴쯤 공장들을 돌았을 때 만여 명의 근로자들이 물결처럼 오토바이를 따라 흘러나왔다. 완벽한 질서였다. 그들이 부는 날카로운 호루라기 소리로 물결은 엄격하게 통솔되었다. 열 명이 되지 않는 주동자들은 마법사 같았다. 그들은 정문 옆에 있는 운동장으로 군중을 몰고 갔다. 그들의 흰 장갑과 호루라기, 마이크는 모든 사람들의 뇌 기능을 정지시키고 심장의 박동 주기를 그들의 지휘 리듬에 맞춰 영혼이 빠져나간 군중들로 만들었다. 몇 명의 지도자들이 노래 부르라고 하면 신나게 노래 불러 젖혔고, 구호를 외쳤고, 심지어 느닷없이 '웃읍시다'라고 외치면 아무런 우스개가 없었음에도 그 운동장은 천둥 같은 웃음소리로 출렁거렸다.

　재현은 그날 아침 약속된 선주들에게 모든 일정을 취소하는 전문을 내보내었다.

　상상도 하지 못했던 일이었다. 그 순하기만 하던 근로자들이 회사의 작업 명령을 거부하고 심지어 회사와의 대화마저 끊어 버렸다.

그들은 절벽처럼 회사 경영진 앞에 버티고 섰다. 그것은 즉시 전국적인 뉴스가 되었다. 전국의 기자들이 모여들었다. 울산의 경찰서장, 국회의원, 시장까지 조선소의 사장실에 진을 쳤다. 모든 사람들이 워키토키를 가지고 마치 시골 신작로에서 먼지를 뿌리며 달리는 트럭처럼 소음을 뿌리며 아무 대책 없이 이방 저방을 기웃거렸다. 회사 간부들은 갈팡질팡이었다. 노조원들을 일사불란하게 이끌면서 회사 경영진을 농락하던 지도자들과는 달리, 회사 경영진들은 노조원들을 움직이고 있는 지도자들의 실체조차 파악하지 못했다. 상훈이 말했다.

"어처구니없었어요. 그렇게 말 잘 듣던 친구들이 하루아침에 얼굴을 싹 바꾸고 눈을 부라리며 간부들을 원수 보듯 하는 거예요. 아무일도 할 수 없었어요. '하던 일을 마치자. 그래야 먹고살 것 아니냐' 해보았지만 그들의 냉소가 돌아왔어요. '세상이 바뀌었다. 먹고사는 것만이 전부이냐?' 그런 표정들이었어요."

그들은 세 가지 요구 사항을 내걸었다. '어용노조 퇴진', '임금 25% 즉각 인상', '인사고과제(人事考課制) 철폐'였다. 그것들은 모두 회사를 흔들기 위한 핑계였다. 그들이 등장하면서 노조원들이 선출했던 기존의 노조는 퇴진할 것도 없이 힘을 잃었다. 임금 25% 즉각 인상이나 인사 고과제 철폐 같은 것은 즉각 시행할 수 있는 일이 아니었고, 시행을 한다 해도 분규를 멈출 그들이 아니었다. 회사는 대화를 시작하자고 했지만 그들은 끊임없이 구호를 외치며 대화 제의를 무시했다. 대화의 창구는 열리지 않았다. 회사 간부들은 우왕좌왕하며 복닥거리기만 하다가 하루를 보냈다.

서울 본사에서 울산 간부들의 무능을 야단치던 조선소 회장이 다음 날 아침 급히 비행기로 내려왔다. 그는 자신만만했다.

'내가 내려가면 순식간에 해결된다. 나의 자식 같은 직원들이다. 나는 가족처럼 그들을 돌보았고 그들의 삶을 풍족하게 했고, 계속 그들의 가족들이 평온하게 살게 해 줄 것이다. 그들은 나를 존경한다. 내가 미래를 함께 할 종업원을 다독거릴 것이다.'

그가 울산에 도착하자마자 노조 간부들을 불렀다. 놀랍게도 그들은 콧방귀도 뀌지 않았다. 그의 명령은 완전히 무시되었다. 할 수 없이 그는 스스로 시위 현장으로 나갔다. 거기서도 회장의 희망은 무참히 짓밟혔다. 시위자들의 대표들은 곁을 누구에게도 내어 주지 않았다. 회장은 군중들이 운집한 운동장에 들어가지 못하고 입구에서 막혔고 곧 군중들에게 둘러싸였다. 시위자들은 점점 많아지고 겹겹이 회장을 둘러쌌다. 한가운데에 회장이 꼼짝없이 갇혀 버리고 말았다. 회장과 함께했던 간부들이 흩어지고 재현 혼자 그 핵심에서 회장과 함께 밀리고 있었다. 회장이 처음에는 큰소리로 외쳤다.

"채금자(책임자) 나와. 나하고 이야기해봐."

그러나 그의 목소리는 악머구리의 울음 같은 소음에 묻혔다. 처음 장난처럼 이리저리 밀기만 하던 군중들 속에서 신발짝이 회장에게로 날아오기 시작했다. 회장의 기백이 급격히 떨어졌다. 재현이 회장과 함께 조금씩 밀려다니고 있었다. 겁이 덜컥 났다. 군중들에게 이리저리 밀리다가 압사사고라도 나면 이것은 모두에게 끝장이다. 그때 땀투성이의 얼굴에서 재현의 안경이 미끄러져 떨어졌다. 당장 군중들의 발길에 짓밟힐 지경이었다. 그는 젖 먹던 힘까지 다해 군중을 밀어붙였다. 기적적으로 그 두꺼운 군중의 벽이 움직였다. 그는 안경을 집어 들어 쓰고는 움직이던 쪽으로 밀어붙이기 시작했다. 어느새 회장과 함께 그는 군중들에서 벗어나 근처 화단의 잔솔밭에 들어앉을 수 있었다.

"회장님은 자기가 나타나면 군중들이 바로 조용해지고 노조가 자기와 대화를 시작할 것으로 생각한 거지요."
 상훈은 조심스런 어조였다.
"그것은 회장님뿐만 아니라 모든 사람들의 바람이었어요. 지금까지 어려운 여건에서 회사를 세우고 대기업으로 만들어 모두의 삶을 풍요롭게 하신 분이잖아요? 마치 집안의 큰어른 같은 분이었지요. 모두 그분이 나서기만 하면 곧 조용해지리라 생각했어요. 노조의 행동에 대해서도 모두 단순히 생각했어요. 종업원들은 어려웠던 살림에 회사에서 쫓겨날까 봐 그저 노예처럼 살아왔다, 이제 할 말도 하고 기를 좀 펴보자, 회사도 잘되고 있으니 회사로부터 떳떳하게 노동조건 개선을 받아 내자, 이런 요구를 관철시키기 위한 행동이라고 단순히 이해했던 것이지요. 그에 대해 이야기를 들어줄 수 있는 사람은 회장님 한 사람이다, 회장님이 나서면 그 순간 해결된다, 이렇게들 생각한 거예요."
 그것이 아니라는 것이 밝혀졌다. 군중들은 그와 함께 살아온 사람들이 아니었다. 마치 다른 별에서 온 외계인 같았다. 그들은 수만 명 군중의 뇌와 심장을 움켜쥔 절대자였다. 군중들은 과거의 기억을 잊고 미래의 약속을 내던져 버린 사람들이었다. 그들로부터 그 참담한 봉변을 당한 것이다. 회장은 말을 잃었다. 간부들과 기자들이 몰려들 때까지 회장과 재현은 그 잔솔밭에 앉아 있었다. 그날 저녁 회장은 별다른 지시를 내리지 않고 서울로 올라갔다.

울산의 다른 대기업에서도 노사분규가 시작되었다. 어떤 곳에서는 노조원들이 사장을 드럼통에 넣고 운동장에서 굴리기까지 했다. 신문은 전국 곳곳의 시위현장 사진을 실었다. 어느 곳이건 노사 협상 장에서 나오는 사장들은 주눅이 든 말단 사원 같은 모습이었지만 노조 관계자들의 어깨는 넓고 그들의 고개는 기고만장하게 높게 쳐들려 마치 그들이 고용주 같았다.

상훈이 계속했다.

"저희 실무자들은 답답했어요. 처음에는 작업이 늦어지는 것만 걱정을 했지요. 시장이 나쁜데 공정까지 못 맞추면 좋은 고객들은 다 떠난다는 생각뿐이었어요. 어서 작업을 시작하자고 작업자들을 설득하려 했죠. 그런데 그게 아니었어요. 갑자기 소름 돋는 느낌이 들었어요. 작업자들이 간부들을 같이 살아가야 할 동료로 보지 않고 그들이 꺼꾸러뜨려야 할 해악으로 보고 있다는 것을 알았어요. 회사를 잘되게 해서 모두 같이 잘 살아 보자는 지금까지의 자세가 아니었어요. 어느새 회사 자체가 무너뜨려야 하는 패악이 되어 버린 거예요."

"현장에서는 더욱 참담했을 거예요. 본관에서는 온갖 사람들이 들끓고 있었으니 말 붙일 곳이라도 있었지만 현장이야 무슨 일이 일어나고 있는지, 어떤 대책을 세워야 할지 아무 아이디어가 없었을 거 아녜요?"

"그렇지요. 60년대 70년대에 영국이 겪었던 노동운동의 폐해가 한국에서 반복되는 것이 아닌가? 한국에서 이제 성공의 가능성을 보이기 시작한 이 산업화 과정이 송두리째 무너지는 것이 아닌가? 60년대 이전의 궁핍으로 되돌아가는 것 아닌가? 하고 걱정을 했지요. 영국의 노조는 오랫동안 번영을 이룬 영국의 산업을 황폐화시키지 않았습니까?"

상훈은 조선소의 노동운동을 영국의 노조 활동과 비교하고 있었다. 재현의 생각은 달랐다.

"많은 사람들이 그렇게 생각했지요. 그걸 영국식 노동운동 정도로 간단히 생각했어요. 산업화의 병폐로 자라난 고질적이고 탐욕적인 노조의 전횡이라고 생각했어요. 그러나 우리의 노동운동은 영국보다 훨씬 심각한 문제를 안고 있었어요."

"영국보다 더 심각하다니요?"

"영국의 시위는 어떤 경우에도 피켓 라인(Picket Line)을 지켜요. 그것은 넘어서는 안 되는 법의 최종적 가이드라인(Guide Line)이예요. 우리 시위의 주도자들은 피켓 라인은 물론 어떤 종류의 법도, 어떤 종류의 전통적인 규범도 지킬 생각이 없었어요. 단순한 노동운동의 차원을 뛰어넘어 기존 사회질서 자체를 붕괴시키려는 의도가 명백했지요. 한국식의 완벽한 의식화 과정에 따른 행동지침을 따른 거지요."

"의식화라니요?"

상훈이 물었다. 이십여 년이 지났다. 전설이 되어 버린 이야기들이었다.

4.

　의식화(Conscientization)란 현대 세계 교육계에 큰 영향을 미친 행동이론이다. 브라질의 프레이리(Paulo Freire)가 20세기 중반, 가난한 후진국 교육의 방향을 잡아 주기 위해 제안한 이론이다. 식민지의 지배자나 기성사회의 지도자들이 만들어 놓은 사회문화적 기존 질서를 단순히 따르기만 할 것이 아니라, 민중들이 적극적으로 참여해서 그들을 비판적으로 인식하고 나아가 자신의 의식을 일깨우고 그에 따라 행동하여 보다 나은 가치관을 수립해야 한다고 주장한다.
　한국의 의식화 운동은 거기서 한 걸음 더 나아갔다. 일부 기독교 교회가 중심이라고 했다. 산업계에서는 전혀 눈치 채지 못한 상태로 반 산업화 방향으로 의식화 교육이 진행되었다고 했다. 자신의 의식을 일깨울 뿐 아니라 다른 순진한 사람들을 그들의 의식화 운동으로 끌어들이는 방법까지 가르친다고 했다. 조선소의 분규를 이끈 몇 명 되지 않는 지도자들은 의식화 과정을 통해 완벽하게 민중을 통솔하고 상대방을 무너뜨릴 수 있는 방법을 터득했다고 했다.

　상훈이 생각났다는 듯이 입을 열었다.
　"맞아요. 그 의식화 교육 이야기는 아는 사람은 다 알아요. 그들은 남녀가 벌거벗고 교육을 받았고 그들끼리 돌아가면서 잠을 잔다고 했어요. 그런 캠프가 여러 곳에 있었대요. 노동운동에 들어가기 전 그들의 행동에 대한 수치심을 없애기 위해서라고 했어요. 인간의 수치심이란 것이 대부분 섹스에 관련되어 있잖아요. 섹스에 대한 거리낌을 없앰으로써 아예 수치심의 뿌리를 뽑아 버리자는 거지요. 그렇게 해서 수치심 없이 노동 운동을 진행하자는 것이었대요."

재현의 말이 거칠어지기 시작했다.

"노동운동을 하는데 무슨 수치심이 생기며 그 수치심의 뿌리를 뽑아야 할 필요가 어디 있어요. 그 운동은 그 이상을 의미하는 거예요."

"그 이상이라니요?"

"사회의 기존 질서를 무너뜨리기 위해 하는 부끄러운 짓들을 부끄럽게 느끼지 않기 위해서지요. 거짓이라는 것을 알면서 거짓말을 능청스럽게 하는 것, 남은 욕하면서 자기는 버젓이 같은 짓을 해치우는 것, 사회 질서의 기반이 되는 모든 윤리를 무시하는 것, 그런 것들이 정말 수치스러운 짓이지요. 스스로 그것이 올바른 일이 아니라 생각하면서 버젓이 그 짓을 하는 거예요. 마음속에서 뻔뻔스러움, 몰염치 등에 대한 부끄러움이라는 개념을 씻어 냄으로서 정상적인 사람들은 꿈도 꿀 수 없는 짓들을 거리낌 없이 해내는 거예요. 사회의 기존 질서를 무너뜨려 그들이 추구하는 방향으로 끌고 가기 위해, 민중을 개념 없는 무골 인간으로 만들어 가기 위해 의식화 교육이 필요했던 것이라고 이야기하고 있어요."

"아 그럴지도 모르겠네요. 사실 순수한 노동운동은 단순하지 않아요? 작업 조건과 생활환경이 나아지면 수그러들고 마는 것이고요."

"의식화의 실질적 악영향이 나타나는 것은 지금부터예요. 그 의식화된 요원들이 노동계에서 단련된 경험을 가지고 사회 곳곳으로 스며들고 있어요. 특히 교육계가 그들의 첫 번째 목표예요. 순진무구한 어린이들에게 그들의 부정적인 세계관을 심으려는 목표를 세우고 있어요. 모든 기존 역사를 부정하고 기성 전통을 무시해서 이 사회를 뿌리째 엎어 버리겠다는 거지요. 빤히 보이는 진실도 부정하고 금방 드러날 거짓말을 거리낌 없이 해대는 거예요. 그들의 어거지는 앞으로 치열하게 전개될 거예요. 그들은 기성 사회가 눈치 채지 못하는 사이에 엄청난 힘을 비축해 두었거든요."

"아무리 그들이 뻔뻔스럽다 해도 그 한계가 있는 것 아닐까요."

"그들도 결국 한계를 느끼겠지요. 남이 하는 일에 대해 욕하고 자기가 하는 일은 억지로 합리화시키다 보면 그들 자신도 더 이상 버틸 수 없는 극단적인 부끄러움의 단계에 이르겠지. 그때 그들이 할 수 있는 일이 무엇이겠어요? 극단적 선택이지. 그러면 그의 추종자들인 우중들은 사건의 앞뒤를 따질 겨를도 없이 마치 성자의 승천을 받들듯 요란을 떨어 대겠지요. 그리고 그 치욕적인 행위까지 성수를 뿌려 제단에 올리겠지요. 자신의 잘못을 덮기 위한 자살 이상 파렴치한 일이 세상에 어디 있어요? 그러나 그것조차 부끄러워하기는커녕 오히려 치켜세우는 뻔뻔스러움이 그 사람들의 의식 세계라는 거예요."

상훈은 되풀이했다.

"끝장날 날이 오겠지요."

"당연히 와야지요. 그러나 언제 오냐는 거예요. 언제까지 이 무례한 굿판을 참고 보아야 하는 거예요."

재현이 지나치게 흥분했다. 그들은 한동안 숨을 가다듬었다.

"그 노사분규의 혼란 중에 한 국회의원이 노조 지도자들에게 접근을 했지요. 그들에게 듣기 좋은 소리를 하겠다며 단상에 오르려 했어요. 그러나 그는 단상에 오를 수 없었고 마이크를 잡을 수도 없었어요. 신성불가침의 마이크로부터 튕겨져 나갔고 점잖게 농성장에서 밀려났어요. 뒤에 대통령으로 당선된 그가 '이 회사 회장의 주식을 몽땅 뺏어 근로자들에게 나누어 주겠다'고 공언했다고 보도된 사건이 그때의 일이지요. 심지어 그들에게 동조하려 했던 국회의원까지도 의식화된 지도자들에게는 쫓아내어야 할 기성 적폐 세력이었던 거예요."

그때 일은 생각할수록 참담하였다. 재현은 입을 다물었다.

5.

상훈이 물었다.
"그런데 어쨌든 그 분규는 정리가 되었잖아요."
재현이 동의했다.
"정리가 되었죠. 그러나 그것은 깨끗한 정리는 아니었어요. 후유증이 많이 남은 엉거주춤한 마무리였죠."
"그 역사적 사건은 어떻게 마무리되었지요?"
재현은 목이 메었다.
"7월 말이었어요. 정말 장엄한 결말이었지요. 나는 본관 건물 오층에 있는 내 사무실 창밖으로 처음부터 끝까지 보았어요."

노조 지도자들은 아침 열 시쯤 중량물 운반 차량에 '모래 분사기(Sand Blaster)'를 싣고 나타났다. 거대한 압축공기 탱크와 모래를 가득 담은 통이 파이프로 연결되어 운반차량 위에 놓여 있었다. 페인트를 칠하기 전 고압 압축 공기로 모래를 뿜어 철판에 붙은 녹을 제거하는 장치이다. 그것을 사람에게 쓰면 무시무시한 살상무기가 될 수 있다. 철판에 한 몸처럼 붙어 있는 녹을 떼어 낼 정도이니 그 분사된 모래를 맞으면 사람의 살갗은 터지고 뼈까지 갈라질 수 있다. 많은 군중을 한꺼번에 해칠 수 있는 물건이다. 중량물 차량은 해안에 있는 페인트 공장으로부터 정문까지 제법 먼 거리를 천천히 사람이 걷는 속도로 움직였다. 수많은 사람들이 뒤따랐다. 차량은 마치 장송 행진곡에 맞추듯 천천히 장엄하게 전진했다. 저승사자 같은 괴물은 거역하는 어떤 대상도 쓸어 없애겠다는 위협이었다. 정문 앞에는 사람들이 몰려들어 발 디딜 틈이 없었다. 사람들은 그저 숨을 죽이고 지켜보고 있었다. 지도자 한 명이 하얀 장갑 낀 손으로 모래를 분사할 고압 공기 밸브의 키를 쥐고 의기양양하게 차량의 앞자리에 서 있었고 다른 사람들은 같은 차림으로 운반 차량의 곳곳에 자리 잡고 있었다. 누구라도 덤비면 모래 분사기의 밸브를 열겠다는 위협이었다. 그것은 염라대왕의 음습한 행차 같았다. 노동운동의 총체적 승리를 과시하는 대단원이었다. 괴물은 조선소 정문으로 접근했다. 울산 시내까지 행진한다고 했다. 지옥으로 통하는 길을 열듯 정문이 천천히 열렸다. 그러나 그들의 장엄한 쇼는 거기까지였다. 그 차가 정문을 통과하고 있을 때 정문 근처에서 서성거리던 점퍼를 입은 몇 명의 젊은이들이 차로 뛰어올랐다. 순식간에 노조 간부들을 손으로 때려눕혔다. 그리고 뒤 포켓에 차고 있던 작은 망치로 고압 공기와 모래를 연결하는 밸브를 두드려 부숴 버렸다. 어느새 점퍼 차림의 사나이들은 군중들 사이로 사라졌고 중기 운반 차량은 널브러진 노조 간부들과 함께 생명 잃은 거대한 바퀴벌레처럼 거기 버려졌다. 그들이 누구였는지 밝혀지지 않았다. 국군 특수부대 요원들이라고도 했고 어느 체육관의 단원들이라고도 했다.

그 주말 월급은 제대로 지급되었고 다음 주일부터 큰 상처를 입었지만 조선소는 움직이기 시작했다. 두 주일 동안 앓은 중증 심장마비였다.

상훈이 흥분했다.

"그 이야기는 처음 듣습니다. 그런 일이 있었군요."

"그 사건은 여러 가지 교훈을 우리에게 주었지요. 그것은 어떤 의미에서 새로운 산업혁명이었어요. 노조라는 새로운 산업화의 한 요소를 확인한 거지요. 한편으로 나는 그 움직임의 결말을 보며 어떤 어려움에도 해결책은 있다, 이런 확신을 가지게 되었어요."

"어떤 해결책인데요?"

"부조리와 불합리 거기다 엉터리 없는 행패로 공격을 받고 나갈 길이 보이지 않을 때 길을 뚫는 방법은 그 불법적 행위를 물리적으로 깔끔하게 때려 부수는 것이다, 라는 확신이지요."

상훈은 고개를 숙이고 아무 말도 하지 않았다.

"그 사건은 또 우리에게 소위 민주화라는 부산물을 가져다 주었어요. '산업화가 마련하는 떡만으로 사람들을 배부르게 할 수 없다'고 불평할 때 '여기 민주화도 있다'고 보여준 거지요. 어찌 보면 그것은 또 적당한 시기에 왔다고 할 수 있어요. 물질적 풍요를 이루어 가는 과정에서 사람들이 방만해질 대로 방만해져 갈 때, 마치 사회적 기강을 잡겠다는 듯이 그 일이 벌어진 거예요. 그러나 이제 정말 정신을 차려야 할 때가 왔어요. 이 왜곡된 의식화 움직임을 제대로 바로 잡아야 돼요. 그렇지 않으면 우리는 모든 것을 잃게 되지요."

"조선소에 있을 때 나는 아침마다 내 방의 창문으로부터 조선소의 정문을 내려다보는 것으로 일과를 시작했지요. 아침이면 정문으로 물결처럼 밀려드는 수만 명의 사람들을 보며 늘 마음이 무거웠어요."

특히 시장이 나쁠 때, 외국에 나가서 꼭 들고 들어와야 할 계약을 성사시키지 못하고 귀국한 다음 날 아침 정문을 내려다보는 심정은 참담했다. 수만 명의 삶이 걸린 일이었다. 조선소의 일감은 떨어져 가는데 손에 잡히는 프로젝트가 만만치 않을 때 영업 담당의 마음은 타 들어갔다.

'저 많은 사람들을 어떻게 먹여살릴 것인가?'

영업이 가지는 고민이었다. 본부장 회의나 중역 회의에서 영업은 늘 열외였다. 조선소의 실적에 관해 생산이나 설계는 온갖 생색을 내었으나 영업은 언제나 비난의 대상이었다. 시장이 나빠서 수주량이 줄어 작업량이 감소하면 영업을 무능하다고 질책했다. 시장이 좋아지면 생산과 설계의 원가 절감이 칭찬의 대상이었다. 훈장이나 표창은 그들에게 주어졌다. 그들이 땀을 흘리며 애쓰는 동안 영업은 비행기나 타고 외국으로 돌아다니면서 비싼 양식 먹고 양주 마시며 일류 호텔에서 거드럭거린다는 것이다. 재현은 그런 것에 크게 개의하지 않았다. 섭섭할 것도 없었다. 오직 정문으로 물밀듯 쏟아져 들어오는 직원들과 그들의 식구들의 삶이 그가 들고 오는 계약에 달려 있다는 절박한 고민뿐이었다. 오직 그의 영업 팀들이 혹시 회사 내부 분위기에 위축되어 영업 활동에 용기를 잃지 않을까 가끔 걱정을 했을 뿐이다.

상훈이 일어섰다. 재현이 말렸다.

"모처럼 시간 내어서 오셨는데 저녁은 먹고 가셔야지. 생선회는 늘 드실 테니 중국 식당으로 할까요? 간단하게 준비시킬게요."

"아닙니다. 저녁에 집에 일이 있습니다. 꼭 내려가야 합니다. 늦으면 집에서 쫓겨납니다."

"내가 한 본부장 저녁도 안 먹여 보냈다는 소문이 나면 나는 아주 고약한 사람이 될 텐데."

"아닙니다. 그럴 리 없습니다. 오늘 나눈 대화는 오래오래 제 마음에 보물로 남아 있을 것입니다. 마음이 뿌듯한 유익한 하루였습니다."

"저녁은 산 것으로 하고 보내 드려야겠네요."

재현은 손을 내밀었다. 상훈은 재현을 손을 잡으며 다짐했다.

"세일즈 프로모션 팀의 파견은 좋은 생각은 아니겠지요?"

"그건 제가 대답할 일이 아닌 것 같습니다. 그런 제스처를 좋아하는 선주도 있겠지요. 또 조선소의 필요에 의해 그렇게 할 수도 있을 겁니다. 그러나 클렌시 회장 같은 사람에게는 별 효과가 없을 겁니다. 우선 만나려 하지 않을 겁니다."

상훈이 떠난 뒤 재현은 선호에게 전화를 걸었다.

"한 본부장이 금방 떠났어. 세일즈 프로모션 팀에 노조 위원장을 끼워서 선주들을 만나 보겠다는 생각이었어."

"뭐라고 말씀하셨어요?"

"영업 팀이 할 일이 있고 노조가 할 일이 있다. 그것이 뒤섞이면

제22장 노조(勞組)의 그림자

받아들이는 사람이 혼란스러워할 것이다. 그런 이야기를 했어."
 "노조 사람들을 따독거리는 방법으로 그 일을 추진한 것 같은데, 사장님 의견을 들려 주셨으니 그 계획은 흐지부지되겠네요. 좌우지간 잘되었습니다."

제23장

울산에서 뿜어내는 매연으로
한반도 하늘을 새카맣게 뒤덮어 놓겠다

1.

영균의 걸걸한 목소리가 전화선을 타고 들려왔다.
"브뤼셀로부터 소중한 출연금 150만 불이 입금되었습니다. 이제 우리 재단도 확실한 기반을 잡게 되었습니다. 회장님의 강권으로 맡은 직책이긴 하지만 재단 이사장으로서 저도 좀 공헌을 하기로 했습니다. 제가 가지고 있는 건물의 방 하나를 재단 사무실로 쓰기로 했습니다. 건물에 있는 큰 방은 범용으로 해서 필요할 때 '역사 연구회'의 강의실이나 회의실로 쓰겠습니다."
그는 처음 이사장이라는 책임을 맡는데 부담을 느끼는 듯했지만 한번 결심을 하자 그다운 담대함과 열정으로 재단의 시작을 탄탄히 다지고 있었다. 재현의 말문이 막혔다.
'아아, 요즈음 어쩌면 이토록 감동적인 일이 끊임없이 일어난단 말

인가?'

목청을 가다듬고 재현이 대답했다.

"차 이사장이 발 벗고 나섰으니 이제 역사 연구회의 앞길은 창창하구만."

"다 회장님이 이끌어 주신 덕이지요. 그런데 개소식(開所式)을 열어야 하겠습니다. 현판도 그날 달까 합니다. 열흘쯤 뒤, 7월 말 조촐하게 여는 것이 어떨까요? 일정이 빡빡한 듯하지만 내년 3월까지 연구 인원 파견할 것을 생각하면 서두르지 않을 수 없습니다. 우리나라의 산업화가 시작됐을 때 정부 정책을 이끈 분들과 산업계의 선구자들 몇 분이 함께하시기로 하였습니다. 회장님도 아는 분들이십니다. 학계의 인사들은 배제하였습니다. 물론 회장님이 참석하셔야 합니다."

영균이 하는 일에는 거리낌이 없었다. 재현은 주저하지 않고 동의했다.

"가야지요. 의미 깊은 모임에 꼭 참석하겠습니다."

"이메일로 바로 장소와 시간을 알려드리겠습니다."

학회의 수레바퀴는 굴러가기 시작했다.

7월 30일 사무실에 현판을 걸었다. 광화문 근처 영균이 소유하고 있는 10층 건물의 5층에 사무실을 열었다. 책상 네 개에 의자들, 그리고 작은 회의용 테이블이 놓인 제법 큰 공간이다. 손님들은 현직에서 물러난 정부의 정책 입안자들, 재현과 같은 경제계 원로들, 그리고 사십 명이 넘는 청년들이다. 남학생과 여학생이 거의 반반으로 보였다. 혜진과 그녀의 동아리 회원들이 각 대학에 대자보를 붙인 뒤 대학가에는 대단한 열풍이 불고 있다고 했다. 지난 한 주일 동안 관심 있는 사람들의 문의에 답하느라 혜진은 아무 일도 할 수 없었다고 했다. 개소식이 끝나고 강의실처럼 꾸민 회의실에 모두 앉았다. 사무실과 붙은 넓은 공간이다. 모든 참석 인원들이 편안히 앉을 수 있었다. 영균이 연단에 서서 인사를 하였다.

"오늘 이 자리는 우리의 현대사를 재조명하는 작업이 시작되는 역사적 현장입니다. 함께해 주신 역사학도 여러분에게 감사드립니다. 방학 동안 개인적으로 계획한 일들도 많을 텐데 이렇게 참여해 주셔서 우리 역사 연구회의 앞날을 든든하게 합니다. 개소식에 이어 세미나가 다음 주부터 시작됩니다. 모두 열성적으로 함께해 주시기를 부탁드립니다. 오늘 참석하신 원로분들은 역사의 연구나 집필과는 무관한 분들입니다. 오히려 이분들은 그들의 손과 발 그리고 머리로 우리 현대 산업 사회를 엮어 내신 분들입니다. 한여름 이분들 역시 개인의 여러 일정들을 모두 포기하고 역사 연구회 세미나에 참여하셔서 여러분들에게 그들의 경험을 들려주시고 역사학도들의 사유를 이끌어 주시기로 하였습니다. 원로 여러분께 감사드립니다. 이분들은 우리나라 산업화를 위한 기본 정책을 수립했고 외국의 회사들과 중요한 계약을 이끌어 내거나 생산 현장에서 획기적인 생산 시스템을 창조하셨던 분들입니다. 이분들은 척박한 우리 산업 풍토에서 오늘의 번영을 일구어 내신 분들입니다. 그리하여 변두리에 위치했던 대한민국을 세계의 중심으로 끌어들였고 듣지도 보지도 못했던 대한민국 생산품을 세계 시장의 중심에 내어다 놓은 분들입니다. 이분들이 돌아가며 진솔한 우리 산업의 생성 과정을 여러분들에게 들려주실 것입니다. 잘 경청하셔서 12월 15

일까지 제출될 각자의 소신을 담은 의견서를 작성할 때 활용하시기 바랍니다."

영균은 재현으로부터 시작해서 참석 원로들을 차례로 소개했다. 재현은 꼼짝없이 일주일에 두 시간씩 네 번 강의를 맡기로 결정되었다. 팔월은 외국 출장 계획이 없어 주저하지 않고 받아들였다. 시간이 있는 사람들은 더 많은 강의를 맡기로 선선히 승낙하였다. 개소식이 끝나고 건물의 지하실에 있는 식당에서 간단한 저녁을 들며 서로의 낯을 익혔다.

하루가 끝나고 재현이 혜진의 등을 토닥거렸다.

"혜진이 이렇게 대단한 사람인줄 정말 몰랐어. 대단한 시작이야."

하루 종일 모임의 뒷바라지를 하느라고 땀을 흘리던 사람 같지 않게 혜진은 차분했다.

"이 회장님의 그 태평양 같은 원대한 이상에 비하면 저의 노력은 물방울 하나에 불과하지요. 좋은 결과가 나오도록 헌신하겠습니다."

2.

재현도 강의 준비에 집중했다. 소홀히 할 수 없는 일이다. 휴가는 물론 개인적인 모임은 모두 취소했다. 8월 첫째 주말에 재현은 첫 강의를 시작했다. 쉰 명 정도의 학생들이 참여했다. 대부분 개소식에 참여했던 학생들이었는데 그때보다 인원이 불었다. 혜진이 사회를 맡았다. 저학년이었지만 점잖고 간결하게 모임을 이끌었다. 역사 연구회가 구성되는 과정에서 구심점이 되었던 재현의 역할을 혜진이 충분히 설명해 두어서 학생들도 재현의 강의에 큰 기대를 걸고 있었다.

재현은 그의 삶에 대한 이야기부터 시작했다.
"저는 일본이 한국을 지배하던 시절에 태어나서 그들이 패망한 다음 해 국민학교에 입학하였습니다. 지금의 초등학교입니다."
그는 네 번의 강의를 통해서 어린 시절 이야기는 간단히 줄이고 산업화 과정의 이야기에 주력하기로 하였다. 국민학교 오 학년 때 육이오 동란을 겪었다. 집이 남쪽 해안에 있어서 피란을 가거나 남의 집 곁방살이를 하지는 않았지만 삶은 고달팠다. 학교는 문을 닫았고 하루하루가 궁핍과 공포의 나날이었다. 언제라도 침략군에게 짓밟힐 수 있는 전황이었다. 다행히 북한군은 재현의 동네 뒷산에서 격퇴되었다. 산 너머에서 들려오던 대포 소리가 멀어지고 숨막히게 들락거리던 쌕쌕이 폭격기 소리가 뜸해지더니 휴전이 되었다. 휴전 후에도 학교 건물은 군 병원으로 쓰였다. 재현은 국민학교와 중학교를 판잣집 가교사에서 마쳤다. 전쟁이 얼마나 무서운 것인지 새겨 볼 사이도 없이 두려움과 가난 속에서 고등학교를 졸업했다. 고등학교를 마쳤을 때 재현의 앞에 펼쳐진 한국은 세계에서 가장 가난하고 현대 문명으로부터 철저히 소외된 나라였다.

서울에서 가난한 대학 생활이 시작되었다. 대학 일학년 마치고 고향인 마산에 내려가 있을 때 3·15의거가 일어났다. 세상에 태어나서 처음으로 자신의 의지로 세상에 대해 분노했다. 한 달 뒤 서울에서 4·19를 겪었다. 그는 적극적으로 참여했다. 마산에서의 아픈 체험의 연장이었다. 4·19는 성공한 혁명이었다. 그러나 마무리가 되지 않았다. 사회의 혼란이 뒤따랐다. 공부하는 시간보다 데모하는 시간이 길었다. 데모를 해야 하는 새로운 이유가 매일 생겨났다. 심지어는 군입대 면제의 특혜를 요구하며 국방부 장관실에 퍼지르고 앉아 있기도 했다. 등록금 면제를 외치며 거리로 나섰다. 곤혹스런 일이었다. 이성이나 합리적인 사고보다, 감성과 충동적인 행동이 지배하던 시절이었다.

대학 2학년 마치고 회의에 빠져 방황하고 있을 때 5·16 군사혁명이 일어났다. 그것은 새로운 길을 열어주었다. 그는 입대했고 최전방으로 배치되었다. 행정 요원이 부족했던 육군 보병 부대에서 그는 여러 가지 군 행정업무를 맡았고 많은 것을 배웠다. 대학 재학생의 복무기간은 1년 반이었다. 군 복무를 마쳤을 때 스스로 좀 반듯해졌다는 생각을 했다. 복학해서 어렵게 대학을 졸업했다. 그러나 그때 젊은이들에게 주어진 삶은 지옥이었다. 아무것도 주어진 것이 없었고 아무것도 할 수 없었다. 자기 비하와 절망으로 가득 찬 세상이었다.

'우리에게는 아무것도 주어진 것이 없어. 여기는 이정표도 없고 나갈 길도 없어.'

'엽전은 아무것도 할 수 없어. 단결할 줄 모르고 자기 앞을 가릴 줄을 몰라.'

'어떤 일에도 세밀하지 못하고 무엇보다 마무리 지을 줄을 몰라.'

'절제된 화음을 창조해야 하는 오케스트라는 핫바지들은 죽었다 깨어나도 만들지 못한다. 단합할 줄 모르는 오합지졸들이 무슨 화음을 만들어 낼 수 있겠어.'

'골프를 보아라. 커다란 축구공을 뻥뻥 차는 것은 할 수 있겠지. 그러나 그 작은 볼로 섬세하게 마무리 지어야 하는 골프 같은 운동은 아예 엽전에게 맞지 않아. 마무리를 제대로 짓지 못하거든.'

'첨단의 비싼 기계는 아예 만들 엄두를 내지 않는 게 좋아. 끝 손질이 섬세하지 못해서 금방 고장이 날 텐데 그런 기계를 비싼 값 내고 살 바보가 세상에 어디 있어.'

"한국 여자들 좀 봐. 볼품없는 몸매에 옷을 제대로 입을 줄 아나 화장을 제대로 할 줄 아나 그러면서 불만은 왜 그리 많은지."

그들은 미국이나 유럽은 아니라도 하다못해 먹고사는 것만이라도 걱정 없는 필리핀 같은 곳에서 태어나지, 어쩌자고 이 아무것도 없고 아무것도 할 수 없는 지옥 같은 척박한 나라에서 태어났느냐고 한탄했다.

"대학 졸업을 하고 취직할 곳이 없었습니다. 전공에 맞는 직장이 마땅치 않았고 박봉에 그나마 월급을 제때에 주는 곳이 드물었습니다."

그는 졸업 후 종합기계공장에서 기계 설계를 하며 어렵게 직장생활을 시작했다. 박봉에 시달리며 희망 없는 생활이 이어졌다. 앞길이 전혀 보이지 않았다. 마냥 그렇게 인생이 끝날 것 같았다. 그때 기적 같은 일이 벌어졌다. 깜깜하던 이 땅에 산업화의 횃불이 눈부시게 밝혀진 것이다. 이 땅에서 뿌리를 내리기가 불가능해 보이던 중화학 공업이 시작되었다. 울산 조선소가 세워진 것은 재현이 대학을 졸업한 해로부터 일곱 해 뒤였다. 재현은 만사를 내던지고 대학에서의 전공을 살릴 수 있는 조선소에 입사했다. 72년 1월이었다.

"울산은 그때 붐 타운(Boom Town)이었습니다. 석유 화학 단지가 완성되었고 자동차 공장이 들어섰습니다. 뒤이어 조선소가 자리 잡았지요. 작은 어촌에서 천지개벽이 시작된 것입니다. 여러분 이런 일 상상할 수 있습니까? 울산 시내로 들어가는 길목, 울산 공업탑이 세워진 삼거리 로터리에 커다란 입간판이 서 있었습니다. 거기에는 신나게 검은 연기를 뿜어내는 공장들이 가득 그려져 있었습니다. 그리고 그 그림 밑에는 울산의 희망이 자랑스레 적혀 있었습니다. '울산에서 뿜어내는 연기로 대한민국 하늘을 새카맣게 뒤덮어 놓겠습니다.' 지금 여러분들의 시각으로 보면 말도 아닌 이야기이지요. 한반도를 검은 매연으로 뒤덮어 놓겠다는 것입니다. 그것이 그때 모든 사람들이 가졌던 산업화에 대한 열망이었습니다. 지금은 몽둥이 찜질을 당해 마땅한 이야기지만 그때 검은 연기를 뿜어낸다는 것은 공장이 활발하게 돌아간다는 의미이며 적극적인 산업화가 이루어지고 있다는 증거였던 것입니다."

3.

"조선소의 시작과 더불어 우리의 세계로 향한 꿈은 현실화되기 시작했습니다. 물론 꿈은 공짜로 현실이 되지 않습니다. 여러 단계의 벽들이 우리를 가로막았습니다. 이제 그 벽들을 넘어 우리의 꿈을 이루어 가던 일을 하나하나 짚어 보겠습니다. 처음으로 맞닥뜨린 벽은 '몰라도 너무 모른다'는 자각이었습니다. 세상에 태어나서 무식하다는 것을 처음 느꼈습니다. 우물 안 개구리가 우물 밖 세상으로 기어 나와 세상을 처음 본 것이지요. 모르는 것도 문제였지만 그것으로부터 오는 무력감을 극복하는 것이 첫 번째 과제였습니다."

조선소에 입사하던 해 3월 재현과 서른 명 정도의 간부들이 조선 공업의 선진국이었던 스코틀랜드(Scotland)로 떠나 그곳 조선소에서 6개월 동안 선박 건조에 대한 연수를 받았다. 6개월 간격으로 다른 한 팀이 뒤따라 나갔다. 처음에는 그 과제의 무게 때문에, 모른다는 자책 때문에 주눅이 들었지만, 그것이 너무나 큰 부담이어서 조금 시간이 지나자 역설적으로 극복해야 한다는 오기가 생겼다.

"그때 우리의 좌우명(座右銘)은 '모르는 것이 힘이다'였습니다. 이렇게 높은 벽이라는 것을 알았다면 감히 덤벼들 엄두나 내었겠느냐는 자조였습니다."

만 톤도 되지 않는 배를 짓고는 대형선이라고 으스대던 사람들이 25만 톤급의 초대형 유조선에 도전한 것이다. 그것도 최첨단 기술을 필요로 하는 장비와 최신 전자 시스템으로 통제되는 자동 운항 선박이다.

품질 관리 분야를 연수하고 있던 친구는 영국에서 자기 분야를 한때 포기했었다.

"나는 내가 고소공포증을 갖고 있다는 것을 여기 와서 처음 알았어. 저 산 같은 구조물 꼭대기에 있으면 그저 떨어져 죽을 것만 같아. 온몸이 흔들려. 몸의 균형을 잡을 수 없어. 더구나 까마득히 높은 구조물 아래에 있으면 저 괴물이 무너져 내려서 나를 덮칠 것 같아. 나는 저 배 근처에서 서성거릴 수가 없어."

그의 업무는 하루에도 수십 번씩 배 위를 오르내리며 선박 구석구석의 작업 결과를 검사해야 하는 일이다. 고소공포증 같은 것을 가진 사람이 감당할 직책이 아니다. 그러나 그는 빠른 시일 안에 그것이 고소공포증이 아니고 업무에 대한 두려움 때문이었다는 것을 깨달았다. 그는 곧 무지에 대한 수치감과 업무에 대한 두려움을 극복했다. 살아남기 위해서 극복하는 수밖에 없었다. 그는 오히려 스코틀랜드 사람들보다 잘하는 방법을 개발할 수 있다는 자부심까지 창조했다.

모두 열심히 일하고 배웠다. 조선소의 시설에 익숙해지고 배에 대한 공포가 극복되자 모든 일은 쉬워졌다. 몇 년을 배워도 충분하지 않은 일이었다. 일분일초를 쪼개어 맡은 업무를 파악하고 어려움을 이겨 내었다. 여섯 달 동안의 연수가 끝날 때쯤 그들은 스코틀랜드 조선소의 친구들에게 이런 말까지 할 여유가 생겼다.

"우리가 우리 조선소에서 너희들보다 더 좋은 배를 더 빨리 지어 낼 걸."

그리고 그것은 사실로 입증되었다. 한국보다 2년쯤 일찍 같은 설계로 배를 짓기 시작했던 그 조선소는 한국보다 늦게 배를 완성했고 완성된 배의 성능도 한국이 지은 배보다 뒤떨어졌다. 새로 생긴 조선소의 시설이 훌륭하기도 했지만 사람들의 간절한 소망이 이루어 놓은 결과이다. 절박한 현실을 헤쳐 나가는 한국인 특유의 적응력이 이겨낸 첫 번째 시련이다.

"우리는 세계를 향한 첫 번째 벽 '무지에 대한 공포'를 우리 특유의 적응력과 죽기 아니면 살기의 근면으로 이겨 내었습니다."

"무지를 자각하며 빠져든 무력감으로부터 헤어 나오자 극복해야 할 두 번째 장벽이 우리를 가로막았습니다. 한국에 대한 외국인들의 편견이었습니다."

재현은 조선소에 입사했을 때 전공을 살려 배의 기본설계를 하고 싶었다. 그러나 회사 경영진의 결정에 따라 차츰 영업 쪽으로 옮겨 갔다. 선박의 영업은 설계나 생산과 같은 기술 분야와 다르다. 기술 분야는 자료를 모아 혼자 해결하거나 회사 동료들과 함께 의논하며 조선소 내에서 해결할 수 있다. 그러나 영업은 배를 살 사람과의 씨름이다. 한 척에 몇천만 불 혹은 한 프로젝트에 몇억 불이 걸린 일이다. 배를 살 사람을 설득하기 위해 조선소를 팔고 조선소에서 일하는 사람을 팔고 조선소가 속해 있는 사회를 팔고 나라를 파는 작업이다. 작업자들의 작업 능력을 팔고 사회의 품위를 팔고 국격(國格)을 파는 일이다. 그 어느 것 하나라도 맞지 않으면 영업은 시작조차 할 수 없다. 선주를 만나 선박 건조에 관한 이야기를 꺼내기도 전에 나오는 이야기가 '한국 같은 미개한 나라가 첨단기술을 요하는 초대형 유조선(VLCC)을 짓겠다고?' 였다. 선박을 소개하기 전에 날아오르는 한국 사회를 제대로 이해시켜야 했다.

70년대 말까지 런던 히드로(Heathrow) 공항에서 시내로 들어오는 고속도로에는 초대형 현판이 서 있었다. 햇빛이 쨍쨍 내리쬐는 여름 시골 논두렁 사이 좁은 길을 미군이 두 줄로 행군하는 사진이었다. 길가에는 군화가 일으키는 먼지를 뒤집어쓴 새카맣게 찌들은 대여섯 살 먹은 아이가 헐벗은 채 허기진 얼굴로 울고 있다. 그 밑에는 '전쟁고아들에게 따뜻한 손길을'이라는 구호가 쓰여 있다. 어디에도 한국이라는 말은 보이지 않았다. 그러나 그것이 한국이라는 것을 모두 알았다. 한국 전쟁이 끝난 뒤 삼십 년이 지나도록 한국은 동족끼리 전쟁한 나라, 그 전쟁으로 폐허가 된 나라, 거지가 우글거리는 나라로 세계는 인식하고 있었다. 배 짓는 이야기를 시작하기 전에 한국의 변화를 선주들에게 설득해야 했다.

'76년 나이지리아가 12,000톤과 16,000톤 급 고급 화물선 열여섯 척을 짓겠다는 국제 입찰을 공고했다. 오일 쇼크를 거치며 현금이 풍부해진 나이지리아의 국가적 사업이었다. VLCC 시대가 지나고 조선 시장이 점점 나빠지기 시작할 때였다. 그 배들은 비싼 배였을 뿐 아니라 현금 지불 계약이어서 전 세계의 조선소들이 필사적으로 덤벼들었다. 울산 조선소도 참여했다. 회의를 시작한 첫날 프로젝트의 책임자인 교통부 차관은 조선소 대표에게 거리낌 없이 이렇게 내뱉었다.

"한국이 이 최고급 최신 사양의 배를 짓는다고요? 말씀드리기 미안하지만 한국에 이 계약을 주어야 한다면 내가 나이지리아에서 내 손으로 짓겠습니다."

그런 모욕이 없었다. 한국은 그에게 세계에서 가장 뒤떨어진 미개국이었다. 산업 시설이라고는 아무것도 없는 나이지리아까지 한국을 그들보다 산업 역량이 뒤떨어진 후진국으로 취급하였다. 조선소는 그의 모욕적인 발언에 반발하기보다 삭여 들었고 참담한 고비마다 끈기 있게 한국이 가진 강점을 설득해서 결국 외국 경쟁자들을 물리치고 우선 협상자가 되었다.

그런데 그것은 시작일 뿐이었다. 600페이지가 넘는 기술 사양서

(仕樣書)는 회의할 때마다 고쳐서 누더기가 되었다. 일감이 부족했던 조선소는 선주의 당치 않은 요구까지 거의 다 들어 주었다. 부분적으로 하도 많이 고쳐서 기술 사양서는 결국 균형을 잃은 상처투성이의 괴상한 문서가 되었다. 척추가 휘고 갈비뼈가 몇 대 부러지고 여러 개의 불필요한 부분이 추가되거나 필요한 내장이 잘려 나간 괴물로 마무리되었다. 그런대로 거기까지는 합의를 했다. 사양서의 끝에 붙어 있는 마지막 다섯 페이지짜리 부품 제작자 명단(Maker's List)이 남았다. 각 부품마다 세 개 혹은 네 개의 제조업체 이름이 적혀 있었다. 그중 하나를 조선소가 추천하고 선주가 받아들이거나 다른 업체를 선택하는 작업이 시작되었다. 영국에서 공과대학 교육을 마친 기술이사는 한국 제품을 철저히 거부했다. 명단에 기재된 모든 부품에 대한 그의 질문은 한결같았다.

"이건 어느 나라 제품이지요."

"한국입니다."

그러면 그는 두말 않고 박박 두 줄을 그었다. 선박의 뒤끝 구조(Stern Frame)은 선체의 한 부분이고 당연히 조선소가 만드는 것이라 적혀 있었다. 그는 그것까지 조선소 이름을 지우고 영국 철강(British Steel)으로 바꿔 써넣었다. 방향타(Rudder)까지도 영국 철강으로 바꾸었다. 단지 철판을 자르고 용접해서 만드는 선체의 일부였다. 그는 완강했다. 한국에 대한 편견은 전혀 극복되지 않았다. 그를 이해시킬 수 있는 틈새는 어디에도 없었다. 재현은 기술사양서를 덮었다. 그리고 담담하게 선언했다.

"이것은 협상하는 방법이 아닙니다. 우리가 일감이 부족해서 선주의 무리한 요구까지 받아들이며 여기까지 왔습니다. 그러나 이런 비합리적인 협상은 계속할 수 없습니다. 지금 조선소가 받아들인다 해도 결국 선박의 건조과정에서 큰 분규를 일으키게 됩니다. 그것은 선주나 조선소에 바람직한 일이 아닙니다. 나는 이 협상을 여기서 종결시키기를 제안합니다. 우리는 오늘 철수하겠습니다. 선주는 오늘부터 다른 조선소와 협상할 자유를 갖게 됩니다."

모두에게 충격적인 선언이었다. 몇 년 동안 온갖 고난을 겪으며 마지막 고비까지 끌고 온 프로젝트였다. 재현과 함께한 동료들에게는 청천벽력이었다. 이 프로젝트를 놓치면 조선소는 일감이 완전히 떨어지게 되어 있었다. 재현은 동료들의 절망적인 시선을 외면하고 한마디 덧붙였다.

"여러분 그동안 고생 많았습니다. 오늘 점심은 내가 사겠습니다. 헤어지기 전에 점심이나 같이합시다."

선주 측 담당자들은 한시름 놓았다는 얼굴이었다. 무식한 애송이 조선소와 아웅다웅하지 않고 세계적으로 명망 있는 조선소와 거래하게 되어 안심한다는 표정이었다.

점심이 시작되자 재현은 기술이사에게 아무렇지도 않게 한마디 건넸다.

"이번의 기나긴 협상을 통해서 저희들은 식민지 스타일의 제국주의가 무엇인지 톡톡히 경험하고 갑니다."

기술이사의 얼굴이 금방 우락부락해졌다.

"제국주의? 무슨 뜻입니까?"

그는 재현을 노려보았다.

"제국주의라니? 무슨 말인지 설명해 보시요. 더구나 식민지 스타일의 제국주의라니? 그 말이 우리에게 얼마나 아픈 의미를 주는지 알고 계시오?"

재현의 대답에 따라 당장 주먹이라도 날리겠다는 자세였다. 영국의 오랜 식민지 지배를 그들은 아프게 기억하고 있었다. 재현은 담담하게 대답했다.

"선미(船尾) 구조(Stern Frame)의 부피와 무게는 잘 알고 계시겠지요? 방향타도 같은 경우지요. 그들을 영국 철강에서 만들어 오라고 했지요? 나는 도무지 그 생각을 이해할 수 없어요. 어떻게 정상적인 사고를 가진 사람이 철 구조물을 영국에서 만들어 그 먼 거리를 수송해 오라고 한단 말입니까? 제작비보다 수송비가 훨씬 더 들 것입니다. 그렇게 부자연스러운 일을 그렇게 자연스럽게 이야기할 수 있는 것은, 그것이 제국주의적 사고방식에서 나온 것이 아니라면 달리 어떻게 설명하겠습니까?"

재현은 기술이사를 정면으로 건너다보며 잘라 말했다. 붉으락푸르락하던 기술이사의 검은 얼굴이 점점 조용해졌다. 그리고 생각에 잠겼다. 오래지 않아 그가 일어섰다.

"신사 여러분 우리 회의실로 돌아갑시다. 아직 해결해야 할 문제가 남았습니다."

그 말을 학생들에게 옮길 때 재현은 그 기막힌 시절을 생각하고 목이 메었다. 학생들은 재현의 기분을 알아차렸다. 박수가 시작되더니 강의실은 박수 소리로 뒤덮였다.

그날 회의실로 되돌아간 뒤 대부분의 일본 제품과 영국 제품은 한국제품으로 바뀌었다. 그리고 삼 년 넘게 계속되던 협상은 종결되었다. 문제는 나이지리아의 담당자가 나쁜 사람이거나 그들의 악의에 의해 생긴 일이 아니었다. 나이지리아의 사회 분위기나 담당자의 개인적인 자질 때문이라기보다 처음 시작하는 해운회사가 저개발국에서 문을 연 경험이 적은 조선소를 믿지 못해 생긴 편견들이 빚어낸 사건이라고 할 수 있다. 조선소의 일감이 떨어져 가는 절망적인 상황에서 편견을 당당히 바로잡아 이겨 낸 프로젝트였다.

4.

"우리에 대한 편견은 저개발 국가일수록 심했습니다. 저개발 국가일수록 하루가 다르게 발전하는 한국의 산업에 경탄하면서도 그대로의 모습을 받아들이려 하지 않았습니다. 벌어지는 그들과의 경제적 격차를 긍정적으로 인정하려 하지 않고 부정하고 오히려 폄하하려 했습니다. 우리의 고객인 아프리카, 아시아, 중동의 여러 나라들이 있는 그대로의 우리를 인정하지 않았습니다. 우리의 영업 활동은 그런 편견을 극복해가는 노력이었습니다."

마드라스(Madras, 현재 Chennai)에 본사를 둔 인도의 해운회사는 한국 조선소를 노골적으로 곁다리 취급했다. 작지만 침체된 인도의 해운회사들 중 계속 이익을 내는 유일한 회사였다. 그들은 네 척의 살물선(Bulker) 신조 프로젝트를 가지고 시장에 나왔다. 사는 사람 마음대로 돌아가는 시장(Buyer's Market)이었다. 그들은 어려운 시장 여건을 최대한으로 활용했다. 세계의 많은 조선소들을 모아 경합시켰다. 그들의 가격을 쥐어 짠 뒤 일본과 한국 조선소를 마지막 협상 대상자로 남겼다. 한국 조선소 영업 팀을 도쿄로 들어오라 해 놓고 낮에는 일본 조선소와 협상을 벌이면서 한국과는 생색이나 내듯 저녁에 한두 시간 만나 주었다. 한국 조선소가 도쿄에 와 있다는 것을 일본 조선소에 알려 일본 조선소의 계약 조건을 유리하게 끌어내겠다는 노골적인 작전이었다. 어떤 경우에도 이길 자신이 있었다. 재현은 그들이 하자는 대로 따랐다. 그리고 느긋하게 기다렸다. 어느 날 저녁 짧은 협상을 마친 뒤 재현은 그들을 한국 식당으로 끌고 갔다. 한때 영화계를 휩쓸었던 한국의 여자 배우가 경영하는 불고기집이었다. 긴자 거리에 있던 그 식당은 붐비는 손님들로 빈자리가 없었다. 영화배우에 대한 존경심이 깊은 인도 사람들을 아름다운 주인은 저녁 한 끼 먹는 동안 한국 예찬자로 만들어 놓았다. 그 뒤 재현은 그 프로젝트를 쉽게 이겼다. 한국이라는 시스템으로 또 하나의 편견을 이겨낸 경우였다.

마드라스 쪽의 신조 프로젝트를 마무리하자 따라온 것이 인도 국영해운(SCI; Shipping Corporation of India)이었다. 그때까지 인도 정부가 프로젝트마다 장기 저리차관(Soft Loan)을 요구했기 때문에 한국 조선소들은 인도 국영해운과의 선박 건조 이야기를 금기(禁忌)로 여겼다. 그런데 80년대 들어서면서 상황이 급변했다. 인디라 간디 수상 정부는 오랜 긴축재정 덕택으로 비축된 외화를 활용해서 정상적인 방법의 지불 방식을 선박 계약에 적용하였다. 그들은 시급히 필요한 6만 톤급 유조선 10척의 건조계획을 발표하였다. 출구가 보이지 않는 터널 속이라고 부르던 조선시장 최악의 불황 기간이었다. 전 세계의 조선소들이 몰려들었다. 마침 인도양 해군 사령관이 퇴역해서 국영해운의 회장으로 부임했다. 소신과 추진력을 갖춘 인사였다. 막강한 권위를 내세워 세계의 조선소들을 마음껏 주물렀다. 거기서도 한국은 곁다리였다. 처음 만났을 때 회장은 재현을 아랫사람 대하듯 윽박질렀다.

"미스터 리, 인도에는 배를 짓기 시작한 지 100년 이상 되는 전통 깊은 조선소가 여럿 있어요. 내가 만약 조선소 문을 연 지 10년도 되지 않은 한국 조선소에 이 중요한 국가적 사업을 발주한다고 생각해 보세요. 인도 조선소들에게 어떻게 설명을 해야 하지요?"

회장의 물어뜯는 듯한 질문에 재현은 고분고분하게 곁다리 역할을 자청했다.

"결코 한국 조선소에 발주하시면 안 됩니다."

그는 눈을 부릅떴다.

"아니 그러면 미스터 리는 여기 왜 왔어요?"

재현은 똑같은 어조로 설명했다.

"인도 조선소에 먼저 기회를 주십시오. 그래서 그들이 국제적인 경쟁을 이기고 회장님이 만족하실 만한 수준의 선박을 만들 수 있다는 확신이 서면 당연히 인도 조선소에 발주하셔야지요. 인도 조선소가 회장님의 뜻을 맞추지 못해서 외국에 발주해야겠다는 생각이 드시면 우리를 부르십시오. 우리는 회장님을 위해 최선을 다해 봉사하겠습니다."

회장은 '요것 봐라' 하는 자세가 되었다. 위압적인 자세를 조금 누그러뜨리고 대화를 하자는 어조가 되었다.

"미스터 리, 한국 경제에 대해 이야기해 주시요."

재현은 60년대 한국에서 일어난 기적 같은 삶의 변화를 이야기해 주었다. 인도에서 한국의 산업발전은 이미 신화가 되어 있었다. 울산 조선소 인도 지점장의 전화는 그룹사 제품의 에이전트를 하고 싶다는 인도 유력인사들의 전화로 하루 종일 통화 중이었다. 회장은 점점 깊은 관심을 보였다.

"울산 조선소 그룹의 한국 경제에 대한 공헌을 이야기해 주시요."

재현은 국민총생산의 큰 몫을 맡고 있는 그룹의 국가 경제에 대한 공헌도를 설명했다. 그는 재현의 설명을 듣지 않고는 아무 일도 할 수 없다는 듯 서둘렀다.

"울산 조선소에 대해 이야기해 주시요."

재현은 텅 빈 모래밭 하나 놓고 기술 도입하고 설비를 위한 차관을 얻고 선박 주문 받는 일을 한꺼번에 해냈던 이야기를 들려주었다. 그리고 조선소가 문을 연 뒤 10년이 되지 않아 200여 척의 세계 최고 수준의 배를 성공적으로 인도했다는 이야기를 하였다. 그는 거기까지 듣고는 열정적으로 책상을 치며 고함을 질렀다.

"바로 그거야. 한국의 한 조선소가 200척의 배를 완성하는 동안 인도 굴지의 조선소는 배 한 척을 가지고 10년 동안 씨름을 하고 있어. 이건 연륜의 문제가 아니야. 경영자의 의지와 능력의 문제야. 이제 인도는 한국으로부터 배워야 돼."

인도 대륙 남단에 위치한 코친(Cochin) 조선소는 울산 조선소와 같은 시기에 VLCC 건조 시설을 도입해서 배를 짓기 시작했다. 세계에서 가장 이상적인 장소에 자리 잡은 조선소였다. 세상의 모든 배들이 지나다니는 길목에 자리 잡고 있었다. 그러나 10년이 지난 그때까지 거기서는 첫 번째 배 한 척도 인도를 할 수 없었다. 배를 다 짓고 나서 시운전을 하고 있는데 배의 표면에 발라 놓은 페인트가 몽땅 벗겨졌다. 기계는 바다에 나가면 번갈아 가며 고장이 났다. 언제 시운전이 끝날지 언제 배가 완성될지 예측할 수 없는 상황이었다. 회장은 선언했다.

"우리는 한국을 모든 경쟁자들과 동등하게 대할 것입니다. 한국도 우리를 도울 준비를 하시기 바랍니다."

한국이 가진 체력으로 극복한 편견이었다.

5.

"편견이라는 산을 넘자 또 하나의 산이 가로막고 있었습니다. 이 산은 사회와 사회, 국가와 국가와의 사이에 놓인 편견이 아니고, 개인과 개인간의 소통 능력이라는 산이었습니다."

유럽이나 미국인과 소통하기 위해서는 상대방의 가슴 혹은 머리의 주파수에 자신의 주파수를 맞출 수 있어야 한다. 그럼으로써 '너는 나와 한패'라는 생각을 공유하여야 한다. 대화를 나눌 주제에 대한 지식이 충분하다는 것을 보여 주어야 할 뿐 아니라 인격이 대등하다는 것을 보여 주고 서로 좋아하는 것이 일치한다는 사실을 확인한 뒤에 대화가 시작된다. 내려다보는 사람은 농담의 대상은 되지만 업무를 위한 올바른 대화의 상대는 되지 않는다. 그들은 대인 관계에 대범한 것 같지만 진솔한 이야기를 나누기 위해서 대화가 시작되기 전 서로 대등한 수준의 인격이라는 것을 확인하려고 한다.

언젠가 파리에서 있었던 프랑스인들과의 협상이 그랬다. 프랑스 사람들은 원래 천성이 복잡한 사람들이기도 하지만 그들과의 대화는 주변에서 빙빙 맴돌기만 하고 일의 핵심으로 들어가지 않았다. 그렇게 하루를 보냈다. 다음 날 아침 재현은 지나가는 말로 일과 전혀 관계가 없는 피카소의 '청색시대(青色時代)' 이야기를 꺼냈다. 피카소의 가난했지만 인간적인 초기 화풍을 이야기했다. 상대방은 즉각 호응해 왔다. 그들은 비즈니스는 제켜 놓고 피카소로부터 시작해서 마리 로랑생에 이르기까지, 그리고 몽마르트르의 '세탁선 시대' 이야기로 한나절을 보냈다. 재현이 미술을 전공하던 친구들의 어깨 너머로 훔쳐보았던 화집 덕택이었다. 비즈니스 이야기는 자연스럽게 뒤따라왔다. 그들이 가장 자랑스럽게 여기고 아끼는 것을 공유함으로서 뚫어 낸 벽이었다.

말라카 해협에서 해적들의 습격으로 배와 선원들을 잃고 며칠 후 심장마비로 별세한 토르가(Torga)는 재현이 형제보다 더 끈끈한 인간관계를 맺었던 친구이다. 그가 한국에 처음 온 것은 80년대 중반이었다. 일본이 '모자를 벗고 조선 산업과 이별을 고할 때'라고 선언한 뒤 스스로 조선 산업 최고의 자리에서 내려서고 있었다. 그는 오랫동안 일본에서만 배를 지었다. 한국에 오긴 했지만 한수 아래로 얕잡아 보고 있었다. 그는 시험 삼아 두 척의 배를 발주했다. 값을 후려쳤고 특별히 빠른 납기를 요구했다. 그것을 한국 조선소가 맞추어 내었다. 그는 몸은 일본에 두고 한쪽 발만 들어 한국 땅을 시험하고 있었다. 그는 긴가민가하며 한국 조선소의 품질과 신뢰도를 타진하였다. 그때 그는 두 번째 부인과 이혼한 뒤였다. 심신이 황폐해 있었다. 저녁 먹을 때마다 순수한 소련 보드카(Pure Russian

Vodka) 두 병을 마셔야 했다. 술 마신 뒤 여자 관계도 난잡했다. 자연히 그의 한국에 대한 인상도 후하지 않았고 조선소의 그에 대한 존경심도 높지 않았다. 언젠가 출장에서 돌아온 재현이 토르가의 그런 모습을 보았다. 그는 세상에서 보기 드문 소중한 인재가 그렇게 무너져 가는 것을 보고만 있을 수 없었다. 그는 토르가를 끌고 시내로 나와 토르가가 한국에 오면 단골로 가는 요정에서 저녁을 같이했다. 보드카 없이 저녁을 먹으며 재현이 토르가에게 술 마시기 내기를 제안했다. 앉은 자리에서 보드카 두 병을 마시는 토르가에게 술 마시기 내기를 하자고 덤빈 것이다. 토르가는 싱글거리며 내기를 받아들였다. 그들은 저녁을 간단히 마치고 거리로 나섰다. 요정 밖 한길은 술집으로 도배가 되어 있었다. 그들은 길가에 줄지어 있는 바마다 들러 스카치 원샷을 하였다. 이층에 바가 있으면 거기도 들렀다. 50미터도 못 가서 재현과 토르가는 길에 큰대자로 드러누웠다. 토르가가 물었다.

"헤이 제리, 그런데 우린 지금 무슨 내기를 하고 있는 거지? 내기에 이기면 무슨 상을 주는 거야?"

재현은 혀 꼬부라진 소리로 대답했다.

"술 끊기."

"지면?"

"술 안 마시기."

토르가는 천진난만한 웃음을 지었다. 재현의 마음을 읽은 것이다. 그들은 다시 일어났다. 어깨동무를 하고 바를 찾아 스카치 원샷을 이어 갔다. 얼마 가지 못해 그들은 다시 길에 완전히 널브러졌다. 토르가가 항복을 했다.

"나는 더 못 마셔. 내가 졌어."

재현은 길가 하수도에 그날 마신 술을 토해내었다. 끝없이 토했다. 그리고 그도 항복했다.

"내가 졌어. 내가 졌어. 이제 술 그만 마시자고. 술 그만 마시자고."

재현이 그날 일어난 일을 기억할 리 없다. 모두 그들을 뒤따르던 영업부 직원들이 나중에 들려준 말이다. 토르가가 술을 끊지는 않았다. 그러나 그 뒤 저녁 먹을 때마다 보드카 두 병을 마련하는 일은 없어졌다. 한국에서의 사생활도 반듯해졌고 조선소가 가장 존경하는 선주가 되었다. 재현과 토르가는 형제보다 가까워졌다. '저 친구는 나를 진심으로 아끼는구나' 하는 확신이 들면 형제가 되지 않을 수 없다. 토르가는 일이 있을 때마다 재현이 어디에 있건 재현부터 찾았다. 상대방을 이해함으로써 형제가 된 경우이다.

나이지리아 국영해운 사장은 아일랜드 최고의 명문대학을 나온 멋쟁이였다. 얼굴도 잘생겼을 뿐만 아니라 체격도 단단했다. 모교와 나이지리아의 대표 중거리 육상 선수였다. 올림픽에서 나이지리아 팀의 기수를 맡았다. 그는 대부분의 계약 회의에 참석해서 상좌에 앉았다. 그는 앉아 있기만 했고 상세한 토의에 끼어들지 않았지만 그의 카리스마는 늘 회의장을 압도했다. 기술자문을 맡은 영국 선급의 임원들은 그가 있는 곳에서는 고양이 앞에 쥐처럼 설설 기었다. 그는 누구에게도 곁을 주지 않았다. 그런 그가 재현을 시험하기 시작했다. 우선 협상자로 한국 조선소를 결정할 때까지 그는 시도 때도 없이 재현을 불렀다. 마치 자기 옆방에 있는 부하 부르듯 한국에 있는 재현을 나이지리아로 나오라고 했다. 한국과 나이지리아 사이의 거리 같은 것, 불편한 비행기 편 같은 것은 전혀 고려하지 않았다. 머릿속에 의문이 떠오르면 재현을 부르는 것이다. 하루 이틀이면 끝나는, 혹은 한두 시간이면 종결되는, 혹은 전신으로 해결되는 문제도 있었다. 그것을 위해 왕복 교통으로만 나흘이 걸리는 나이지리아로 재현을 부르는 것이다. 때로는 그가 런던 가고 싶으면 재현을 런던으로 불러 그의 런던 출장 핑계로 삼았다. 재현은 그것이 그가 곁을 주기 시작한 증거라고 받아들였다. 그러나 사장은 협상이 종반에 접어들 때까지 겉으로는 틈을 보이지 않았다. 그런데 시간이 지나면서 재현이 라고스(Lagos)에 머무는 동안 가끔 재현의 호텔에 들러 스카치를 한두 잔 하며 이야기를 나누기 시작했다. 재현은 그 시간을 소중하게 활용했다. 주로 한국의 역사 문화 스포츠에 대해 이야기했다. 융통성 있는 민족성, 아시아에서는 가장 굳센 체력을 가진 민족, 외국 침략에 대해 적극적으로 대응한 역사 등 그가 솔깃해 할 이야깃거리를 들려주었다. 처음 아프리카의 오지에서 온 미개인 대하듯 하던 그가 차츰 마음을 풀고 좀더 자주 재현의 호텔을 찾게 되었다. 어느 날 그는 바틱(Batik)를 입고 나왔다. 동남아시아의 것들은 대부분 감청색 면에 금빛 무늬를 날염(捺染)한 것인데 그의 것은 목과 팔 끝부분을 금색 실로 수를 놓아서 품위도 있었고 그의 좋은 체격에 맞아 아름다웠다. 재현이 진심으로 감탄했다.

"아, 정말 아름답다. 너무 잘 어울려."

그는 아무 말도 하지 않았다. 그 다음 날 아침 작은 소포가 재현의 방으로 배달되었다. 그가 입었던 바틱이 반듯하게 다림질하여 들어 있었다. 두 사람의 체격이 비슷해서 재현에게도 잘 맞았다. 재현은 나이지리아에 갈 때마다 그 옷을 챙겨가서 중요한 일이 있을 때 입고 나섰다. 재현이 다음 나이지리아를 방문할 때 한국의 개량 한복 한 벌을 그의 아내에게 선물했다. 그녀는 그때 나이지리아 정부의 사회부 장관이었다. 스스럼없이 입을 수 있는 흰 저고리에 검은 치마였다. 눈에 드러나지 않게 수를 놓은 가벼운 비단 옷이었다. 그것이 그녀의 마음에 들었다. 그 뒤 그는 나이지리아 갈 때마다 사장의 집으로 초대되었다. 그처럼 고압적이던 사람이 처음으로 곁을 주기 시작한 것이다. 그들은 서로 잘 이해했고 서로의 말을 믿게 되었고 우정은 오래 계속되었다. 그 우정은 결국 어려운 고비를 많이 넘겼지만 좋은 결말을 짓는 토대가 되었다.

"인도 국영해운과의 프로젝트는 우리에게 더없이 중요한 성공의 기록입니다. 그때 그것밖에 붙들 수 있는 일감이 없었습니다. 거기서도 회장과의 인간적 신뢰는 결정적 역할을 하였습니다."

　국제 입찰이 시작된 뒤 두 해가 지났다. 복잡하고 지루한 과정을 거치며 유럽 조선소들이 탈락되기 시작했다. 결국 일본 조선소와 울산 조선소가 남았다. 회장은 두 조선소를 같은 날 불러 번갈아 가며 협상 테이블에 앉혔다. 조선소로서는 고통스러운 과정이었다. 그것은 고문과도 같았다. 일본과 먼저 협상을 하고 나서 회장은 일본의 선가라고 종이에 숫자를 적어 재현에게 넌지시 보여주기도 했다. 그러면서 한국의 값을 깎으려 했다. 협상이 반복될 때마다 회장은 값을 깎았다. 기술 사항은 기술 팀들의 일이고, 값을 깎는 것만이 그의 임무라는 듯 기술 협상의 내용과 관계없이 값을 후려쳤다. 그때마다 재현은 기술 사양을 하향조정하면서 값을 조금씩 깎아 회장의 비위를 맞추었다. 재현은 이기는 게임이라는 것을 알고 있었다. 세계 여러 곳에서 벌어진 경쟁에서 일본에 한 번도 진 적이 없었다. 기술이나 계약 조건에서 한국은 일본보다 늘 융통성이 있었다. 국영 해운 내부정보에도 재현이 일본보다 훨씬 가깝게 접근하고 있었다. 그날도 값을 깎으라는 회장의 지루한 요구가 계속되었다. 재현은 더 이상 깎을 수 없다고 버티고 있었다. 재현은 한국의 값이 다른 조선소보다 경쟁력이 있다는 것을 알고 있었다. 회장은 느닷없이 전화기를 재현에게 밀어붙였다.

"미스터 리, 지금 조선소 회장에게 전화를 거시오. 그리고 값을 5퍼센트 깎으면 오늘 내가 계약에 서명하겠다고 말하시오."

그는 눈을 부릅뜨고 화가 나서 견딜 수가 없다는 듯이 으르렁거렸다. 자기는 회장을 상대하지 너 같은 조무래기와는 말하지 않겠다는 표정이었다. 재현은 회장의 제스처를 무시했다.

'5퍼센트라니? 5퍼센트를 아이들 사탕 값으로 아는가?'

재현은 그를 똑바로 건너다보며 대답했다.

"바쁜 우리 회장님이 지금 어디 계신지 알지도 못하면서 어디로 전화를 걸라는 말씀입니까? 더구나 저는 전권을 위임받고 이 자리에 앉아 있는 것입니다. 이것은 제 권한이자 책임입니다. 제가 우리 회장님께 전화를 걸어서 횡설수설하면 위임 받은 권한도 제대로 쓸 줄 모르는 놈이라고 야단을 치실 것입니다. 회장님도 잘 아시는 바와 같이 우리는 그동안 선가를 계속 깎아 왔습니다. 이제는 한 푼도 깎을 여유가 없습니다. 이것은 세계 어디서도 볼 수 없는 가장 낮은 값입니다. 이것으로 회장님께 봉사할 수 있는 기회를 주시기 바랍니다."

　회장은 벌떡 일어서더니 재현을 노려보았다. 그리고는 전화기를 회의실 바닥에 내동댕이치고 회의장을 나가 버렸다. 박살 난 전화기를 보며 모두들 이제 이 중요한 프로젝트는 끝났구나 생각했다. 재현의 동료들은 울산으로 회장에게 전화하는 시늉이라도 하지 왜 그렇게 잘난 척만 하느냐는 표정들이었다. 조선소 팀이 국영해운 건물을 나서려는데 회장 비서실에서 전갈이 왔다. 재현만 회장실에 들렀다 가라는 것이다. 회장의 사납던 표정은 풀려 있었다. 조선소 회장이 어떤 사람인지 그의 개인적 이야기를 해 달라고 했다. 재현은 자수성가한 조선소 회장의 어린 시절, 불굴의 의지, 끊임없는 노력, 비범한 기획력과 거침없는 추진력을 차근차근 설명했다. 국영해운 회장의 뛰어난 경력과 비교해 가며 조선소 회장의 이야기를 골라 들려주었다. 퇴근 시간이 훨씬 지나도록 그들은 회장실에 남아 이런저런 이야기를 나누었다. 그들이 헤어질 때 회장은 불쑥 손을 내밀었다.

　"미스터 리, 당신은 나의 친구야."

　처음으로 재현을 그와 동등한 계급으로 인정한 것이다. 그것은 중요한 순간이었다. 특히 인도처럼 계급의식이 뚜렷한 사회에서 안하무인인 인도양 함대 사령관 출신의 국영해운 회장이 재현을 동격으로 받아 준 것이다.

　"이번 금요일 저녁 우리 집에서 간단히 저녁이나 합시다."

　기대 이상의 배려였다. 재현은 금요일 저녁 귀국하는 일정이었지만 귀국을 미루었다. 제법 큰 개울가에 자리 잡은 회장의 집에서 저녁을 들고 테라스에서 포도주를 마시며 밤늦게까지 이야기를 나누었다.

그 뒤 일본 조선소는 탈락하고 울산 조선소가 우선 협상자로 선택되었다. 두 달 뒤 계약이 서명되었다. 그 두 달 동안 회장은 재현을 눈부시게 활용하였다. 국영해운은 그들의 상급 주무 부서인 교통부와 껄끄러운 일들이 많았다. 대화도 제대로 되지 않았다. 회장은 재현을 뉴델리에 있는 교통부로 보내 그들이 다루기 힘든 일들을 재현이 제삼자적 입장에서 풀어내게 했고, 재현을 에너지부, 재무부 등 정부 다른 부처에 '메신저 보이'로 활용하기도 했다. 그 프로젝트의 성공은 인도 국영해운 회장의 재현에 대한 인간적인 믿음이 만들어 낸 크나큰 축복이었다.

6.

마지막 날 재현은 학생들과의 토론으로 그의 강의를 마무리 지었다.

"내 나이는 지금 60대 중반입니다. 우리의 현대사가 속속들이 내 피에 스며 있습니다. 이토록 파란만장한 역사를 체험한 세대가 동서고금을 막론하고 드물 것입니다. 식민지 시대에 태어나 굴욕적인 삶을 시작했고, 북한군의 남침으로 가지고 있던 보잘것없는 자산마저 완전히 파괴되는 것을 보았습니다. 세계 어디서도 볼 수 없는 궁핍과 불만의 삶이었습니다. 그리고 기적을 보았습니다. 폐허에서 신세계가 솟아오르는 것을 보았습니다. 그것을 내 손으로 만들어 내는 체험을 하였습니다. 저는 제가 살았던 이 기적 같은 시대가 우리의 기나긴 역사에서 얼마나 중요한 시기였는지, 그것은 어떤 의미를 갖는지, 그것은 어떻게 계승되어야 하는지 하는 여러 문제에 대해 곰곰이 생각했습니다. 그 의미를 스스로 정의해 보려고 여러 번 시도했습니다. 그러나 제 능력의 한계만 확인했습니다. 이제 여러분들의 어깨에 그 짐을 옮겨 놓으려고 합니다."

네 번에 걸친 재현의 강의는 학생들을 감동시켰다. 특히, 현장감 있는 그의 체험이 잘 받아들여졌다. 한 학생이 물었다.

"오늘의 성공이 만들어지기까지 얼마나 어려운 여건을 헤쳐 나오셨는지 실감나게 잘 들었습니다. 그 어려움을 이겨내고 좌절을 극복하신 노고에 큰 박수를 보냅니다."

학생들은 박수를 쳤다. 재현은 그들의 박수를 제지했다.

"이야기를 하다 보니 제 자랑을 늘어놓은 모양새가 되었습니다. 그러나 제 생애는 축복받아 마땅한 세대였다고 확신합니다. 저는 지금까지 사회생활을 하며 고생했다는 생각을 한 번도 한 적이 없습니다. 순간순간이 축복받은 보람찬 시간이었기 때문입니다. 물론 어린 시절 어려운 시절을 보냈고 또 좌절도 했지만 산업화가 시작되고 나서 고생했다는 기억이 없습니다. 내가 움직이면 그만큼 우리 가정의 삶이 풍요로워지고, 우리 회사가 번창하고, 우리나라가 발전해 나가는 것입니다. 저의 움직임이 만들어 내는 성공이 나 자신을 풍요롭게 했을 뿐 아니라 사회를 변화시키고 있다는 것이 눈에 보였거든요. 어떤 일을 하면서 그 일의 성과를 스스로 볼 수 있다는 것은 아무나 누릴 수 있는 축복이 아닙니다. 그런 상황에서 고단하다, 힘들다는 생각은 머리에 떠오르지 않지요. 해낸 일이 장하고 그렇게 되도록 도와준 분들에게 고마울 뿐이었지요."

"같은 길을 가는 후배들에게는 어떤 이야기를 해 주십니까?"

"저는 제 공과대학 출신 후배들에게 안쓰러운 마음을 가집니다. 그들은 늘 야단을 맞지요. '너희 선배들을 보아라. 그들은 고난의 인생을 살았다. 그들이 고난을 통해서 이룩한 낙원에 너희들은 무임승차하고 있는 거야. 고마운 줄 알아야지. 아까운 청춘을 허송세월 하지 말고 선배들처럼 노력을 해 봐.' 그들은 나름대로 불평합니다. '선배들이 다 이루어 놓아서 우리들은 해 볼 것이 없다. 선배들에게는 모든 종류의 기회가 주어졌지만 우리에게는 희망 없는 정체된 나날이 주어졌을 뿐이다.' 일리가 있는 말입니다. 그러나 그것은 그들의 세대만이 갖는 어려움이 아닙니다. 어느 때나 젊은이들은 그들의 주변 환경에 불평하였습니다. 우리도 대학 졸업하고 이정표도 없는 길에 섰습니다. 왜 지옥 같은 척박한 나라에 태어났느냐고 자탄하였습니다. 그러나 아무것도 없다는 것은 역설적으로 무언가를 만들어야 할 기회가 주어졌다는 뜻도 됩니다. 난관은 있었지만 많은 일들이 성취되었습니다. 대학을 졸업했을 때 느꼈던 절망은 모두 극복되었습니다. 기대 이상으로 이루어졌습니다."

자탄과 좌절은 대부분 극복되었다.

"우리는 우리나라 음악인들이 뛰어난 협동심으로 완벽하게 교향악을 연주할 수 있다는 것을 보았고, 유명한 오케스트라를 이끄는 세계적 지휘자가 한국인이라는 것을 알게 되었습니다. 미세한 마무리를 필요로 하는 골프 같은 운동이 우리의 유전자와 절묘하게 맞아떨어진다는 것도 확인하였습니다. 가장 세밀한 마무리를 요하는 반도체 분야에서 세계 최고가 되었습니다. 한국의 자동차와 선박은 세계의 도로와 해로를 휘젓고 있습니다. 한국의 여인들은 가장 총명하고 아름답고 옷을 잘 입고 화장도 가장 잘하는 세계 최고의 멋쟁이라는 것이 확인되었습니다."

재현은 말을 멈추었다. 생각을 정리하기 위해서였다.
"완벽한 폐허에서 산업화가 시작되었고 조선소가 문을 열었습니다. 저는 조선소에 입사할 때 내가 하고 싶은 일을 한다는 열망밖에 없었습니다. 월급이나 직급 같은 것에는 신경을 덜 썼습니다. 처음에 같은 또래보다 낮은 월급을 받아들였던 나는 결과적으로 진급이 좀 늦었지만 나는 그 사실에 신경 쓰지 않았습니다. 하지만 일을 하면서 금방 보상되었습니다. 과장 진급은 조금 늦었지만 37세에 차장, 38세에 부장, 39세에 이사로 일 년에 한 직급씩 진급을 하였습니다. 요즈음처럼 정체된 조직에서는 상상도 할 수 없는 일이라고 말하지요. 후배들이 부러워하는 일들 중 하나입니다. 그러나 지금도 그런 일은 반복되고 있습니다. 문제는 자기가 맡은 일에 얼마나 사명감을 갖고 집중하느냐는 것이지요. 이 세상이 지옥이라고 단정하는 사람에게 세상은 지옥으로 다가옵니다. 그러나 천국이라고 믿는 사람에게는 세상은 천국이 되는 것입니다."
재현은 계속했다.
"후배들은 말합니다. '조선 공업처럼 선박 한 척에 수많은 부품이 들어가고 다양한 분야의 기술이 집중되는 곳에서 개인은 전혀 그의 개성을 발휘할 수 없고 단지 거대한 기계의 작은 한 부속으로 존재할 뿐이다.' 그럴까요? 역으로 생각해 보면 그 작아 보이는 부속 하나 하나의 품질에 따라 배의 성능이 달라진다. 그 사소한 부품이 거대한 배의 성능을 결정하듯 조선소의 모든 직원은 그 회사의 운명을 결정짓는 핵심 요소라고 하면 어떨까요? 그럴 때 그 개인은 주인공이 되는 것이다. 이렇게 이야기합니다. 어느 때나 어느 곳에서나 개인이 역사를 만드는 것입니다. '나는 보잘것없는 부속품이다'라고 생각하면 점점 작아져서 부속품으로 남습니다. 그러나 '나는 회사의 운명을 결정하는 핵심 요소이다'라고 생각하면 점점 자라나 그 자신이 회사 자체가 되는 것입니다."

또 다른 학생이 물었다.
"우리 역사 학도에게 바라는 것이 있다면 어떤 것인지요?"
재현이 대답했다.
"저는 인문학에는 문외한입니다. 역사 학도들에게 훈수를 둘 처지는 아닙니다. 그러나 저의 절실한 소망이 있습니다. 우리의 가치관을 확립해 달라는 것입니다. 우리 핏속에 흐르고 있는 정체성을 뚜렷이 해 달라는 것입니다. 우리가 현대에 이루어 놓은 성과의 의미를 역사적으로 규명해 달라는 것입니다. 어물어물 집적거리는 것이 아니라 전문가적 안목과 기법으로 확고하게 해 달라는 것입니다. 그래서 어중이떠중이 아마추어들, 정치가나 교육자가 함부로 왜곡하거나 폄훼할 수 없는 금강석같이 단단한 역사를 정립해 달라는 것입니다. 아직 젊고 경험이 적다고 스스로를 폄하하지 마십시오. 여러분은 순수하고 열정을 갖고 있습니다. 그것이 이 과업을 이루기 위한 가장 큰 자산입니다. 누구도 만들어 보지 못한 우리들의 역사를 써 주십시오. 역사는 계속됩니다. 제대로 가꾸지 않으면 우리가 이룩한 이 소중한 자산은 하루아침에 스러질 수도 있습니다."

재현은 자기의 말에 스스로 감동했다. 계속했다.

"아르헨티나를 보십시오. 한때 그 나라는 세계에서 가장 살기 좋은 나라였습니다. 모든 사람들이 가서 살고 싶어 하는 세계에서 최고로 부유한 나라였죠. 천연자원과 농산품들이 풍족했을 뿐 아니라 자연환경이 깨끗하고 아름다운 세계 최고의 나라였습니다. 그러나 세상 사람들이 부러워하던 삶이 무너지는 데 긴 시간이 걸리지 않았습니다. 역사에 무지한 위정자의 잘못으로 구제할 수 없는 나락으로 떨어져 버렸죠. 가지고 있는 것의 소중함을 잊고, 그것을 유지하고 확장할 생각을 하지 않고, 모든 것이 마치 화수분처럼 마냥 솟아오르는 재화로 착각해서 소모하는데 국력을 소모해 버렸지요. 80년대 초 아르헨티나를 방문한 적이 있습니다. 한때 세계 최고의 물건들로 가득했던 길거리의 쇼윈도에 진열된 물건들은 빈약했습니다. 그런데 그마저 물건들의 가격표는 인쇄된 것이 없고 모두 손으로 쓴 것들이었습니다. 아침에 지나갈 때 보는 가격과 저녁에 보는 가격이 달랐습니다. 극심한 인플레이션 때문입니다. 잘 살던 나라를 정치인들의 비천한 손으로 쓰레기통에 쓸어 넣은 것입니다. 잘 살고 있는 국민들을 가난한 사람들과 부자로 편 가르기를 해서 경제는 하향 평준화되고 삶은 밑바닥으로 떨어졌지요. 무지한 정치인들이 선거에서의 표만 따라다닌 결과 생산은 위축되고 공장은 문을 닫았습니다. 부지런히 일하던 전통은 사라졌습니다. 일을 하는 사람이 없어졌습니다. 노는 사람과 일하는 사람이 똑같이 대접받는 세상이 되었습니다. 한때 세계에서 가장 존경받던 부지런한 사람들이 일할 생각은 하지 않고 하늘에서 떨어지는 만나를 기다리는 무기력한 사람들로 변한 것입니다."

재현은 학생들의 진지한 눈길에 이끌려 이야기를 멈출 수 없었다.
"베네수엘라를 보십시오. 좋은 기후에 석유가 펑펑 솟아오르는 부유한 나라였습니다. 베네수엘라만큼 삶이 풍요롭고 아름다운 여인들이 많은 곳을 보지 못했습니다. 그들도 마찬가지입니다. 무지한 정치가 국민들을 편 가르기에 몰아넣고 경제를 바닥으로 가라앉히고 그들이 위한다던 서민 경제를 나락으로 떨어뜨렸습니다. 윤기 흐르던 거리는 거지로 넘쳐났고 아름다운 여인들은 길거리 여자로 나서고 있습니다. 형편이 되는 사람들은 이민 갈 생각만 하고 있습니다. 쏟아져 나오는 석유는 축복이 아니라 재앙이 되었습니다. 아르헨티나 베네수엘라는 원래 가난해지려 해도 가난할 수 없는 나라였습니다. 그러나 그런 나라도 가치관과 역사의식을 잃으면 필연적으로 나락으로 떨어지는 것입니다."

학생들의 열기는 높았다. 또 다른 학생이 손을 들었다.
"우리의 세계적 위상은 어디쯤에 위치하고 있습니까?"
"통계로 보면 우리의 위상은 뚜렷해집니다. 우리의 수출 역량이나 국민소득을 보면 우리는 이미 한참 전에 최빈국 위치를 벗어났고 긍정적으로 선진국에 근접하고 있습니다. 우리 역사상 우리의 국제적 위상이 이만한 위치에 오른 적은 없었다고 단언할 수 있습니다. 그것이 바로 우리 현대사회가 이룩한 성취입니다. 그것은 남이 가져다 준 것이 아닙니다. 우리의 간절한 소망을 이루기 위해 지도자들이 목숨을 걸고 이끌었고 우리가 젖 먹던 힘을 다해 함께 노력했던 탓입니다. 하나의 짤막한 에피소드를 말씀드리겠습니다. 1966년 시월 마닐라에서 월남 참전 7개국 정상회담이 열렸습니다. 그때 한국보다 국민소득이 훨씬 높았고 아시아에서 가장 발전 가능성이 높다고 평가된 필리핀의 대통령 마르코스는 희망이 없는 거지의 나라 한국에서 온 박정희 대통령을 외교 관례도 무시한 채 박대하였습니다. 영빈관도 배당되지 않았고 회의에서도 찬밥 신세였습니다. 박 대통령은 그의 박대를 무시하고 그의 길을 끈기 있게 걸어갔습니다. 그는 그 회의를 이용해서 미국과의 유대를 공고히 했고 월남 참전 문제도 매듭지었습니다. 무능하고 부패한 마르코스와는 확연히 다른 길을 걸었습니다. 그는 박 대통령의 국가 발전에 대한 간절함과 목숨을 건 성심을 이해할 수 없었습니다.

박 대통령은 마닐라에서의 불편한 정상 회담을 마치고 바로 월남 전선으로 갔다. 월남을 위해서가 아니라 대한민국을 위해서 싸우는 장병들을 위로하였다. 세계 많은 나라들의 부정적인 눈길을 받으며 그들은 죽음의 땅으로 갔다. 가난으로부터 벗어날 수 있는 통로의 열쇠를 쥐고 있고, 북한으로부터의 침공을 막을 수 있는 확고한 방패를 든 미국의 신뢰를 얻기 위한 국가의 명운을 건 결단이었다. 그때 우리 지도자는 그렇게 성심을 다했다. 월남에서 싸운 병사들은 월남전에 뛰어든 용병이 아니었다. 한국의 현대화를 가능하게 한 첨병이었다.

"박 대통령은 1964년 12월 독일을 방문하였습니다. 약 8,000명 정도의 광부와 1,200명 정도의 간호사가 파견되어 있었습니다. 그들은 세계 최악의 작업 조건이라는 탄광의 막장에서 일하고 있었고, 모든 사람이 싫어하는 환자를 다루거나 시체를 관리하는 일을 맡았습니다. 독일에서는 싸구려 임금이지만 한국에서 받는 평균 임금보다 일곱 배나 여덟 배 높은 월급을 받았습니다. 박 대통령은 외화벌이의 큰 몫을 담당하고 있던 광부와 간호사들을 격려하기 위해 그곳을 방문했던 것입니다."

그는 국가 경제를 일으켜 세우고자 했으나 돈이 없었다. 구걸하듯 세상을 돌아다녔다. 케네디 대통령은 문전 박대했고 미국 은행은 가망 없는 나라의 하소연에 귀 기울이기를 거부했다. 일본은 국교를 문제로 차관 불가를 일찍 선언했다. 그나마 서독이 있었다. 분단국이라는 공통의 정서로 무언가 도우려 하였다. 그러나 한국은 서독에게 세계에서 가장 미개한 나라였다. 서독과 정상 회담이 준비되었으나 타고 갈 비행기가 없었다. 한국은 떨어지지 않는 입으로 서독에 비행기를 마련해 달라고 요청했고 서독은 마지못해 수락하였다. 스물여덟 시간 걸려서 서독에 도착했다. 라인강의 기적을 이끈 에르하르트 수상은 박 대통령에게 훈수했다.

'한국은 산이 많다. 그 사이로 고속도로를 뚫어라. 그 위를 달릴 자동차를 만들어라. 자동차를 만들 철판을 만들어라. 일본과 손잡아라. 우리는 프랑스와 16번 한 맺힌 전쟁을 하였다. 그러나 우리는 프랑스와 악수했다. 그것이 경제 독립과 공산주의를 막아 내는 최선의 방법이다.'

"박정희 대통령은 광부들을 위해 준비한 연설 원고를 꺼내 들었습니다. 그러나 단 두 줄 읽고는 더 이상 계속하기가 어려웠습니다. 그는 원고를 접고 피를 토하듯 부르짖었습니다."

'여러분 이게 무슨 꼴입니까? 나라가 못사니까 우리나라의 뛰어난 젊은 인재들이 고향으로부터 수만 리 떨어진 타향에 와서 수천 미터 막장에서 생명을 담보로 일하는 것입니다. 또 한국의 아름다운 여인들이 모든 사람들이 가장 싫어하는 궂은일을 맡는 것입니다. 못살기 때문입니다. 아직 우리는 못삽니다. 그러나 후손들에게는 잘사는 나라를 물려줍시다. 열심히 일합시다. 나도 열심히 일하겠습니다.'

"말을 더 잇지 못하고 박 대통령은 눈물을 훔치기 시작했습니다. 강당은 눈물바다가 되었습니다. 육영수 여사가 통곡했고 취재 기자들이 오열했고 뤼브케 대통령마저 손수건으로 눈물을 닦았습니다. 내게 이 이야기를 들려준 분은 이렇게 이야기합니다. '그때 박대통령이 광부, 간호사들과 함께 흘린 눈물이 조국 근대화의 시발점'이라고. 세기의 현인이었던 뤼브케 대통령은 박 대통령의 어깨를 어루만졌습니다. '울지 마십시오. 잘사는 나라를 만드십시오. 우리가 돕겠습니다. 독일이 '라인 강의 기적'을 만든 것처럼 한국에서 '한강의 기적'을 이루십시오.' 그는 박 대통령의 손에 2억5,000만 마르크의 차관을 쥐어 주었습니다. 지금 '그것이 무슨 큰돈이냐'고 생각하겠지요. 그러나 그때 그것은 산업을 일으킬 황금의 종잣돈이었습니다."

"그 뒤 두 나라의 역사는 어떻게 진행되었습니까? 올바른 정책을 편 한국은 산업화 정책의 성공으로 세계의 선진국에 접근하고 있지만, 부패에 찌들은 비효율적 국가 경영은 필리핀을 점점 가난한 나라로 만들어 갔습니다. 지금 필리핀은 부자 나라에 가정부를 공급하는 나라가 되었습니다. 건강하고 성실하며 영어를 잘하는 필리핀 여인들은 세계에서 환영받는 가정부입니다. 홍콩에서 말레이시아에서 중동에서 월급으로 우리 돈 삼십만 원 정도를 벌기 위해 남편과 아이들을 두고 식모로 일하러 갑니다. 주인으로부터 성적 학대를 받고도 하소연 한마디 하지 못하는 불쌍한 존재입니다. 홍콩의 토요일 오후 모든 공원은 수많은 필리핀 식모들로 넘쳐납니다. 주인으로부터 반나절 휴가를 얻어 그들끼리 모여 앉아 친구들을 만나는 것입니다. 아이들을 고향에 남겨 두고 온 젊은 어머니들은 매주 받는 월급을 그날 집으로 송금하고 아이를 생각하며 눈물짓습니다. 그리고 그리운 고향 소식을 나눕니다. 그녀의 남편이 다른 여인과 살림을 차렸다는 이야기도 거기서 듣습니다. 누가 이렇게 만들었습니까? 역사 의식이 없는 정치가들의 짓입니다. 아아, 만약 우리나라 여인들에게 저런 일이 생긴다면 하고 생각해 봅니다. 제게는 가장 상상하고 싶지 않은 모습들입니다."

재현은 결론을 지었다.
"다시 한 번 이야기합니다. 국가의 시스템은 그 국가의 장래를 결정합니다. 그 시스템은 국가의 정체성의 확립에서 나옵니다. 우리는 누구인가? 우리가 가지고 있는 불변의 가치는 무엇인가? 이것은 어떻게 유지되고 다음 세대에 계승되어야 하는가? 하는 핵심적 본질을 역사적 관점에서 정립해 보시기 바랍니다. 정치인 정치인 해서 미안합니다. 그러나 정치인들이 선거에서 한 표 벌기 위해 감히 집적거릴 수 없는, 정치인의 하수인들이 그들의 목적에 따라 감히 왜

곡시킬 수 없는 우리의 정체성을 확립하시기 바랍니다. 세계에는 많은 성공의 사례와 실패의 역사가 있습니다. 두루 섭렵하셔서 우리의 것을 찾아내시기 바랍니다. 이것은 한두 해에 이루어지리라 생각하지 않습니다. 그러나 이 시작은 우리 역사상 가장 중요한 순간으로 기록될 것입니다. 우리는 이 중요한 작업이 오래 계속될 수 있도록 모든 지원을 준비하겠습니다. 저희들은 여러분들의 지혜로운 역사의 연구 결과를 기다리겠습니다. 우리 민족은 현명하고 담대하고 생각이 개방적입니다. 올바른 역사가 길을 이끈다면 우리 민족은 결코 아르헨티나나 베네수엘라나 필리핀의 전철을 밟지 않을 것입니다. 우리의 후손들은 세계에서 밝고 정의로운 나라에서 살며 풍요로운 세계를 이끌어 나갈 것입니다."

제 24 장

사그라드는 일본 – 욘사마

1.

재현이 나리타 공항에 도착한 것은 9월 12일 일요일 저녁이었다. 마츠다 쇼카이(松田商會)가 지정한 숙소는 공항에서 가까운 니코 나리타 호텔이다. 호화스럽지는 않으나 일본의 보통 호텔이나 여관과 비교해서 방이 넓고 군더더기 없이 깔끔하다. 마츠다 쇼카이의 마츠다 회장은 일 년 전부터 그날을 점찍어 놓고 세번 네번 되풀이해서 재현의 참석을 확인해왔다. 핑계를 대거나 빠져나갈 틈이 없었다. 그의 비즈니스 스타일도 그랬다. 그의 사업은 사람에 대한 빈틈없는 관리가 중심이다. 그는 여느 일본 사람들과 다르게 '예스'와 '노'가 분명하다. 대부분의 외국인들은 일본 사람들의 '하이'를 이해하는데 어려움을 느낀다. '예스' 같기도 한데 '노'일 수도 있고 그저 듣고 있다는 표시이기도 하다. 어려운 순간을 넘기기 위한 궁여지책의 표현일 수도 있다. 그러나 그의 '하이'는 언제나 분명한 '예스'였다. 그가 오랫동안 미국에서 공부하고 미국인들과 함께 생활하는 동안 그의 영어는 일본인 억양이 완전히 사라지고 미국 본토 발음을 갖추었고 사고방식도 서구화되었다. 그의 완벽한 영어와 뛰어난 대인 관계는 외국인들 특히 미국인 고객들을 편안하게 했다.

마츠다 쇼카이 창립 50주년은 많은 의미를 지닌다. 1950년에 발발한 한국의 6·25 동란의 특수를 등에 업고 일본에서는 수많은 회사들이 탄생했다. 53년 정전이 된 뒤에도 일본은 한국의 전쟁복구 사업으로 절대적인 혜택을 보았다. 45년 태평양 전쟁의 패망으로 초토화된 일본 산업을 재건하는 기폭제가 된 것이다.

그가 미국에서 공부를 마치고 70년대 초 일본에 돌아왔을 때 마츠다 쇼카이는 그의 아버지가 운영하는 구멍가게로서 소형 선박의 국내 업무를 뒷바라지했다. 한국전 특수의 혜택은 크게 누리지 못했다. 그러나 70년대 말의 오일쇼크와 80년대의 조선 불황의 한가운데서 모든 사람들이 어렵다 어렵다 하고 있을 때 그는 혼자 우뚝 일어섰다. 미국 선주들을 끌어 오기 위해 일본 조선소들은 마츠다 같은 사람이 필요했다. 또 그 나이 또래의 미국 선주들도 그를 통해 일본 조선소와 편안하게 거래를 할 수 있었다. 그는 일본 조선소의 경영진과 미국 해운회사의 운영자들 사이에 긴밀한 인간관계를 형성해서 일본 조선 시장에서 없어서는 안될 존재가 되었다. 재현이 조선소에 근무할 때 마츠다는 일본 선주가 아닌 미국 선주를 데리고 오는 중요한 브로커였다. 물론 일본 조선소를 채운 뒤 선주가 요구하는 납기를 일본 조선소가 맞출 수 없을 때 데리고 오는 것이긴 했지만 마츠다는 한국 조선소의 중요한 손님이었다.

 재현이 자기 사무실을 차리고 나서 마츠다와는 고객이 겹치는 일종의 라이벌 관계가 되었다. 그러나 그들은 협조하며 때로는 경쟁하며 가까운 친분을 유지해 왔다. 재현이 일본에 가면 그것이 그와의 경쟁적인 업무라 하더라도 마츠다는 한결같이 재현을 반겼다. 심지어 그의 고객과의 약속을 연기하면서까지 재현과 하루 저녁을 지냈다. 그것은 양국의 조선 산업이 가지는 특수한 정보를 서로 교환하는 진솔한 기회이기도 했다.

 그는 긴자(銀座)의 작은 건물 가장 높은 층에 열 평 남짓한 작은 방을 빌려 의자 여남은 개를 놓고 '마린 클럽(Marine Club)'이라는 간판을 걸었다. 일본의 해운회사나 조선소의 중역들이 긴자에서 파티를 벌이기 전에 들러 양주 한잔씩 하고 가라는 배려였다. 클럽에는 사십 대 후반의 여인이 해군 세일러 복을 입고 칵테일도 만들며 시중을 들었다. 클럽에 회원으로 등록만 하면 언제라도 들러 칵테일 한두 잔은 거저 마실 수 있었다. 클럽은 언제나 만원이었다. 자리가 없어서 서서 한잔하고 가는 사람이 많았다. 위치가 절묘했다. 아무나 할 수 있는 일 같지만 긴자 한복판에서의 일이다. 엄청난 비용이 든다. 그러나 그런 투자로 그는 해운 조선 시장에서의 스스로의 존재감을 확고하게 하였다.

 마츠다는 재현과 동갑이다. 재현이 동경에 갈 때마다 마츠다는 재현과 마린 클럽에서 한잔을 하고 긴자의 술집을 순회했다. 피아노 바도 가고, 노래방도 가고, 전통적인 술집인 게이샤 하우스도 갔다. 가는 곳마다 그는 환대를 받았다. 사람들은 그를 '도쿄의 밤의 시장

(市長)'이라 불렀다. 그도 나이가 회갑을 지나면서 눈의 총기가 풀리기 시작했다. 술을 너무 마신 탓이다. 그것이 소중한 친구에 대한 재현의 걱정이었다. 재현이 언젠가 마츠다의 술 마시는 양에 대해 걱정을 했다. 마츠다는 담담했다.

"고마워, 그러나 걱정 마. 긴자는 일본 비즈니스의 중심이야. 여기서 배겨 내지 못하면 사업은 접어야 해."

골프를 치는 날은 어디서나 새벽이 바쁘다. 보통 다섯 시 모닝콜을 하고 여섯 시 아침을 먹고 일곱 시 호텔 출발해서 여덟 시쯤 운동을 시작하는 것이 보통이다. 그러나 그날은 느긋했다. 방에 놓여 있는 그날의 일정표에는 여덟 시 반 호텔 출발, 아홉 시 골프장에서 아침식사, 아홉 시 반 운동시작으로 시간표가 잡혀 있었다. 정신없이 자고 있는 재현을 깨운 모닝콜은 일곱 시가 지나서였다. 간단히 씻고 나갈 준비를 한 뒤 TV를 틀어 보니 미국골프협회(PGA)의 마지막 날 경기가 중계되고 있었다. 잠깐 TV에 눈을 붙이고 있는데 전화기가 울렸다. 출발 버스가 기다린다는 것이다. 로비에는 재현처럼 아시아 쪽에서 초청된 사람들 서너 명이 기다리고 있었다. 골프 백은 이미 버스에 실려 있었다. 골프장은 호텔에서 가까웠다.

골프장의 식당에는 손님들로 북적거렸다. 일본 해운회사 최고 경영자들은 그들끼리 상석을 차지하고 있었고 일본 조선소 중역들은 서양 사람들, 특히 미국 선주들 틈에 끼어 아침을 들었다. 한국에서 초대된 사람은 재현 한 사람이다. 재현이 인사하느라 한 바퀴 도는 데 상당한 시간이 걸렸다. 운동 끝난 뒤 긴 이야기를 나누기로 하고 건성 악수만 하였다. 간단히 뷔페로 식사를 끝내고 나자 아홉 시 반이었다. 모두 스무 팀이 예약되었다고 했다. 운동을 하는 사람만 여든 명이다. 마츠다의 직원과 안내자들을 합해서 식당은 백여 명이 웅성거렸다. 한국 조선소와 별 관계가 없는 일본 해운회사 경영자들을 제외하고는 대부분 재현과는 낯익은 얼굴들이었다. 박이 터지게 경쟁을 하던 일본 조선소 중역들, 경쟁을 하다가 협조를 하다가 티격거리기도 하는 외국 브로커들, 한결같이 교신을 계속하고 있는 미국 선주들, 조선소 근무시절 많은 협조를 받았던 미국 변호사들, 선급과 기자재 업체 중역들, 대부분 마츠다의 인맥이 재현의 것과 겹쳐 있었다.

식사를 끝내고 밖으로 나와 사진을 찍은 뒤 모두 지정된 자리로 갔다. 그날 골프장은 다른 손님은 받지 않았다. 일번 홀에서 차례로 시작하는 것이 아니라 스무 팀 여든 명이 각자 지정된 자리로 가서 한꺼번에 출발하였다. 참가자들이 지정된 자리에서 준비되었음을 확인한 뒤 사이렌을 울렸다. 게임이 시작되었다. 옛날에는 대포를 쏘아서 출발신호로 삼았다고 했다. 그래서 'Shot gun start' 게임이라고도 불렀다. 여든 명 전원의 출발하는 시간과 끝나는 시간이 모두 같아서 큰 단체 모임을 진행하기에 가장 적합한 방법이었다. 마츠다는 재현에게 상당히 신경을 썼다. 재현과 업무 연관이 있는 노르웨이 선주와 영국 선주를 팀에 포함시켰고 그의 사무실의 몇 명 되지 않는 중역 중 한 명이 함께했다.

일본에서 가장 잘 갖추어진 골프장 중 하나라고 했다. 소나무들이

페어웨이를 아름답게 감싸고 있어 가는 곳마다 소나무 향기가 향긋했다. 깨끗한 물, 하얀 모래, 그리고 가을 꽃들이 초록 잔디와 잘 어우러져 있었다. 그러나 한국의 골프장 같은 활기가 없었다. 클럽 하우스로부터 그늘집 그리고 캐디들 모두 맥이 풀린 분위기였다. 한국 골프장의 부산한 종업원들과 풍요로운 그늘집, 최신 패션을 뽐내는 멋쟁이 남녀 고객들의 모습은 보이지 않았다. 70년대 한국의 골프는 일본 사람들이 이끌었다. 한국에는 골프장이 백 개도 되지 않는 철저한 귀족 운동이었지만 일본에는 그때 수천 개가 넘는 골프장이 있다고 했다. 그들은 골프를 비즈니스 경영의 일부로 삼았다. 중요한 고객의 접대는 골프장에서 했다. 한국 골프장의 중요 고객도 일본인들이었다. 그들은 돈을 잘 썼고 한국의 캐디 봉사료를 시도 때도 없이 올린 것이 일본 고객들이었다. 그러나 세상이 바뀌었다. 한국의 골프장에 활기가 넘쳐 있는 반면 일본은 생기를 완전히 잃었다.

2.

80년대 중반부터 일본의 '잃어버린 이십 년'이 시작되었다. 한국전쟁 특수로 불붙듯 일어난 일본 경제는 1980년대 세계 제2의 경제 대국이 되었고 곧 미국을 따라잡을 것이라고 큰소리를 치고 있었다. 그러나 그런 분위기를 미국이 받아들이지 않았다. 80년대 중반 뉴욕의 프라자 호텔에서 맺은 미국과 일본 간의 프라자 협약은 잃어버린 이십 년의 시작이었다. 혜택을 받았으면 그 혜택의 대가를 지불하라는 것이 미국의 입장이었다. 공짜 식사는 없다는 것이다. 일본에게 대미 무역수지 흑자를 줄이라고 요구했다. 그 방법으로 미국은 일본 엔화의 가치 절상을 요구했다. 일본은 미국의 요구를 따를 수밖에 없었다. 엔화의 달러 환율은 슬금슬금 오르기 시작하더니 어느새 50퍼센트까지 절상되었다. 일본 상품의 국제 경쟁력은 급격히 떨어졌다. 그러나 엔화의 절상에 따라 달러 표시 국민소득이 급등했다. 일본 기업들은 엔화에 비해 가치가 뚝 떨어진 달러를 외국에서 흥청망청 쓰기 시작했다. 일본의 수출은 위축되었지만 일본의 축적된 달러 자본은 외국 자산에 대한 투자로 눈길을 돌렸다. 수많은 외국의 부동산들이 일본인들의 손으로 들어왔다. 영국의 유명한 골프장들이 일본인에게 넘어왔고 미국의 자존심인 록펠러 센터를 미쓰비시 그룹이 사들인 것도 그때였다. 세계 50대 기업 중 일본이 서른세 개를 차지했다. 결국 일본 정부는 돈에 의한 경기 과열을 막기 위해 금리를 올리지 않을 수 없었다. 금리의 상승은 민감하게 경기에 반영되었다. 은행에서 돈을 빌려 외국에 투자했던 기업들이 금리의 부담을 이겨내지 못하고 파산하기 시작했다. 경제 불황의 시작이었다. 세무당국은 기업의 영업 비용에 대한 세금 면제액을 축소했고, 기업은 간접비용을 줄일 수밖에 없었다. 간부들의 골프 비용 지출을 중지했다. 회삿돈으로 물 쓰듯 돈을 뿌리던 일본 회사원들은 자기 주머닛돈으로 골프를 칠 만큼 부유하지 않았다. 불타듯 피어오르던 일본의 골프 산업은 순식간에 사그라들었고 골프장은 텅텅 비었다. 온천지(溫泉地)에 아름다운 골프장과 호텔을 갖고 있던 재현과 가까운 일본의 해운회사 회장은 재현을 볼 때마다 같은 말을 반복했다.

"미스터 리, 친구들과 골프 치러 오세요. 그냥 몸만 오면 되요. 공짜로 골프 치고 온천에서 목욕하고 가세요. 골프장을 마냥 비워 놓을 수가 없어요. 와서 사용해 주세요."

잃어버린 이십 년은 일본 곳곳에 그 어두운 그림자를 드리우고 있었다.

재현의 팀은 마즈다 상회의 이토 이사가 예의 바르게 이끌어서 화기애애한 분위기였다. 해운 시장이 절정으로 치닫고 있어서 유럽 선주들은 희희낙락하였다. 일본의 조선소들도 세계 여러 곳에서 온 선박 브로커들도 밝은 모습이었다. 어디에도 어두운 그림자가 없었다. 덕담을 주고받으며 운동을 시작했다. 그러나 두어 홀 지나면서부터 분위기가 험악해지기 시작했다. 캐디 때문이었다. 40대 후반의 조용한 캐디는 네 사람 중 재현에게만 집중해서 신경을 썼다. 다른 세 사람은 완전히 무시했다. 이토 이사가 야단을 치기 시작했다.
"이거 봐. 이쪽 손님들도 도와드려야 하잖아."
그러나 그녀는 일편단심 재현뿐이었다. 재현이 드라이버를 치고 클럽을 백에 넣으려고 하면 어느새 두 손으로 받아 애무하듯 꼼꼼히 닦은 뒤 공손히 백에 소리 나지 않게 꽂았다. 아이언을 쓰고 넘기면 마치 그녀의 가보라도 된다는 듯 먼지 하나 없이 닦아 백에 모셔 넣었다.
이토 이사의 반복되는 욕설과 고함을 그녀는 들은 체도 하지 않았다. 처음 재현은 그녀가 자기에게 마음을 두는 것인가 했다. 그러나 재현이 사태를 판단하는데 오래 걸리지 않았다. '욘사마' 덕이었다. 일본 열도를 휩쓸고 있는 한국 드라마의 주인공 배용준 덕이었다. 배용준에 빠진 아주머니는 재현이 배용준과 같은 한국 사람이라는 이유만으로 그토록 극진하게 모시는 것이다. 공항에서나 호텔에서나 광고판은 싸악 웃고 있는 배용준의 얼굴로 도배되어 있었다. 이토 이사가 결국 항복했다.

"집에 들어가나 밖에 나오나 욘사마 때문에 일본 남자들은 완전히 찬밥 신세입니다."

재현이 이죽거렸다.

"평소에 좀 잘해줬으면 그러지 않을 거 아니예요."

"그럴지도 모르지요. 그러나 근본적인 문화의 차이가 드러난 결과 같아요. 일본 남자가 갖지 못한 부분을 한국 남자들이 가지고 있어요. 그것을 일본 여인들이 드라마를 통해 갑자기 발견한 거예요."

회사의 창립 50주년 기념식은 골프가 끝난 뒤 오찬과 함께 거행되었다. 마츠다 회장은 일본 해운회사 대표들을 자상하게 배려했다. 늘 그들을 첫 번째로 소개했고 상석에 앉혔다. 활황의 세계 해운시장의 혜택을 해외 선주만큼 누리지 못하는 일본 해운 산업의 아픔을 어루만지는 자세였다. 일본의 조선소 대표들은 별로 떠들썩하지 않았다. 유럽이나 미국으로부터 온 손님들에게는 특별히 배려할 필요가 없었다. 그들은 스스로 즐길 줄 알았다. 떠들 만큼 떠들고, 먹을 것 먹고, 마시고 싶은 것 마시고 필요한 대화상대를 스스로 골라 분위기를 즐겼다. 재현은 서양 사람들과 주로 어울렸다. 특히 몇 년 전 캐나다에서 토르가의 장례식을 함께했던 얼굴들이 모두 거기 있었다. 미국의 선박 금융회사, 변호사, 선급 중역들도 있었다. 재현은 오랜 친구인 미국 변호사와 재회를 즐겼다. 그는 해운회사 주식도 많이 가지고 있어서 때로는 선주 노릇도 하였다. 재현이 조선소에 있을 때 그의 아름다운 부인이 미국 배의 명명식 대모를 하기도 했었다. 마츠다가 헐레벌떡 뛰어왔다.

"헤이 제리, 뭐하고 있는 거야. 사회자가 마이크로 벌써 몇 번이나 이름을 부르고 있잖아."

재현이 벌떡 일어나서 엉겁결에 연단으로 올라섰다. 짧은 파3의 홀에서 핀에 가장 근접한 상(Nearest)이 그에게 주어졌다. 그가 사회자에게 말했다.

"나는 그린에 볼을 올리지 못했는데."

사회자는 큰 소리로 외쳤다.

"미스터 리, 당신이 최근접자(Nearest)야."

여든 명 중 한 사람도 그린에 볼을 올린 사람이 없었고 재현이 그린에 볼을 올리지 못했지만 핀에서 제일 가까웠다는 것이다. 재현이 트로피를 들고 자리로 돌아왔다. 일본 브로커들 사이에 자리를 잡았다. 재현이 돌아왔을 때 홍콩에 사무실을 열고 있는 아일랜드 출신의 선박 브로커가 일본 참가자들과 신나게 떠들고 있었다. 무슨 말 끝이었던지 모른다. 그가 이런 말을 하고 있었다.

"일본 사람들과의 대화는 언제나 조용조용히 진행되는데 한국 사람만 끼면 시끄러워진단 말이야. 그리고 시비가 붙게 되지, 그렇지 않아?"

분위기가 갑자기 싸늘해졌다. 재현이 거기 있다는 것을 그제야 인식했기 때문이었다. 재현은 아무렇지 않은 척하고 그 자리를 떠나 마츠다 회장의 옆자리로 옮겨 앉았다.

"언제 돌아갈 거야?"

마츠다가 물었다.

"오늘 저녁 호텔에서 머물면서 리포트를 하나 마무리 짓고 내일

도쿄로 들어가려고 해. 거기 펌프 회사 구경하고 저녁 먹고 모레 귀국할 거야."

"그래 이제 도쿄는 서울의 한 구역처럼 왔다 갔다 할 수 있게 됐어. 아주 가까워졌어."

"비행시간으로 보면 그래. 전혀 외국이라는 느낌이 없어. 그러나 비즈니스 분위기는 아직도 멀고 먼 이방(異方)이야."

마츠다의 목소리가 가라앉았다.

"그러게 말이야. 일본이 이끌던 시대는 지나갔어. 조선에 관한 한 일본은 변방(邊方)이 되었어. 이제 한동안 못 보겠구만. 이번 기념일에 참석해 주어 고마웠어. 많은 친구들이 참석하기 전 제리가 참석하느냐고 물어왔어. 마치 제리가 주최자 같았어."

"창립 50주년 축하해. 이제 다음 50년을 준비해야지."

"우리는 여기까지야. 업종을 바꾸든지 해야겠어. 옛날의 번영은 이제 추억만 남기고 영원히 떠났어."

"이 많은 하례객들은 마츠다 쇼카이의 든든한 후원자들이잖아?"

"조종을 울리는 의식에 참여한 장송 행렬일지도 모르지."

재현은 마츠다의 그런 의기소침한 모습을 본 적이 없었다. 뜨거운 세계의 조선 해운 경기도 일본을 제대로 데우지 못했다. 재현은 그의 위기의식을 공감했다.

"제리, 그런데 제리의 회사는 지금 얼마나 됐지?"

"우리 사무실은 마츠다 쇼카이에 비하면 회사도 아니지. 이제 십 년 좀 넘었어."

"오십 주년을 만들어. 그럼 우리 나이 백 살이잖아? 나도 그날을 함께하기 위해 열심히 살게."

이토 이사가 그의 차로 재현을 호텔에 데려다 주었다. 한나절 같이 지내면서 재현은 그를 눈여겨보았다. 생각이 깊은 젊은이였다. 그는 재현이 짐을 방으로 옮기는 것까지 도와준 뒤 커피숍에서 재현과 마주 앉았다. 그는 벼르고 있었다는 듯이 '욘사마' 이야기를 시작했다.

"욘사마가 일본 열도를 완전히 장악했어요. 일본의 아줌마들은 지금 정신들이 없어요. 보세요 이 조그만 커피숍 안에만 욘사마 포스터가 두 장이나 걸려 있잖아요? 다른 어떤 포스터도 사람들의 눈을 끌 수 없게 되었어요."

"무엇이 아줌마들을 그토록 미치게 하는 거지요?"

"우선 드라마가 잘 만들어졌어요. 그리고 인물들의 설정이 환상적이예요. 특히 욘사마 같은 미남이 사랑하는 여인을 위해 눈물을 지을 때 일본 여인들은 그냥 통곡을 해버렸어요. 그들은 '평생 우리를 위해 운 남자는 없었다' 이렇게 회상하는 거예요. 남자는 무뚝뚝해야 하고 여자들은 어떤 일에나 참고 있어야 하는 고요한 일본 전통의 호수에 난데없이 큰 돌 하나가 던져진 거예요. 엄청난 파문이예요."

재현도 그런 이야기를 들었다.

"아, 이건 한국과 일본 사이에 놓인 갈등의 벽을 녹여 낼 호재가 되겠네요."

이토 이사는 계속했다.

"드라마 한 편이 그토록 큰 힘을 보인 거예요. 총리 부인에서부터 농부 아내까지 모두 미쳐 버렸어요. 모두들 한국어 공부에 열중하고 있어요. 드라마의 대사 한 마디라도 한국어 원어로 알아듣겠다는 거예요. 더욱이 그 감상적인 주제가는 전부 한글로 외워서 불러요. 노래의 뜻도 제대로 이해하고 있어요. 오늘 캐디의 이상한 행동을 보세요. 그것은 더 이상 일본에서는 이상한 행동이 아니에요."

"나는 처음에 그 아줌마가 내게 마음이 있는 줄 알았어. 그러나 곧 그것이 욘사마 덕이라는 것을 알았지만 말이야."

"이 사장님은 또 잘생겼잖아요. 오늘 밤 그 아줌마가 이 사장님 방으로 쳐들어올지 몰라요. 여기 머무는지 알고 있어요."

"그런 일은 없겠지만 오늘 밤 문 걸어 잠그고 단속을 잘 해야겠구만."

그는 일어서면서 화제를 바꾸었다.

"오늘 마츠다 회장 얼굴을 보셨죠? 친절하고 따뜻한 표정은 바깥으로 드러낸 부분이고 그의 비장한 마음속 결심을 읽을 수 있으셨을 거예요. 오십 년이 지난 오늘 이후 어떻게 회사를 이끌어 갈 것인가, 어떻게 일본의 조선 해운 산업의 미래를 열어 나갈 것인가 하는 걱정 때문이에요. 일본은 끝났다, 모두 그렇게 공감하고 있어요."

"나도 느꼈어요. 정말 돌파구가 나타나기를 바래요. 어쨌든 이번 방문 중 마츠다 회장과 이토 이사가 제게 베풀어 준 따뜻한 배려를 가슴에 담고, 나도 우리 회사와 마츠다 쇼카이가 어떻게 다가오는 오십 년을 상생하며 공존해 나갈지 고민을 할게요. 자주 연락해요."

재현은 이토 이사가 떠난 뒤 바로 방으로 돌아와 이메일을 만들었다. 그 자리에서 홍콩의 브로커에게 보냈다. 한국과 일본의 국민성 운운하며 떠들던 친구이다. 결코 잊을 일도 지체할 일도 아니다.

'일본 사람들에게 아부할 일 있으면 얼마든지 해도 좋다. 그러나 앞으로 한국 사람을 끼워 넣지 않기를 바란다. 너도 알고 있겠지만 한국 사람들은 너의 그런 너절한 구설에 끼어들기엔 너무 고귀한 존재이기 때문이다.'

3.

가네다 마사히로는 다음 날 아침 열 시쯤 차를 가지고 재현의 호텔에 도착했다.

"니어리스트 상을 타셨다구요?"

그의 첫마디였다.

"어떻게 알았어? 그 작은 모임의 일이 그렇게 빨리 알려지다니."

"마츠다 쇼카이의 오십 주년은 업계에서는 주목받는 모임이에요. 게다가 이 사장님 일인데 제가 신경을 쓰지 않을 수 없지요."

"이 세상 함부로 못 살겠어. 그렇게 빨리 소문들이 돌아다니다니."

"왜 소문나면 안 될 일이라도 저지르셨나요?"

"아니 골프 친 일이 그토록 빨리 소문으로 돌아다니니 말이야."

"걱정 마세요. 제가 오늘 마츠다 쇼카이에 물어 보았을 뿐이에요. 이토 이사는 제가 아끼는 후배예요."

그들은 호텔에서 간단히 점심을 들고 가네다가 근무하는 펌프 회사의 도쿄 지점으로 향했다. 공장은 일본 열도 서쪽의 작은 도시에 자리 잡고 있는데 영업은 도쿄 지사가 총괄한다고 했다.

가네다 이사의 사무실은 도쿄항의 여객선 터미널을 내려다보는 곳에 위치하고 있었다. 사무실에는 영업 본부장과 몇 명의 중역들이 그들을 기다리고 있었다. 자리에 다과가 준비되어 있었다. 도착과 동시에 회사 홍보물이 상영되었다. 70년대 초 VLCC가 시장을 휩쓸고 있을 때 대부분의 대형 유조선이 그들의 펌프를 설치했다. 배가 싣고 있는 막대한 양의 기름을 퍼서 싣고 내리는 펌프는 유조선에 설치된 가장 중요한 설비 중 하나이다. 오랜 전통을 지닌 영국과 독일의 제조업체가 쇠퇴하는 동안 그들은 세계 시장 점유율을 압도적으로 높였다. 80년대 들어와서 해운 조선 시장이 침체되고 업계의 경쟁이 격심해졌어도 그 회사는 늘 높은 시장 점유율을 유지했다. 회사 홍보 영상은 회사의 세계 시장 점유율, 세계 환경보호를 위한 국제법에 맞추어 가는 발 빠른 기술개발, 그에 대한 투자 등에 관해서 광범위하게 설명하였다. 영상물 상영이 끝나고 그들은 앉은 자리에서 이야기들을 나누었다. 한가한 화요일 오후였다. 재현에게는 부담스러울 정도의 환대였다. 그는 선주도 아니고 조선소 설계나 구매 담당이 아니었다. 그러나 펌프의 선택에 결정권을 가진 사람에게 하듯 그들은 깍듯했다. 물론 가네다 이사의 재현의 업계에 미치는 영향력에 대한 약간 과장된 소개 탓이었을 것이다.

"세상의 조선 해운 시장을 손바닥 들여다보듯 하시는 분에게 작은 회사 자랑을 과하게 한 것 같습니다."

지사장은 겸손했다. 재현은 진심으로 고마웠다.

"저희들이 70년대 초 조선소 근무를 시작했을 때 이 회사 펌프는 이 세상에서 선택할 수 있는 단 하나의 제품이었습니다. 그동안 세계 조선 시장도 많이 변하고 부품 제조업도 다원화되었습니다. 일본의 조선업이 정체를 보이는 동안 일본의 부품업체도 많이 정리가 되었습니다. 그러나 제게는 늘 경탄의 대상이 되었던 대상이 귀사의 제품이었습니다. 이 펌프가 그처럼 세상의 선주들의 마음을 사로잡고 있었던 근본적인 이유가 무엇일까 의문을 품어 왔습니다. 그 이유를 오늘 알았습니다. 선주들의 입맛에 맞는 제품개발, 세계 환경의 변화에 대응하는 발 빠른 행보, 그들을 위한 적절한 투자가 있었기에 가능했다는 것을 알게 되었습니다. 경하 드립니다."

그는 가네다에 관한 이야기를 하지 않을 수 없었다.
"저는 가네다 이사를 볼 때마다 존경을 넘어 찬양하는 마음을 가집니다. 울산 조선소만 해도 그렇습니다. 그 조선소는 펌프를 자체 생산하고 있습니다. 다른 한국 조선소도 그 펌프를 사가고 있습니다. 그들은 그들이 건조하는 배의 선주들에게 자사 제품을 강권합니다. 그러나 클렌시 회장 같은 분은 다른 제품은 다 조선소 추천을 수용하지만 펌프만은 귀사의 제품에 철저히 집착하고 있습니다. 이는 귀사 제품의 성능, 사후처리 등 선주의 믿음을 거스르지 않는 경영방침 탓이기도 하지만 가네다 이사의 경탄스러운 개인적인 친화력 탓이 컸다고 생각합니다. 저는 배의 설계나 부품구매에 전혀 영향력이 없는 사람입니다. 그런데도 이렇게 정성스럽게 접대해 주시는 것만 보아도 귀사의 사람 관리가 어떤지 알게 됩니다. 여러모로 감사합니다. 오래오래 오늘을 기억하겠습니다."
지사장은 오십 대 후반의 조용한 사람이었다. 재현을 편안하게 하였다. 그들은 세계시장의 동향, 환경보호를 위한 규제 등에 관한 이야기를 두어 시간 나눈 뒤 헤어졌다.

4.

가네다는 자신의 차에 재현을 태웠다. 그리고 도쿄 교외의 온천 여관으로 갔다.

"방을 두개 잡았어요. 저도 오늘 이사장님과 밤새 이야기하고 싶어서 제 아내의 허락을 받아 외박하기로 했지요."

가네다의 행동은 하나하나 재현에게 감동이었다. 그들은 방을 정하고 우선 온천탕에 들어앉았다. 전통의 냄새가 배어나는 곳이었다. 오랜 온천의 때가 곳곳에 묻어났지만 낡았다는 인상을 주거나 비위를 거스르지 않았다. 아늑한 분위기였다. 몸이 더워지자 바깥의 로텐부로(露天湯)로 옮겼다. 로텐부로는 일본 온천의 특징적인 맛이다. 온천의 따뜻한 물에 하반신을 잠그고 윗몸은 시원한 구월의 대기에 내맡기는 것이다. 온천 밖에서 시냇물이 요란하게 흐르고 있었다. 시냇물 소리가 모든 잡다한 인공의 소음을 압도했다. 로텐부로에는 재현과 가네다 두 사람밖에 없었다.

"저는 지난 몇 년 동안 이 사장님을 이곳에 모셔야겠다고 늘 꿈꾸어 왔습니다. 이곳은 너무나 일본적이고 그래서 세계적인 곳이거든요. 오늘 그 꿈을 이루었습니다."

재현은 가네다가 또 어떤 감동을 준비하고 있는지 지켜보았다.

"저의 일생은 스트레스 그 자체입니다. 일본 사람 이름을 가지고 한국말을 할 수 있다는 것은 큰 혜택이지요. 그러나 동시에 큰 족쇄예요. 일본 사람에게는 어쩔 수 없는 조센징이고 한국 사람에게는 쪽바리이지요."

재현이 끼어들었다.

"그러나 가네다 이사는 그런 내색 한번 한 적 없이 그 인생을 아주 밝고 내실 있게 다스려 왔잖아? 양쪽으로부터 충분히 존경을 받으면서."

"밝게 살려고 노력했지요. 사실 그 길밖에 없었으니까요. 그러지 않고는 그 스트레스를 이겨 낼 방법이 없었으니까요. 사회에 나와서 많은 좌절도 했지요. 그때마다 무슨 생각을 했는지 아세요?"

"가네다 같은 현자가 어떤 생각을 했을까?"

"이 사장님 생각을 했어요. 이 사장님 같으면 이런 일에 어떤 말을 할까? 어떻게 행동할까? 하고요."

"너무 비행기 태우지 말라고. 잘못 올라가다가 떨어지면 납작해져."

"이 사장님은 오늘 납치된 거예요. 밤새 제 이야기를 들어 주셔야 돼요."

"가네다 이사의 이야기라면 얼마든지 듣고 싶어요. 가네다 씨는 내가 보기에 자기를 잘 통제하고 있고 주변을 잘 보살피고 있고 그래서 자기 분야에서 그만큼 성공을 거두었다고 보거든."

그들은 벗은 몸에 유카타(얇은 가운, 浴衣)을 걸치고 식당에 앉았다. 식당에 앉은 사람들이 남녀 할 것 없이 거의 벌거벗은 유카타 차림이었다. 열어 놓은 창밖으로 여울이 떠들썩하게 흐르고 있었지만 식당 안은 조용했다. 식당에 앉은 사람들이 목소리를 낮춰 소근거리고 있었다. 가네다는 웃으며 이야기를 시작했다.

"이토 이사에게 이야기 들었어요. 캐디 이야기."

"아 욘사마 덕 본 것?"

"그건 단순한 욘사마의 일이 아니예요. 한국 남자의 이야기예요. 잘난 한국 남자들의 이야기예요. 단 하나의 잘 만든 드라마가, 그 드라마에 출연한 한 명의 훌륭한 배우가 한일 간의 역사를 바꾸고 있는 거예요. 어떤 한국의 정치가나 외교관도 이루지 못한 일을 이 한편의 드라마가 해낸 것이지요. 한국 남자는 예의를 갖추지 못했고 무식하며 억지만 부린다고 생각해 왔지요. 그러나 한순간에 그 통념이 바뀐 거예요. 한국 남자가 멋있고 잘났다는 것을 일본 사람들이 인정하지 않을 수 없게 된 거예요. 남자만이 아니예요. 한국 여자들은 또 얼마나 이뻐요? '혐한(嫌韓)'이란 시대에 뒤떨어진 구호를 들고 설치던 친구들은 이제 열등감에 가득 찬 패배자 대우를 받고 있어요."

"나도 한국에서 TV로 신문으로 뉴스로 욘사마 이야기를 들어왔지만 이렇게까지 찬란한 성공을 거둔 줄은 상상도 하지 못했어. 공항 면세점, 호텔 로비는 욘사마 사진으로 도배를 해 놓았잖아?"

"일본에서 제 어깨가 쫙 펴졌어요."

"나는 아직 그 드라마를 보지 못했어. 나는 지금 정말 부끄러워졌어. 귀국하면 빨리 그 '겨울연가'를 봐야겠어. 그걸 보지 않고는 어떤 일도 할 수 없을 것 같은 기분이야. 밤을 새워서라도 보아야겠어. 이건 내 진심이야."

"그런데 이 사장님보다 그걸 먼저 보아야 할 사람들이 있어요. 한국의 못난 정치인들이예요. 일본 이야기만 나오면 괴상한 소리를 질러대는 사람들, 그들이 보아야 해요. 일본 사람들에게 기죽지 않고 의젓하게 대인 행세를 할 때도 되었는데 늘 열등감에 빠져 의젓한 동포들까지 위축되게 하고 있어요. 밖에서 보는 그들은 너무 못났어요. 일본의 좀팽이 정치인들보다 더 못났잖아요. 하는 말마다 반일(反日)이지요. 무엇을 반대하자는 건지. 한 사람의 극작가가 한 사람의 배우가, 아니 드라마에 참여한 몇 명 안 되는 그 한국 사람들이 만들어 낸 위대한 성공을 보세요. 이처럼 한국은 일본을 이겨 냈고 일본 사람들보다 나은 모습을 보이고 있는데 끝없는 육십 년 전 일본의 식민지 시절 타령만 하고 있어요."

홀짝홀짝 마신 청주에 제법 취했다. 가네다가 말이 많아졌다. 재현도 가네다의 다변에 맞장구를 치고 싶은 기분이 되었다.

"그러게 말이야. 그들도 드라마를 보았겠지. 그러나 딴따라들이라고 폄하하고 넘어갔겠지. 그들이 해낸 일이 얼마나 위대한 일인지 정치인들은 알기를 원하지 않는 것 같아. 어리석은 국민들이 어정쩡하게 아직도 식민지 시대의 지배당하던 기분으로 살기를 강요하고 있어. 열등감 속에 갇힌 백성들은 다루기가 쉬워진다고 생각하는 거겠지."

"이제 세계 반도체 시장은 한국이 지배하고 있죠. 일본은 상대가 되지 않아요. 조선 공업을 보세요. 일본은 국내 수요로 명맥을 유지하고 있지만 국제 시장에서는 한국의 발치에도 미치지 못하게 되었어요. 이것이 모두 지난 삼십 년 동안에 이루어진 일이에요. 아무것도 할 줄 모르고 하고자 하는 의욕도 없고 외국 수준에 따라갈 어떤 자질도 갖고 있지 않다고 폄하하던 조센징이 일본을 발치로 밀어내고 단 삼십 년 만에 이룩한 일이에요. 이것은 한국의 국민성과 관련이 있어요. 일본 사람들이 옹졸하고 겁이 많은 반면 한국 사람들은 마음이 열려 있고 용감하잖아요. 한국의 지도자들은 스스로의 그런

우월성을 인식하지 못하고 있어요."

"기업인들은 알고 있지. 그들의 피와 땀으로 이룩했으니까. 그러나 평생 세금 한푼 내보지 않은 위정자들, 종업원 월급을 지급하기 위해 매달 피를 말려 보지 않은 정치가들이 나라가 그동안 쌓아온 국부를 가지고 자기 주머닛돈처럼 선심을 쓰는 과정에서 그 의미가 왜곡되는 거지. 피땀 흘리며 벌어 온 외화를 정경유착으로 얻어 낸 때문은 돈으로 치부하는 거야. 그것을 빼앗아 그들의 정치적 목적으로 사용할 정당성을 부여하는 거지."

"세계의 주요 거리에는 이제 한국 제품의 광고가 없는 곳이 없어요. 한국 대통령은 몰라도 한국 제품은 알아요. 한국은 몰라도 케이팝(K-Pop)은 알아요. 정치하는 사람들은 이걸 알아야 돼요. 그들은 국민들을 바보처럼 몰고 다니려고 하지만 국민들은 그들보다 훨씬 현명하고 세상을 볼 줄 알고 있다는 사실을 말이예요."

재현은 동의하지 않을 수 없었다. 하고 싶었지만 하지 않고 참았던 말의 봇물을 작심하고 가네다가 터뜨린 것이다.

"그래 언제쯤 우리도 다른 훌륭한 나라의 훌륭한 지도자들 같은 품격을 갖춘 지도자를 만날 수 있을까?"

"지도자도 문제이지만 국민들의 의식도 문제예요. 일본에서 시골의 가정주부는 아이들을 데리고 나들이 갈 때 지주의 집 앞을 그냥 지나가지 않아요. 우리를 먹고 살게 해주는 고마우신 분이라며 아이들에게 꼭 절을 하고 지나가게 한다잖아요. 한국은 반대로 '저것은 내가 가져야 할 것을 착취하는 놈, 내가 꺼꾸러뜨려야 할 대상'이다 라고 아이들을 가르친다는 거지요. 그 엄청난 의식의 차이를 생각해 보세요. 고마움을 가르치는 것과 증오를 키우는 것은 아이들이 세상을 보는 눈을 정반대로 바꾸어 놓는 기준이 되는 거예요."
"꼭 모두가 그런 건 아니지만 그런 말을 들어야 할 만한 일은 한국 사회 여기저기에서 많이 일어나고 있지. 혼란스런 시대야. 곳곳에 국민정서라는 왜곡된 증오심이 길을 틀어막고 있어. 이 이상한 국민정서라는 것이 국민을 좀비로 만들어 가고 있어. 변화하는데 제법 시간이 걸릴 것 같아."

간단한 저녁이 끝난 뒤 가네다는 재현의 입맛에 맞게 작은 안주와 청주를 끊임없이 주문했다. 식당에 손님들도 다 나갔다. 가네다는 청주와 안주를 들고 재현과 함께 개울가로 나갔다. 재현이 머뭇거렸다.
"아니 이 차림으로?"
"괜찮아요. 여기까지 이 여관의 울타리 안에 있어요. 발가벗고 노천탕에 있다 생각하셔도 되요."
구월의 저녁 바람은 제법 서늘했다. 밖에서는 물소리를 이길 만큼 목소리를 높일 수 있었다.
"저는 저의 가장 소중한 손님을 여기로 모셔요. 서양 사람이나 동양 사람이나 어느 분도 여기를 싫어하는 분을 본 적이 없어요."
"정말 환상적인 곳이야. 여울과 온천, 식당이 조화되어 일본의 절제된 삶이 골고루 고스란히 녹아 있어. 게다가 가네다 씨의 사려 깊은 준비가 한몫하잖아?"
"이 사장님이 좋아하실 줄 알았어요. 그런데 이 사장님은 '동해냐? 일본해냐?' 하는 논쟁을 어떻게 생각하세요?"
"나는 그것에 대해서 확실한 생각을 가지고 있지. 그러나 한국 내에서의 정서가 하도 고집스러워서 드러내 놓고 말을 못 하고 있어."

"이 사장님 생각은 어떠세요?"

가네다는 끈질기게 재현의 의견을 듣겠다고 했다.

"가네다 이사 생각과 비슷할 걸. 세 바다를 거느린 반도라는 지정학적 요건을 갖춘 한국이 그 주변 바다를 동해, 서해, 남해라고 불러 달라고 요청하는 것은 전혀 세계성을 띠지 못한다. 그렇게 되면 온 세계의 바다는 온통 동해, 서해, 남해, 북해로 불려야 할 것 아닌가? 한국의 입장에서는 오히려 일본해, 중국해, 필리핀해로 부르는 것이 세계인들의 한국에 대한 이미지를 제고하는데 더 유리하지 않을까? 하는 생각이야. 마치 나폴레옹이 전승하고 돌아오는 길의 다리 이름에 정복한 나라의 이름을 붙이듯."

"일본도 마찬가지예요. 그걸 꼭 일본해로 불러야 할 것처럼 떠들어서 일본인 속 좁은 것만 오히려 세상에 광고하고 있어요."

"한 지역의 이름은 그 지역의 위치와 특징을 잘 표시하면 충분한 것이지. 그것이 그 지역에 대한 소유권을 결정하는 일이 아니잖아? 나폴레옹이 다리에 정복한 나라의 이름을 붙였다고 해서 그 다리가 그 나라 소유로 넘어가는 것이 아니잖아? 오히려 그 나라를 거느리고 있다는 의미를 갖게 되는 거지."

"바로 그거예요. 그러나 이것도 정부 관계자들이 국민 정서라는 것을 긁적거려서 계속 문제를 만들어 내는 거예요. 국민들을 화합하기보다 이간시키는데 초점을 맞추는 거지요. 국내에서 자국민들을 이간시키는가 하면 밖에서도 국민 정서라는 것으로 이웃 나라 백성들과 편 가르기를 하는 거예요. 마치 이름이 그 지역의 소유권을 확정 짓는 기준이라도 된다는 듯이 말이죠. 세계적인 웃음거리예요."

가네다는 계속했다.

"얼마 되지 않았어요. 베트남의 거리에서 '한국의 월남전 파병에 대해 사죄한다'. '한국 군인이 월남인들에게 저지른 만행에 대해 한국 정부는 사과해야 한다'며 떠들고 다니는 한국 여인이 있었지요. 베트남 사람들은 그녀를 미친 사람으로 보았어요. 오히려 '우리는 월남 내전을 잊고 싶다. 한국과 우호관계를 유지하며 함께 경제 개발을 하고 싶다.' '베트남을 융단 폭격한 미국도 용서했다. 그들과 좋은 관계를 유지하며 비약적인 경제 개발을 이루고 있지 않느냐?' 라고 했어요. 참 어처구니가 없는 일이었어요. 그녀가 무엇으로 어떻게 사죄를 하겠다는 것인지, 넌센스였어요. 그 월남 파병이 피를 말리고 뼈를 깎는 결정이었다는 것을 그 여인과 그 여인들의 집단은 알지도 못하고 알려고 하지도 않았던 거예요. 그것이 우리나라 국경을 지키고 미국과의 관계를 돈독히 하며 세계로 뻗어 나가는 경제의 밑거름이었다는 것을 아예 무시하는 행동이었어요. 자기 나라에 침 뱉고 자기 나라의 과거 행동에 대해 남의 나라에 가서 욕설을 퍼붓는 그 사람에게 월남 사람들은 차가운 냉소만 퍼부었어요. 그녀와 그녀의 패거리들은 무엇을 위해 그런 짓을 했을까요? 화해와 용서보다 오직 증오를 이끌어 내겠다는 악마적 저의가 있었던 것은 아닐까요?"

재현은 아무말도 하지 않았다.

"또 생각해 보세요. 식민지에서 벗어난 지 육십 년이 넘었는데도 친일파 타령이잖아요. 일본은 혐한 타령구요. 세상에 이런 곳이 어디 있어요? 가능한 한 나쁜 과거는 잊고 좋은 미래를 열어 나가자는 것이 나라와 나라 사이의 외교적 근본 정책이 되어야 하는데 말이예요."

"그것도 큰 문제야. 정권을 유지하는 방법이 오직 국민들 편 가르기밖에 없는 것처럼 착각하고 있어. 정부 안에 구린 일이 있을 때 그것을 덮기 위해 정부가 슬그머니 꺼내는 카드가 친일파 논쟁이야. 그러면 순진한 군중들이 와글와글 몰려들어 서로 흠집을 내기 시작하고 정부는 국민들 사이의 골을 깊이 파는데 성공하면서 그 골에 구린 일들을 묻어 버리는 것이지."

술기운도 제법 올랐다. 재현은 스스로 말이 많아졌다고 느끼면서도 가네다의 밝은 대화에 맞장구를 치고 있었다.

"정부가 해야 할 일은 국민들의 자긍심을 키우고 앞으로 나아갈 길을 열어 주어야 하는데 툭하면 과거를 들추어내어서는 미래를 과거에 파묻어 버리지요. 중요한 것은 가치관이예요. 국가관이예요. 흔들리지 않는 가치관을 세우는 것이 가장 시급한 일이예요. 가치관이 확고하면 저 촌스런 감성적인 민족주의, 친일파 논쟁은 발붙일 곳을 찾지 못하겠지요."

"독일의 폰 카라얀(Herbert von Karajan)의 예를 들어 볼까? 그는 나치 당원이었고 나치 정권에 적극적으로 협조했지. 그러나 전후 과거 청산심사에서 사면되었고 20세기 클래식 음악계의 황제가 되었지. 카라얀은 한 사람의 음악가라기보다 한 시대, 그 시대의 삶 자체였어. 그가 나치 당원이라는 이유로 매장이 되었다면 전후 세계인들의 음악세계는 어떻게 전개되었을까?"

"중국 고사에도 장공속죄(將功贖罪)라는 말이 있잖아요? 작은 허물은 그 사람이 이룰 업적을 기대하며 덮어 준다는 뜻이지요. 세상에 가장 필요한 것이 따뜻하고 촉촉한 남의 허물을 덮어 주는 배려인데 그것이 한국 사회에서는 사라져 버렸어요. 오직 남의 허물을 헤집는 일, 상처를 물어 뜯는 일만 남았어요."

"내 고향에는 어느 존경받는 시인의 시비(詩碑)에 끊임없이 콜타르를 바르는 친구가 있어. 시비를 말끔히 닦아 놓으면 밤사이에 콜타르를 바르는 거야. 존경받고 있고 존경받아 마땅한 시인의 시비에 콜타르를 바르는 것이 그의 천직이나 되는 듯이 계속하는 거지. 그 시인이 나라와 고향을 위해 무엇을 했는지 생각하지 않아. 오직 일제 강압 시기에 그가 어쩔 수 없이 개입한 사소한 문제를 붙들고 친일파라고 물고 늘어지는 거야. 친일이 무언지 생각해 보지도 않고 친일파라는 그 한심한 구실로 그 짓을 계속하는 거야."

"몽둥이를 써야 돼요. 그런 친구 고치는 방법은 몽둥이밖에 없어요."

가네다는 화제를 바꾸었다.

"독도를 보세요. 독도는 이제 일본으로 넘어왔어요."

재현이 정색을 했다.

"독도가 넘어가다니? 그게 무슨 말이야? 독도는 오랜 역사를 통해 엄연히 한국의 영토로서 관리해온 땅이고 반면 일본은 오래전 포기한 땅이었잖아? 그것은 일본의 고문서에도 엄연히 기록되어 있는 역사적 사실이야. 일본이 러일전쟁을 치르면서 갑자기 독도의 지정학적 중요성을 인식하고 영유권을 주장하기 시작했지. 그러나 일본이 패망하면서 '일본은 강제로 점령한 영토에서 물러나야 한다'는 국제협정서에 서명을 하였고 마땅히 그 협정은 지켜져야지."

"그것은 패망했을 때 이야기이고 지금은 다르잖아요. 섬나라인 일본은 근해의 섬들을 확보하는데 혈안이 되어 왔어요. 곳곳에서 영토 분쟁을 일으키고 있잖아요. 그것이 그들의 영해 확장의 가장 확실한 방법이거든요."

"그러나 독도는 달라. 그것은 역사적인 고증으로나 현실적인 지배 상태로 보나 엄연한 한국의 영토야. 한국 영토의 동쪽인 울릉도와의 거리로 보아서도 그렇지. 이걸 이제야 일본 영토라고 주장하는 것은 섬 사람들의 좀스런 탐욕으로 볼 수밖에 없어."

"독도는 지정학적 조건, 어업자원, 지금은 지하자원까지 확인되어 그 존재 가치가 점점 높아지고 있지요. 끈질긴 일본이 양보할 리가 없어요."

"그러나 엄연한 역사적 문서가 존재하고 있고 2차대전의 최종 확정 판결까지 있는데 영토를 주장하는 것은 어불성설이지."

"그런데 거기 한국의 대중들이 모르는 사실이 숨겨져 있어요. 한국은 그동안 몇 번의 경제 원조를 일본으로부터 받았어요. 그때마다 일본이 거론한 것이 독도 문제예요. 한국 정부들은 어정쩡한 태도를 보였어요. 국민들에게 하는 보고와 일본에 써 준 문서가 미묘한 차이를 보이고 있어요. 우선 돈이 급했거든요. 일본에 꼬투리가 잡힌 거예요. 그런 꼬투리 잡을 수 있는 문서를 이용해서 일본은 국제사법 재판소에 제소할 자료를 완벽하게 준비해 왔어요. 한국은 냄비속 끓는 물 같다. 떠들게 두어라. 팔팔 끓다가 금방 식어 버린다. 그 때 국제사법재판소에서 승소한다. 그런 다음 '스미마센' 한마디만 해주면 된다. 이렇게 생각하는 거예요."

재현은 목소리를 높였다.

"국제 사법소건 지랄이건 한국은 결코 독도를 내놓을 수 없어. 일본과의 전쟁을 하는 한이 있어도."

"전쟁도 그래요. 대한민국의 소위 애국지사들은 전쟁을 하자고 들고 일어나겠지요. 한일 간에 전쟁이 일어난다면 독도 때문일 거예요. 그런데 전쟁은 감정만으로 되지 않아요. 한국은 큰소리를 치고 있지만 전쟁 능력이 일본에 훨씬 뒤떨어져 있어요. 순식간에 제압당할 수밖에 없어요. 더욱이 미국의 입장이 관건인데 일본은 늘 미국의 비위를 맞추어 둔 반면 한국은 미국의 심기를 묘하게 건드려 왔죠. 미국은 세계를 지배하고 있고 그 지배는 계속될 거예요. 그런데 그 중요한 사실을 이해하지 못해요. 반면에 일본은 빠삭하게 꿰뚫어 보고 있어요. 만약 이렇게 한국이 엉뚱하게 떠들기만 하고 일본은 차분히 준비해 나간다면 일본은 국제사법재판소에서 이기고 독도의 영유권은 고스란히 일본의 손으로 들어갈 수밖에 없어요."

"믿을 수 없는 일이야. 세상에는 진실이라는 것이 있고 정의는 반드시 이기게 되어 있어."

"세상에는 때로는 정의롭지 않은 일이 정의를 누를 때도 있어요. 한국은 독도는 우리 땅이라며 꼭 남의 이야기하듯 떠들어 대고 있지만 진실로 독도를 지키려면 떠들기 전에 우리가 잡힌 꼬투리가 무엇인지 거기서 벗어나려면 어떤 일을 해야 할지 면밀히 따져 보고 대비할 필요가 있어요."

재현이 생각에 잠겼다. 가네다가 통곡하듯 말을 끝냈다.

"이 사장님, 존경하는 이 사장님, 제 말을 반 쪽바리의 방정맞은 촐싹거림이라고 야단치지 마세요. 밖에서 사는 사람은 안에서 일어나는 일을 안에 있는 사람보다 더 명확하게 보는 법이예요. 미국에 있는 교포들도 마찬가지예요. 그래서 밖에서 사는 사람이 안에서 사는 사람보다 더 애국자가 되는 거예요. 어떻게 저토록 뻔뻔스럽게 원칙에 맞지 않는 일을 저지를 수 있을까? 한번이라도 좀 다른 사람들 하듯 넓은 마음으로 끌어안고 어루만지는 지도자는 나올 수 없는 것일까? 그런 사람을 뽑을 수 있는 균형 잡힌 국민들의 수준은 언제쯤 볼 수 있을까? 그런 안타까운 마음뿐이예요."

재현과 가네다는 한동안 말없이 여울이 흐르는 소리에 귀를 맡기고 있었다. 가네다가 가라앉은 음성으로 그의 열정을 마무리 지었다.

"이 사장님, 저는 이제 한이 없어요. 제 깊이 숨겨둔 마음을 피를 토하듯 말할 수 있었다는 것이, 그것도 이 사장님께 할 기회가 있었다는 것에 만족해요. 아, 나는 이제 편안하게 제 남은 인생을 살 것 같아요."

재현이 손을 가네다 손등에 얹었다. 그들은 그렇게 오래 앉아 있었다. 여울은 소리를 높였다. 여울은 한결같이 세월에 얹혀 흐르고 있었다.

제25장

그 풍진 세상 – 성장기

1.

 9월 18일, 토요일, 아침에 오던 비는 오후 들어 그쳤다. 두 시쯤 재현은 집을 나섰다. 햇볕은 따뜻했고 바람은 시원했다. 가을이 시작되었다. 그는 차를 몰고 갈까 하다가 가을 길을 걷기로 했다. 집에서 사무실까지는 약간의 내리막길이어서 걷기가 편했다. 집 뒤에 있는 산등성이를 넘으면 바로 큰길 위에 걸린 고가 도로이다. 산책로로 만들어 놓은 고가 도로와 아파트 단지를 지나면 중앙공원이다. 십오 분쯤 걸으면 중앙 공원을 가로지른다. 분당은 계획이 잘된 동네여서 큰길에는 고가 도로가 놓이거나 지하도를 뚫어 놓아 집에서 사무실까지 신호등에 막히지 않고 산책하듯 걸어갈 수 있게 되어 있다. 혜진이 사학과 졸업반 선배들과 함께 찾아오겠다고 했다. 맥주를 사달라고 했다. 재현의 인생 이야기를 들려 달라고 했다. 아내에게는 후배들이 맥주를 사달라고 하는데 시간이 얼마나 걸릴지 모른다고 말해두고 집을 나섰다. 젊은이들과의 만남이 어떤 형태로 이루어질지 얼마나 길어질지 예측할 수 없었던 것이다. 특히 역사 연구회와 관련된 사람들이어서 예사롭지 않은 모임이 될 것이란 예감이 들었다. 혜진이 또 어떤 감동을 엮어 낼지 가슴이 설레었다. 느긋하게 반 시간 남짓 걸은 뒤 재현의 사무실이 있는 건물 2층에 있는 맥주 집으로 올라갔다.

안쪽 구석에서 혜진이 손을 번쩍 들고 흔들었다. 혜진을 포함해서 모두 여섯 명의 여학생들이었다. 대학의 졸업반으로 올라갈 선배들이라고 했다. 모두 여름 세미나에 참가했던 사람들이라 했다.
"주말에 쉬시는데 나오시게 해서 죄송합니다."
혜진이 깍듯이 인사를 닦았다.
"죄송하다니? 젊은이들의 모임에 이 늙다리를 끼워 주는 것만 해도 감지덕지해야지."
혜진이 방문한 학생들의 소개를 마친 뒤 재현에게 물었다.
"여기는 조용히 대화를 오래 나누기에는 너무 시끄러워요. 좀 조용한 구석 자리가 있을까요? 여기서 말씀하시다가는 회장님 목이 금방 쉬시겠어요."
혜진이 스스럼이 없었다. 재현이 맥주 집의 여자 주인을 불렀다.
"방이 비어 있을까?"
"마침 비어 있어요. 사장님 오시기만 기다린 것 같아요."
자리를 옮겼다. 방의 문을 닫자 맥주집의 떠들썩한 분위기는 사라지고 작은 산장의 카페 같은 모습이 되었다. 맥주와 안주들이 푸짐하게 들어왔다. 혜진이 녹음기를 꺼내 놓고 입을 열었다.

"며칠 전 말씀드렸던 것처럼 이 회장님의 삶을 듣고 싶어서 이 모임을 주선했어요. 사실 우리는 주어진 삶이 편해서 그 편한 삶에 너무 익숙해져서 우리의 삶이 어디서부터 시작되었는지? 시작할 때의 진실한 모습은 어떤 것인지? 어떻게 성장하고 발전했는지? 그 진행 과정은 얼마나 괴롭고 파란만장한 것이었는지? 전혀 상상을 할 수가 없거든요. 그래서 산업화 시대의 심볼로 회장님을 점찍었어요. 회장님 개인의 일생에 대한 말씀을 듣고 산업화의 배경 그림을 그려 보자고 생각한 거예요."

젊은이들의 발상이 기특했지만 재현은 한편으로 쑥스러웠다.

"그런 일이라면 나보다 훨씬 더 이룬 것도 많고 더 나은 이력을 갖춘 사람들이 많을 텐데."

학생들의 생각은 단호했다. 여학생들 중 한 명이 설명했다.

"우리는 회장님이 가장 적절한 분이라고 생각했어요. 회장님은 지난번 강의를 하신 뒤 우리의 우상이 되어 버렸어요."

"모두의 영웅이 아니라 여러분들의 편견 속에 자리 잡은 이카로스 같은 것 아닌가? 새의 깃털과 밀납으로 만든 날개를 달고 하늘을 난다고 까불어 대다가 태양에 도전한답시고 태양 가까이 가서는 태양열로 날개가 녹아버려 땅으로 추락한 멍청한 건달 이카로스 말이야."

학생들이 한목소리로 아니라고 했다.

"저희들은 이 회장님의 생생한 이야기를 듣고 싶어요. 지난 방학 때 이 회장님의 강의를 듣고 그 모든 성공의 뒤편에 있는, 성공의 배경이 되는 회장님의 성장 배경과 삶을 알고 싶어졌어요. 회장님의 인생은 우리가 그릴 산업화 역사의 배경 그림이 될 거예요. 힘드시겠지만 천천히 들려주시면 고맙겠습니다."

재현은 '긴 저녁이 되겠구나' 생각했다. 그러나 싫지 않았다. 스스로도 한번은 그의 삶을 되새겨 보아야겠다고 다짐하던 일이었다. 이 열성스런 학생들과 함께 정리하는 것도 의미 있는 일이라 생각했다. 혜진이 선언했다.

"지금부터 녹음 시작합니다. 이것은 이 자리에 나오지 못한 회원들을 위한 기록이기도 합니다."

"어디서부터 시작할까?"
"아주 어린 시절부터 기억나는 대로 이야기해 주세요."
재현은 실마리를 부모의 이야기로부터 풀어 나갔다.
"그럼 줄거리 없이 생각나는 대로 이야기를 해 볼게. 아버지와 어머니는 마산에서 태어났고 거기서 자랐고 결혼을 하셨지. 제2차 세계 대전 중 일본이 동남아에서 승승장구할 때였어. 말레이시아까지 쳐들어가서 그곳을 다스리던 영국군 사령관의 항복을 받은 일본은 기고만장했지. 귀한 말레이시아의 고무 원액을 가지고 와서 말랑말랑한 고무공을 만들어 집집마다 나누어 주던 것이 기억나. 말레이시아를 침략하고는 일본은 기세가 등등했지만 그것은 동남아를 식민지로 거느리고 있던 모든 서양 사람들을 적으로 만들었다는 것을 의미하기도 했지. 전선(戰線)은 확대되었고 일본의 기세는 급속히 약화되기 시작했어. 더구나 일본의 신경질적인 진주만 폭격은 미국이 전 국력을 걸고 전쟁에 참여할 빌미를 주었지. 미국의 무한한 천연 자원과 압도적인 국력 앞에서 손을 써 볼 사이도 없이 일본은 패망의 길로 접어들었어."

　재현이 태어난 것은 일본의 국력이 그들의 군기(軍旗)에 그려진 것과 같이 아침의 태양처럼 솟아오를 때였다. 독일이 폴란드를 침략해서 세계 제2차 대전을 일으키던 해, 일본은 한반도, 만주, 내몽골, 중국 동부, 동남아를 석권하면서 그들의 영토 확장 야욕을 마음껏 불태울 때였다. 그러나 몇 년이 지나지 않아 그들의 국력이 강대국들과의 전쟁을 계속하기엔 턱없이 약하다는 것을 절감했다. 그들은 그들이 귀축(鬼畜)이라고 얕잡아 부르던 미국, 영국과 싸우기 위한 무기가 우선 부족했다. 비행기와 배를 만들 쇠붙이조차 제대로 공급할 수 없었다. 집집마다 뒤져 놋그릇, 숟가락까지 빼앗아 가야 했다. 국력에서 비교가 되지 않던 일본은 악으로 버텨 내었다. 달걀로 바위를 치는 대결이었다.

　아버지는 일본말을 잘했다. 택시 회사의 경리로 취직해서 재현이 태어나던 해 서울로 이사를 했다. 지금 남아 있는 그때 아버지 사진을 보면 재현의 얼굴은 아버지를 빼닮았다. 볼이 통통한 얼굴에 중절모를 쓴 후덕한 모습이다. 재현이 자라는 동안 전세는 점점 일본에 불리해졌다. 일본 열도와 한반도는 궁핍의 시대로 접어들었다. 그러나 재현에게 궁핍했다는 기억은 없다. 어머니는 재현이 연년생으로 태어난 동생 때문에 젖을 충분히 먹지 못했다며 어릴 때부터 인삼을 꿀에 저며 먹였다. 그 달콤하고 씁쌀한 맛이 어릴 때의 기억으로 지금도 혀끝에 남아 있다.

　"나는 아주 어릴 적의 많은 일들을 기특하게도 잘 기억하고 있어. 나는 아주 말 잘 듣는 아이였어."

재현은 해방 직전 호열자가 만연했을 때 매일 가족들의 약을 타 오던 것을 기억한다. 가족들이 모두 감염되어 누웠는데 대여섯 살 난 재현이 뜨거운 태양 아래 싫다는 말 한 마디 없이 터덕터덕 고개를 넘어 약국에 다녀오던 생각이 난다. 아버지는 가끔 택시를 잡아 오라고 재현을 심부름시켰다. 어린 재현은 길에 나가서 택시를 잡아타고 집으로 와서 그 택시로 식구들과 함께 나들이를 나갔다.

2.

 "해방이 되었지. 어린 내가 느끼기에도 활기가 넘쳐나는 축제였어. 해방은 여러 사람들에게 여러 가지 다른 의미로 다가왔어. 무능한 왕이 다스리는 나라의 무지렁이 백성이 아니라는 확신이 있었지. 식민지의 피지배자인 이등 국민이 아니고 당당한 독립국가의 일등 국민으로서 누릴 미래에 대한 희망을 가지게 되었지. 해방은 특별히 우리 집에는 물질적으로도 큰 축복이었어. 우리는 정원이 딸린 큰 저택으로 이사를 했지."
 택시 회사의 일본 사람 중역이 자기의 집을 아버지에게 맡기고 관리를 부탁한 것이다. 그들은 일본으로 떠나면서 곧 돌아오리라 생각했다. 아버지도 그렇게 생각했던 것 같다. 늘 이것은 우리 것이 아니다. 잠깐 빌려 사는 것이라고 말씀하셨다. 그러나 곧 그것은 재현이네 것이 되었다. 일본 사람들이 떠난 지 일 년이 지나지 않아 어머니는 길가로 난 방을 뜯어고쳐 생필품 가게를 차렸다. 여기저기 비축되어 있던 일본의 어묵 통조림, 미국의 콩, 콘비프 통조림들을 사 모아서 팔았다. 물건이 귀한 시기여서 장사는 잘되었다. 어려운 시기였던데 비해 재현의 집은 아주 풍요로웠다. 해방된 다음 해 가을 재현은 국민학교에 입학을 했다. 그때 새 학기는 가을에 시작되었다. 일본 아이들이 다니던 학교여서 시설이 좋았다. 수영장이 있었고 운동장도 넓었다.

시설 좋은 것이 문제였다. 해방 후 날이면 날마다 치르는 선거에 넓은 학교 운동장은 유세장으로 사용되었다. 아이들의 수업도 아랑곳하지 않고 사람들은 운동장에 가득 모여 웅성거렸고 나뭇가지들을 꺾었고 아무데나 오줌을 누었고 마이크로 있는 대로 목소리를 높여 떠들어 대었다.

다음 해 초여름에 재현은 며칠 학교를 가지 못했다. 열이 나고 어지러웠다. 며칠 지나자 어머니보다 훨씬 나이가 많은 담임 선생님이 집으로 찾아와서 어머니의 극진한 대접을 받았다. 선생님은 말했다.

"현아, 얼른 일어나 학교 나와야지. 선생님이 너를 반장으로 정했단다. 얼른 나와서 반장을 맡아라. 동무들도 기다리고 있어."

그 말을 듣자 아픈 곳이 감쪽같이 없어졌다. 다음 날 가벼운 마음으로 학교에 갔다. 그 뒤로 재현은 반장이었다.

재현의 마음에는 학교의 수영장이 꿈처럼 들어앉아 있다. 점심을 먹은 뒤 수영장 변두리에 서서 수영복을 입고 신나게 물로 뛰어드는 상급생들을 지켜보았다. 그들은 재현에게 영웅이다. 재현도 늘 물에 신나게 뛰어드는 꿈을 꾸었지만 한 번도 물속에 들어가지 못했다. 어느 더운 일요일 그는 혼자 수영복 비슷한 팬티를 호주머니에 넣고 어머니 모르게 집에서 나와 학교로 갔다. 수영장에는 아무도 없었다. 물이 거의 빠져 있었다. 재현은 수영복으로 갈아입고 물로 들어

갔다. 물은 배수구가 있는 수영장의 제일 깊은 쪽에 조금 고여 있었다. 청소한 뒤의 수영장은 구정물이었지만 수영장에 들어가 앉았다는 것에 재현은 감동했다. 거기서 덤벙거리던 재현은 갑자기 배수구로 빠져들었다. 발이 쑥 빠져드는데 순식간에 머리까지 물속으로 쑥 들어가 버렸다. 얼마나 깊이 들어가는지 몰랐다. 계속 들어갔다. 아, 내가 죽는구나 생각했다. 엄마가 그렇게 물에 들어가지 말라고 했는데 엄마한테 야단맞겠구나 생각했다. 그런데 땅바닥에 발이 닿았다. 아무 생각 없이 발로 땅을 찼다. 그의 몸이 솟구쳐 올랐고 그는 배수구의 언저리를 짚고 배수구에서 빠져나올 수 있었다. 제법 구정물을 마셔서 몽롱한 기분으로 수영장에서 나왔다. 옷을 갈아입고 터덕터덕 걸어서 집으로 돌아왔다. 집까지 이십 분쯤 걷는 거리였다. 그는 둥둥 떠 있는 듯한 기분으로 걸어가면서 중얼거렸다.

'죽을 뻔했지?'

몸과 마음이 따로 노는 것 같았다.

'나는 죽은 거 아닌가? 허깨비가 걸어서 집으로 돌아가는 게 아닌가?'

"그때 나는 나의 죽음을 처음 실감했어. 지금도 허청허청 걸어서 집으로 가던 나 자신을 생생하게 기억하고 있어. 그 나이에 어떻게 혼자 수영장으로 갈 생각을 했는지? 혼자 물에 들어갔는지? 물에 빠져서는 어떻게 죽음까지 생각했는지? 또 그걸 어떻게 지금도 선명하게 기억하고 있는지? 알다가도 모를 일이야."

재현은 계면쩍었다. 학생들에게 물었다.

"이런 이야기는 흥미 없지?"

학생들은 열성적으로 격려했다.

"아니예요. 너무 신기해요. 마치 이상한 나라의 앨리스 얘기를 듣는 것 같아요."

집에는 두 분의 삼촌이 빈둥거렸다. 아버지와 나이 차이가 좀 있었다. 아버지는 육 남매 중 둘째였다. 큰아버지가 일찍 별세해서 아버지가 집안의 맏이 노릇을 하였다. 전쟁이 끝났을 때 그 회사의 다른 일본 상관은 아버지에게 낙원동 시장에 있는 제법 큰 가게 하나를 맡겼다.

"그러고 보니 우리 아버지는 완전히 친일파였던 같아. 큰 집도 얻고 아주 목 좋은 가게도 맡았으니 말이야."

학생들은 또 재현의 편을 들었다.

"일본의 식민지 정책에 부역한 것과, 일본 사람과 개인적으로 좋은 관계를 가지는 것과는 다르잖아요? 그건 인간과 인간 사이의 신뢰의 문제이지 부역과는 다른 일이지요."

아버지는 시골에서 하릴없이 놀고 있던 삼촌 두 명을 서울로 불러 올려 낙원동 가게를 돌보게 했다. 주말에 재현은 택시를 타고 부모님과 동생들과 함께 가게에 나갔다. 가게에는 물건이 많았고 사람들도 제법 들락거렸다. 그런데 나갔다 올 때마다 어머니는 아버지와 다투었다. 삼촌들 때문이었다. 집에서는 빈둥거리면서 밥만 축내고, 가게에 나가서는 장사를 엉망으로 만들어 놓을 뿐 아니라 가게의 돈까지 빼돌린다는 것이다. 아버지는 불쌍한 아이들이라며 삼촌들을 감쌌다. 삼촌들은 어머니의 불평을 무시했다. 그들의 사는 방법대로 살았다. 재현과도 살갑게 지내지 않았다. 집에서 차린 가게는 번창했지만 관리가 부실했던 낙원동의 멋진 가게는 점점 활기를 잃어

갔다. 그러던 중 두 삼촌이 수금해 둔 돈을 몽땅 챙겨서 한꺼번에 자취도 없이 사라졌다. 큰돈은 없어졌지만 어머니는 삼촌들이 나간 것만 시원해했다. 그러나 아버지는 정신 줄을 놓았다. 동생들이 그처럼 집을 나간 것은 그가 잘 돌보지 않은 탓이라고 자탄했다. 어머니와 아버지는 한동안 말을 하지 않고 지냈다.

"그 뒤 삼촌들 소식을 듣지 못했어. 그들은 월북했다고들 했어. 비교적 자유분방한 분들이어서 세속에 얽매이는 것보다 무언가 새로운 꿈을 쫓는 분들이었거든."

재현은 드러내지는 않았지만 살아가면서 삼촌들의 일로 가끔 마음고생을 했다. 재현의 아주 가까운 고등학교 단짝 친구가 있었다. 재현과 같은 해 서울의 의과 대학에 입학해서 상경했다. 그의 아버지는 육이오 나기 전 월북해서 북한에서 고위 관리가 되었다고 했다. 그는 집안 형편이 나은 편이어서 종로에 하숙집을 정하고 학교를 다녔다. 그의 하숙방은 형사들의 안방이었다. 그가 학교에서 돌아오면 그의 방에는 늘 한두 명의 형사들이 큰대자로 누워 코를 골며 낮잠을 자고 있었다. 그리고 아버지에게서 온 편지를 내어 놓으라고 했다. 이미 그 친구의 방 구석구석을 뒤져 없는 것을 확인했지만 그저 닦달하는 것이다. 처음에는 그들의 출현에 기절초풍했다. 나중에는 익숙해져서 그들과 함께 살았다. 그는 유학은커녕 외국 관광 한번 나갈 생각을 하지 못했다. 아버지와 관련된 연좌제(緣坐制)법 때문이었다. 그는 참을성이 많은 친구였다. 그것을 아무렇지도 않은 듯 모두 참아 내었고 내색하지 않았다. 의과 대학을 졸업하고 외과 의사로서 대학 교수로서 자리를 잡았다. 결혼도 하고 삶도 안정되었다. 그러나 80년대 말 '연좌제'가 폐지되자 폐지된 다음 날 보따리를 싸서 뒤도 돌아보지 않고 식구들과 함께 한국을 떠났다. 그동안 쌓아 올린 의사로서의 경력도 대학교수로서의 입지도 내던져 버렸다. 지긋지긋한 연좌제의 족쇄로부터 그렇게 스스로를 해방시켰다.

"나는 은근히 캥겼지. 혹시 우리 삼촌들이 북쪽에서 고관이라도 되어 있으면 나도 그 꼴이 되지 않았을까 해서 말이야."

70년대 초 조선소가 시작되면서 간부급 사원들에게 해외 연수 기회가 주어졌다. 재현과 함께 출국 준비를 하던 동료 한 사람에게 외무부는 출국 며칠 전 '출국 불가'를 통보하였다. 연좌제 때문이었다. 그의 사촌 형이 한때 간첩으로 남파되어 그의 동네에서 어정거리다가 다시 월북한 기록이 있다는 것이다. 그는 절망했다. 그가 평생의 희망을 걸고 준비하던 해외 연수 계획이 순식간에 물거품이 된 것이다. 그때도 재현은 뜨끔했다.

"우리 삼촌들이 간첩이라도 되어 내려오면 나도 그 꼴 나는 것 아닌가 하고 말이야."

가까운 친척이 북한에서 고관을 지내고 있으면 남한의 친척들은 우선 빨갱이 취급을 받거나 간첩으로 의심받게 되어 있었다. 하기야 육이오 전쟁이라는 것이 동족 간에 죽이고 죽는 싸움이었으니까. 세상에 믿을 사람이 없었다.

"삼촌들은 나타나지 않았고 북한에서 이름난 고위 관리가 되지 않아서 망정이지 그러기라도 했으면 나도 종북 빨갱이 취급을 받았겠지?"

우스꽝스런 일이었다. 삼촌들이 잘못되었기를 바라는 마음 같았다.

3.

 삼촌들이 모습을 감춘 뒤 아버지는 낙원동 가게에서 완전히 손을 떼었다. 가게는 세를 주고 그쪽 방향은 쳐다보지도 않으려 했다. 그 마음의 상처를 달랠 수 없었던 아버지는 오래지 않아 서울 생활을 접고 마산으로의 귀향을 결정했다. 어머니도 흔쾌히 동의했다. 마산은 어머니의 형제들이 살았고 어머니가 자란 곳이었다. 아버지는 서울의 집과 가게를 판 두둑한 자금을 들고 금의환향하였다. 한동안 편안하게 살 수 있는 자본이었다. 아버지는 타고난 선비였다. 아버지의 필체는 아름다웠다. 동네 사람들은 문서 만들 일이 있으면 아버지를 찾아왔다. 아버지는 싫다는 말 없이 문서를 만들어 주고 편지를 대필하며 도와주었다. 그러나 장사를 하거나 사업을 하는 데는 소질이 없었다. 하는 사업마다 실패했다. 가진 돈으로 편안하게 살 수 있었지만 아버지는 새로운 사업을 시작했고 그때마다 실패했다. 아버지는 무슨 생각이었던지 산비탈에 집을 얻고 귀향 후 첫 사업으로 돼지를 키우기 시작했다. 그러나 곧 돼지 콜레라가 돌아 모두 죽고 말았다. 그 뒤 가게도 열고 이것저것 사업을 벌였지만 하나도 제대로 되는 것이 없었다. 아버지는 재현이 다니던 국민학교 바로 앞으로 이사를 했다. 학교는 운동장이 넓고 아주 잘 지은 반듯한 콘크리트 건물이었다. 재현과 동생들이 학교 다니기 편했고 한길 가에 있어서 가게를 열기도 좋았다.

마산으로 이사한 것은 재현이 국민학교 이학년을 마친 여름 방학 때였다. 아버지와 어머니는 고향으로 돌아와서 마음이 편안하였고 재현에게도 마산의 생활은 불편하지 않았다. 주위에 친척들도 많았고 그들이 모두 재현을 귀여워했다. 선생님은 재현의 서울말을 아주 좋아했다. 재현은 집에서는 경상도 사투리를 썼지만 나가면 서울말을 썼다. 국어 시간에는 재현에게 책을 읽혔다. 방송국에 출연하는 합창단에도 뽑아 주었고 웅변도 시켰다. 마산 생활은 순조롭게 시작되었다.

"이런 말 알아요? 서울내기 다마내기 맛 좋은 고래괴기(고기)."

학생들이 알 까닭이 없었다.

"서울 아이들이 시골, 특히 경상도에 가면 경상도 아이들이 졸졸 따라다니면서 부르며 놀리던 노래예요."

어느 날 재현이 인적이 뜸한 곳을 걷고 있는데 오 학년쯤 되는 상급생이 재현을 따라오며 계속 그 노래를 부르며 약을 올렸다. 덩치 좋은 아이였다. 재현은 돌아서서 대거리를 하였다. 서울 사람들이 시골 사람들을 놀리며 부르던 노래를 들려주었다.

"시골뚜기 사팔뜨기 말라빠진 꼴뚜기."

상급생은 기다렸다는 듯이 재현에게 달려들었다. 두 해나 어린 하급생이니 쉽게 생각했다. 덩치만 믿고 아무 방비도 없이 재현에게 주먹을 휘둘렀다. 재현은 그의 주먹을 피하며 엉겁결에 팔을 뻗어 그가 때리는 것을 막으려 했는데 주먹이 그의 턱인가 콧등을 때렸던 것 같다. 그는 벌렁 뒤로 넘어지더니 코피를 쏟고 엉엉 울며 도망쳤다. 그 뒤로 학교에 '서울내기'가 싸움을 아주 잘한다는 소문이 쫙 퍼졌다. 그건 재현의 학교 생활을 더욱 편하게 했다.
"다시는 나한테 '서울내기 다마내기' 하는 아이들이 없었지."
"싸움패들이 그들 패에 끼워 넣으려 하지는 않았어요?"
"나는 싸움꾼이라기보다는 공부 잘하는 모범생 쪽에 가까웠던 모양이야. 그런 유혹은 없었어."

"아버지의 귀향의 타이밍은 절묘했어. 생각해봐요. 마산으로 귀향한 바로 두 해 뒤에 육이오 사변이 터졌거든. 아이들 네 명을 데리고 겪었을 피난 길을 생각해봐요. 지옥이었겠지. 그걸 피할 수 있었어. 게다가 재산을 훼손하지 않고 고스란히 옮겨 올 수 있었잖아? 아버지의 지혜랄까? 운이랄까? 하여튼 절묘한 결정이었어. 하느님이 보우한 것일까?"

라디오는 매일 대한민국의 영용한 국군이 북한군을 무찌르고 있다고 했지만 북한군은 봇물 터지듯 남한의 전 지역을 휩쓸고 내려와 사흘 만에 서울을 점령하고 한 달 만에 낙동강 전선에 이르렀다. 북한군은 곧 한반도를 휩쓸어 버릴 것이라고 공언했다. 개전과 동시에 한반도의 최남단인 마산도 전쟁의 공포에 휩싸였다. 북한 비행기가 내려온다며 밤마다 공습 경보가 울리는가 하면 어느 날 밤에는 마산역 근처에 비행기로부터 몇 발의 기총 소사가 있었다는 소문도 들렸다. 마산 앞바다에는 해군 배들이 새카맣게 몰려들었다. 북한군이 마산에 들어오면 해군 배들이 함포사격을 퍼부어 북한군은 물론 마산에 있는 모든 것, 사람이건 집이건 모두 쓸어버린다고 했다. 사람들은 보따리를 꾸려서 피난을 떠났다. 아버지는 떠나지 않았다. 마산까지 적이 들어온다면 국내에 안전한 곳은 없다는 생각이었다. 집 가까이에 있던 외삼촌의 넓은 밭에 땅굴을 파고 밤에는 거기서 지냈다. 거기서도 아버지의 결정은 빛났다. 피난 갔던 사람들은 인민군 마중 나간 꼴이 되었다. 인민군을 피하겠다고 나간 것인데 인민군 점령 지역으로 제 발로 걸어 들어갔던 것이다. 귀중품들은 인민군에게 털리고, 유엔군 공군의 폭격으로 꾸려간 값나가는 살림살이를 다 태우고 알몸으로 터덜터덜 돌아왔다. 그때 집안의 큰 재산은 재봉틀이었다. 마산의 재봉틀은 그 피난통에 다 불탔다는 이야기도 있었다.

북한군의 남침은 마산의 뒷산에서 멈췄다. 유엔군의 참전으로 전선은 한동안 소강상태를 유지했다. 그해 구월 유엔군이 인천 상륙작전에 성공하면서 인민군은 퇴각을 시작했다.

마산은 인민군에 짓밟히지 않았지만 늘 전쟁의 한가운데 있었다. 북한군의 공격 속에서나 퇴각 후에도 마산에는 전쟁 부상병을 치료하는 병원들이 자리 잡았고 군수 보급의 후방 기지가 있었다. 재현의 학교는 미군 병원으로 징발되었다. 부상병들은 끊임없이 들어왔고 죽어갔다.

재현의 집에서 멀지 않은 다른 학교는 한국군 병원으로 쓰였다. 거기에 재현의 사촌 형이 실려 왔다. 그는 포탄의 파편이 배를 찢고 지나가서 내장이 다 끊어졌다고 했다. 진해에서 가끔 보던 아주 예쁜 얼굴을 한 형이었다. 물기를 머금은 초롱초롱한 눈과 홍조를 띤 통통한 볼은 영화배우 뺨치게 잘생겼다. 중환자가 많았지만 형은 그중 상처가 심한 중상자였다. 끊어진 내장을 급한 대로 연결시켜 놓았다고는 하지만 응급조치일 뿐이었다. 모두들 살 가망이 없다고 했다. 아버지는 재현에게 형의 병간호를 하게 하였다. 나라를 위해 싸우다가 크게 다쳤으니 우리가 잘 보살펴야 한다고 하였다. 교실마다 부상병들로 넘쳐났다. 처음 재현은 형의 병실에 발을 들여놓을 수가 없었다. 썩는 냄새, 구린내, 소독약 냄새가 뒤섞인 악취 때문에 숨을 쉴 수가 없었다. 더구나 뼈를 가는 듯한 신음과 고통에 찬 비명으로 그곳은 지옥이었다. 그러나 재현은 참으며 그곳에 익숙해져 갔다. 형도 재현이 옆에 있으면 편안해했고 주변의 중환자들도 재현이 오는 것을 기다리게 되었다. 형은 온몸에 꽂아 놓은 주사기를 통해 공급되는 영양주사로 생명을 이어갔다. 그의 귀공자 같던 얼굴은 혈색을 잃고 해골처럼 메말랐다. 진통제를 충분히 맞은 뒤에는 그는 비교적 밝은 표정을 지녔지만 마취제 기운이 떨어지면 그는 악마처럼 되었다. 고통을 참느라 욕을 하고 고함을 질렀다. 마치 울부짖어야 살 수 있는 짐승 같았다. 그런 고통 속에서도 그는 바빴다. 사람들이 그를 이용했다. 그들의 이권 다툼에 중상자들을 끌고 다녔다. 형은 가끔 휠체어에 진통제 주사기를 주렁주렁 매달고 마치 중대한 전쟁터에 나서는 사람처럼 분쟁 중인 곳으로 나갔다. 땡깡 부리러 간다는 것이다. 땡깡이란 원래 지랄병이라는 뜻이라고 했다. 형 같은 큰 중상자가 와서 땡깡을 부리면 상대방은 버티지 못하고 엔간한 분쟁은 양보를 한다는 것이다. 그 전쟁 통에도 이권 다툼은 곳곳에서 일어났고 형은 거기 이용당해 끌려다녔다. 형은 병원에 오래 있지 않았다. 땡깡을 부리고 돌아온 어느 날 고통 속에 비명을 지르던 형은 그냥 맥을 놓았다. 딱 숨을 멈춘 것이다. 재현은 악마의 얼굴로 변했던 얼굴이 다시 천사로 돌아온 것을 보았다. 죽음이라고 하면 첫째 그 형의 얼굴이 떠올랐다. 얼마든지 호강할 수 있는 집안에서 태어나 모든 사람들에게 사랑을 받았지만 전선에 투입된 첫날 그는 죽음과 맞닥뜨렸다. 부상당한 뒤 그는 살아있는 동안 산 것 같지 않았고 죽은 뒤에도 그가 죽었다는 사실이 어린 재현에게는 실감되지 않았다. 재현의 상심을 본 아버지는 어떠한 경우에도 다시는 재현을 군 병원에 보내지 않았다.

4.

국민학교 사 학년 말과 오 학년은 전쟁 속에서 지냈다. 450만의 동포가 죽었고 일본이 남기고 간 낙후된 산업 시설이 그나마 절반이 부서졌고 전국의 주택 삼분의 일이 파괴되었다고 했다. 학교는 병원으로 바뀌었고 수업은 할 수 없었다. 처음에는 학교 가지 않는 것만으로도 아이들에게 전쟁은 신나는 일이었다.

"'라이명생 오리진 오이길 곧 가내' 무슨 말인지 감이 잡힙니까?"

재현이 물었다. 모두들 대답이 없었다.

"한자 한자 써보세요. 그리고 거꾸로 읽어보세요."

한 학생이 큰소리로 읽었다.

"내가 곧 길이요 진리요 생명이라. 성경의 한 구절이잖아요?"

그랬다. 한길에서는 탱크가 땅이 무너지는 소리를 내며 지나가고, 집채만 한 대포가 굴러가고, 트럭이 길게 길게 줄을 지어 동네 한길을 다 차지하고 있었지만 동네 꼬마들에게는 신나는 긴 방학이었다. 피난 온 중학교 국어 선생이 조그만 천막 교회를 차렸다. 그리고 재현의 집 길 건너 담벼락에 입간판을 세워 놓았다. 거기 적힌 글이었다. 그것을 거꾸로 읽어 그들의 암호로 삼은 것이다. 한 친구가 '라이

명생 오리진 오이길 곧 가내'를 목청껏 외치며 골목을 돌면 동네의 또래들이 우루루 몰려나왔다. 그리고는 차들이 줄을 짓고 있는 아스팔트를 피해서 포장이 되지 않은 길가 흙 위에서 깡통 차기를 하고, 구슬치기, 술래잡기, 말타기들을 하였다. 어쩌다 지나가는 미군에게 '할로 오케, 조코렛 오케'를 하며 팔을 흔들면 그들은 껌도 주고 사탕도 던져 주었다. 어머니들이 고래고래 고함을 지르며 불러들일 때까지 놀았다. 모두 먼지에 찌들리고 햇볕에 타서 얼굴이 새카맣게 오그라들었지만 신나는 시절이었다.

사촌 형이 죽은 뒤 재현에게는 죽음이 자주 눈에 들어왔다. 전에는 별로 눈에 띄지 않던 시체들이 날이면 날마다 그의 눈에 보였다. 깡통 차기를 하고 숨으러 뛰어가다가 눈을 들면 트럭 위에 실린 구멍 난 신발이 눈에 들어왔다. 구멍 난 신발 밖으로 발가락이 삐죽 나와 있었다. 때로는 새파랗게 변한 맨발도 있었다. 시신은 가마니로 덮었지만 발은 언제나 드러나 있었다. 전선은 북쪽으로 밀려가고 있었지만 시체를 가득 실은 트럭이나 부상병을 실은 앰뷸런스는 남쪽으로 길을 메우고 내려왔다.

재현의 집에서 조금 떨어진 곳, 친구 집 앞에 탱크가 한 대 멈춰 있었다. 기계가 고장이 나서 움직일 수 없다고 했다. 그것은 낮에 아이들의 숨바꼭질 놀이터가 되었다. 어느 날 밤 엄청난 폭탄 터지는 소리가 동네를 두려빼었다. 잠자던 동네 사람들이 다 나왔다. 술 취한 장교가 몰던 지프차가 탱크를 들이받은 것이다. 아무 신호등도 없이 컴컴한 곳에서 그림자처럼 서 있던 탱크를 지프차가 전속력으로 들이받은 것이다. 지프차는 산산이 분해되고 거기 타고 있던 네 명의 장교들은 순식간에 형체도 없이 부서졌다.

  재현의 집 길 건너편에는 의용 소방서가 있었다. 벽돌과 콘크리트로 지은 지붕이 높은 이층 빌딩이었다. 일제시대 지은 것인데 의용 소방서 직원 두어 명이 두 대의 소방차를 지키고 있었다. 소방차가 출동하는 것을 한 번도 본 적이 없었다. 거기도 재현과 친구들의 놀이터였다. 청소할 때나 세차할 때 재현이 친구들과 함께 소방서 직원들을 도와주었다. 그 건물에는 박쥐들이 많이 살았다. 벽돌 틈이나 두꺼운 나무판자 간판 뒤에 손을 집어넣으면 박쥐를 쉽게 잡을 수 있었다. 손을 집어넣으면 박쥐가 손가락을 물었다. 물리면서도 박쥐를 잡았다. 박쥐의 다리에 끈을 매달고 날려서는 어느 박쥐가 빨리 멀리 나는지 경쟁을 하였다. 그러나 그 놀이는 금방 끝났다. 재현은 누구에게선가 박쥐가 밤이면 천지에 널린 시체를 뜯어 먹는다는 말을 들었다. 그 말을 들은 밤 재현은 꿈에 시체를 뜯어 먹은 박쥐에 물린 그의 팔이 썩어가고 있다는 선명한 느낌을 받았다. 더 이상 박쥐와 놀 수 없었다.

  전쟁 초기에 아버지는 내색은 하지 않았지만 혹시 삼촌들이 찾아오지 않을까 하는 기대를 갖고 있었다. 재현은 그걸 느꼈다. 그래서 삼촌 이야기를 먼저 꺼내는 것은 재현이었다. 그때마다 아버지는 재현의 입을 막았다. 삼촌들은 아버지의 가슴속 깊은 곳에 감추어 둔 밖으로 드러낼 수 없는 원초적 아픔이었다.
  아버지는 또 새로운 사업을 시작했다. 깡통을 펴서 양동이나 큰 그릇들을 만드는 일이었다. 기술자 한 명을 데리고 시작했다. 작두로 큰 깡통의 위 뚜껑과 밑바닥을 오려 낸 뒤 옆면을 펴서 그것으로 그릇을 만드는 작업이었다. 한길 가 넓은 흙길에 깡통 편 것들을 가득 쌓아 놓았다. 피난민들이 많아서 그 싸구려 그릇들이 제법 팔렸다.

재현이네 집 오른쪽 옆집에는 서울에서 피난 온 음악가들이 살았다. 전쟁 통에도 요란하게 차려입은 여자들이 가끔 들락거렸다. 가수들이라고 했다. 거기 사는 것은 남자들이었다. 한국 최고의 유행가 작사가라는 사람이 대장이었다. 저녁만 되면 기타와 악기들을 꺼내 들고 집 밖으로 나와 요란스럽게 기타를 치고 유행가를 불렀다. 대장은 가끔 재현을 불러 노래를 시켰다. 재현은 학교에서 동요를 아주 잘 부른다는 말을 듣고 있었지만 유행가의 그 촐싹거림은 영 비위에 맞지 않았다. 대장은 입맛을 다셨다.

"그 녀석 어린놈이 너무 점잖아. 조금만 재미를 붙이면 잘 부를 것도 같은데."

재현의 집 왼쪽에는 배씨 아저씨가 세탁소를 차리고 있었다. 아버지하고는 죽이 잘 맞는 친구였다. 어느 날 저녁밥 먹고 나온 그들은 통나무 의자에 앉아서 부드럽고 따뜻한 이야기를 나누었다. 여느 날과 전혀 다르지 않은 날이었다.

"아, 밥 먹기가 이렇게 고달프지요?"

배씨 아저씨가 이야기를 시작했다. 그들은 가까운 사이였지만 늘 경어를 썼다. 아버지는 고지식하게 대답했다.

"그러게, 전쟁판에 어디 쉬운 일이 있나요?"

배씨 아저씨는 배를 슬슬 어루만지다가 싱글거렸다.

"아니 내 말은 덥다는 핑계를 대고 이놈의 밥이 뱃속으로 들어가려고 하지를 않아요. 밥때가 오면 요놈을 어떻게 밀어넣을까 하는 고민으로 심란해진다니까요."

그들은 껄껄거리며 웃었다. 배씨 아저씨는 늘 그렇게 세상을 부드럽게 어루만지며 사는 스타일이었다. 다음 날 새벽 옆집 아주머니가 조심스럽게 재현네 집 문을 두드렸다. 아버지가 나가서 아주머니와 한동안 이야기를 나눈 뒤 들어와서 어머니에게 옆집에서 일어난 일을 전했다. 배씨 아저씨가 지난밤에 경찰서에서 나온 사람과 함께 나가서 돌아오지 않는다는 것이다. 아버지는 어머니에게 속삭였다.

"보도연맹 때문이야."

어머니는 아무렇지도 않게 대답했다.

"보도연맹 사람들은 다 사면하기로 했잖아요."

"그런데 전쟁이 터지니까 마음이 바뀐 거야. 혹시 북쪽에 붙지 않을까 해서 사전 조치로 공산주의와 가까웠던 사람들을 잡아넣는 모양이야. 전라도 쪽에서는 많은 보도연맹 사람들을 가차 없이 죽였대."

보도연맹이란 좌익 사상에 물든 사람 중 우익으로 전향한 사람이나 전향시킨 사람들을 관리하기 위해 만든 모임이었다. 해방 전후해서 지식인들의 대부분이 좌익으로 기울어졌다. 그러나 대한민국 정부가 수립되고 나서 대부분이 전향하였다. 정부는 보도연맹을 만들어 전향자 전원을 관리하고 있었다. 그들은 더 이상 좌익이 아니었다. 전쟁이 벌어지자 분위기가 바뀌었다. 정부는 전향자 중에서 북한군에 동조한 위장 전향자가 있다는 소문에 연맹원들을 가리지 않고 처단했다. 저녁만 먹으면 나앉던 그 통나무 의자는 텅 비었다. 아버지는 며칠 지나지 않아 그 의자를 치워버렸다. 아버지는 한동안 말을 하지 않았다. 옆집 아주머니는 한 달쯤 뒤 삼 남매를 데리고 간단한 보따리 몇 개를 달구지에 싣고 떠났다. 어머니는 아주머니의 손을 놓지 못하고 한참을 따라갔다. 어디로 가느냐고 묻지도 못 했다. 재현과 같은 학년이었던 그 집 큰딸, 예쁜 선희는 조그만 달구지 위에 앉아 하염없이 하늘만 올려다보고 있었다. 그 일요일에도 재현은 선희와 해변에 나가 게를 잡아 오기로 약속했었다. 일요일 이면 그들은 항구의 바깥쪽 갯벌에 나가 게를 잡았다. 물이 빠지면 게는 지천이었다. 번개처럼 움직이는 게들을 그들은 재빨리 주워 담았다. 잠깐 동안에 큰 주전자 하나 가득 채웠다. 어머니는 그것을 졸여 밥반찬으로 하였다. 고소하고 짭짤한 최고의 영양 식단이었다. 재현은 그날 이후로 선희의 소식을 듣지 못했다.

5.

가을에 접어들면서 학교 공부가 시작되었다. 학교는 여전히 미군 병원으로 쓰이고 있었다. 재현과 같은 학년 친구의 아버지가 자기 집을 내어놓았다. 일제시대 마산 최대의 요정이라고 했다. 멋진 삼층 목조 건물이었는데 이층과 삼층은 미군들이 쓰고 있었고 재현의 오 학년이 일층을 썼다. 어느 날 재현은 교실로 들어가는 줄의 꽁무니에 서 있었다. 그런데 지나가던 미군 사병이 재현의 어깨를 툭 치고는 초콜릿 한 통을 손에 쥐어주었다. 재현은 어쩔 줄 모르고 엉거주춤 초콜릿을 들고 서 있었다. 미군들이 사라진 뒤 대뜸 재현의 볼에서 번개가 쳤다. 곁에서 지켜보고 섰던 다른 반 담임이 그의 큰 손으로 재현의 조그만 따귀를 갈긴 것이다.

"이 새끼야, 너 거지냐? 거지 새끼야? 왜 그걸 얻어 먹어."

재현이 달라고 한 것도 아니고 지나가던 미군이 손에 쥐어 준 것인데. 선생이 다른 일로 마음이 상해 있던 참에 재현이 받아든 초콜릿을 본 것 같다. 눈물도 나지 않았다. 세상에 태어나서 그렇게 맞아보기는 처음이었다. 하루 종일 얼굴에 남아 있던 손찌검의 멍한 맛에 멍청하게 지냈다. 그 손찌검은 오랫동안 문득문득 기억되었다.

오 학년 말부터 본격적으로 학교 수업이 시작되었다. 집으로부터 걸어서 삼십 분쯤 떨어진 곳에 있던 공설 운동장에 판자로 가교사를 짓고 수업을 시작했다. 오 학년을 마치고 육 학년 올라가며 학제가 바뀌었다. 다음 해 봄에 새 학년이 시작되었다. 그러니 육 학년 한 학년을 반년 동안에 끝내야 하는 것이다. 전쟁 중 일년 넘게 공부를 하지 못한 데다가 일 년 동안 배워야 할 육 학년 공부를 반년에 다 마쳐야 하니 수업은 아침에 희미한 전등불을 켜고 시작해서 저녁 늦게 전등불이 들어온 뒤 끝났다. 전등불은 촉수가 낮았다. 선생님은 그 촉수 낮은 전등이 아이들의 눈을 다 버려 놓을 것이라 걱정했다. 사실 전등불이 희미했던 교실에서 수업을 하며 재현과 재현의 많은 친구들은 시력을 상했다. 재현은 국민학교 육 학년을 그렇게 보냈다. 새벽에 집에서 나오면서 아침 도시락을 싸오면 점심 도시락은 어머니가 동생들을 시켜 학교로 보내 주었다. 선생님도 열심이었지만 어린 학생들도 진지했다. 나라가 어려울 때 나라를 위해서 공부를 열심히 해야 한다는 생각들이었다. 일요일에는 재현은 선생님의 하숙방으로 가서 선생님의 시험지 채점을 도왔다. 시험도 자주 보았다. 졸업할 때 처음으로 국가고시를 치렀다. 그 성적으로 중학교를 선택하는 제도였다. 재현은 아주 좋은 성적을 받았다. 물론 가고 싶은 중학교에 갈 수 있었다.

집안의 가세는 점점 기울어졌다. 깡통으로 가구 만드는 일도 시들해 갈 때쯤 아버지는 또 엉뚱한 일을 벌였다. 기계에 대해서 아는 것이 없는 아버지는 미군 부대에서 내다 버리기 직전의 낡은 냉동기를 사왔다. 아이스크림과 아이스케키를 만들기 시작했다. 냉동기가 요란한 소리를 내며 돌아가고 아이스케키가 얼기 시작하면 아이들이 나무통을 늘어놓고 아이스케키를 기다렸다. 신나는 모습이었다. 아이들이 아이스케키를 한통 받아 '싸고 달고 시원한 아이스케키이이' 하며 뛰어나가면 재현은 자신이 달리는 것처럼 신났다. 그것은 암모니아로 얼리는 것이 아니고 후레온 가스가 냉매인 냉동기였다. 처음엔 그것까지 좋았다. 아이스케키 집에 늘 떠돌던 암모니아의 구린내가 없어서였다. 그런데 그것이 바로 문제였다. 낡은 냉동기에서는 끊임없이 프레온 가스가 새어 나갔다. 냄새가 없으니 새는 줄을 몰랐다. 아버지는 냉동기가 멈추어 서고 나서 프레온 가스가 다 새어 나간 것을 알았고 그때야 가스를 구하러 뛰어나갔다. 프레온 가스 구하기도 힘들었다. 아버지의 아이스케키 공장의 황홀한 꿈은 그 여름을 넘기지 못했다. 어머니가 생계를 꾸려 나갔다. 아버지에게 큰 세탁기 두 대만 구해 오라고 했다. 아버지는 미군 부대에서 낡은 큰 세탁기 두 대를 구해 왔다. 스위치를 켜면 가운데 있는 팔이 왼쪽으로 갔다가 오른쪽으로 갔다가 '왓샤 왓샤' 하며 큰 빨래를 해내는 것이다. 그것으로 미군 병원의 빨래를 맡아 하기 시작했다. 미군 졸병 두어 명이 '마미 마미' 하며 어머니에게 엄청난 빨랫감을 갖다 주고 돈도 많이 주었다. 재현과 동생들에게는 뼈까지 녹일 것 같은 맛 좋은 초콜릿과 드롭스 사탕들을 듬뿍 갖다 주었다. 한동안 어머니의 세탁 일로 생계를 꾸릴 수 있었다. 냉동기를 고철로 내다 버린 아버지는 미군 부대에서 얻어 온 야구 장갑과 공으로 재현과 길거리에서 캐치볼을 하곤 했다. 재현은 아버지의 미군 부대 출입이 언제나 신기했다.

"아부지 미국 말 잘합니꺼?"

아버지는 웬 말이냐는 듯 멀뚱했다.

"아니 영어는 못하지."

"그런데 우째 미군 부대하고 그리 잘 통합니꺼?"

"말이 안 통해도 서로 통하는 법이 있는 기라. 물론 통역이 있지만 그보다 사람끼리 서로 깊이 이해하는 부분이 있거던."

아버지는 일제시대 친일파였듯이 친미파로 변신을 하였다. 재현이 중학교 들어갈 때쯤 미군 부대는 북쪽으로 떠났고 병원도 한국군 병원으로 바뀌었다. 아버지는 아이스크림 가게를 한 뒤 끝으로 얼음 가게를 시작하였다. 바닷가 어시장에 있는 얼음공장으로부터 큰 얼음을 받아와 적당히 자른 뒤 다방이나 음식점에 배달하는 일이었다. 아버지는 강골이 아니었음에도 그 중노동을 잘 견뎌 내었다. 아버지의 통통하던 볼은 완전히 쪼그라들고 얼굴색도 새까매졌다. 어머니는 쪼쪼상이라고 놀렸다. 중학교 들어가면서 재현은 학교 갔다 와서 틈만 나면 자신보다 더 큰 짐 자전거를 가지고 아버지를 도왔다. 얼음 공장에 가서 얼음을 가져와 배달을 하였다.

한길 건너 오른쪽 대각선 방향으로 금융조합의 아름다운 건물이 있었다. 그 건물의 뒤쪽으로 조합장 사택이 달려 있었다. 거기 재현의 네 해 선배가 살았다. 몇 년에 한 번 나올 수 있는 천재라고 했다. 재현의 집 뒤 미군 병원의 쓰레기통을 뒤져 아주 귀한 책을 주워 오곤 했다. 그는 영어를 잘해서 병원 출입을 자유롭게 했고 갈 때마다 재현을 데리고 다녔다. 재현은 거기서 만화도 줍고 자연 생태계 사진첩들도 구해 볼 수 있었다. 그 선배의 집에는 책이 많았다. 선배는 늘 재현에게 책을 읽게 했다.

"현아, 보고 싶은 책 있으면 갖다 읽어라. 얼마든지 가져가라. 그러나 꼭 갖다 놓아야 한데이. 알겠제?"

선배 집에 갈 때마다 재현은 책을 한 아름씩 가져왔다. '세계 문학 전집'을 다 읽었다. 내용이 충분히 이해되지 않아도 읽는다는 것이 좋았다. 학교 수업이 시원치 않을 때여서 더욱 책에 매달렸다. 재현은 학생들에게 이야기했다.

"나는 세계와 한국의 문학 책을 그때 거의 다 읽었다. 그 뒤 지금까지 내가 한 독서라는 것은 그때 읽은 것을 반추하는 것이었어."

재현의 한반 친구 중에 꽃집 아들이 있었다. 아주 잘생기고 마음이 착한 친구였다. 그는 집에서 꽃에 물 주는 것이 지겨워서 재현에게 도망오곤 했다. 그는 재현이 얼음을 싣고 오는 것을 돕기도 했다. 그는 재현에게 하소연했다.

"현아, 나는 꽃에 물 주는 것이 너무 싫다. 니 맹키로(너처럼) 자전거 씽씽 몰고 얼음 배달했으모 좋겠다."

얼음 공장에서 재현의 집으로 오는 길에는 제법 긴 오르막이 있었다. 무거운 얼음을 싣고 오르기가 힘들었다. 그는 자전거에서 내려 자전거를 끌었다. 그 친구는 때로는 그 비탈길에서 기다리다가 재현의 자전거를 밀어 주었다.

하루는 재현이 아버지에게 물었다.

"아부지, 오늘 내가 자전거 좀 쓰면 안 되겠습니꺼?"

"와?"

"오늘 중학교 대항 마라톤 대회가 있거든요. 내 친구가 우리 학교 대표 선수인데 좀 도와주고 싶습니더."

"그래. 오늘 마침 큰 얼음 가지고 올 필요가 없으니 자전거는 니가 써라."

재현은 마라톤 시작점에서 종착점까지 그 낡은 짐 자전거를 털털 거리며 마라톤을 뛰는 친구를 따라 세 시간 넘어 '하나 둘, 하나 둘' 발걸음을 맞춰 주었다. 그 친구는 등수에 들지는 못했지만 낡은 짐 자전거 따라 뛰었다는 추억은 하나 갖게 되었다.

이야기를 시작한 지 제법 오래되었다. 모두들 맥주도 제법 마셨다.

"오늘 이야기는 이쯤에서 그칠까? 시간도 제법 되었고 맥주도 많이 마셨어." 학생들이 한꺼번에 소리쳤다.

"너무 재미있어요. 계속해 주세요. 우리 여기서 오늘 밤새요."

재현은 쑥쓰러웠다.

"별로 훌륭하지도 않은 생애를 까발린다는 것이 무슨 의미가 있을까?"

"아니예요. 이건 동화 속에 나오는 이야기 같아요. 상상도 못했던 신데렐라 이야기 같아요."

탁자에는 저녁거리가 푸짐하게 마련되어 있었다. 틈나는 대로 들락거리던 맥줏집 여주인도 시간이 늦어지자 자리를 잡고 앉았다.

"오늘 이 방에서 밤새기로 해요. 이 사장님 인생의 대하소설 계속하세요. 이건 정말 멋진 대하소설이네요."

학생들은 와아 합창을 하였다. 혜진이 매듭을 지었다.

"이 회장님은 그 세대를 겪은 많은 분들 중의 한 사람입니다. 그리고 그것을 제대로 기억하고 우리에게 들려 줄 수 있는 드문 선배 중 한 분이십니다. 우리는 오늘 밤 들은 이야기를 이 회장님 개인의 것이라고 생각하지 않습니다. 우리는 그것이 우리의 현재를 이끌어 낸 우리 선배들의 공통된 역사라고 생각해요. 이건 리포트를 만들어 가는데 큰 도움이 될 거예요. 게다가 리포트를 써 낼 때까지 얼마 남지 않았어요. 이렇게 모일 기회도 이런 이야기를 들을 기회도 더 이상 없어요. 어디 가서 이런 감동적인 실감나는 이야기를 들을 수 있겠어요?"

재현의 어깨에 짐을 올려놓았다. 그러나 그것은 불편한 짐이 아니었다.

"일본 사람들하고 미국 사람들하고는 그냥저냥 잘 지냈지만 아버지는 한국 사람 사이에서 장사하는 데는 정말 재능이 없다는 것이 확실해졌어."

아버지는 고된 얼음 장사를 계속하며 가세는 점점 기울어갔다. 어머니가 가계를 지탱했다. 어느새 새로 들어온 국군 병원의 세탁물을 받아들이기 시작했다. 병원의 세탁물들에는 쳐다보기조차 꺼림칙한 역겨운 것들이 많았지만 어머니는 그것들을 편안하게 잘 처리하였다. 가세는 기울었어도 아버지는 느긋하게 사람들을 도와주었고 재현에게는 애국심을 늘 강조했다. 특히 군인들에 대한 존경심을 갖게 했고 외국인에 대한 고마움을 느끼도록 가르쳤다. 집안이 어려웠지만 재현은 공부를 잘했고 겉으로 집안의 어려움을 전혀 나타내지 않고 살아갈 수 있었다.

고등학교 이 학년 때였던 것 같다. 한가위 전날이었다. 아버지의 형제들은 요절을 하거나 실종이 되어서 집안에는 여자들이 많았다. 큰어머니, 고모들 그리고 집안의 여인들이 재현의 집에 모여서 차례상 준비를 하고 있었다. 거기는 여인들의 세상이어서 아버지는 별 할 일이 없었다. 아버지는 재현의 옆구리를 찔렀다. 나가자는 것이었다. 바깥에 벌써 대나무 낚싯대가 준비되어 있었다.

"바다에 나가자."

해변까지는 걸어서 십오 분쯤 되는 거리였다. 바다는 만조였다. 방파제 꼭대기까지 물이 찼다. 잔잔한 물 위에 밝은 달이 크게 펼쳐져 있었다. 아버지와 재현은 낚시보다는 그 시원한 공기와 잔잔한 물결, 완벽한 보름달을 즐겼다. 신을 벗고 방파제에까지 오른 바닷물에 발을 담그고 앉았다. 그런데 물 위에 허연 것이 몇 개 떠 있었다. 전갱이 죽은 것이 배를 드러내고 떠 있는 것 같았다. 낚싯줄이 가까이 가면 그것들은 아주 부드럽게 옆으로 슬쩍 줄을 피해 움직이는 것이 아닌가?

"저거 살아있는 거 아입니꺼?"

아버지도 같은 생각이었다. 그들은 낚싯줄을 던져 물 위에 떠 있는 것들을 후려쳐 당겼다. 재현의 낚시에 한 마리가 걸렸다. 버둥거리며 끌려 온 것은 커다란 게였다. 아버지도 한 마리 건졌다.

"보름달이 뜨면 게가 물 위에 떠올라 달 바라기를 한다더니 정말이구나."

그들은 두 마리의 커다란 게를 들고 개선장군처럼 집으로 돌아갔지만 어머니로부터 야단만 들었다. 차례 지내는 것 돕지 않았다는 것과 제사를 앞두고 살생을 했다는 이유였다.

고등학교부터 학교의 본 교사에서 수업을 받았다. 아름다운 학교였다. 산비탈에 아늑한 호수 같은 바다를 내려다보고 앉은 학교는 아름다운 숲으로 둘러싸여 한 폭의 그림 같았다. 피난 왔다가 주저앉은 인품 있는 시인과 화가들이 학생들을 가르쳤다. 고등학교에 입학하면서부터 재현은 막연히 글을 쓰며 살아갈 생각을 하였다. 학교 교지 편집도 하였고 도서관을 여는데 한몫하였다. 그러나 졸업반으로 올라가면서 집안 형편이 눈에 들어왔다. 글을 쓴다는 것이나 예술을 한다는 것으로 생활을 해 나갈 것 같지 않았다. 그는 삼 학년 올라가며 이과로 전과(轉科)를 했다. 모두들 깜짝 놀랐다. 전과라는 것이 그리 쉬운 일이 아니고 특히 문과에서 이과로의 전과는 아주 어렵다고 선생님들은 걱정했다. 그는 망설이지 않고 공과대학의 조선과(造船科)를 택했다. 그가 좋아하는 바다와 관련된 학과를 택하고 싶었다. 일본이 세계 조선업을 지배하기 시작할 때였다. 조선은 그때 일본 산업 현대화의 상징이었다. 한국도 그 덕을 볼 수 있을 것이라 생각했다. 그리고 거짓말처럼 공과대학 입학시험에 덜커덕 붙었다.

아버지는 재현을 집안 어른들이 모이는 곳으로 데리고 다녔다. 잔뜩 겸손을 떨며 자랑을 하였다.

"이번에 야가 서울대학교에 입학했습니다."

아버지의 자랑 가득한 말에 그 어른들은 동문서답이었다.

"아 잘했구나. 그래 서울 어느 대학이라고?"

"서울대학교입니다."

"아 그래 서울 대학은 알겠는데 서울에 있는 어느 대학이냐 말이다."

그 어른들에게 재현이 합격한 대학교는 손이 미치지 않는 곳에 있었다.

재현은 고향을 떠났다. 타향살이가 시작되었다.

제 26 장

가정교사, 아, 가정교사

1.

 재현의 대학 합격 통지서는 좋은 대학에 들어가서 수준 높은 공부를 하라는 허가서라기보다 서울 가서 가정교사를 하며 인생 공부 실컷 해도 좋다는 자격증 같았다. 공부하러 서울 가는 것이 아니라 가정교사 하러 가는 것이다.
 첫 등록금은 어머니가 어렵게 어렵게 마련해 주었다. 등록한 뒤 서울서 먹고사는 것과 다음 등록금은 모두 재현이 마련해야 했다. 아무 대책이 없었다. 그러나 선배들은 걱정할 것이 없다고 했다. 좋은 대학 학생들은 가정교사 자리 얻기가 쉽고 가정교사 자리를 얻으면 숙식이 해결되고 운이 좋으면 등록금도 마련된다고 했다. 재현도 아버지 어머니를 안심시켰다.
 "걱정 마이소. 서울 가모(가면) 가정교사 자리가 많다 캅니더. 내

한 몸 못 챙기겠습니꺼?"

처음에 가정교사 자리가 쉽게 잡혔다. 입학하자마자 대학 교수가 그와 가까운 분에게 재현을 추천해 준 것이다. 먹여 주고 잠자리도 주는 곳이어서 재현의 처지에서 더 이상 바랄 수 없는 좋은 자리였다.

가회동의 그 집에서 일 년을 지냈다. 편안한 한 해였다. 고등학교 삼 학년 학생의 대학 입시를 지도하는 일을 맡았다. 덩치도 크고 힘깨나 쓰는 아이였다. 심성은 순했지만 집중이 잘 되지 않았다. 경상도 출신의 아버지는 큰 재벌 회사 사장이라고 했다. 일요일 아침에는 가끔 재현을 삼청공원 숲속 테니스장으로 데리고 가서 테니스를 가르쳐 주었다. 학생과 나이 차이가 한 살밖에 되지 않는 선생의 기를 살려 주려는 의도가 눈에 보였다. 재현은 그 집에 들어가던 첫날 마당 한편에 기둥을 세우고 거기에 새끼를 칭칭 동여매었다. 그리고 아침에 일어나서 그 기둥을 스무 대쯤 주먹으로 때렸다. 아늑한 한옥이 쩡쩡 울렸다. 아버지는 흐뭇한 얼굴로 재현이 하는 짓을 지켜보았다. 학생은 나이 차이가 많은 진짜 선생님 대하듯 재현을 깍듯이 모셨다.

"선생님 영어 잘하시죠?"

재현이 우물거리자 질문을 쏟아 냈다.

"'왜 이러슈?'를 영어로 한번 번역해보세요."

재현은 허튼 농담에 꼬박꼬박 대꾸하지 않았다.

"나는 영어가 짧아서 도무지 감이 안 잡히는데. 좀 가르쳐줘."

"그것도 모르세요? 와이(Why) 디스(This) 러슈."

그들은 함께 낄낄거렸다.

"'먹는 데는 죄와 벌이 없다.' 영역해 보세요."

재현은 똑같은 대답을 하였다. 그는 또 낄낄거렸다.

"이팅(Eating) 해브(Have) 노(No) 도스토예프스키(Dostoevsky)."

그들의 일상은 그때 그들 학교에서 유행하는 썰렁한 개그로 시작되었다. 대학 생활이라는 것이, 객지 생활이라는 것이 별것 아니구나 할 정도로 일 년은 쉽게 지나갔다. 일 년 동안 받을 교습비를 앞당겨 받아 일 학년 이 학기 등록금 내고 나니 손에 남는 것이 없었다. 이 학년 일 학기 등록금을 마련할 방법이 없었다. 아이가 대학에 합격이라도 했으면 보너스라도 받았겠지만, 학생은 1차 대학시험에서 떨어졌다. 재현은 그 집을 떠났다. 정든 집이었다. 그 집 아버지는 대학 졸업하면 자기 회사에 오라고 했다.

재현은 학교에 휴학계를 내고 서울을 떠나 다음 학기 등록금을 벌기 위해 고향으로 내려갔다. 고향에서 학생들을 모아 가르쳤다. 쥐꼬리만 한 수업료를 벌겠다고 밤낮없이 가르쳤다. 어떻게 일 년이 지나갔는지 모른다. 아이들을 가르치고 수업료를 받는 것이 마치 인생의 목표라도 된다는 듯 매달렸다. 새 학기가 시작될 때쯤 한 학기 등록금이 모였다.

복학할 준비를 하고 있을 무렵 마산에서 3·15 의거가 터졌다. 부정선거에 대한 항의 시위로 시작되었다. 그날 낮에 총선거가 있었다. 눈에 빤히 보이는 부정이 뻔뻔스럽게 자행되었다. 재현은 아침 일찍 투표장에 나갔다. 그러나 그의 이름은 선거인 명단에 없었다.

"아, 서울에 가 있는 사람은 명단에서 빠진 기라."

투표소 종사자는 아무렇지도 않게 내뱉었다. 항의를 할 겨를도 없었다. 여당을 찍을 것 같지 않은 사람들은 미리 명단에서 빼버린 것이다. 그 표는 그들 마음대로 기표를 해서 투표 상자 속으로 들어간다고 했다. 말도 안 되는 짓이라고 대들어 보았으나 대화가 되지 않았다. 마치 절벽을 마주하고 대화를 하는 것 같았다.

어머니는 사방을 둘러싼 기표소에 들어가 야당 후보에게 도장을 찍으려고 했다. 기표를 하려고 하는데 휘장 위에서 손가락 하나가 넘어오더니 여당 후보를 콕 집더라는 것이다. 기절초풍을 해서 손가락이 짚은 대로 여당 후보를 찍고는 도망치듯 돌아왔다고 했다. 무식해도 너무 무식한 어처구니없는 짓들이었다.

참다 참다 못해 결국 터졌다. 사람들이 거리로 쏟아져 나왔다. 투표가 끝나고 야당 관계자들을 중심으로 구마산에서 모이기 시작한 군중은 개표 장소인 신마산의 시청 쪽으로 움직이며 그 규모가 구름일 듯 불어났다. 마산에서 제일 넓은 시청 앞길을 가득 메우며 시청으로 몰려갔다. 군중들이 시청으로 가는 길에 한국전력 배전소가 있었다. 날이 어두워졌다. 군중들은 그들의 얼굴이 전등 불빛에 드러날까 두려워 배전소에 돌을 던지기 시작했다. 불을 끄라는 것이다. 돌이 날아오자 배전소는 담당자는 엉겁결에 전기 배전 스위치를 내렸다. 그런데 그것이 불씨에 기름을 부은 결정적인 역할을 하였다. 개표소의 불까지 꺼진 것이다. 시청 앞에 모인 군중들이 개표소가 깜깜해지자 올빼미 개표를 획책한다고 오해하고 들고 일어났다. 올빼미 개표란 어둠 속에서 표를 바꾸는 짓을 말한다. 그동안 선거 때마다 야당이 의심하던 일이었다. 시위는 밤이 깊어 갈수록 격화되었다. 개표소로 돌이 날아들고 경찰이 총을 쏘기 시작했다. 많은 사람들이 다쳤다.

　재현은 투표장에 갔다 온 뒤에도 하루 종일 아이들을 가르쳤다. 낮에 아이들 여럿을 가르치고 저녁에 고등학교 2학년 아이를 가르치러 갔다. 거기서는 늘 저녁 밥상을 아이와 함께 차려주었다. 저녁을 먹고 공부를 시작했다. 서울로 올라갈 때가 되어 그동안 가르친 것을 마무리를 하고 있었다. 더욱이 수업료를 받을 때여서 더 신경을 써서 가르쳤다. 저녁 일곱 시가 지났을까? 갑자기 전깃불이 나갔다. 배전소에서 송전 스위치를 내린 때였다. 세상이 칠흑 같은 어둠으로 덮였다. 갑자기 옆집에서는 돌이 날아들어 유리창 깨어지는 소리가 났다. 장독이 터지고 간장이 쿨쿨 쏟아져 나오는 소리가 귀신이 훌쩍거리는 소리처럼 음산하게 계속되었다. 야당으로 당선되어 여당으로 변절한 국회의원 집이었다. 군중들은 돌을 던져 장독을 깨고 유리창을 깨고 집에다 불까지 지른다고 아우성을 쳤다. 재현이 가르치던 아이의 집에서도 바짝 겁을 먹고 있는데 경찰이 총을 쏘며 들이닥쳤다. 군중들은 해산되었고 재현은 거기서 그날의 수업을 접었다. 주변이 조용해지자 그는 그 집을 나와 빠른 걸음으로 깜깜한 골목길을 걸어 집으로 향했다. 집까지 절반쯤 갔을까? 비수 같은 손전등 불빛이 재현의 눈으로 파고들었다. 그리고 음산한 목소리가 어둠 속에서 스며 나왔다.

　"손 내놔."

　재현은 엉겁결에 두 손을 내 보여주었다. 전등은 깨끗한 재현의 손바닥과 손등을 샅샅이 비추어 보더니 손등을 전등으로 툭 치며 가라는 신호를 하였다. 그날 데모에 참여했던 두어 명의 젊은이들이 피투성이가 되어 골목 길가에 널브러져 있었다. 재현은 부끄러웠다. 재현은 학생들에게 고백했다.

"흙 한 점 묻히지 않은, 돌 한 덩어리 던지지 않은 그날 밤의 깨끗한 손은 나의 일생을 통해서 늘 부끄러움의 상징이 되어 왔어."

재현이 서울에 와서 이 학년 일 학기 등록을 한 뒤 곧 4·19 혁명이 따라왔다. 개학하자마자 서울 시내 대학생들이 부정선거에 대한 항의 시위를 시작했다. 대학생들이 며칠째 서울의 거리를 누비고 있을 때 서울 변두리에 자리 잡고 있던 공과 대학 학생들은 거리로 나갈 것이냐 아니냐를 두고 며칠을 뭉기적거리기만 하였다. 4월 19일 아침, 학교 강당에서 지루한 입씨름을 한 뒤 서울 학생시위에 참가하기로 결정했다. 학생들은 학교 버스 두 대에 나눠 타고 학교를 나섰다. 그러나 중랑교 근처에서 경찰이 길목을 차단하고 있었다. 그걸 핑계 삼아 그들은 거기서 한동안 어기적거리다가 학교로 되돌아가고 말았다. 재현은 가정교사 시간이 잡혀 있어서 중랑교에서 시내버스를 타고 종로로 나갔다. 시내의 큰길은 데모 군중들로 넘쳐났다. 재현은 스스로 나섰다기보다 사람들의 물결에 휩쓸려 다녔다. 키만큼 길다란 제도용 T자를 어깨에 메고 그는 그 행렬을 따라다녔다. 총소리를 들었고 도망을 쳤고 피를 흘리는 친구들을 보았다. 많은 사람들이 피를 흘렸고 죽었다고 했다. 피를 본 사람들은 주눅이 들기보다 오히려 흥분했다. 사람들이 죽었다는 소문은 더욱 많은 사람들을 경찰 저지선으로 내몰았다.

군중들을 따라다니다가 재현은 헌혈을 호소하는 앰뷸런스와 딱 마주쳤다.

"수많은 사람들이 피가 부족해 죽어갑니다. 헌혈에 동참해주시기 바랍니다."

앰뷸런스의 마이크는 반복해서 외치고 있었다. 재현은 생각할 겨를도 없이 앰뷸런스에 올랐다. 몇 사람의 헌혈 지원자들과 함께 재현을 태운 앰뷸런스는 사이렌을 울리며 병원으로 달렸다. 헌혈을 마치고 재현은 왼팔 오금에 남은 헌혈의 자욱을 마치 훈장처럼 모셨다. 딱지가 앉고 딱지가 떨어질 때까지 그 부분에는 물도 바르지 않았다. 4·19 현장에 있었다는 유일한 증명이기 때문이다. 여기저기서 총소리가 났지만 데모의 기세는 수그러들지 않았다. 재현은 하루 종일 길에서 지내고 가정교사하는 집에 들어간 것은 어두워진 뒤였다. 온몸이 먼지 투성이였다. 그러나 마음은 무언가 해야 할 일로부터 소외되지 않았다는 뿌듯한 기분으로 가득했다.

4·19는 성공한 혁명이었다. 젊은이들의 더 이상의 희생이 있어서는 안 된다고 생각한 이승만 대통령이 물러나기로 결심했던 것이다. 무엇이건 못 할 일이 없을 것 같던 무식한 자유당 정권을 몰아내었다는 자부심으로 학생들은 방종했다. 민주당 정권이 들어서자 학생들은 무능하고 우유부단한 새 정부의 지배자처럼 행세했다. 새 정부에 대해 온갖 종류의 특혜를 요구했다. 학교 수업은 제쳐 놓고 다시 거리로 나섰다. 4월 19일 몸을 사렸던 친구들이 오히려 앞장섰다. 별의별 요구가 많았다. 병역을 면제하라는 요구도 있었다. 수업료를 없애라는 이야기도 있었다. 학생들은 눈에 거슬리는 교수를 어용

이라는 딱지를 붙이고 일방적으로 몰아붙였다. 혼란스러운 시절이었다. 그 시간에도 생활비와 등록금을 벌어야 하는 재현에게 학교를 다닌다는 것이 오직 고달프다는 생각뿐이었다.

가정교사 일도 혼란스러웠다. 숙식이 제공되는 가정교사 자리가 만만하게 구해지지 않았다. 자취를 하면서 시간제로 가르치는 경우가 많았다. 청량리의 산자락에 있는 절의 주지 스님이 절의 바깥방 하나를 내어주어 거기서 한동안 머물렀다. 학교와 시내의 중간 지점에 있어서 학교 다니고 가정교사하는 집 다니기에 좀 편리했으나 편한 것과는 거리가 멀었다.

"'거지의 행렬'이라는 것이 있었지. 자매 결연을 맺고 있던 미국의 대학교에서 우리 대학교로 구제품을 보내곤 했는데 그걸 얻어먹기 위해 자취하던 학생들이 긴 줄을 서면서 스스로를 그렇게 부르곤 했어."

인기 있는 구제품은 분유와 치즈였다. 큰 깡통에 든 것이어서 한 번 타면 한동안 먹을 수 있었다. 본관의 옆문에 길게 줄을 서서 분유 한 통, 치즈 한 통을 얻었다. 자취를 한다는 자술서를 써야 했다. 학생들에게 그것은 복음이었다. 물에 타서 마시는 분유도 소중한 자양이었지만 재현에게는 치즈가 중요했다. 절의 문간방에서 자취를 하며 가정교사를 할 때였다. 값싼 묵은쌀로 지은 밥은 군내가 났다. 그러나 밥을 지은 뒤 그 밥 위에 치즈 한 숟가락을 얹으면 치즈가 쌀로 스며들면서 바로 햅쌀밥 맛으로 변했다. 가끔 쓰레기통에 버려진 치즈를 걷어 오기도 했다. 여름에는 치즈 표면에 파란 곰팡이가 쉽게 슬곤 했다. 친구들은 곰팡이가 보이기 무섭게 치즈가 썩은 줄 알고 깡통째로 쓰레기통에 버렸다. 재현은 그들을 일일이 걸어 와서 곰팡이를 쓸어내고 잘 보관해서 두고두고 먹었다. 곰팡이 쓸었던 것이 더 맛이 고소했다. 치즈에 중독될 정도로 그 맛에 빠져들었다.

"달라고 하지도 않은 초콜릿을 받았다고 따귀를 갈기던 국민학교 선생님이 보았으면 무엇이라 했을까? '너 이 새끼 거지야?' 했겠지."

그렇다. 스스로 부르듯 거지였다. 그러나 전혀 부끄럽지 않은 거지였다.

2.

이 학년 이 학기 등록을 앞둔 어느 날 저녁 재현은 이불 보따리를 싸 들고 서울역으로 나갔다. 귀향할 생각이었다. 서울에서 더 이상 버텨 볼 방법이 없었다. 시간제 가정교사로는 아무리 발버둥을 쳐도 숙식을 해결하고 등록금을 낼 수가 없었다. 서울을 영원히 떠나겠다는 결심을 했다. 이제 서울을 떠난다. 대학생 배지도 달 만큼 달았다. 눈물 같은 서울의 서러운 물도 마실 만큼 마셨다. 이제 고향으로 내려간다. 가정교사를 위한 인생보다 나은 생활을 찾으러 간다. 무엇을 해도 가정교사보다 나을 것이다. 마음 붙일 데 없던 대학생활이여 굿바이, 청운의 꿈도 안녕, 서울이여 나는 미련 없이 떠난다. 남의 눈치 보지 않고 살 수 있는 나의 삶을 찾으러 떠난다. 이불 보따리를 베고 역 대합실에서 하룻밤을 잤다. 그리고 다음 날 아침 서울을 떠나기 전 가까운 선배에게 전화를 걸었다. 작별 인사를 할 생각이었다. 서울 생활과의 비장한 작별 인사였다. 선배는 호들갑을 떨었다.

"아니 그래 그동안 어디 있었어? 얼마나 찾았는지 알아? 지금 어디야?"

"서울역입니다. 귀향하려구요."

"귀향이라니? 쓸데없는 소리 말고 바로 와요. 재현에게 딱 맞는 집을 한 군데 보아 두었어."

장충동이었다. 자유당 정권에서 실세 노릇을 한 막강한 가문의 형제들 중 막내의 집이었다. 형들은 감옥에 갔지만 그는 민주당 정권에서도 잘나가는 실세라고 했다. 그는 그때 갓 시작된 한국의 증권 시장을 주름 잡는 사람이었다. 재현에게 월급도 많이 주겠다고 했다. 이 학기 등록금도 선불로 주었다. 그 집에는 국민학교 5학년 아들, 3학년 딸, 1학년 딸, 세 명의 자녀가 있었다. 40대 식모가 두 명이나 있었다. 재현은 선배의 급작스런 몰아치기에 못 이기는 척 그 집 가정교사 자리를 받아들였다. 응접실을 재현의 침실 겸 아이 공부방으로 개조를 했다. 국민학교 5학년 아들을 가르치라는 것이다. 아이는 비만 체질이었다. 과체중으로 숨쉬기가 어려울 지경이었다. 언제나 씩씩거렸다. 재현이 첫 번째 한 일은 공부를 가르치기보다 아이에게 운동을 시키는 것이었다. 방은 아이가 줄넘기하기에 충분히 높고 컸다. 아이는 헐떡거리면서도 시키는 대로 줄넘기를 잘하였다. 얼마 지나지 않아 아이의 헐떡거림은 많이 줄어들었다.

이렇게 따로 노는 가족이 있을까 싶을 정도로 가정의 분위기는 개방적이었다. 아버지는 언제나 늦게 돌아왔고 술이 얼큰해 있었다. 들어오지 않는 날도 많았다. 좀 일찍 들어오는 날은 침실 곁에 붙은 부속실로 재현을 불렀다.

"이 선생, 이 선생이 좋아하는 음악 하나 틀어보세요."

재현은 그와 몇 번 만나는 동안 그가 모차르트를 좋아한다는 것을 알았다. 재현은 모차르트의 바이올린 곡들을 틀곤 했다. 그 방에는 고급 전축과 많은 LP클래식 음반들이 있었다. 음악의 볼륨을 적당히 낮춰 놓고 그들은 편안하게 소파에 몸을 묻은 채 조용조용 이야기를 나누었다.

"그래 요즈음 대학생들 움직임은 어때요. 이제 공부하는 분위기로 돌아가고 있나요?"

밤늦게 그 집 주인의 가정교사를 하는 셈이었다. 재현은 그의 질문의 방향을 살피며 학교의 분위기를 성실하게 들려주었다.

그 집 안주인은 한눈에 자유분방한 여인이었다. 스스로 칼멘이라고 불렀다. 육감적인 몸매에 언제나 짙은 화장으로 빈틈없이 얼굴을 가꾸고 있었다. 남편이 들어오지 않는 날 그녀는 엷은 잠옷 바람으로 재현의 방에 향수 냄새를 요란하게 풍기며 와서 잡담을 하다가 가곤 했다. 재현은 그녀의 행동에 아무런 반응을 보이지 않았다. 어느 날 그녀는 이상한 편지 한 장을 재현에게 던지듯 내밀었다. 읽어보라는 것이었다. 참으로 요상한 것이었다.

"그대의 체취가 아직도 내 몸의 구석구석에 황홀하게 남아 있다…."

운운하는 내용이었다. 며칠 전 카바레에서 만난 남자와 호텔로 간 것으로 되어 있었다. 그녀는 그렇게 방종했고 방종의 증거를 감추지 않았다. 재현이 생뚱한 표정을 짓자 그녀는 냉큼 편지를 빼앗아 쥐고 방을 나갔다.

 그 부부는 가끔 대판으로 싸움을 벌였다. 평양 사투리로 아이들이나 다른 집안 사람들이 듣건 말건 고래고래 고함을 지르며 싸웠다. 대부분 부인의 일탈 때문이었다. 춤바람이 나서 남자 관계가 난잡했기 때문이었다. 부인은 남편의 집안에 대한 무성의를 탓했다. 남편은 어느 날은 권총을 빼 들고 '이 쌍년 쏘아 죽인다'고 길길이 날뛰었다. 부인은 죽이라고 죽이라고 아둥바둥 덤벼들었다.

 식모들 말로는 주인이 돈을 엄청 잘 번다고 했다. 안방에 있는 모든 장에 붙은 서랍마다 현금이 가득히 들어 있다고 했다. 큰아이는 학교 가기 전 아무 서랍에서나 돈을 한 움큼 집어내어 호주머니에 넣고는 학교로 가서 졸개를 두어 명 골라 학교 마친 뒤 그들과 함께 명동에서 중국 요리를 시켜먹고 온다고 했다.
 국민학교 3학년 딸은 언젠가 가위에 눌렸는지 발발 떨며 한밤중에 재현의 이불 속으로 기어들었다. 재현이 꼭 껴안아주자 쌕쌕 잠이 들었다. 그 뒤로는 가끔 재현의 침대로 기어 들어서는 재현을 껴안고 잠이 들었다.
 두 명의 식모는 별 할 일이 없이 빈둥거리다가 시도 때도 없이 바쁜 척하고 다녔다. 재현이 책을 읽거나 공부를 하고 있으면 번갈아 들어와서는 방 정리를 한다고 부산을 떨었다. 주인 아주머니에 대한 존경심은 없지만 돈을 많이 주니 붙어 있다고 했다.

 속으로 벌집을 품고 있었지만 겉으로는 평온한 날이 계속되었다. 재현에게는 정말 뜻밖에 안온한 생활이었다. 게다가 수입까지 든든

해서 어찌하든 대학을 졸업할 때까지 거기서 그 생활이 유지되었으면 했다. 그 집에서 이 학년 이 학기를 마쳤다. 들어간 지 거의 반년이 가까워지고 있었다. 3학년 새 학기가 시작되었고 무사히 등록도 마쳤다. 얼마 지나지 않아 5·16 군사 혁명이 일어났다. 그 집 아버지가 군부에 불려 다닌다는 이야기를 들었지만 집안은 겉으로 아무 일도 없는 듯 평온했다. 언제나 돈이 많았고, 어머니는 방종했고 아들 녀석은 제가 마치 재벌이기나 하듯 거드럭거렸다.

그러던 어느 날 한밤중이었다. 재현이 소스라쳐 잠이 깨었다. 그의 이불 속으로 그 집 어머니가 발가벗고 들어와 그에게 엉겨 붙어 있었다. 어느새 재현도 발가벗겨져 있었다. 재현은 그녀의 몸에 닿자마자 사정을 하였다. 꼭 지켜야겠다며 지킨 것은 아니지만 그는 그의 동정을 그날 잃었다. 그녀는 감각적으로 그가 동정이었다는 것을 알았다. 벌떡 일어나 방문을 잠그고 오더니 밤새도록 암고양이처럼 아르릉거리며 구렁이처럼 재현에게 감아 들어 재현의 마지막 체액 한 방울까지 빨아들였다. 아침이 왔다. 어머니는 의기양양하게 방을 나갔다. 재현은 혼자 누워 한동안 생각에 잠겼다. 이 편안한 집도 이제 끝이구나 생각했다. 우선 아이들 아버지를 배신한 것 같아 미안했다. 아버지의 권총이 두려웠다. 어머니의 무절제한 충동적인 성욕은 누구의 눈치도 살피지 않고 재현에게 집착할 것이 틀림없다. 그는 한주일 동안 차분히 그의 짐을 정리했다. 그리고 그 집 주인과 의논을 하였다.

"아무래도 군대는 갔다 와야겠는데 3학년을 넘기고 가면 4학년 한 해로는 사회에 나갈 준비가 될 것 같지 않습니다. 이번에 입대하기로 지원하였습니다."

그는 무척 아쉬운 표정을 지었다. 군 복무를 면제받는 일을 자기가 알아보겠다고도 했다. 그러나 재현의 뜻은 정해졌고 그도 재현을 이해했다. 군대 제대하면 다시 자기 집으로 오라고 했다. 아이들이 모두 재현을 좋아하니 재현이 있으면 집안이 편안하다고 했다. 재현은 어정쩡하게 대답했다. 그저 고마웠다.

재현은 그 집 아들에게 부탁했다.

"내 짐은 잘 정리해 놓았다. 내 친구가 오거든 도와서 이 짐을 우리 시골집으로 보내 줘. 그럴 수 있지?"

그는 어리둥절했지만 고개를 끄덕였다.

"선생님 군대 제대하면 우리 집에 다시 오는 거예요?"

"그때 가서 보자. 군대 가서 내가 주소를 알려 줄 테니 위문편지 보내라. 알았어?"

그는 고개를 끄덕였다. 딸은 그냥 울기만 했다. 어머니는 아무렇지도 않은 척했다. 재현은 그를 그 집에 소개했던 선배에게 짐을 부탁하고 그 길로 군에 입대하였다.

3.

논산 신병 훈련소의 여름 극한 훈련으로 흘린 땀은 재현의 몸속에 여기저기 끼어있던 온갖 때와 찌꺼기들을 말끔히 씻어 내었다. 다음 학기 등록금 걱정하지 않아 좋았다. 가정교사 찾아다니지 않아 좋았다. 그저 땀 흘리고 훈련만 열심히 받으면 되었다. 그의 몸과 마음에 어정쩡하게 자리 잡고 있던 불안, 불평, 불만을 깨끗이 씻어 내어 그의 몸과 마음을 투명하고 가볍게 하였다. 산뜻하게 새로 탄생하는 기분이었다.

신병 훈련이 끝난 뒤 강원도의 최북단 최전선 소총 부대로 배치되었다. 그곳은 빽이 없는 시골 출신들이 가서 썩고 오는 가장 혜택을 못 받은 사람들의 유배지로 알려졌다. 그러나 군사 혁명 후 최전방의 분위기가 바뀌고 있었다. 제대로 교육받은 장교들이 사명감을 갖고 전방으로 부임했다. 그러나 행정을 맡을 사병이 없었다. 재현은 바로 교육계 일을 돕기 시작했다. 사단장의 '권총사격' 교본을 그 중대가 만들기로 되었다. 그에 대한 '브리핑 차트'를 중대장의 지도를 받아가며 재현이 만들었다. 재현은 아버지로부터 물려받은 필체를 잘 이용했다. 그의 차트는 국방부에까지 보내어졌다. 그 일이 있은 뒤 그는 중대의 교육계 일을 맡게 되었다. 이등병 때의 일이다.

중대장은 곧 그에게 일종계 일까지 맡겼다. 일종계는 중대원들의 먹는 것, 주부식(主副食)을 관리하는 업무였다. 그는 매일 한 시간쯤 트럭을 타고 연대 본부로 가서 주부식 거리를 꼼꼼히 챙겨 받은 뒤 중대의 식당과 전방 초소에 적절하게 나눠 주었다. 군사 혁명 후 병사들의 식생활은 크게 개선되었다. 전에는 군에서 배식하는 국을 '황우 도강탕(黃牛 渡江湯)'이네, '도레미 탕' 이라는 이름으로 부를 정도로 식사의 질이 형편없었다. 고깃국이라고 나오는 것이 소 한 마리가 건너간 강물을 퍼서 끓인 것이라고 비아냥거리고 있었다. 도레미 탕은 콩나물 몇 개를 소금과 함께 끓인 국이었다. 그러나 군사 혁명이 난 후 제법 큰 소고기 덩어리가 가마니에 뚤뚤 말려 말단 중대까지 보급되었다.

최전방 수색대로 가는 밤길은 험했지만 낭만적이었다. 산허리를 꼬불꼬불 돌아 산꼭대기까지 가는 길이다. 산 중턱까지는 헤드라이트를 켜고 가지만 꼭대기가 가까워지면 불을 껐다. 적에게 이쪽의 움직임을 보이지 않기 위해서다. 트럭은 어두움 속에 떠오른 하얀 흙길을 따라 운전병의 감각만으로 조심조심 운전해 올라갔다. 가는 길에 자리 잡은 초소마다 재현은 꽁치 두어 마리를 그들의 화로에 던져 주었다. 그들은 낮에는 불을 피웠다. 낮에 피운 불로 숯불을 만들고 밤에는 숯불을 재로 덮어 밤의 추위를 이겨 내었다. 그들은 재 속에 재현이 던져 넣은 꽁치를 묻어 껍질이 새까맣게 되도록 태웠다. 그리고 껍질을 벗기고 생선의 속살을 나눠 먹었다. 겨울의 별미였다. 그들은 매일 저녁 재현이 오기를 기다렸다. 산 중턱쯤 트럭이 불을 켜고 천천히 오르면 가끔 길가에 산토끼들이 나왔다가 자동차의 불빛에 기가 죽어 도망치지 못하고 꼼짝없이 서 있었다. 운전병은 살그머니 차에서 내려 돌멩이로 그 산토끼들을 향해 던졌다. 돌에 닿기만 해도 산토끼는 고꾸라졌다. 운전병은 의기양양하게 그 산토끼들의 귀를 잡고 트럭 뒤 짐칸에 던져 넣었다. 달콤한 회식 거리였다.

　아버지는 자주 위문편지를 써서 보냈다. '나라를 지키는 자랑스런 아들 현에게' 어김없이 그렇게 시작되었다. '네가 지켜주는 나라에서 편안하게 지내는 아버지로부터'로 끝났다. 세상 돌아가는 모습은 아버지 편지로 읽었다. 아버지의 세상을 보는 눈은 언제나 균형이 잡혀 있었고 긍정적이었다. 아버지는 늘 대범하게 집안에 별일 없다고 알려 주었지만 형편이 몹시 어렵다는 것을 재현은 느끼고 있었다. 재현은 교육계와 일종계를 맡은 뒤 얼마 지나지 않아 이종계까지 맡게 되었다. 중대의 모든 의류와 장비의 공급과 관리를 맡는 일이었다. 중대에서 일어나는 숫자와 관계되는 일은 재현의 손에 맡겨졌다.

말단 중대에서 가장 골치 아픈 일은 지휘 검열이다. 사단장이 직접 나와서 중대에 지급된 아주 사소한 장비까지 검사하는 일이다. 소대별로 연병장에 모든 장비를 펼쳐 놓고 이 잡듯이 숫자와 유지 상태를 점검받는 일이다. 트집 잡기 위한 검열 같았다. 사소한 것이라도 숫자가 틀리거나 장비의 유지 상태가 나쁘면 지휘관에게 엄청난 불이익이 떨어졌다. 숫자가 맞을 수가 없었다. 찌그러진 장비도 많았다. 해진 옷도 많았다. 당연히 지휘관들에게 가장 신경 쓰이는 행사였다. 사단 단위의 지휘 검열받기까지 두어 주일을 앞두고 중대장은 재현에게 이종계를 맡기고 준비를 하라고 지시했다. 재현은 우선 창고의 재고 검사를 이틀 동안에 끝냈다. 그리고 개인이 가진 장비들을 점검했다. 중대원들의 장비를 연병장에 모두 끌어 내놓고 샅샅이 검사했다. 다행히 결정적인 장비의 숫자는 장부와 크게 다르지 않았다. 몇 벌의 군복과 간단한 장비 몇 개가 부족했다. 그는 창고에 비축해 두었던 식유(食油) 한 통을 읍내에 있는 막걸리 집에 주고 돈으로 바꿨다. 그리고는 용산으로 나갔다. 용산역 뒤 군용품 시장에는 국군 몇 개 사단을 당장 무장시킬 수 있는 무기와 장비가 있다고 했다. 재현은 낡은 군복 몇 벌과 밥그릇, 모자들을 더플백에 담아 무사히 가져왔다. 지휘 검열은 요란했지만 재현의 중대는 완벽하게 통과

했다.

　영하 삼십 도를 넘는 한겨울이었다. 식량 창고에 있던 쥐 한 마리가 창고 밖으로 쫓겨 나와 도망을 치려 했으나 발이 얼어붙어 꼼짝 못하고 공 구르듯 뒹굴다가 얼어 죽는 혹한이었다. 재현과 함께 전방으로 온 호남지방 대학 재학생 유형철이 사고를 쳤다. 그가 배치된 소대의 고참 선임하사 때문이었다. 학교 문턱을 넘어 본 적이 없다는 삼십 대 후반의 그 선임자는 소대 내무반에서 마치 시골집의 환갑 지난 할아버지 행세를 하였다. 다리를 꼬고 웅크리고 앉아서 소대원들에게 이런저런 개인적인 심부름을 시키는가 하면 사사건건 트집을 잡았다. 군기를 잡는 것이라고 했다. 특히, 근무기간이 다른 사람들의 절반밖에 되지 않는 대학 재학생 학병에 대해서는 까다롭게 시비를 걸었다. 그는 그들을 문하인(문화인)이라고 불렀다. 조금만 기분에 맞지 않으면 투덜거렸다.
　"어이 문하인 새끼 이리 와 봐. 대가리에 먹물이 들었다는 새끼들이 그것밖에 아는 게 없어?"
　그가 즐겨 쓰는 문자였다. 그가 빈정거릴 때마다 소대원들은 와아 소리 지르며 동조했다. 학병들은 처음 그냥 웃어넘겼다. 그러나 어느 날 형철이 폭발했다. 그의 애인이 보내 온 절교 편지를 선임하사가 먼저 뜯어보고는 형철의 화를 돋운 것이다.
　"어이 문하인, 깔치한테 딱지 맞았다며? 그년 그새를 못 참아서 서방질을 시작한 거야?"
　그는 편지의 내용을 인용하고 육두문자까지 써 가며 약을 올렸다. 형철은 격렬하게 대거리를 하였다. 선임하사의 멱살을 잡고 흔들었다. 그러자 선임하사는 소대원들을 시켜 형철의 팔다리를 잡아 묶고는 빳다로 엉덩이를 사정없이 후려갈겼다. 잘못 맞아 허리를 다쳤는지 형철은 잠깐 엉금엉금 기어 다녔다. 그날 저녁 사고가 터졌다. 한 됫병 소주로 나발을 분 뒤 형철이 병기 창고에서 총 한 자루를 탈취해서 연병장 한가운데를 점령했다. 형철은 몇 발의 공포를 쏜 뒤 악을 썼다.

"야, 손 하사 새끼 나와. 안 나와? 이 쌔끼야. 오늘이 내가 너 같은 쓰레기 쏘아 죽이고 나도 이 세상 뜨는 날이다."

실탄이 든 총을 든 그를 말릴 사람이 없었다. 사태는 점점 심각해졌다. 그가 중대 연병장의 가운데서 행패를 부리고 있는 한 그를 저지하는 방법은 누군가가 그를 사살하는 수밖에 없다. 이 사건이 연대와 사단으로 알려지면 중간 지휘관들의 장래 경력에 큰 오점으로 기록될 수 있다. 중대장과 재현이 작전을 짰다. 재현이 소대 막사 한 모퉁이에서 형철을 그쪽으로 유인했다.

"형철아, 총 내려놔. 내려놓고 이리와. 내가 아무 일도 없던 걸로 다 조치해 놓았어."

"쓸데없는 소리 하지도 마. 어느 새끼건 내 앞에 얼쩡거리면 다 쏴 죽일 거야. 손 하사 거지발싸개 같은 새끼 데리고 와. 그 새끼 안 나오면 내가 내무반으로 쳐들어간다."

재현은 그를 소대 막사 모퉁이로 서서히 끌어들였다. 그는 만취 상태였다. 그가 재현이 이끄는 대로 비틀거리며 막사 입구로 돌아서는 순간 중대장은 소총 개머리판으로 그의 오금을 때려 단숨에 쓰러뜨리고 총을 뺏었다. 중대장과 재현은 즉각 그의 전출 명령서를 작성했다. 중대장의 친구가 있는 서해안 지역 부대로 보냈다. 그리고 손하사는 얼마 지나지 않아 제대를 하였다. 중대장은 상부에 조용히 보고하였고 사건은 깔끔하게 종결되었다.

   육군 사관학교를 나온 중대장은 재현 없이 아무것도 할 수 없는 사람이 되었다. 재현도 중대장을 존경했다. 국가를 지킨다는 투철한 사명감이 몸에 밴 군인다운 군인이었다. 그가 주부식을 전방 초소까지 나눠주고 늦게 돌아오면 특별히 반합 뚜껑에 딱가리 부식을 맛있게 만들어 놓고 기다리던 취사 대장이 고마웠다. 소박한 시골 출신 중대원 전우 모두를 그는 사랑했다. 세계에서 가장 많은 탱크와 대포로, 가장 많은 군인과 소총들이 밀집해서 대치하고 있는, 언제라도 대규모 전쟁이 터질 수 있는 아슬아슬한 전선이라고 말하고 있지만, 재현에게 최전방에서의 일 년 좀 넘는 군대 생활은 숲의 솔향기와 여울물 소리로 어우러진 알프스 산속에서 보낸 것 같은 목가적인 삶이었다. 동족 간의 전쟁으로 수많은 젊음이 묻혀 있는 그곳을 봄에는 흐드러지게 핀 분홍색 진달래가 덮었고 겨울에는 포근한 백설이 감쌌다. 재현은 그런 자연의 모습이 인간들의 증오와 편견이 저지른 험한 상처를 따뜻하게 보듬는 하느님의 손길이라고 받아들였다.

4.

   군에 입대하기 전 삼 학년 일 학기 등록금은 내었다. 복학하기는 편했다. 장충동 가정교사 집에서 받아 저축해 두었던 돈으로 이 학기 등록금은 준비가 되었지만 삶은 다시 가정교사로 꾸려나갔다. 장충동으로 들어갈 생각은 없었다. 손에 잡히는 것이 시간제 가정교사 밖에 없었다. 고달팠다. 학교 다니랴, 아이들 가르치랴, 밥해 먹으랴, 정신없는 일상에 졸업한 뒤 사회생활 걱정까지 겹쳤다. 그것에 비하면 군대는 낙원이었다. 마산으로 귀향한다는 어리광도 더 이상 부릴 수 없었다. 삼 학년 이 학기가 끝나갈 무렵이었다. 한 친구로부터 묘한 제안을 받았다. 영어 회화 선생을 구하는 사람이 있는데 해보겠느냐는 것이다. 월급은 충분히 주겠는데 가정주부라고 했다. 재현은 드러내 놓을 만큼 영어회화 실력이 출중하다고 생각하지 않았지만 돈을 많이 주겠다니 구미가 당기지 않을 수 없었다. 이혼한 지 꽤 오래된 아름다운 중년 여인이었다. 커다란 집에 혼자 살았다. 재현이 그 집에 머물고 있는 동안 쥐새끼 한 마리 보이지 않았다. 그녀와 둘이서 두어 시간 응접실에 앉아 한국어를 쓰지 않고 영어로 자유롭게 대화를 나누어 보자는 것이다. 재현은 스스로 영어 회화 공부를 해야 할 입장이었기 때문에 그 경우를 아주 고맙게 받아들였다. 그는 열심히 가르칠 준비를 하였다. 얼마 지나지 않아 그녀는 침실에서 재현을 불렀다. 재현이 상상하지 못했던 광경이 거기 펼쳐져 있었다. 완전히 벗은 몸을 투명한 잠옷으로 가린 채 침대에 비스듬히 누워 재현을 기다리고 있었다. 벗고 누워서 공부를 하자는 것이다. 재현은 눈을 감았다. '이것은 매춘이다.' 그는 명확하게 정의했다. 그러나 그만둘 수가 없었다. 완전히 수입이 끊어지는 것이다. 그는 침실에 들어가지 않고 응접실에 나와 앉았다. 그녀도 더 이상 고집을 부리지 않고 옷을 입고 응접실로 나왔다.

"왜 내가 싫어?"

"저는 사모님을 가르치는 선생입니다. 섹스는 서로 뜻이 맞으면

할 수 있습니다. 그러나 매춘은 싫습니다."

그녀는 간단히 받아들였다.

"알았어, 뜻대로 해."

재현은 기숙사에 방이 빈 곳이 있는지 같은 반 친구들에게 수소문 하였다. 새로 지은 잘 갖추어진 기숙사였다. 드디어 방이 나왔다는 연락을 받았다. 그는 그녀에게서 석 달째 월급을 받은 뒤 아무 말도 하지 않고 그 집에 발을 끊었다.

재현에게는 기숙사에 들어가지 않으면 안 될 이유가 있었다. 최소 일 년은 대학생다운 대학생활을 하고 싶었다. 그리고 사회에 나갈 준비를 하고 싶었다. 더구나 다급한 문제는 밀린 학점을 따서 졸업의 요건을 갖추는 일이었다. 대학 입학 후 가정교사 일에 매달리다 보니 공부를 제대로 못 했다. 일 학년 때 수학이 F학점이었다. 화학실험은 출석이 부실해서 F학점이 나왔다. 그 외에도 신경 쓰지 않던 학과들이 학점 미달로 남아 있어서 그들을 해결하지 않고는 졸업이 어려울 것 같았다. 그는 사 학년 등록을 하면서 교수들을 찾아가 사정을 이야기했다. 수학 교수는 양보하지 않았다. 반드시 학점을 따야 한다고 했다. 그것에 집중하기로 했다. 화학 실험은 교수가 양해를 해서 수강 일수가 부족했지만 졸업할 수 있는 학점을 받기로 했다. 다른 과목들도 교수의 양보를 받았다. 기숙사에 들어가고 나서 처음으로 아침에 일어나서 밤에 잠잘 때까지 학교만 다니며 지냈다. 그럭저럭 졸업 요건을 갖추어 갔다.

사 학년 등록금은 어렵게 해결했다. 문제는 기숙사비였다. 영어

가정교사로 번 돈으로 첫 한두 달 동안은 기숙사비를 낼 수 있었지만 그 다음은 방법이 없었다. 돈을 내지 않고 버텼다. 방문에 기숙사비를 내라는 딱지가 늘 붙어 있었지만 못 본 체했다. 밥 먹을 때마다 눈총을 받았지만 무시했다. 관리 사무실에 재현보다 열 살쯤 나이가 많은 관리인이 있었다. 그도 이 씨였다. 그는 재현을 보면 지분거렸다.

"어이 종씨, 기숙사비 안 내?"

"돈 생기는 대로 낼게."

재현은 그와 반말을 하였다. 불리한 입장을 버텨내기 위해서는 고분고분할 수가 없었다. 그도 그것을 탓하지 않았다.

"언젠데?"

"몰라."

그는 밥을 타 먹으러 줄을 설 때마다 다가와서 치근거렸다.

"기숙사비 안 내고 밥 먹어도 되는 거야."

"낼 거라고 했잖아. 밥 먹을 때는 개도 나무라는 것이 아니야."

그는 어느 날 이런 말을 했다.

"어이 전주 이씨. 전주 이씨가 그렇게 살면 안돼."

재현은 대답하지 않았다. 그날 저녁 그는 관리실에 가서 관리인의 팔목을 잡고 끌고 나왔다. 그리고 기숙사의 한구석 풀밭에 우격다짐으로 앉혔다.

"오늘 한 이야기가 무슨 뜻이지?"

"왜 무슨 말을 했는데?"

"전주 이씨 운운한 것 말이야."

그는 곧 얼어붙었다.

"아아 나도 전주 이씨거든. 그래서 서로 가깝다는 표시로 말한 거야."

그는 꼬리를 완전히 내렸다.

"내가 말했지. 나는 기숙사에 있어야 할 이유가 있어. 내가 졸업해서 첫 월급 타는 날 제일 먼저 기숙사비 갚을게. 내 기숙사비 가지고 다시는 시비 걸지 마. 알았어?"

그 뒤로 그는 치근거리지 않았다. 그가 재현의 기숙사비를 받는다 안 받는다 결정할 입장에 있지는 않았지만 몇 달 돈 내지 않고 뭉기는 것은 눈감아 줄 수 있었다. 그 뒤로 그는 더 이상 내색을 하지 않았고 재현은 졸업장을 손에 쥘 때까지 기숙사에서 지냈다. 혜진이 생글거리며 물었다.

"그래. 그 기숙사비 갚았어요?"

"갚았지. 첫 월급 받은 다음 날 그 친구가 어떻게 알았는지 회사 사무실로 전화를 했어. 다른 것 다 제쳐 놓고 그것부터 갚았지."

그 돈이 학교로 들어가는지 그 사람의 개인 주머니로 들어가는지 따지지 않았다. 재현은 어려울 때 결정적으로 도와 준 것에 대해 지키지 않으면 안 될 약속을 그와 했던 것이다.

재현이 매듭을 지었다.

"그것이 나의 대학 생활이었어. 여러분들과 비교하면 참담하지?"

혜진이 그의 마음을 헤집었다.

"대학 생활에 어떤 낭만이나 취미 활동 같은 것은 없었어요?"

재현이 생각에 잠겼다.

"혜진의 말을 듣고 나니 나의 대학생활이 메마르지만은 않고 따뜻하고 부드러운 구석이 있었다는 생각이 드는구나."

"정말 듣고 싶은 부분이예요"

먼 교외에 있는 학교에 가기가 어렵거나 가기 싫으면 돈 안 드는 외도를 좀 했다. 문리대에 다니는 여자 친구를 찾아가서 시학(詩學) 강의를 도강하기도 했다. 미술대학 다니는 친구의 데생실을 기웃거리기도 하고 어중간한 시간이 있으면 명동의 돌체 음악실이나 종로의 르네상스에 가서 퍼질러 앉았다. 연극을 많이 보았다. 그때 막 시작한 실험극장의 연극은 어떤 수단을 써서도 빼놓지 않고 보았다. 이순재 김성옥 김순철 허규 들이 신나게 시작했던 실험극단은 셰익스피어 탄생 100주년 기념 공연을 하였다. 셰익스피어의 대표작들을 재현은 빼지 않고 다 보았다. 여운계의 데뷔 시절 공연 작품, 아가사 크리스티의 '열개의 인디안 인형'은 오랫동안 머릿속에 남았다.

한 여학생이 쏘아붙였다.

"고생만 하셨다더니 할 일은 다 하셨네요 뭐."

"아, 그렇게 되었나? 참작해서 들어 둬."

혜진은 재현을 추켜세웠다.

"그러실 줄 알았어요. 회장님의 인생의 깊이는 역시 예사롭지 않았어요."

5.

대학 입학 후 칠 년 만에 졸업을 하였다. 입학 후 일 년 뒤 휴학을 하였고 일 년 휴학 후 또 한 해 다닌 뒤 군대를 가서 일 년 반 복무한 뒤 복학할 때까지 이 년이 걸렸다. 학도군사훈련단(ROTC)이 창설된 것은 몇 년 뒤 일이었다. 재현은 삼 년 후배들과 같이 졸업하게 되었다. 취직이 쉽지 않았다. 재현은 교수들의 추천을 받아 세 회사에 입사 원서를 내고 시험을 보았다. 시험에는 자신이 있었다. 세상에 태어나서 한 번도 시험에 떨어진 적이 없었다. 전력 회사와 비료회사에 입사 시험을 쳤다. 두 회사는 안정된 직장이었고 월급이 많아 인기가 좋았다. 세 번째로 국영기업인 종합기계회사에 시험을 쳤다. 모두 다 합격했다. 어느 직장을 선택할 것인가 고민을 했다. 교수들은 기계 회사를 추천하였다. 전력회사나 비료회사에 가면 당장 살기는 편할지 모르지만 그곳은 만들어진 기계를 관리하는 곳이다. 엔지니어로서의 인생을 길게 바라본다면 고생스럽지만 젊을 때 기계의 기본 설계를 직접 해 보고 기계의 제작 공정을 배워 두는 것이 좋다는 이유이다. 그것은 어쩌면 무모한 모험이었다. 특히, 가계가 어려운 재현으로서는 당장 집안에 도움이 되지 않는 기계 회사에 들어간다는 것에 마음이 내키지 않았다. 아버지가 결론을 내렸다. 재현이 세 회사를 소개하고 교수들의 의견을 설명하자 아버지는 두말 않고 기계 회사로 가라고 등을 떠밀었다.

"집안의 어려움은 스스로 풀리기 마련이다. 집안 걱정 말고 너는 너의 인생을 살아라."

결국 월급이 다른 회사의 반의 반밖에 되지 않는 기계 회사에 입사했다. 그마저도 제때에 나오지 않아 월급이 몇 달씩 밀렸다. 전력 회사에 들어간 친구들은 입사한 지 육 개월이 되지 않아 '고급 전축을 샀는데 LP판은 뭘 사야 될지 모르겠다'며 약 올리듯 재현의 조언을 구하곤 했다. 군사혁명이 일어난 지 사 년이 지났다. 한국 사회가 조금씩 산업화에 대한 자신을 보이고 있었다. 성공의 조짐도 나타나기 시작했다. 재현에게는 일복이 터졌다. 전국을 돌아다니며 낡은 기계를 새것으로 바꾸는 작업을 하였다. 새로 설계를 하기보다 가동 중인 기계들을 분해해서 그것을 도면으로 만들어 성능이 나은 기계를 새로 제작하는 것이었다. 광산의 벨트 콘베이어 시스템, 공장의 기중기, 신문 절단기, 라면 건조기, 껌 공장에서 날리는 설탕 분말 집진기(集塵機)도 설계하고 제작했다. 할 일은 세상에 널려 있었다. 한국의 모든 산업이 현대화 방향으로 웅장한 행진을 시작하고 있었다.

회사에 입사하고 나서 동료들이 재현에게 붙여 준 별명이 있었다. 소였다. 느리다는 뜻일 수도 있고 꾸준하다는 혹은 우직하다는 뜻일 수도 있었다. 싫지 않은 별명이었다.

월급은 적었지만 신나는 시절이었다. 재현은 2년 반이 지나 엔진 조립 계장이 되었다. 설계실에서 나와 생산 현장으로 자리를 옮겼다. 그 회사 창설 이래 입사 후 2년 반 만에 계장이 된 것은 처음 있는 일이라 했다. 엔진의 국산화는 회사의 꿈이었다. 독일의 엔진 도면을 사와서 선박 엔진을 국산화해 보자는 계획에 재현도 신입 사원 시절부터 참여했다. 그러나 새로운 엔진을, 부품 하나하나 국산화해서 새로 만든다는 것은 훌륭한 꿈이었지만 현실은 되지 못했다. 부품은 잘 만들었는데 전체를 조립해서 시운전을 하면 곳곳이 터졌다. 부품 제작을 위한 적절한 소재를 찾기도 어려웠고 가공의 정밀도도 문제였다. 시간과 비용을 엄청나게 쏟아붓고도 엔진은 완성되지 않았다.

엔진 수요는 급격히 늘어났다. 어선의 엔진을 바꾸는 일이 급했다. 특히 군사 분계선 근처에서 조업하는 어선들은 좋은 엔진을 원했다. 거기는 늘 그물 가득 고기가 잡혔다. 어선들이 거기 몰리지 않을 수 없었다. 그러나 북한 감시선과 숨바꼭질을 해야 했다. 감시선에 걸리면 무조건 남쪽으로 도망쳐야 했다. 그러나 낡은 엔진으로는 무거운 어망을 끌고 도망을 칠 수 없었다. 물고기가 가득한 생명줄 같은 어망을 끊어 버린 뒤 배만 도망을 쳐 목숨을 구했다.

새로운 엔진의 제작 계획이 중단되었을 때 일본의 디젤엔진 부품을 들여와 조립 생산해서 폭발적인 수요를 맞추자는 의견이 나왔다. 일본 디젤 엔진은 낡은 옛날 엔진과 달라 힘이 좋았다. 생선을 가득 잡은 그물을 끌고도 북한 순시선보다 빨리 도망칠 수 있었다. 재현의 회사가 일본 엔진의 부품을 들여와 엔진을 조립하기 시작했다. 일본 엔진은 불티나게 팔렸다. 그는 그 엔진의 조립을 책임지는 조립 계장이 되었다. 어부들은 하루라도 빨리 엔진을 가져가려고 재현의 사무실에서 살았다. 회사 재정도 엔진을 팔아 두둑해졌고 종업원들의 월급도 제대로 주게 되었다.

그 어렵던 시절에 결혼을 하였다. 입사한 다음 해 직장 상사의 약혼자가 소개해 준 여인이었다. 서로 결혼할 상대라는 것을 만나는 날 확인했다. 재현은 살기가 조금 나아지면 결혼을 하자고 했다. 그러나 재현의 결혼문제는 재현을 제쳐 놓고 진행되었다. 신부와 재현의 아버지 사이에서 일사천리로 진행된 것이다. 아버지는 예쁜 며느릿감에 홀딱 빠졌다. 그녀가 하는 말, 하는 짓 모두가 마음에 들었다. 아버지와 며느리는 자주 편지를 주고받았다. 며느릿감도 시아버지 될 분에게 폭 빠졌다. 아버지는 재현처럼 집안의 어려움을 암시

했지만 신부는 '살면서 충분히 이겨 나갈 수 있다. 혼자서 애쓰는 것보다 둘이서 힘을 모으면 더 빨리 이겨 내지 않겠는가'라고 설득했고 아버지는 그녀의 결단에 동의했다. 만난 지 반년도 되지 않아 결혼식을 치렀다. 소개해준 선배보다 훨씬 먼저 결혼했다. 고난의 생활이 시작되었다. 고난의 시절이었다고 하면 불공평한 표현이라 할 수 있다. 고난을 이겨낸 시절이라고 불러야 한다. 살기는 어려웠지만 따뜻하고 활기찬 시절이라고 해야 한다. 결혼 생활은 회사로부터 빌린 가불로 시작을 했고 회사 생활은 그것을 갚아 나가는 과정이었다. 그러나 조금도 고달프지 않았다.

그때 한국 산업계의 기계 수요는 폭발적이었다. 그에 대한 설계의 수요도 엄청났다. 낡은 기계를 새것으로 바꿔야 하는데 일본의 완제품을 들여오기엔 너무 많은 돈이 필요했다. 한국의 낡은 작은 기계 공장들은 기계는 그럭저럭 제작할 준비를 갖추었는데 설계 능력을 갖지 못했다. 그래서 찾아낸 해법이 큰 기계 공장에 설계를 맡기고 작은 기계 공장이 제작한다는 것이다. 거기도 문제가 있었다. 큰 기계라면 문제가 되지 않지만 작은 기계의 설계를 큰 기계 공장에 맡기면 설계비 부담이 너무 컸다. 배보다 배꼽이 큰 경우도 있었다. 거기도 해법이 있었다. 큰 기계나 플랜트의 설계는 큰 회사의 설계실에 맡기고, 간단한 기계의 설계는 큰 회사가 추천하는 믿을 수 있는 아르바이트 설계사에게 맡기는 것이다. 회사의 설계 과장은 간단한 설비에 대한 설계 의뢰가 오면 몇 명의 능력을 갖춘 설계 요원에게 맡겨 어려운 가계에 보탬이 되게 했다. 재현도 엔진 조립 계장을 하면서 가끔 그 설계 일을 맡았다. 신부가 그 일의 반을 아니 대부분을 맡았다. 신접살림을 시작한 작은 방에는 커다란 제도판을 놓을 자리가 없었다. 셋방에 붙여 놓은 판잣집 부엌이 좀 넓었다. 부엌을 도배해서 겨울에도 외풍이 없도록 한 것은 신부였다. 식기와 취사도구를 한쪽으로 몰고 거기 한구석에 제도판을 들여놓은 것도 그녀였다. 매일 재현이 퇴근하기 전, 제도 연필을 깎아 가지런히 정돈해 놓고 작업 준비를 한 것도 그녀였다. 재현은 여섯 시쯤 퇴근하면 손발을 씻고 저녁을 먹은 뒤 제도판 앞에 앉아 기계 그림만 그리면 되었다. 하루의 일이 끝나는 것은 라디오의 '밤을 잊은 그대에게'가 한참 진행된 뒤였다. 을지로의 철공소를 위한 구리 박판 압연기(薄板壓延機) 설계는 그렇게 해서 석 달 만에 완성했다. 도면을 전해주며 20만 원을 받았다. 한 달에 7천 원 남짓 월급 받을 때 일이었다.

그렇게 오륙 년이 지났다. 아이들도 태어났고 세월은 흘러갔지만 기계 회사 사정은 크게 나아지지 않았다. 그때 조선소가 등장했다. 조선소에 가게 된 것도 아내의 의도된 작전 탓이었다. 어느 날 아침에 일어나 보니 머리맡에 신문광고가 오려져 붙어 있었다. 새로운 세계적인 규모의 대형 조선소가 설립된다는 것과 경력 사원을 뽑는다는 광고였다. 재현도 사무실에서 신문을 보았고 여러 친구들로부터 조선소에 관한 이야기를 들었다. 한쪽 귀로 듣고 한쪽 귀로 흘려보낸 뉴스였다. 그나마 안정된 현재 직장을 박차고 나와 새로 시작하는 조선소로 직장을 옮긴다는 생각을 심각하게 한 적이 없었다. 그러나 잠자리 머리맡에 붙여 놓은 광고를 보고 그는 정신이 번쩍 들었다. 가야 한다는 결심을 했고 거기에 집착했다. 현실의 생활이 고단하면 할수록 전공을 살린 일을 하고 싶다는 생각은 간절했고 그것이 아내의 마음으로 전해졌다. 그의 절실함을 읽은 아내는 신문 광고를 오려 내어 말없이 머리맡에 붙였고 그녀의 간절함이 화살처럼 되돌아와 재현의 가슴에 와 박혔던 것이다. 그는 아내에게 아무 말도 않고 출근했다. 회사 누구와도 의논하지 않았다. 조선소를 준비하고 있는 회사의 친구를 찾아갔다. 회사 설립의 배경에 대한 설명을 들었다. 그것은 세계로 향한 큰 꿈의 시작이라는 것을 확인했다. 바로 입사 원서를 내었다. 모두에게 그의 결심을 알린 것은 중견 간부 모집 시험에 합격하고 난 뒤였다.

"조선소 입사는 내게 생각하지 못했던 새로운 세상을 열어주었지. 아무것도 할 수 없었던 세상에서 무엇이든 할 수 있는 세상으로 나를 이끌어 낸 거야. 조선소에 들어간 뒤의 이야기는 할 필요가 없겠지? 지난번 강의에서 장황하게 설명했으니까."

재현은 그의 인생 여정의 긴 이야기를 거기서 끝맺었다. 자정이 넘었다. 그동안 맥주도 많이 마셨고 잠잘 시간이 지나 정신이 몽롱해질 때도 되었는데 학생들의 눈동자는 초롱초롱했다. 나이가 많아 보이는 학생이 입을 열었다.

"감동적인 이야기였습니다. 이 회장님 이야기를 생각하며 며칠 잠을 잘 수 없을 것 같습니다. 우리들의 현실적 삶이 그런 과정을 통해 얻어졌다는 것을 상상도 하지 못했습니다. 우리의 바로 전 세대에 그런 삶이 있었다는 것이 칼로 찌르듯 가슴으로 아프게 다가옵니다. 너무나 감동적이었습니다. 그런 암울한 환경을 이겨내고 당당한 오늘을 이루어 낸 선배를 가졌다는 것이 자랑스럽습니다."

그녀의 목소리에 물기가 배었다. 모두들 숙연해졌다. 재현은 거기서 멈출 수가 없었다.

"지금까지 들려드린 나의 생애는 여러분들에게 마치 화성에서 온 외계인의 이야기로 들릴지 몰라요. 그러나 나의 지금까지의 생애는 우리 세대의 대부분이 경험했던 실화입니다. 오히려 나는 운이 좋았던 편이었어요. 일제시대의 핍박받던 독립투사들의 가족을 생각해 보세요. 나는 그런 암울했던 상처가 없어요. 무엇보다 북한의 육이오 남침으로 인한 피해가 거의 없었어요. 그 전쟁으로 얼마나 많은 동포들이 가족을 잃었고, 피난길에서 또 얼마나 큰 고통을 받았어요? 집안은 흐트러지고 생활은 만신창이가 되었지요. 마산에서 학교 다니면서 불편한 것이 많았어도 피난 온 친구들 생각하면 다 참을 수 있었어요. 대학생활이 어려웠다 해도 대학 못 간 친구들은 얼마나 많았는데요. 대학을 갔다 해도 끝을 맺지 못하고 좌절한 친구들은 또 얼마나 많았구요. 군대 생활을 그토록 가슴 따뜻하게 마칠 수 있었던 것도 행운이었지요. 월급이 적은 국영기업에 들어간 것도 지금 생각하면 행운이었어요. 거기다 빼놓을 수 없는 것이 있었지요. 좋은 여인을 만나 일찍 결혼을 할 수 있었던 것은 또 얼마나 큰 행운이었어요?"

결혼 이야기가 나오자 여학생들의 얼굴에 화색이 되돌아왔다. 혜진이 끼어들었다.

"시간이 많이 늦었지만 꼭 한마디만 묻고 싶은 것이 있어요. 그 성장기를 통해서 회장님을 이끌어 준 가장 큰 힘은 무엇이었다고 생각하세요?"

재현은 길게 숨을 들이마셨다. 아버지의 깡마른 얼굴이 떠올랐다. 아버지의 부드러운 그러나 늘 확신에 찬 눈을 생각했다.

"혜진은 이미 나의 답을 알고 질문을 하고 있는 것 같아요. 물론 나의 아버지이지. 나에게 물질적인 유산은 남기신 것이 없지만 아버지께서 심어주신 정신적인 자양이 없었다면 나는 지금 무엇이 되어 있을지 상상도 할 수 없어요. 그의 인간과의 친화력, 국가에 대한 무조건적 충성, 이웃에 대한 배려, 그리고 아들에 대한 무한한 신뢰, 그것이 나를 지금까지 키워낸 뼈대가 되어 있다고 생각해요."

재현의 말이 끝나고 모두 생각에 잠겼다. 맥줏집 주인이 서둘렀다.

"자, 이제 돌아가야 할 때가 지났어. 어떡하지?"

모두들 난감했다. 지하철도 버스도 다 끊어졌다. 그들은 의논해서 그날 분당에서 자고 가기로 했다. 각자 집으로 연락해서 못 들어간다는 연락을 하고 맥줏집 주인은 주변의 여관을 잡아주었다.

그녀들이 여관으로 떠나는 것을 보고 재현은 천천히 걸어서 집으로 향했다. 중앙공원을 질러가면 오르막길이어서 사십 분 넘게 걷는 거리였다. 하늘은 별들로 청청했다. 재현은 그가 그날 엮어낸 길고 긴 그의 삶을 생각했다. 그것이 그의 인생이었던가? 아버지도 돌아가시고 그도 아버지 돌아가실 때의 나이가 되었다. 아직 누구에게도 말하지 않았던 옛날이야기를 그 열성적인 학생들 앞에서 그들의 열성에 고무되어서 부끄러운 줄도 모르고 떠들어 대었다. 그렇지, 그것이 내 인생이었다. 그것은 어려웠지만 한순간도 내버릴 수 없는 충만한 나의 인생이었다. 그는 노곤한 마음으로 허청허청 걸어 집으로 돌아왔다. 학생들이 고마웠다. 그의 인생을 돌아보게 해줘서 고마웠다. 그것을 그렇게 정리할 수 있게 해 주어서 고마웠다.

제 27 장

지나간 물은 물레방아를 멋지게 돌렸다

1.

다음 주 월요일 오후 재현은 클렌시와 4호선 명명식에 대한 준비 사항을 전화로 의논했다. 벌써 네 번째 배이다. 2002년 봄 초대형 유조선 첫 두 척을 계약할 때 배의 인도 일정은 까마득히 먼 미래의 일로 보였다. 그 계약이 여섯 척으로 불어났고 벌써 세 척의 배가 인도되었다. 이제 네 번째 배의 인도 일정이 10월 8일로 잡혔고 2005년 5월 초에는 마지막 배가 인도된다. 조선소의 빈틈없는 공정(工程)은 마치 '조각 그림 맞추기(Jigsaw puzzle)' 게임 같았다. 계약할 때 정했던 일정에서 단 하루도 틀리지 않고 제때에 모든 작업이 이루어졌다. 선주는 여섯 척의 배가 인도되는 삼 년 동안 스물네 번의 엄청난 분할금을 준비해야 하고, 각 배의 용선(傭船)을 주선해야 하고, 배를 운용할 선원을 갖추어야 했다. 삼 년 동안에 한 척을 짓는다 해도 정신 바짝 차려야 할 일인데 여섯 척을 받아내야 하는 것이다. 작은 사무실을 운영하는 클렌시에게 그것은 그의 모든 것을 건 필생의 승부였다. 그는 그동안 조선소의 일은 재현에게 맡겨 놓고 브뤼셀 본사가 해야 할 일을 차분히 처리해 내었다. 가끔 칭얼거리기는 했지만 모든 준비에 차질이 없었다.

"조선소가 다음 프로젝트를 이야기하자고 날마다 다그치는데 뭐라고 해야 할까?"

재현이 말문을 열었다. 통화를 할 때마다 반복되는 질문이다. 클렌시는 퉁명스럽게 대답했다.

"대답은 이미 나와 있고 그 대답은 나보다 제리가 더 잘 알고 있을 텐데."

재현은 다독거렸다.

"조선소도 클렌시 회장의 결심이 설 때까지 조용히 기다려야 한다는 것을 알고 있어. 그러나 클렌시 같은 소중한 고객과의 비즈니스를 중단하지 않고 어떤 방법으로든 계속하고 싶은 것이지. 충분히 이해할 수 있는 일이잖아?"

클렌시가 금방 수긍했다.

"그건 이해해. 그런데 지금 조선소에는 일감이 넘쳐나고 있지 않아? 일감 부족 때문에 매달릴 형편은 아니잖아?"

"일감이 넘쳐나서 계속 조선소를 확장하고 있어."

"그것 봐. 그게 문제야. 이 호황이 끝나는 날 그 공급과잉의 현장, 확장된 조선소의 운명은 어떻게 될까?"

지금까지 재현이 걱정해 오던 일을 클렌시가 공감하기 시작했다.

잠깐 대화가 끊어졌다. 클렌시가 말을 이었다.

"제리가 이야기해 온 '폭탄 돌리기' 우려가 점점 실감되고 있어. 세상으로 쏟아져 나오는 배의 양이 엄청나. 하루아침에 시장을 죽일 수 있는 물량이야."

"이 시장의 움직임에 대처할 방법은 생각하고 있나?"

"제리의 폭탄 돌리기 이론을 따르기로 했어. 새로 배를 짓는 일보다 지금 가지고 있는 배를 팔아넘기는 논의가 은밀하게 구체화되고 있어. 이번 명명식에 가서 거기서 의논하자고."

클렌시는 입을 닫았다. 또 하나의 입 다물기가 시작되었다.

화제가 명명식으로 돌아갔다.

"이번 명명식 준비는 물론 잘 되어가고 있겠지?"

"명명식은 조선소의 일상사이니까 전혀 문제가 없지. 그쪽 준비는 어떻게 진행되고 있어?"

"여기도 문제없어. 분할금은 은행에서 자동적으로 나오게 되어 있고 용선도 좋은 조건으로 확정되었지. 선원들은 이미 승선해서 조선소 감독관들과 함께 배의 마무리 작업에 참여하고 있지 않아? 또 뭐가 있어? 아, 명명식 손님들도 다 초대가 끝났어. 명명식도 네 번쯤 하고 나니까 초청할 손님도 줄어들었어. 대모는, 이건 비밀인데, 이 배들의 매각 협상의 대상인 회사 회장의 부인이야."

클렌시가 스스로 조금씩 비밀을 풀어내기 시작했다.

"와우 거기까지 진행됐어? 여기서도 준비를 단단히 해서 최고로 좋은 인상을 그들에게 심어 주어야겠구만."

"그런데 선박 양도(讓渡) 이야기는 아무에게도 해서는 안돼. 계약이 서명되는 순간까지 철저히 비밀을 지켜기로 되어 있어."

"알았어. 알았어. 나만 알고 그것에 도움이 되는 방향으로 진행을 할게."

"시월 팔일 날씨는 괜찮겠지?"

"그럼. 한국의 바삭거리는(Crispy) 가을 하늘이 보장되어 있어."

클렌시가 화제를 바꾸었다.

"내가 관여할 일은 아니지만 '역사 연구회' 일은 잘되어가고 있겠지? 단지 호기심에서 물어 보는 거야."

"아주 잘 진행되고 있어. 역시 든든한 스폰서가 있으니까 일의 진행에 장애물이 없어."

"내년 초에 첫 팀이 연구 여행을 떠나려면 그 준비 작업도 아주 급한데."

"그러게 말이야. 회원들이 스스로 나서서 많은 일들을 해내고 있어. 지난 팔월 세미나를 연 뒤 회원들의 열의는 점점 고조되고 있어. 한국 사회에 하나의 획기적인 사건이 될 것 같아."

"좋아 좋아. 제리의 조국에 대한 또 하나의 커다란 공헌이 되겠구만."

"이것이 어떻게 나의 개인적인 일인가. 오직 클렌시라는 인물의 한국에 대한 지극한 사랑으로 태어난 작품이지."

"아니야 아니야. 앞으로 나의 이름을 역사 연구회와 관련지으면 안돼. 내 이름이 거론되면 다시는 역사 연구회 이야기를 꺼내지 않을 거야."

"알았어. 알았어. 그런데 지난주 토요일 혜진이 사학과 졸업반 여학생들을 데리고 왔어. 맥주를 사달라더니 나의 어린 시절 이야기를 들려 달라는 거야. 현재의 풍요를 제대로 해석하기 위해 전 세대의 궁핍을 이해하고 싶다는 거지."

"아주 재미있는 모임이 되었겠구먼."

"긴 모임이었어. 그런 이야기를 듣겠다고 나선 그 젊은이들의 자세가 아름다웠어. 처참한 이야기였지. 부끄러웠지만 또 한편으로 자랑스럽기도 한 이야기가 오후 세 시에 시작해서 새벽 두 시까지 계속되었어. 그러나 조금도 고단한 줄 몰랐어. 그 어려웠던 시절이 젊은이들에게는 왕으로 변신해가는 머슴의 이야기쯤으로 들린 모양이야."

"왜 그렇지 않겠어. 상상할 수 없던 풍요로운 역사가 지옥 같은 궁핍으로부터 시작해서 그 상상할 수 없는 짧은 기간에 이루어졌는데."

2.

클렌시가 갑자기 생각난 듯 말했다.

"제리, 존 프리만(John Freeman)이 이번 명명식 초대를 받아들였어. 은퇴 후 은둔 생활을 하고 있어서 일상적 모임에 전혀 모습을 드러내지 않는데 제리의 이름을 들먹였더니 두말 않고 한국행을 받아들였어."

재현은 뒤통수를 한 대 맞은 기분이었다.

"존, 아아 보고 싶은 친구. 마지막 본 것이 십여 년이 넘은 것 같구나. 다시 못 볼 줄 알았어."

프리만은 재현보다 열댓 살쯤 위이다. 십여 년 전 재현은 런던을 방문하는 동안 존의 집에 들렀다. 그의 집은 히드로 공항과 스톤헨지(Stone Henge)의 중간쯤에 있다. 오천 평이 넘는 목초지를 가진 농원이다. 억새풀로 두껍게 이엉을 올린 초가집에서 그의 아내와 조용하고 따뜻한 노후 생활을 즐기고 있다. 목초지에는 좋은 말 몇 마리를 기르고 있다고 했으나 보이지 않았다. 집 옆으로는 폭이 일 미터쯤 되는 개울이 흐르고 있다. 지면까지 찰랑거리는 개울의 물 위에 예쁜 다리가 놓여 있다. 전형적인 영국의 목가적 풍경이었다. 물이 깊어 팔뚝만 한 굵기의 송어가 오르내린다고 한다. 집을 유지하는 일은 관리인에게 맡기고 노부부는 전원을 거닐며 앞뜰에 테이블을 채려 놓고 차를 마시며 전형적인 영국의 전원생활을 즐기고 있다.

존은 삼 형제의 막내이다. 큰형은 영국 역사학계의 거물이고 둘째는 법조계의 지도자로 그때까지 변호사 개업을 하고 있다. 존과 그 부인은 얼굴도 비슷하다. 잘생긴 착한 얼굴이다. 회색 머리에 볼그레한 볼에는 항상 미소가 머물러 있다.

존은 세계에서 가장 큰 선박 브로커 회사의 사장급 파트너였다. 재현은 선박 판매일을 맡은 뒤 일방적으로 그를 사부로 모셨다. 그도 그것을 싫다고 하지 않았다. 재현은 그와 많은 일을 하였다. 특히 처음 만나는 선주들과의 협상에 그가 중재 역할을 맡았다. 조선소와 브로커의 이해가 맞지 않을 때 가끔 다투기도 했지만 그는 언제나 끝을 바르고 따뜻하게 맺을 줄 알았다. 계약 가격 때문에 협상이 필요 이상으로 길어지거나 깨어질 가능성을 보이면 그는 자신의 커미션을 자발적으로 먼저 깎음으로써 조선소와 선주가 적당한 선에서 양보를 하지 않을 수 없도록 하였다. 재현은 아프리카나 중동 같이 익숙하지 않은 지역에 가기 전이나 갔다 온 뒤 늘 존에게 자문을 구했다. 존은 자연스럽게 자기 의견을 들려주었고 그것은 재현의 경력에 살이 되고 피가 되었다. 사람들은 존을 철학자라고 불렀다. 그는 늘 인생을 깊이 있게 통찰하고 어떤 어려움이건 풀어 내는 방법을 찾아낼 줄 알았다.

70년대 말 나이지리아 프로젝트에 목을 매고 있을 때였다. 언젠가 추석 며칠 전 나이지리아에서 갑자기 재현을 불렀다. 꼭 재현이 나와야겠다고 했다. 별일이 아니라는 것을 알면서도 가지 않을 수 없는 입장이었다. 추석에는 시골 가족들이 모두 재현의 집에 모여 차례를 지내기로 되어 있었다. 명절에 집을 비운 일이 한두 번이 아니었지만 대부분 나가 있다가 회의가 길어져서 늦어지는 경우였다. 그때마다 아내가 큰 식구를 거느린 맏이로서 명절을 치러야 했다. 그러나 추석 직전에 나간 일은 없었다. 아내에게 털어놓고 의논을 했다. 추석 전에 귀국하도록 최선을 다하겠다고 약속했다. 아내도 받아들일 수밖에 없었다. 그러나 나이지리아 일이라는 것이 일정에 맞게 매듭지어지는 법이 없었다. 거의 한 달을 나이지리아에서 어정거리다 런던 지점에 도착하니 아내의 봉함 엽서가 와 있었다. 가슴이 철렁했다. 조선소에 입사한 뒤 출장이 일상처럼 되었지만 아내가 출장지로 편지를 보낸 일은 한 번도 없었다. 편지의 내용은 걱정했던 것보다 충격적이었다. '나는 더 이상 이 회사의 경영 방침에 동의할 수 없다. 여보가 이 편지를 보는 즉시 회장에게 사표를 내겠다'라는 내용이었다. 비싼 해외 전화를 걸어 손이 발이 되도록 빌어 간신히 아내의 생각을 바꿨다. 며칠 뒤 그는 존과 그 이야기를 나눴다. 존은 특유의 부드럽고 성실한 어조로 말했다.

"문화의 차이로구먼."

"문화의 차이라니?"

"영국 여자들 같았어 봐. 당장 이혼 서류를 남편에게 보내지. 왜 애꿎은 회장에게 편지를 쓰고 있겠어."

나이지리아와 관련된 다른 이야기도 있다. 시작될 때 프로젝트 결정권자와의 껄끄러웠던 관계가 프로젝트가 진행되는 동안 부드러워졌다. 재현이 가끔 그의 집으로 초대되었다. 어느 화창한 날 그들은 응접실에 앉아 정원을 내다보고 있었다. 정원 한가운데 커다란 나무판이 세워져 있었다. 흰 페인트를 칠한 위로 검은 벌레들이 새까맣게 엉겨 붙어 있었다. 벌떼인 줄 알았다. 재현의 시선이 나무판에 가 있는 것을 본 그는 정원으로 나가더니 벌레들을 날려보내고 거기 못으로 고정해 놓았던 고기 몇 조각을 떼어 왔다. 육포를 말리고 있었던 것이다. 거기 새까만 왕파리들이 걸레 조각들처럼 엉겨 붙었던 것이다. 그는 두 조각을 탁자 모서리에 대고 탁탁 털더니 하나를 재현의 입으로 불쑥 집어넣었다.

"먹어 봐. 이건 우리 집 별미야."

다른 한 조각은 이미 자신의 입속에 넣어 오물거리고 있었다. 재현은 엉겁결에 들어온 육포를 뱉을 수도 없고 씹을 수밖에 없었다. 입속에서 파리가 슬어 놓은 애벌레들이 스멀거리는 환각과 이 사이로 왕파리의 수백만 개의 알이 깨어지는 환청으로 머리가 멍멍했다. 주인은 재현의 얼굴을 빤히 들여다보며 재현의 표정을 살폈다.

"어때, 맛있지. 우리 집 별미라니까."

재현은 이를 악물고 아무렇지도 않은 척했다.

"응, 아주 맛있어. 달콤한데."

처음 입에 들어왔을 때의 역겨움은 차츰 없어지고 입에 침이 고이면서 그것은 달콤한 육포의 맛이 되었다. 런던에서 존에게 그 이야기를 하였다. 그는 많은 경험에서 우러난 지혜로 재현을 격려 하였다.

"다른 문화와 전통의 벽을 녹여 내는 능력은 상대방의 음식에 대한 소화력으로부터 나오는 거야."

존은 재현을 데리고 집에 바짝 붙어 있는 동네 골프장으로 갔다. 문자 그대로 컨트리 클럽(Country Club)이었다. 입장료가 거의 공짜였고 동네 사람들은 마치 풀밭에서 산책하듯이 골프를 즐겼다. 골프 코스 사이에는 산책로가 있어서 골프 치지 않는 주민들도 애완견을 데리고 유유히 서성거렸다. 존의 집 옆을 흐르는 개울은 골프장으로 연결되어 곳곳을 휘돌아 흐르고 있었다.

"영국의 골프장은 마치 영국의 음식 특히 영국 비프 스테이크 같아."

"영국 비프 스테이크라니?"

"다른 나라 요리와 달리 양념을 적게 치고 소고기 본래의 맛을 최대한으로 살리는 것이 영국 스테이크의 특징이잖아? 영국 골프장은 골프의 본고장답게 인공적인 군더더기를 줄이고 골프장 자체의 생태를 최대한 살려 놓아서, 그 속에서 운동하는 사람들을 순수한 자연의 일부분으로 만든단 말이야."

"아, 그렇게 볼 수도 있겠구만. 시들어 가는 대영제국을 언제나 긍정적으로 평가해줘서 고마워."

그들은 편안하게 세 시간 정도 골프장을 돌았다. 골프장은 한적했다. 존은 원래 골프에 탐닉하는 사람이 아니다. 볼을 멀리 치려고 안달하지도 않았고 성적이 나쁘다고 툴툴거리지도 않았다. 그의 성격처럼 편안하고 조용조용하게 자연을 즐기며 골프장의 함정들까지 쉽게쉽게 극복하면서 마쳤다. 열여덟 홀의 골프를 마치고 골프장의 열아홉 번째 코스라는 클럽하우스에 앉았다. 컨트리 클럽의 클럽 하우스(Club House)라는 이름에 걸맞게 그곳은 마을 회관이었다. 마을의 결혼식 피로연도 하고 마을 주민들은 여러 종류의 모임을 거기서 가졌다. 프리만은 거기서도 존경받는 원로였다. 그날 그들은 흑맥주 한 잔으로 마무리 지었다. 그런데 안주로 나온 것이 송어 튀김이었다. 개울에서 갓 잡은 송어를 토막 내어 양념 없이 깨끗한 기름에 튀긴 것이다.

"와우, 이건 내가 먹은 어떤 요리보다 맛있다."

"또 영국 예찬이야?"

"아니야 진심이야. 아니 이보다 더 담백하고 고소한 송어를 다른 곳에서 먹어 본 적 있어?"

"난 늘 먹지만 이건 아무리 먹어도 진짜 별미야. 참 좋아."

집에 돌아왔을 때 존의 아내는 차를 준비해 두었다. 영국 사람들은 오후 세 시쯤 티파티(Tea Party)를 즐긴다. 티파티라고 해서 차나 한잔 마신다고 생각하고 가면 큰 실수를 저지르게 된다. 차와 함께 커다란 파이와 맛있는 푸딩이 곁들여져서 한 끼의 식사가 나오는 것이다. 점심을 많이 먹고 가면 맛있는 음식을 먹지 못할 뿐 아니라 열심히 준비한 안주인을 실망시킨다. 그런가 하면 든든한 간식이 나올 것이라 기대하고 점심을 거르고 가면 차 한 잔 달랑 나오는 일도 있어 그런 때는 저녁 먹을 때까지 배를 쫄쫄 곯게 된다. 그날은 존의 귀띔으로 배를 적당히 비워 놓았다. 두툼한 파이가 나왔다. 조선소가 시작하던 70년대 초부터 시작된 흘러간 옛이야기가 술술 풀려 나왔다. 존의 아내는 존과 같이 한국을 여러 번 방문해서 함께 나눌 수 있는 추억이 많았다. 티파티가 끝날 때쯤 아내는 회초리를 하나 들고 나왔다.

"제리, 나는 제리가 우리 집 오는 날을 기다리며 이 회초리를 오래 동안 간직해 두었어요. 왠지 아세요. 삼십 년도 더 됐을 거예요. 우리가 그리스 여행 중이었어요. 비즈니스 여행이 아니고 우리 결혼 이십오 주년 은혼식 기념 여행이었어요. 그런데 제리가 그리스에 왔지요. 어떻게 알았는지 존을 불러내어서는 선주들에게 끌고 다니는 바람에 결혼기념일 디너를 완전히 망쳤어요. 그 벌은 꼭 받아야 돼요. 오늘 그 벌을 받는 날이예요."

재현은 말 잘 듣는 초등학생처럼 일어서서 뒤로 돌아섰다. 그녀는 회초리로 종아리를 때리는 시늉을 하였다.

3.

재현이 클렌시에게 물었다.
"그래 존은 이번에 부부 동반으로 오나?"

"부인이 몸이 불편한 것 같아. 같이 오지는 못한데."
"존에게 한마디만 더해 봐. 아직 존의 부인이 나에게 종아리 때릴 일이 더 있을 거라고."
"종아리 때릴 일은 또 뭐야?"
"그런 일이 있어. 그렇게만 말해봐. 그래도 못 온다면 어쩔 수 없지."
클렌시가 다시 생각났다는 듯이 역사 연구회 일로 돌아왔다.
"이번 명명식에 역사 연구회 회원들을 초청하는 게 어때?"
재현은 클렌시의 말을 한마디로 잘랐다.
"아예 그런 소리 꺼내지도 마. 명명식이 어떤 행사인데 준비되지 않은 사람들을 수십 명씩 끌어들이려고 하는 거야?"
클렌시는 물러서지 않았다.
"내가 명명식의 의미를 모르는 사람이 아니잖아. 학생들이 명명식을 보아 두는 것이 아주 중요한 의미를 가질 거야. 조선소와 한번 의논해 봐. 이건 학생들에게 한국의 현대 산업사를 이해하는데 최고로 좋은 기회가 될 거야. 게다가 회사 홍보도 되잖아?"
"회사는 너무 잘 알려져서 탈이야. 홍보는 더 할 필요가 없어. 생각해 봐. 수십 명의 학생들이 움직인다면 그 사람들의 안전 관리는 어떻게 하며 의전(儀典)은 또 어떻게 해야 돼?"
클렌시는 재현의 걱정을 이해하면서도 고집했다.
"한번 조선소와 이야기해봐. 안된다고 우기지만 말고."
재현은 마지못해 대꾸했다.
"알았어. 운을 한번 띄워 볼게."
클렌시는 한 걸음 더 나갔다.

"4호선의 명명식에 앞서 5호선의 진수식과 6호선의 용골 거치식을 이번에 방문하는 손님들에게 보여 주는 것이 어때. 건조 공정을 보면 비슷한 시기에 진행이 되는 것 같던데. 그렇게 해보자. 그러면 손님들을 하루 더 묵게 하면서 선박에 대한 이해를 한층 깊게 할 수 있는 기회가 되지 않겠나?"

"일정을 묶는 것만의 문제가 아니잖아? 일정에 맞추어서 이틀 동안에 세 번의 분할금이 들어와야 되잖아? 수천만 불의 돈이야. 게다가 조선소로서는 과외의 의전 일정을 잡아야 하고."

클렌시는 재현을 달랬다.

"돈은 자동적으로 들어가게 되어 있어. 일정만 좀 조정해 봐. 더구나 이번에는 외국 손님 숫자가 대폭 줄었잖아. 의전이 훨씬 단순해졌지. 내가 간곡히 부탁한다고 해 줘."

클렌시는 진심으로 원하고 있었다. 재현은 더 이상 대거리를 하지 않았다. 클렌시가 허투로 말을 하는 사람이 아니고 그의 선박 양도와 관련해서 쏟고 있는 세심한 정성을 재현도 공감하기 시작했다. 게다가 역사 연구회에 쏟는 그의 간절한 소망도 재현의 마음을 울려왔다. 겉으로는 관여하지 않겠다고 하지만 누구보다 연구회의 성공을 기원하는 클렌시였다. 그들의 그날 대화는 거기서 끝났다.

다음 날 아침 재현은 조선소에 전화를 걸었다. 마침 선호가 사무실에 있었다.

"뭐 특별히 하실 말씀이 있는 것 같아요. 오랜만에 전화를 주시고."

재현은 클렌시의 4호선 명명식 계획을 설명했다. 학생들의 참석을 이야기하자 이야기가 끝나기도 전에 선호는 신경질적으로 말을 막았다.

"톰의 응석은 더 이상 안되요. 지금 조선소는 전쟁 통이예요. 아이들 삼사십 명이 와서 천방지축으로 설치다가 다치기라도 하면 누가 책임져요."

"조선소 방문하기 전에 안전 수칙을 철저히 숙지시켜야지."

재현은 끈기 있게 설득했다.

"게다가 중요한 고객들 사이에서 아이들이 우왕좌왕하면 고객관리가 될 수 없잖아요?"

"이번에는 외국에서 들어오는 손님 숫자가 줄었어. 보통 몇십 명씩 참여했지만 이번에 여덟 명 정도가 입국할 것 같아. 학생들을 잘 통제한다면 오히려 분위기를 살리는데 도움이 되지 않을까? 더구나 이제 톰의 프로젝트도 끝나가잖아. 그의 다음 프로젝트를 유인하기 위해서라도 그의 비위를 맞춰야 하지 않겠어?"

재현은 은근히 압박을 가했다. 결국 선호가 한발 물러섰다.

"회사 경영진과 이야기해 볼게요. 그러나 전혀 설득시킬 자신이 없어요."

그 짐은 선호의 어깨로 넘어갔다

선호는 그 다음 날 아침 중역 회의에 문제를 꺼냈다. 일언지하에 거부되었다. 재현에게 클렌시가 했듯이 선호에게 재현이 했듯이 선호는 사장과 조선소 경영진을 설득하고 압박하였다. 그러나 조선소 경영자들은 클렌시의 의견을 존중하면서도 학생들을 명명식에 데리고 온다는 생각은 완강하게 거부했다. 조선소는 아이들 놀이터가 아니라는 이유였다. 견학도 아니고 명명식 손님으로 참석한다는 것은 복잡한 많은 문제가 있기 때문이다. 아침 중역 회의에서 결론을 내지 못했다. 오후에 사주가 조선소에 왔다. 선대 회장으로부터 조선소를 물려받은 뒤 유연하게 조선소를 관리하며 자신의 자리를 확고히 하였다. 하루하루 업무에 시시콜콜 간섭하지 않았지만 조선소의 미래를 지향하는 일은 날카로운 눈으로 지켜보고 있었다. 그가 선호를 불렀다. 그는 단도직입적으로 물었다.

"클렌시는 어떤 사람이예요?"

선호는 클렌시의 선주로서의 실적과 조선소와의 관계를 이야기하였다.

"역사 연구회는 어떤 조직이예요?"

아, 거기까지 듣고 있었구나 생각했다. 선호는 인숙의 이름을 피하면서 설립의 취지와 진행 과정을 설명했다. 사주가 느닷없이 물었다.

"인숙이라는 사람은 어떤 사람이예요?"

사주는 이미 완벽하게 파악하고 있었다. 선호는 인숙에 관해 아는 대로 풀어 내리고 역사 연구회의 시작도 설명했다. 사주는 간단히 결론을 내렸다.

"클렌시 회장이 하자는 대로 하세요. 아이들 숙소도 잘 챙기시고 버스도 별도로 한 대 준비하세요. 명명식 전후해서 저녁이라도 한번 사주세요. 내가 나서기는 세상 눈이 번다하니까 김 상무가 모든 일을 주관하세요. 이것은 어쩌면 우리나라의 역사적인 사건이 될지도 몰라요."

선호는 재현에게, 재현은 클렌시에게 사건의 의외의 결말을 전했다. 클렌시는 깊이 감동했다.

"이 조선소는 오래오래 우리가 함께 살아가야 할 곳이야. 수고했어. 이렇게 완벽하게 결말나리라고는 생각하지 못했어. 나의 고마움을 모두에게 전해줘."

클렌시는 뜸을 들이고 나서 준비된 명명식 일정을 재현에게 알렸다.

"시월 육일까지 선주 측 손님들 조선소 도착, 그날 저녁 '제리의 밤', 시월 칠일 오전 6호선 용골 거치식, 오후 5호선 진수식, 저녁 명명식 전야제, 시월 팔일 4호선 명명식 및 선박 인수, 시월 구일 낮 경주 남산 방문, 저녁 역사연구회를 위한 만찬, 이렇게 짜 보았어. 어때?"

더 바랄 수 없는 완벽한 일정이었다.

"누가 그보다 더 완벽한 일정을 짤 수 있겠어? 오직 고맙다는 말밖에 나오지 않는구먼."

클렌시가 목소리를 높였다.

"아니 고맙다는 말은 내가 해야지. 제리, 정말 고마워. 정말 조선소가 고마워. 그런데 부정적인 소식이 하나 있어. 제리의 제안을 전했음에도 불구하고 존의 부인이 도저히 참석을 할 수 없겠데. 회초리도 꾸부러지고 그녀의 허리도 꾸부러지고. 당장이라도 가고 싶다는 마음만 전해 달라는구먼."

"아 그렇구나. 그 아름다운 부인을 존과 함께 보고 싶었는데. 이제 그들도 80이 넘었지?"

"그래. 팔십 줄에 들어섰어."

"아직 움직일 수 있는 나이인데."
"장거리 비행이 어렵다나 봐."

재현은 차영균 이사장에게 이 소식을 알렸다. 영균도 감동했다.
"어떻게 이 감동을 표현해야 할지 모르겠습니다. 클렌시 회장의 발상에서부터 회장님의 부드러운 압박이 일의 시작이었지만, 무엇보다 차세대 사주의 마음 씀씀이가 역시 다르네요. 고맙습니다. 이번의 작은 움직임이 이 사회에 큰 울림이 될 수 있을 것 같습니다. 곧 일정을 짜겠습니다. 우선 혜진이 회원들에게 알리는 것이 먼저일 것 같습니다. 이제는 떠들썩한 대자보보다 전자 통신으로 회원 개개인들에게 조용히 알리는 것이 좋겠습니다. 그래서 삼십여 명 정도가 모이면 버스 한 대로 서울에서 출발하는 것으로 하지요. 조선소 근처의 여관을 잡아 주십시오. 비용은 물론 재단의 예산으로 하겠습니다. 세부 일정을 짜서 저녁에 사무실로 찾아뵙겠습니다."

차영균은 한결 같은 사람이다. 느린 듯하지만 그 움직임은 듬직하고 늘 정곡을 찌른다. 저녁에 영균은 혜진을 데리고 사무실에 나타났다. 혜진이 재롱을 떨었다.
"회장님은 뵈면 뵐수록 더 보고 싶어져요. 이틀 전에 그렇게 오래 같이 있었는데 벌써 아주 오래 못 뵌 것 같아요."

재현이 손사래를 쳤다.
"말 조심해. 괜한 허튼 소문나겠다."
"진심이예요. 회장님은 우리들의 정신적인 지주이거든요."
"그래 행사 일정은 회원들에게 통보되었나?"
"네. 회원들에게 다 돌렸어요. 선착순 서른 명, 많으면 마흔 명까지 생각하고 있어요."

"번개에 콩을 구워 먹겠다."

"필요하면 번개에 밥도 지어 먹어야죠."

혜진은 한껏 들떠 있었다. 영균이 혜진의 수다를 막았다.

"학생들이 전국에서 모이기 때문에 일정을 좀 고쳤습니다. 서울에서 버스를 움직이는 것은 오히려 불편할 것 같습니다. 시월 육일 오후 각자 조선소 도착, 행사 안내 및 주의 사항을 주지시키고 시월 칠일부터 명명식 손님들의 뒤를 졸졸 따라다니는 것으로 하였습니다. 명명식 끝난 뒤의 해단은 어떻게 할까요?"

"이번에 사주가 큰 마음을 써서 학생들에게 편의를 베풀기로 했어요. 시월 팔일 명명식을 끝내고 시월 구일 손님들이 떠난 후 클렌시 회장은 조선소의 도움을 받아 학생들과 경주 남산을 들르고 그날 저녁을 같이하고 싶어 해. 그렇게 일정을 잡읍시다."

혜진이 흥분했다.

"클렌시 회장님도 만나 뵙는 거예요? 정말 좋겠네요. 한번 더 회원들에게 일정을 알릴게요."

"그래 시간이 없으니 빨리 상세히 써서 바로 회람을 시켜요."

"오늘 통신문에 복장을 단정히 하자는 것과 안전사고 예방에 최대한 협조를 하자는 말을 넣었어요."

"역시 혜진이야. 혜진이 크면 큰 인물 되겠어."

혜진은 손바닥으로 하늘을 가리켰다.

"저 이만큼 컸어요. 다 큰 어른이예요. 아이 취급하지 마세요."

혜진은 다음 날 전국의 회원들에게 통신문을 보냈다. 반응은 뜨거웠다. 학기 중반이었지만 이번 행사는 큰 의미를 갖는 모임으로 받아들여졌다. 생각지도 못했던 역사 연구회 멤버가 되었다, 우리나라 산업계를 대표하는 조선소를 방문하고 선박 건조 과정을 직접 보며 설명 듣는다, 세계적인 해운회사의 선주가 직접 명명식에 초청을 하고 특별 강연회까지 열어준다 는 것이 그들의 마음을 들뜨게 하기에 충분했다. 우선 선착순으로 서른 명을 쉽게 뽑았다. 남녀 각각 열다섯 명이었다. 시키지 않아도 감독하지 않아도 혜진은 마치 그것을 위해 태어났다는 듯 물 흐르듯 일을 처리해 나갔다. 서울에서 출발하는 버스를 준비하는 것은 필요치 않게 되었다. 학생들이 각자 조선소에 6일 오후 다섯 시까지 도착하기 때문이다. 행사 기간 동안 조선소가 버스 한 대를 학생들을 위해 항시 대기시키기로 하였다. 호텔 방을 조선소가 제공하기로 하였다. 호텔 이층에 온돌방이 있는데 비어 있는 날이 많았다. 큰 온돌방 네 개를 남학생 여학생들에게 각각 두 개씩 배정했다. 한 방에 여덟 명 정도가 합숙하도록 하였다. 학생들의 참여는 바깥에 알리지 않고 조용히 진행하기로 하였다. 시끄러우면 조선소에도 선주에게도 명명식에도 역사연구회에도 별 도움이 되지 않을 것이란 혜진의 판단이었고 그 생각은 모든 관계자들에게 받아들여졌다.

4.

다음 두주일 동안 산적한 일들을 처리하면서도 재현은 구름에 떠 있는 기분이었다. 존 프리만이 한국에 오다니. 재현의 삶에서 그를 가장 행복하게 하는 것은 좋은 사람 만나는 것이다. 물론 재미있는 프로젝트를 따라다니는 것도 보람 있는 일이지만 그에게는 사람을 사귀고 그들과 만나는 것처럼 그의 마음을 행복하게 하는 일이 없다. 재현이 사귄 많은 친구 중에 프리만은 가장 고귀한 친구 중의 한 사람이다. 최근 몇 년 동안 런던에 가는 일이 있었지만 재현은 그의 조용한 은둔 생활을 깨뜨리고 싶지 않아 연락하지 않았다. 또 프리만의 부인에게 종아리 맞을 일을 만들 것 같아서였다. 단지 중요한 소식은 이메일로 알렸고 프리만은 꼬박꼬박 답신을 하였다. 그가 먼 길을 마다 않고 온다고 했으니 흥분하지 않을 수 없었다.

10월 5일 오후 손님들이 김포 공항에 도착했다. 모두 영국인들이었다. 클렌시와 함께 히드로 공항에 모여서 거기서 대한 항공 편으로 입국하였다. 프리만은 홍조 띤 얼굴에 미소를 가득 담고 재현에게 다가왔다. 싱싱한 얼굴이었다. 그들은 오랫동안 깊은 포옹을 하였다.

"앤이 회초리는 지난번 제리가 왔을 때 다 써서 더 가진 것이 없대. 회초리 쓸 일은 없지만 이번에 꼭 오고 싶었는데 이제 장거리 여행은 무리야."

"말씀 전해 주세요. 나이 예순이 넘어 아직 회초리를 들고 지도해 주시는 분을 가진 나는 얼마나 행복한 사람이냐고요. 존, 그래 건강은 어때요?"

"늘 그래. 집과 주변을 너무 사랑해. 집 주변을 오가며 살아 있음을 고마워하고 있어. 그곳을 떠나기 싫어서 오래 살아야 할 것 같아."

서울에서 하룻밤 묵고 다음 날 울산 내려가는 동안 다른 손님들은 영호가 맡고 재현은 프리만과 붙어 있었다.

  학생들은 정해진 시간에 호텔에 도착했다. 영균이 먼저 와 있다가 그들을 맞아들였다. 혜진이 빈틈없이 영균을 도왔다. 그들이 묵을 방을 정하고 일정표도 나눠주었다. 일정표에는 조선소에 있는 동안 안전관리에 대해 지켜야 할 일들이 소상히 적혀 있었다. 중요한 행사에 대한 간단한 설명이 있었고 거기서 지켜야 할 예의도 설명되어 있었다. 학생들 스스로 단정했다. 여러 곳에서 모인 학생들이었지만 그들은 팔월 한달 세미나를 같이했고 그 외에도 몇 번 모인 적이 있었다. 한 가족이 들어가는 온돌방이어서 여덟 명 잠자리로 충분히 넓었다. 무엇보다 잘 갖추어진 오성 호텔에 방을 잡았다는 것이 그들에게 자부심을 주었다. 영균은 일정표에 적어 놓은 주의사항 외에는 더 학생들에게 중언부언할 일이 없었다. 단지 이번 일정을 통해 조선공업이란 어떤 것인가? 한국 조선공업이 어떻게 발전해 왔는가? 한국산업에서의 조선공업의 위상은 어떤가? 세계에서의 한국 조선공업의 위상은 어떤가? 이 산업은 앞으로 어떻게 발전되어 갈 것인가를 눈여겨보도록 당부했다. 일정표는 상세했고 학생들은 깔끔하게 따랐다.

  영균은 원래가 조선소 영업부 출신이었기 때문에 조선소에 친구들이 많았다. 영균이 호텔에 도착했을 때 옛 친구들이 기다리고 있었다. 그들의 도움을 받을 수 있었다. 많은 사람들이 역사 연구회에 관심을 가졌고 영균과 그가 데리고 온 학생들에게 따뜻한 관심을 보였다.

10월 6일, 조선소의 호텔에 도착하던 날 저녁 재현은 클렌시와 의논을 했다.

"'제리의 밤'을 어떡할까?"

"뭐가 문제야. 우리의 명명식에서 '제리의 밤'은 핵심적인 일정이 되어 왔잖아?"

"그런데 이번엔 외국에서 온 손님의 숫자가 적고 또 학생들을 참여시키는 것도 생각해봐야 하잖아?"

"나는 외국에서 온 손님이 적어 학생들을 합석시키면 활기가 살아나지 않을까 생각했는데."

재현은 조심스러웠다.

"학생들과 손님들과의 삶의 스타일 차이가 너무 크지 않은가 하는 걱정이야. 혹시 조화가 깨어지면 서로 불편하지 않을까 해서 말이야."

클렌시가 마지못해 동의했다.

"하는 수 없지. 이번에는 '제리의 밤'이 없는 명명식을 받아들여야겠군."

영호와 영균이 학생들과 함께 바닷가 횟집에서 저녁을 먹고 재현과 클렌시는 손님들과 호텔에서 저녁을 들기로 했다. 긴 여행 뒤 다음 날 길고 긴 하루가 기다리고 있었다. 외국 손님들은 간단히 저녁을 끝내고 방에서 일찍 쉬기로 했다. 클렌시, 프리만, 재현, 선호는 해변으로 나갔다. 학생들은 왁자지껄 그들의 자유스런 밤을 즐기고 있다가 어른들의 방문을 일제히 고함을 지르며 환영했다. 영균이 설명했다.

"박 이사가 명명식마다 벌이는 '제리의 밤'을 학생들에게 설명했고 모두들 그 방식대로 저녁을 즐겼습니다. 아주 멋진 경험이었습니다."

모두들 소주 한두 잔을 더하고 해변으로 나왔다. 어려워하는 학생들과 클렌시는 어깨동무를 하고 해변을 걸었다. 영균이 유럽에 주재할 때 프리만과 함께 프로젝트를 한 적이 있어 반갑게 옛날이야기를 나누었다. 재현과 선호가 학생들과 자연스럽게 어울렸다. 학생들은 구김살 없이 환대를 즐겼다.

5.

10월 7일 아침 10시 호텔 앞에서 몇 대의 승용차와 버스 한 대가 출발했다. 선주 측 손님들은 승용차를 탔고 학생들은 버스를 이용했다. 자동차 행렬은 조선소 주변으로 나가 조선소의 입지를 살피는 것으로 하루를 시작했다. 조선소가 왜 그곳에 건설되었는가? 그 위치는 조선소의 미래에 어떤 운명적인 혜택을 베풀었는가? 하는 주제를 갖고 주변을 둘러보았다. 원래 아름다운 동해의 푸른 해변에 자리 잡은 세 개의 자그마한 만(灣)이었다. 만마다 작은 어촌을 이루었다. 삼십여 년 전 그중 두 개의 아름다운 만에 조선소가 들어앉았다.

"정말 아름다운 곳이네요. 세상에 이런 아름다운 조선소가 있다니 믿기지 않아요."

대모(代母)는 호텔을 떠날 때 남편과 선호와 함께 첫 번째 승용차에 있었다. 그러나 어느새 재현과 프리만이 있는 두 번째 차로 옮겨 탔다. 클렌시가 첫 번째 차로 옮겨 갔다. 그녀는 이름난 환경주의자였다. 재현이 화답했다.

"아름답지요. 이 동해는 물이 맑고 깊어요. 해변을 따라 북쪽으로 올라가면 유명한 한국의 관동팔경(關東八景)이라는 여덟 곳의 명승지가 차례로 나타나지요. 그 끝에 세계 최고 명산이라는 금강산이 자리 잡고 있어요."

"이제 이 조선소가 아홉 번째의 명승지가 되었네요."

그녀의 경력을 들었을 때 재현은 걱정했다. 활발한 환경 투사가 산업현장의 구석구석을 헤집으며 환경과 관련된 트집을 잡으면 좋은 잔치를 망칠 수 있기 때문이다. 그러나 그녀는 트집 잡을 의사가 전혀 없어 보였다. 오히려 재현이 농담 삼아 빈정거렸다.

"환경운동을 하셨다는 분이 환경을 파괴하고 산업시설을 지었다고 야단은 하지 않고 조선소 찬양만 하는 겁니까?"

그녀는 활짝 웃으며 대답했다.

"이런 조선소를 짓는다면 환경의 한 부분이 파손되는 것은 어쩔 수 없지 않아요. 다른 면에서 보면 이 조선소는 오히려 환경을 보호하는 역할을 맡은 것 같아요."

"사실 조선 공업은 깨끗한 자연 환경과 가장 잘 조화를 이루는 산업이기도 해요. 이곳은 물이 맑고 수심이 깊어 배를 만들고 시운전하는데 적절한 조건을 갖추고 있지요. 조선은 환경오염으로부터 자유스러운 산업입니다. 더구나 이곳은 선박의 주재료인 철판의 생산지인 포항과 무한한 인력을 공급받을 수 있는 한국 제2의 도시 부산 사이에 위치하고 있어요. 조선소로서는 완벽한 입지이지요."

프리만은 대모의 옆자리에 앉아 그가 초창기 조선소를 다닐 때의 인상을 대모에게 이야기해 주었다. 가는 길 곳곳에 차를 세우고 사진을 찍느라고 용골 설치(龍骨 設置, Keel Laying) 시간에 약간 늦게 도착했다.

열한 시 지나 그들이 자리를 잡고 앉으니 골라이어스 크레인(Goliath Crane)이 용골 블록을 번쩍 들어 도크 밑바닥의 지정된 자리로 조심스레 모셔 놓았다. 가장 두꺼운 철판을 사용하는 블록으로 선박 건조의 기준점이 된다. 아름다운 대모는 마음이 가벼웠다.

"저 두꺼운 철판이 물 위에 뜬다는 말이예요? 믿어지지가 않아요."

재현도 마음이 가벼웠다.

"첫 배를 지을 때 우리나라 대통령이 자주 조선소를 방문하였는데 그분도 그 점이 걱정이었어요. 4센티 두께의 철판을 뭉텅뭉텅 잘라 놓고 물에 뜬다고 하니 걱정이 되지 않을 수 없었겠지요. 그러나 배가 완성되고 그 배가 물 위에 둥실 떴을 때 그 뉴스는 신문의 헤드라인이었고 전 국민의 축복이 되었지요."

용골 설치는 간단히 끝났다.

점심은 호텔의 특실에 준비되었다. 격식을 따지지 않는 자유스러운 분위기였다. 대모는 재현과 학생들 식탁에 끼어 앉았다. 그녀는 역사 연구회 이야기를 이미 들었고 그들과 함께한다는 것에 흥분하고 있었다.

"그래 누가 영국에 오게 되었어요?"

모두 쭈뼛거리는 사이에 혜진이 대답했다.

"지금 준비 중입니다. 이중 다섯 명 정도가 선발되어 내년 3월 옥스포드 대학에 갈 계획입니다. 그들이 일진입니다. 이진 삼진이 해마다 계속될 것입니다."

대모는 재현에게 속삭였다.

"한국은 과거 엄청난 시련을 겪었지만 짧은 시간 동안에 세계에 유례가 없는 성공을 거두었지요. 그리고 이제 그 성공을 바탕으로 미래를 준비하고 있네요."

재현의 목소리도 잦아들었다.

"그렇게 보아주시니 고맙습니다. 그렇게 준비를 하고 있습니다."

영어를 유창하게 하는 학생들이 있어서 대모 아주머니를 즐겁게 해 주었다. 그녀는 학생들에게 말했다.

"누가 올지 모르지만 영국에 오면 우리 집에서 저녁 한끼 대접하겠습니다. 잊지 말고 연락하시기 바랍니다."

학생들은 환호했다. 그의 남편이 달려왔다.

"앤, 혼자 너무 신바람 내는 것 아니오?"

"아뇨. 완벽한 행복의 날이예요. 저는 이 젊은이들과 너무나 재미있는 시간을 보내고 있어요."

그녀는 아름답고 박식하고 마음이 넓었다. 젊은이들과 잘 어울렸다. 그녀는 재현에게 장담했다.

"이번 여행은 내 인생에 이정표가 될 만큼 멋진 것이 될 것 같아요. 장담해요."

점심을 먹고 두어 시간을 쉰 뒤 진수식이 준비된 드라이도크로 움직였다. 진수(進水, Launching)식은 네 시에 시작하기로 되어 있었다. 선호가 설명했다.

"아침에 본 용골 설치가 드라이도크에서 진행되는 선박건조 작업의 시작이예요. 지금 보이는 이 완성된 배는 용골 설치된 뒤 약 삼 개월 동안에 차근차근 지어 낸 작품입니다. 이 배는 바닥의 콘크리트 블록 위에 앉아 있지요. 이제 밸브(Valve)를 열면 바닷물이 들어오고, 바닷물이 일정한 깊이까지 차오르면 배는 블록을 떠나 물에 뜨게 되지요. 바닷물이 들어와 도크 안의 수면이 해수면(海水面)과 같아질 때까지 밸브를 열어 둡니다. 그 뒤 저기 있는 도크의 수문(水門)을 열고 배를 끌어내게 됩니다. 이 공정을 진수(進水)라고 하는 거예요. 이 진수를 중요하게 생각하는 이유는 모든 사람들이 공을 들여 땅에서 제작한 이 아름다운 배가 처음으로 그 순결한 몸을 물에 맡기는 거예요. 이 배가 평생을 같이해야 할 바닷물에 몸을 잠그고 그리고 평생을 같이 살아갈 바다로 나아가는 거예요."

진수식의 시작을 알렸다. 밸브가 열리고 바닷물이 굼실굼실 도크로 흘러 들어오기 시작했다. 재현이 대모에게 물었다.

"배의 진수식을 본 적이 있습니까?"

"말은 많이 들었는데 내 눈으로 보는 것은 처음 이예요. 배와 물의 첫 만남이지요? 이렇게 해서 육지에서 지은 배가 물로 나가게 되는군요. 참 신비스럽네요."

곧 물속에 콘크리트 블록이 잠기고 물이 차츰 차오르더니 배가 둥실 떴다. 도크 안의 물이 바닷물과 같은 수준으로 차오르자 밸브를 닫고 도크의 수문을 열었다. 예인선 몇 척이 들어와서 임금님 모시듯 앞뒤 좌우로 옹위하며 거대한 배를 도크 밖으로 모셔내어 안벽(岸壁)에 붙이는 작업이 시작되었다.

배가 도크를 완전히 빠져나간 뒤에도 학생들과 대모는 떠날 생각을 하지 않았다. 대모가 학생들을 대변하기라도 하듯 물었다.

"그래 다음 공정은 어떻게 진행되어요?"

선호가 설명했다.

"저 수문을 다시 닫지요. 그리고 펌프가 도크 안의 물을 퍼냅니다. 물을 완전히 퍼내고 바닥이 마르면 다음 배의 용골 거치식을 하고 다음 선박 건조가 진행되지요. 삼 개월쯤 뒤에 또 하나의 진수식이 마련되지요."

길이가 500미터에 폭이 100미터가 넘는 도크이다. 그 안의 바짝 마른 땅에서 길이 350미터 폭 60미터 정도 되는 배를 지어 완성되면, 어마어마한 마른 공간에 물이 들어와 배를 띄우고 배를 끌어낸 뒤 물을 퍼내면 또다시 바짝 마른 축구장 여러 개 크기의 작업 공간으로 변하는 것이다. 거기에 100층 건물과 같은 크기의 배를 짓는 것이다. 조선 공업이라는 것이 그런 것이구나 실감을 했다. 중요한 것은 땅 위에서 지은 배를 그가 일할 바다로 보내는 그 중요하고 신비로운 순간을 보았다는 것이다.

재현이 한마디 덧붙였다.

"한 삼십여 년 전 조선소가 시작되었을 때, 이 동네의 바다에 살던 물고기들도 어수룩했지요. 진수하느라고 수문을 열면 그들은 이 도크가 마치 아늑한 휴식처라도 되는 줄 알고 도크 안으로 몰려드는 거예요. 그래서 배가 나가고 수문을 닫으면 도크 안에 고기 떼가 갇히게 되지요. 펌프로 물을 퍼내면 이 도크 밑바닥이 빠져나가지 못한 생선으로 가득 덮였어요. 전어 철인 가을에는 가관이었어요. 고기가 끼어 물을 퍼내는 펌프의 프로펠러가 돌아가지를 못했어요."

"지금 이 도크 안에 그렇게 물고기가 많이 들어와 있단 말이예요?"

재현이 웃으며 대답했다.

"생선들도 이젠 약아빠졌어요. 도크가 안전한 휴식처가 아니라는 것을 안 거예요. 도크에는 들어오지 않지만 조선소 방파제 안쪽 만에는 생선이 언제나 바글바글해요."

"어떤 생선들이예요?"

"철 따라 청어도 오고 전어도 있지요. 가을에는 직원들이 일 끝나자마자 낚싯대를 들고 그들이 작업하고 있던 바로 배 옆에서 낚시를 하지요. 물 반 고기 반이래요. 초창기에는 조선소 주위 바닷가에 철조망을 치고 초소가 있었어요. 북한 간첩들의 침투를 막기 위해서였지요. 그때 조선소에 와 있던 외국인들은 경비병들의 특별 허가를 얻어 주말 밤에 철조망 밖에 나가 낚시를 했어요. 하룻밤에 팔뚝만 한 숭어를 한 양동이씩 잡아 온다고 했어요. 여기는 그렇게 좋은 생선이 많아요. 그렇게 청정 지역이예요."

대모는 흐물흐물해졌다.

"아, 나는 점점 더 조선소가 좋아졌어요. 이건 정말 자연친화적이지 않아요? 지금 세계적으로 참치, 황새치, 청새치 같은 덩치 큰 물고기들이 옛날의 10퍼센트만 남기고 다 사라졌어요. 인간들의 탐욕에 따른 남획과 환경오염 탓이예요. 그런데 여기서는 배와 물고기들이 사이좋게 함께 공존하고 있군요."

6.

저녁에는 선주가 마련한 명명식 전야제가 있었다. 외국으로부터 초청된 손님이 적어 역사 연구회원들이 없었더라면 아주 쓸쓸한 모임이 될 뻔했다. 호텔의 그랜드 볼룸에서 클렌시의 스타일대로 국악 공연을 곁들여 한국 음식으로 식단을 꾸렸다. 재현은 만찬 동안 자리를 떠나 여러 테이블을 돌며 사람들을 만났다. 카이로스는 지나가는 재현을 붙들어 그의 옆자리에 앉혔다.

"긴 시간일 것 같더니 이제 반년 안으로 이 프로젝트도 끝나잖아? 새 프로젝트를 시작하지 않을 거야?"

"내가 뭐 아나? 톰의 마음을 내가 어떻게 알아."

"다 꿍꿍이를 짜고 있으면서 나한테만 말해 주지 않는 거지?"

"톰도 여러 생각이 있는 것 같아. 어떤 아이디어든 머리에 떠오르면 야니스와 상의하지 않으려고."

그는 심난한 얼굴이었다. 조선소에서의 지난 2년은 그의 평생에 가장 신나는 세월이었다. 다시는 경험할 수 없는 행복한 역동적인 시간이었다. 일이 보람 있었고 가는 곳마다 깍듯한 대우를 받았다. 마지막 배의 마무리가 이제 반년 남짓 남았는데 다음 프로젝트에 대한 소식이 없고 조선소를 떠나야 하다는 생각을 하면 심란할 수밖에 없었다.

"물론 톰이 잘 알아서 하겠지?"

"그럼 톰이 설마 야니스에게 직장을 잃도록 하겠어?"

카이로스가 목소리를 높였다.

"직장을 잃는다는 문제가 아니야. 그런 걱정은 하지도 않아. 문제는 어떻게 하면 이런 멋진 프로젝트를 계속할 수 있느냐는 것이지."

학생들은 들떠 있었다. 한 남학생이 그의 감동을 재현에게 전하려 하였으나 제대로 표현이 되지 않았다.

"그냥 감동입니다. 이런 어마어마한 일인 줄은 몰랐습니다. 어마어마한 양의 철판과 산덩이 같은 기계들 그것들이 한 덩어리가 되어 거룩한 배가 되고 그것이 바다로 나가 세상을 휘젓고 다니는 거죠."

재현이 쉽게 설명하였다.

"배를 짓는 기술은 아주 간단해요. 여러 가지 철판을 크기에 맞게 싹둑싹둑 잘라두었다가 지정된 자리에 용접으로 붙여서 백여 개의 블록을 만들고 그들을 도크로 가지고 와서 조립하는 거예요. 조선이란 그 각각의 철판 조각들을 효율적으로 관리하는 기술이예요."

한 여학생이 말했다.

"그 순결한 아름다운 몸이 처음으로 물에 닿는다는 표현은 짜릿하고 낭만적이었어요. 그렇죠? 그것은 곧 쇳덩어리가 물과 만남으로써 생명을 얻어 배로 변하는 순간이며 그래서 오대양을 누빌 그 배의 인생이 시작되거든요."

다른 학생이 계속했다.

"진수식을 보면서 영어에서는 왜 배를 여성으로 부르는지 이해할 수 있었어요. 배의 운명은 너무 여성적이예요."

혜진이 재현에게 다가와 능청을 부렸다.

"아, 선박은 너무 섹시해요. 그 아름다운 몸을 여성으로 부른다든지, 순결무구한 몸이 물에 닿는다든지, 그리고 그 물에 잠긴다든지, 몸이 오싹할 정도로 관능적이예요."

곁에 있던 설계담당이사가 맞장구를 쳤다.

"배는 아름다운 거예요. 세상에는 두 개의 가장 아름다운 완벽한 곡선이 존재한다고 말하지요. 무엇인지 알아요?"

"아니요. 말씀해 주세요."

"하나는 하느님이 만든 것, 다른 하나는 사람이 만든 것. 하느님이 만든 것은 여성의 곡선미지요. 더 이상 완벽할 수 없는 곡선이지요. 한편 사람은 배의 라인즈(曲線)를 만들었지요. 완벽한 유선형의 몸이 아니면 거센 물결을 헤쳐 나갈 수 없거든요. 배의 아름다움은 물에 잠긴 부분의 그 곡선에 있어요."

재현은 그의 설명이 지나치게 선정적이 아닌가 하고 뜨끔했지만 혜진은 아무렇지 않게 받아들였다.

"아아, 짜릿해."

하루가 끝나고 재현, 프리만, 영균이 커피숍에 앉았다. 지하실의 바는 너무 요란하고 꼭대기의 귀빈실은 너무 고즈넉했다. 맥주 한 잔씩을 나누었다. 영균이 그의 감동을 이야기했다.

"이 조선소는 이제 미래를 준비하는 것 같아요. 그럴 여유를 가졌어요. 이 천둥벌거숭이 같은 학생들을 이처럼 조심스런 행사에 받아들였다는 것은 이 조선소가 매사에 얼마나 자신만만하냐는 것을 보여 주는 거예요."

재현이 동의했다.

"젊은 사주의 시대가 시작되는 거야. 이런 생각은 그런 특별한 미래를 준비하는 사람이 아니면 수용할 수 없어."

프리만은 가장 행복한 사람이었다. 결코 다시 올 수 없을 것 같던 조선소에 와서 친구들과 함께 노닥거리며 수많은 추억을 되새긴다는 것은 아무나 누릴 수 있는 행복이 아니었다.

"나는 이 조선소가 좋아. 이 조선소가 영국의 기술로 영국의 리더

십으로 시작되어서 그런지 몰라. 어딘가 대영제국의 냄새가 나. 세계 조선 산업의 전통을 물려받아 사소한 일에 흔들리지 않는 굳건한 세계 조선의 선두주자로 자리를 잡았어."

"고마워 이런 성취는 존 같은 훌륭한 친구들의 도움 덕이었지. 우리 혼자서는 엄두도 못 낼 일이야."

"아니야, 한국이라는 나라는 특이한 나라야. 아시아의 어느 나라보다 서구 문명을 빨리 이해하고 체득하는 능력을 가졌어. 그들은 무엇이든 스스로 할 수 있어. 한국은 진정한 의미에서 동과 서를 잇는 다리가 되었어."

영균이 끼어들었다.

"그 능력은 어디서 나올까? 개방적인 성격 탓일까, 진취적인 사고방식 탓일까?"

"둘 다일 거야. 나는 십여 년 만에 한국에 왔는데 그동안의 변화에 놀랄 수밖에 없어. 몇십 년 전에 올 때는 올 때마다 외형의 경이적인 변화에 놀랐지. 그러나 이번 방문에서는 달라. 공항에서, 호텔에서, 거리에서, 기차 안에서, 기차의 창밖으로 보이는 농촌 풍경에서 나는 하루하루 변해가는 한국인의 내면적 생활의 변화, 한국인의 얼굴에 나타난 표정의 변화를 확인했어. 그건 자신감이야. 내가 한국 산업화의 초창기에 관여하고 그 발전의 증인이 될 수 있었다는 것은 내 일생의 축복이었어. 게다가 오늘 그에 따라오는 초현실적 변화마저 확인할 수 있다는 것은 말로 표현할 수 없는 은총이야."

재현이 받아들였다.

"그냥 흘려 보면 지난 십여 년이 그렇고 그런 세월이었지만 곰곰이 눈여겨보면 엄청난 변화를 겪은 시기였어. IMF의 혹독한 위기를 겪으면서도 우리는 세계 제일의 조선국이 되었고, 반도체, 자동차, 의약, 화장품 등 산업에서 남들이 부러워하는 나라로 변했어. 그것이 사람들의 얼굴에 자신감을 가득 불어넣은 거야. 그것이 그들을 아름답게 만들었어. 이제 한국이 패션과 화장품으로, 그리고 나아가서 예술계에서도 세계를 이끌 날이 머지않았어."

프리만은 생각에 잠겼다.

"그래 그거야 그 자신감. 한국인들이 자신의 가슴에 심은 자신감이 이 긍정적인 변화를 이끌어 낸 거야."

밤이 늦었지만 커피숍 밖의 인공 폭포는 씩씩하게 쏟아져 내리고 있었다.

다음 날은 명명식이다. 열 시에 차들은 호텔을 떠났다. 대모는 남편과 타기로 된 제 일호 차에 클렌시를 밀어 넣고 그녀는 전날 했듯이 제 이호 차인 재현과 프리만의 차에 끼어들었다.

"나는 여기가 편해요. 비즈니스 하는 사람들은 그들끼리 이야기하고 문화인은 문화인끼리 같이하는 게 좋아요. 안 그래요, 존?"

프리만은 어물어물 동의했다. 그녀는 무엇이건 직설적이었다.

"그런데 왜 여기는 이렇게 여자들이 없어요? 어디 가나 여자는 나 혼자뿐이잖아요."

재현은 아차 했다. 이번 선주 측 손님들이 대모 부부를 제외하고는 모두 남자들만 왔다. 클렌시, 프리만, 재현까지 혼자였다.

"정말 그렇게 되었네요. 톰이 상처한 뒤 가까운 친구들은 톰과 같이하는 행사에 부부 동반을 삼가고 있어요. 보통은 외국에서 오시는 손님들이 부부 동반이어서 신경 쓰지 않았는데 이번엔 몇 안 되는 손님들까지 혼자여서 심심하게 만들어 드렸습니다. 존의 부인에게 정중하게 초청을 했지만 건강이 허락하지 않았어요. 명명식 때는 조선소의 최 사장 부인과 간부들 부인들이 나올 거예요. 심심하지 않을 겁니다."

"아니 아니, 그런 뜻이 아니예요. 단지 여자들이 너무 없다는 게 신기하다는 뜻이었어요. 나는 제리의 곁에 있으면 제일 편해요."

그녀는 애교를 담뿍 품고 재현에게 윙크를 했다.

홍보 영화는 보통 편안한 응접실에서 보여주었는데 그날은 학생들도 있어서 커다란 홍보실에서 회사 영화를 틀었다. 자라나는 아이들과 그들과 어울리는 자연과 배와 바다와 우주까지 아우르는 아름다운 영화여서 또 한번 대모를 감동시켰다.

대모는 그녀의 아름다움으로 명명식을 빛냈다. 그녀의 거침없는 인품으로 모든 사람들을 사로잡았다. 명명식은 대모를 위한 행사이다. 대모의 인품에 따라 그 모습이 달라질 수 있다. 이번 명명식은 그녀의 활달함으로 모든 사람들에게 흐뭇한 추억을 남겼다. 명명식을 끝내고 선상에 올라 배를 한 바퀴 둘러본 뒤 조선소가 마련한 명명식 오찬을 위해 모든 참가자들이 영빈관에 모였다. 영빈관의 잔디밭에서는 조선소가 잘 내려다보였고 반대쪽에는 동해의 푸른 바다가 끝없이 펼쳐져 있었다.

그녀는 숨을 깊이 들이마셨다.

"이번 여행은 아마 앞으로 다가올 수많은 조선소 방문의 시작이 되겠죠? 그런 느낌이 들어요. 내가 내 남편을 들볶아서라도 자주 오게 만들 거예요."

선호가 나섰다.
"그 고마운 말씀 한마디로 이번 행사를 위한 저희들의 노력은 충분히 보상을 받았습니다."

명명식 오찬이 끝날 때쯤 선물 증정이 있었다. 최 사장은 특별한 선물을 대모와 그 남편에게 바쳤다. 모든 관련자들에게도 푸짐한 선물이 돌아갔다. 클렌시도 많은 선물을 준비하였다. 대모는 클렌시로부터 입이 딱 벌어질 만한 귀한 선물을 받았다. 그녀에게는 이래저래 잊지 못할 여행이 되었다. 클렌시는 여러 관련자들에게 빠짐없이 고마움의 표시를 하였다. 마지막으로 종이봉투를 열어 얇고 가벼운 금배지를 꺼냈다. 영균을 비롯한 역사 연구회 관련 참석자들에게 한 사람 한 사람 달아 주었다. 영호, 선호와 재현도 마지막에 하나씩 얻어 달았다. 거기에는 '세계의 희망(Hope of the World)'이라는 말이 새겨져 있었다. 배지가 남았다. 재현은 그것을 클렌시에게 달아 주었다. 대모가 나섰다.
"남는 것이 있으면 나도 하나 달아주세요."
클래시는 그녀의 가슴에 달아 주었다. 선호는 남은 하나를 그의 주머니에 담았다. 영호는 런던의 용훈 몫을 남겼다.
영균이 클렌시에게 물었다.
"여분이 남았습니까?"
클렌시가 바로 영균의 마음을 읽었다.
"아, 오늘 참석하지 못한 회원들 몫은 내가 사무실에 돌아가는 대로 보내 드릴게요. 몇 개나 더 필요한지 알려 주세요."

명명식 오찬이 끝나고 모두 쉬는 동안 클렌시, 대모 남편, 재현과 선호 그리고 조선소 관리자와 선주 대표들은 배의 인도 서류에 서명을 마쳤다. 밤에 클렌시의 간곡한 요청에 따라 조선소는 요트를 동원했고 떠나는 배의 선상에서 그들 모두는 배와 거기 승선한 선원들과 감동적인 작별 인사를 하였다.

　밤이 깊었다. 모두 방으로 돌아가 잠에 빠졌을 무렵 재현과 클렌시는 호텔 꼭대기에 있는 귀빈실에서 맥주를 나누었다. 느긋했다.
　"또 하나의 단추를 끼웠다. 참 잘 끼웠지?"
　"그런 것 같아. 제리가 대모를 잘 모시는 덕에 나와 대모의 남편은 지난 이틀 동안 계속 붙어 다니며 비즈니스를 완벽하게 진행시켰어."
　"종결시킨 게 아니고 진행시킨 거야?"
　"완벽한 결론까지 진행되었어. 남은 일은 10월 안으로 런던에서 2, 3, 4호선 세 척의 양도 계약서에 서명하는 거야. 그는 배에 완전히 매료되었을 뿐 아니라 조선소에 푹 빠졌어. 자금은 충분하다고 해. 남은 것은 그의 이사회 멤버들의 동의를 얻는건데 그는 전혀 걱정하고 있지 않아."
　"아아 잘 되었다. 배의 용선 계약을 포함한 양도이지?"
　"그렇지 그것이 가장 큰 매력의 포인트니까. 진행 상황을 계속 알릴 테니까 계약 서명할 때 맞춰 런던에 나오도록 해."
　"당연히 그래야지. 정말 수고 많았어."
　재현은 값이나 계약 조건에 대해 묻지 않았다. 클렌시가 스스로 입을 열 때까지 기다리는 것이 상책이다. 클렌시는 눈을 감고 손으로

턱을 괸 채 생각에 빠졌다. 그가 화제를 바꿀 때 취하는 자세였다.

"내일은 학생들과 남산에 오르는 날이지?"

"너무 고단하지 않아? 좀 쉬어도 돼. 나와 영균이 아이들과 함께 갔다 올게."

클렌시는 펄쩍 뛰었다.

"남산을 택한 것은 나야. 학생들에게 남산을 보여주겠다는 열망을 가진 것도 나야. 나는 학생들과 함께 있으면 피곤하지 않아."

재현은 가슴에 단 배지를 가리켰다.

"참 좋은 아이디어였어."

"눈치 챘겠지만 인숙의 아이디어야."

7.

다음 날 오전 떠들썩하게 손님들은 떠났다. 그들과 작별하고 나서 모두 이른 점심을 먹고 버스에 올랐다. 학생들은 모두 빤짝이는 배지를 자랑하듯 달고 있었다. 학생들에게는 남산이 초행이어서 재현은 한마디 설명해 둘 필요를 느꼈다.

"남산은 높이가 해발 500미터밖에 되지 않는 야산입니다. 천여 년 전 삼국 중 국력이 가장 약했던 신라가 한반도를 통일한 뒤 그들의 감사한 마음을 바친 곳입니다. 작은 돌이건 절벽이건 신라인들은 그들의 고마운 마음을 새겼습니다. 지나치면 그냥 지나칠 수도 있는 평범한 야산입니다. 그런데 클렌시 회장은 이 산이 마치 그의 성지(聖地)나 되는 듯 순례(巡禮)합니다. 그는 몇 번의 어려운 결심을 이 산에서 했기 때문이기도 합니다. 이 산을 거닐면서 눈여겨보세요.

무엇을 볼 것인가, 무엇을 발견할 것인가 하는 것은 여러분들의 눈에 달려 있습니다."

클렌시는 재현의 한국말 설명을 이해한다는 듯 흐뭇한 미소를 띠고 있었다. 시월의 상큼한 대기 속으로 버스는 달렸다. 버스에서 내려 포석정을 둘러본 뒤 걷기 좋은 완만한 황톳길을 따라갔다. 능선에 올라 서라벌 평야와 그 너머 토함산을 바라보며 걷다가 냉골(冷谷) 팻말을 보고 하산하기 시작했다. 절벽에 새겨진 거대한 마애불상에서부터 작은 바위에 새긴 여러 모습의 불상과 길가에서 뒹구는 천년 묵은 돌 조각 사이를 거쳐 냉골의 아래쪽 마애관음상까지 이르는데 한 시간 남짓 걸렸다.

모두 잔디밭에 자리를 잡고 앉자 클렌시가 입을 열었다.
"나는 한국에 와서 시간이 나면 여기 와서 한 시간쯤 앉아 있다가 갑니다. 나는 여러분들에게 나 자신의 남산에 대한 감동을 말씀 드릴 생각은 없습니다. 그러면 나의 감정을 여러분들에게 강요하는 꼴이 될 것이기 때문입니다. 이 역사의 현장을 음미하십시오. 아무것도 아닌 것 같은 이곳의 공기와 땅, 풀 한 포기에까지 스며든 역사와 인간의 간절한 염원을 느끼기 바랍니다."

학생들은 숙연해졌다. 그들이 그 골짜기를 내려오며 별 생각 없이 찍은 사진들을 보며 조용히 생각에 잠겼다. 선호가 마련해 온 마이크를 학생 사이에 돌렸다. 이번 일정에서 느낀 소감을 마음껏 말해 보라고 하였다. 학생들은 열정적으로 그들의 감회를 이야기하였다. 비약적인 조선 공업의 발전을 찬양하였다. 외국에서 드높인 한국의 국격을 이야기하였다. 그동안의 삶의 질의 개선을 이야기하였다. 앞으로 발전 방향을 제시하였다. 한국의 역사를 이야기하였다.

한 남학생이 마이크를 잡더니 더듬거리며 그가 역사 연구회에 가입하게 된 사연을 설명했다.

"저는 익산에서 학교를 다니고 있습니다. 오늘 경주 남산에 올라 신라 문화를 보며 느낀 바가 있어 한 말씀 올리겠습니다. 어느 해였던지, 봄에 구례의 화엄사를 친구들과 둘러본 적이 있습니다. 각황전 앞에는 천연 기념물인 영산홍이 흐드러지게 피어 있었습니다. 거기 초등학생들이 소풍을 와서 절을 둘러보고 있었습니다. 젊은 스님 한 분이 난데없이 나타나더니 마이크를 들고 절의 역사를 설명하기 시작했습니다. 그는 쉬운 말로 설명을 해서 아이들도 잘 알아들었습니다. 그런데 그의 설명이 엉뚱한 방향으로 빠지기 시작했습니다.

'여러분 화랑도 아시죠?'

아이들은 안다고 했습니다.

'사실은 그것이 백제에서 시작된 것입니다. 그런데 신라가 중국 오랑캐를 끌어들여 백제를 멸망시킨 뒤 백제의 문화를 모두 자기 것이라고 우기는 과정에서 화랑도도 신라 것이라고 생떼를 쓰는 것입니다.'

저는 거기까지 듣고는 더 이상 참을 수 없었습니다. 나는 냉큼 스님의 자리에 올라 그의 마이크를 빼앗았습니다. 그리고 말했습니다.

'어린이 여러분, 이 스님은 지금 무언가 크게 잘못 생각하고 있습니다. 화랑도는 신라의 것입니다. 백제는 신라와 당나라 연합군에 의해 망했지만 화랑도보다 훌륭한 자신의 문화를 가지고 있었습니다. 남의 것인 화랑도를 자기 것이라고 우기는 것은 벌써 자기 것을 우습게 보고 있다는 것을 의미합니다. 우리의 훌륭한 것을 확실히 파악하는 것이 중요합니다. 한 가지 예로 이 화엄사를 잘 관찰하십시오. 여기는 백제의 오래된 얼과 문화가 곳곳에 새겨져 있습니다. 화랑도보다 더 중요하고 훌륭한 것을 볼 수 있을 것입니다.'

저는 한국의 역사가 그동안 많이 훼손되어 왔고 지금도 아무렇게나 훼손되는 것을 봅니다. 얼마나 많은 정치가들이 그들의 편의에 따라 역사를 훼손했으며 얼마나 많은 교사들은 그들의 유치한 논리로 우리의 역사를 왜곡하였습니까? 아무나 닥치는 대로 우리의 역사를 훼손하고 있습니다. 그래서 그 왜곡을 바로잡는 일에, 아무도 함부로 손댈 수 없는 당당한 우리의 정통적 역사를 바로 세우는 일에 나도 동참해야겠다고 결심한 것입니다."

모두들 공감의 박수를 쳤다.

한 여학생이 차분히 그녀의 생각을 풀어내었다.
"저도 절실한 동기가 있습니다. 우리는 오래전부터 '참되어라, 거짓말하지 말아라, 남을 속이지 말아라'고 배웠습니다. 그런데 언제부터인가 그런 가르침을 따르면 '물러 터진 바보, 융통성 없는 꽁생원'으로 치부되기 시작했고, 새로운 가르침은 '남을 믿지 말아라, 낯선 사람 경계하라'로 바뀌었습니다. 이것은 우리 사회가 뚜렷이 내 세울 가치관을 세우는데 실패했고, 그에 따라 우리가 불신의 시대 안정되지 않은 시대로 밀려들어 가고 있다는 것을 증명합니다. 저는 역사 연구회에 참가해서 서로 배우며 의논해서 우리의 가치관을 세우는 길, 바른 역사를 확고히 하는 방법을 찾아보기로 하였습니다."

그녀의 조용한 소신에 모두 공감하였다. 마애관음상에 석양이 스러지고 나서도 소신 발표는 한동안 계속되었다. 어두워서야 그들은 길에서 그들을 기다리던 버스를 타고 호텔로 돌아왔다.

8.

버스에서 내려 바로 식당으로 향했다. 큰 식당에 자리가 마련되어 있었다. 저녁이 준비되는 동안 프리만이 마이크를 잡았다. 그는 클렌시의 초대에 보답이라도 하겠다는 듯 적극적으로 모든 모임에 끼어들었다.

"저는 과거의 사람입니다. 과거의 이야기를 한다고 야단치지 마시기 바랍니다. 저는 여러분들에게 제가 본 한국의 과거에 대해 말씀드리는 것이 저의 소명이라 생각하고 틈만 나면 끼어드는 것입니다. 그 과거가 여러분들이 미래를 열어 나가는데 마중물이 되기를 간절히 바라기 때문입니다. 저는 50년대에 옥스퍼드 대학에서 고전과 법률을 공부했습니다. 학교를 졸업하고 바로 조선해운업에 입문하였습니다. 조선소나 해운회사에 근무하지 않고 선박 브로커로서 나의 경력이 시작되었습니다. 그때 조선 해운 브로커는 대학 졸업생들이 가장 선망하는 직종이었습니다. 가장 창조적인 직종이기 때문입니다.

한국을 드나들기 시작한 것은 1960년대 초부터였습니다. 한국이 전쟁으로 파괴된 사회를 복구하기 시작할 때였습니다. 물자의 수입이 불어나던 시기였습니다. 한국 해운회사들은 배가 절대적으로 부족했고 배를 지어야 했으나 전쟁이 끝난 한국에는 적절한 조선소가 없었고 무엇보다 자금이 부족했습니다. 나는 60년대에 당시 아주 큰 배로 여겨졌던 12만 톤, 13만 톤 유조선의 신조 계약을 한국 해운회사와 유럽 조선소 사이에 중개하였습니다. 그때 한국은 선박건조를 위해 융자를 받아야 했으나 융자를 얻기 위한 해외 은행들의 요구조건을 맞추기가 어려웠습니다. 저는 그때 한국 정부의 도움을 받아가며 그 일을 해내었습니다. 선박을 건조할 외국 조선소를 선정하였고, 건조 자금을 외국 은행으로부터 마련하였고, 선박 건조를 감독할 기술자들을 모았고, 선박 건조 후 그 회사가 선박을 운용하며 돈을 갚아 나가는 시스템을 만들었습니다.

그때 퇴역한 프로펠러 군용기 두 대가 국제선에서 뛰고 있는 한국 항공기의 전부였습니다. 한국에 오려면 늘 동경에 와서 일본 항공으로 바꿔 타고 한국에 들어오는 수밖에 없었습니다. 그때 김포공항에서 시내로 들어오는 길은 대부분 갈라 터진 아스팔트 길이었고 한강에는 단 하나의 다리가 있었습니다. 밤 열두 시부터 새벽 네 시까지 통행금지였습니다. 통신수단은 텔렉스밖에 없었는데 한번 교신하는 데 엄청나게 애를 먹었습니다. 전화 한 통화 하려면 미국의 오클랜드 교환소를 통해야 했기 때문에 몇 시간씩 걸렸고 연결 자체가 어려웠습니다. 바쁠 때는 일본까지 비행기 타고 나가서 일본에서 영국과 통화한 적도 있었습니다. 이것이 여러분의 나라 대한민국의 40년 전 모습입니다.

60년대 초 계약을 위해 2년 동안에 여덟 번 한국을 방문하였습니다. 영국 조선소 관계자들과 공항에 도착하면 군 지프차가 우리를 경호하며 호텔까지 데려다 주었습니다. 그때 기술적으로나 재정적으로 해결해야 할 어려운 문제들이 많았지만 한국 사람들은 개인적 의지와 국가적 자존심으로 그 모든 문제들을 이겨 내었습니다. 그때 국제 사회에서 유행하는 말이 있었습니다. "한국에서는 되는 것도 없고 안 되는 것도 없다(Nothing and anything can be achieved in Korea). 아무것도 준비가 안 된 나라지만 무엇이든 만들어 낼 수 있는 나라라는 뜻으로 해석했습니다. 경이적인 변화를 보았습니다. 올 때마다 한강에는 새 다리가 놓였고 곳곳에 새로운 고속도로가 뚫렸고 국제적인 호텔이 섰고, 아파트들이 봄비 온 뒤 죽순이 솟아나듯 새로 세워졌습니다.

1972년 막 기공식을 끝낸 울산 조선소를 둘러보았습니다. 포니를 생산하던 현대자동차도 보았습니다. 그때 그 조선소가 이십 년 뒤 세계를 지배하는 자리에 서리라 예측한 사람은 아무도 없었습니다. 1970년대 후반 들어서며 이 조선소는 자신의 영업을 시작하였습니다. 런던을 중심으로 영업 활동을 벌이던 이재현 사장과 그때 처음 만났습니다. 우리는 많은 일을 같이 하였습니다. 이 사장은 나의 회색 머리를 두고 잊히지 않는 농담을 하였습니다.
  '머리가 까만 사람은 머릿속에 돌이 가득 들었고 대머리는 머리가 텅 비었다는 것을 의미한다. 오직 회색 머릿속에 뇌가 들어 있을 뿐이다.'
  그것은 나를 격려하기 위한 농담이었지만 나는 그 말 때문에 내 머릿속에 진짜 뇌가 있다는 것을 인식하였습니다.

세상 사람들은 줄기차게 세계로 뻗어나는 한국의 국력을 보며 한국인을 '극동의 아일랜드인'이라고 불렀습니다. 교육 수준이 높고, 독립성이 강하고, 자기 나라에 대해 극단적인 자존심을 지닌 사람들이었습니다. 우리는 그 어려운 시기에 많은 어려운 프로젝트를 성공적으로 성취하였습니다. 한국 사람들은 어려운 일을 이루어 내는 데 탁월했지만 그 성공을 축하하는데도 탁월한 실력을 가졌습니다. 이 사장과는 성공의 축하 파티도 여러 번 했고 노래도 같이 불렀고 골프도 자주 쳤습니다. 그리고 우리는 철학을 이야기하였습니다. 내가 철학과 문학에 관해 진지하게 이야기를 나눈 외국 친구는 이 사장 외에 없습니다.

여러분 나는 이제 더 이상 비즈니스를 쫓아다닐 수도 없고 긴 여행을 하기도 힘든 나이가 되었습니다. 이번 여행은 확실히 나의 마지막 장거리 여행이 될 것입니다. 그런데 이 무슨 행운입니까? 여러분 같은 이 세계의 미래를 맡을 젊은이들과 함께하다니. 이 은총에 그저 감사드릴 뿐입니다.

한 마디만 더 말씀드리겠습니다. '지나간 물은 방아를 돌리지 못한다 (Water that has past by can't move the mill)'라는 속담이 있습니다. 저는 오랫동안 인용되어 온 '지나간 물은 아무 곳에도 소용되지 않는다'는 듯한 이 금언을 오늘 좀 바꾸어 여러분들에게 들려 드리고자 합니다. '지나간 물은 물레방아를 멋지게 돌렸다'라고. 결코 헛되게 흘러간 물이 아닙니다. 여러분들은 그 흘러간 물을 뒤따라 왔고 다음에 오는 물이 여러분을 따를 것입니다. 역사란 그런 것입니다. 과거는 현재를 만들었고 미래를 만들어 가는 기초가 될 것입니다. 과거를 확실하게 파악하지 않고 현재를 이해하지 못하면 미래는 설계될 수 없는 것입니다.

　나의 사랑스런 젊은 친구들, 여러분에게 주어진 것은 거저 주어진 것이 아닙니다. 금강석처럼 단단하게 언제까지 여러분의 손에 남아 있지 않을 것입니다. 보살피지 않으면 소멸되는 부스러지기 쉬운 보물입니다. 잘 보살피고 잘 가꾸셔서 미래를 대비하시기 바랍니다. 여러분의 빛나는 눈빛은 충분히 해낼 수 있다는 확신을 제게 보여 주고 있습니다. 모두에게 신의 축복이 있기를 바랍니다."
　프리만의 잘 갖추어진 강의는 모임을 마무리 짓는 또 하나의 감동이었다. 혜진이 재현의 옆자리에 앉았다.
　"감동스럽네요. 지난 사흘은 제 생애의 방향을 확고하게 잡아 주는 시간이었어요. 어떻게 이 감동을 표현할지 모르겠습니다."
　"우리가 산다는 것, 하고 있는 일 모두가 감동의 연속이지 않나. 혜진의 일거수일투족이 내겐 감동이듯이. 그동안 너무 수고 많았어."

9.

　저녁이 끝나자 긴 일정이 끝나는구나 했다. 그러나 끝나지 않았다. 선호가 클렌시, 프리만, 재현, 영균을 따로 불렀다. 갈 데가 있다고 했다. 열 시가 가까워지고 있었다. 그들은 호텔 앞에 대기하고 있던 차에 올랐다. 조선소의 정문을 들어서서 조선소를 뚫고 영빈관으로 향했다. 영빈관의 이층 식당에 동해를 내려다보는 모퉁이 자리가 마련되어 있었다. 약간의 마실 것과 입가심이 준비되어 있었다. 사주가 기다리고 있었다. 한국과 미국에서 제대로 된 교육을 받은 재벌 2세 중 최고의 실력파이다. 부친의 용기와 뚝심을 제대로 물려받았지만 나서지 않고 뒤에서 조용히 사람들을 이끌어 가는 스타일이다. 클렌시와 프리만, 영균에게는 경악이었지만 재현은 은근히 기대하고 있던 일이다. 클렌시는 그를 처음 보았다. 그의 조용하고 깊은 음성에 감동하였다. 그는 참석자들과 몇 마디씩 나누었다. 프리만과도 처음 만나는 자리였다.

"미스터 프리만의 이야기는 옛날부터 미스터 리에게서 들었습니다. 우리 조선소의 오늘이 있게 한 은인이라구요."

프리만은 떨리는 음성으로 대답했다.

"제가 뭐 한 일이 있나요? 선대 회장님과 한국인들의 성공작이지요. 저는 요즈음 많은 여행을 하지 않고 있지만 이번 여행은 제 생애에 가장 기억할 만한 것이 될 것 같습니다. 이렇게 훌륭한 분을 만나 뵙다니."

그들은 자리에 앉아 어두운 동해 바다를 바라다보며 조용조용히 대화를 나누었다. 사주는 영균에게도 말을 걸었다.

"차 사장님, 역사 연구회가 제 궤도에 올랐다구요?"

영균이 그동안의 진행 상황을 설명했다.

"이제 시작입니다. 이것을 제 필생의 사업으로 생각하고 여생을 바치려 생각하고 있습니다."

"제가 도울 일이 있으면 언제라도 말씀하세요."

"회장님의 그 말씀 한마디로 저희들은 충분히 고무되었습니다. 회장님께는 절대로 폐를 끼치지 않겠습니다. 앞으로 큰일을 하실 분인데 이런 일로 괜한 구설에 휘말리게 할 수는 없습니다. 이런 일에는 주변에 말 많은 사람들이 우글거리니까요."

"제가 눈에 띄지 않게 도울 일이 있을 거예요. 계속 의논을 하십시다."

클렌시와는 덕담을 나누었다.

"브뤼셀의 오줌싸개는 요즈음도 열심히 오줌을 싸고 있겠지요?"

"그 친구는 그것밖에 할 줄 모르는 걸요. 그것으로 브뤼셀을 풍요롭게 한다고 믿고 있지요."

"클렌시 회장님에게 저희들은 늘 깊은 고마운 마음뿐입니다."

"제게 이 조선소는 제 집처럼 되었습니다. 여기밖에 갈 곳이 없습니다."

그는 재현에게 말을 걸었다.

"요즈음도 테니스 하세요?"

"아니요. 테니스 하지 않은 지가 십 년이 되었습니다. 의사가 하지 말래요. 어깨 근육이 찢어졌대요."

"저는 요즈음도 테니스를 열심히 하고 있습니다."

그는 유학을 마치고 돌아와서 선박 영업에 잠깐 관여를 했다. 재현과는 여러 번 외국 출장을 같이 다녔다. 운동도 자주 같이했다. 그들은 잘 어울리는 동행이었다. 재현은 명명식에서 아껴두었던 금배지를 사주의 옷깃에 달아주었다.

조용하고 따뜻한 분위기는 모두를 흐물흐물하게 하였다. 거기 자리를 차지하고 있던 모든 것의 형체가 사라지고 아지랑이 같은 영혼들만 남아 소곤거리고 있었다. 자정이 지났다. 프리만은 일어서며 사주의 손을 잡았다.

"나는 지는 해입니다. 가는 곳마다 과거만 이야기합니다. 그러나 오늘 밤 나는 떠오르는 아침 해를 보았습니다. 세계를 이끌어 나갈 찬란한 미래입니다. 찬란하게 세상을 밝히시기 바랍니다."

축복 Ⅱ
황성혁 장편소설

펴낸날	2021년 3월 20일
지은이	황 성 혁
펴낸이	오 하 룡
펴낸곳	도서출판 경남
주소	창원시 마산합포구 몽고정길 2-1
연락처	(055)245-8818, fax.(055)223-4343
블로그	gnbook.tistory.com
이메일	gnbook@empas.com
등록	제1985-100001호(1985. 5. 6.)
편집팀	오태민 | 심경애 | 구도희
ISBN	979-11-89731-92-2-04810
	979-11-89731-91-5-04810(세트)

ⓒ황성혁

*잘못된 책은 바꿔 드립니다.
*저자와 협의 인지 생략합니다.

〔값 15,000원〕